ADICTO

ADICTO

GABRIELA PARAIZO

EDITORA EUPHORIA

2ª EDIÇÃO, 2023

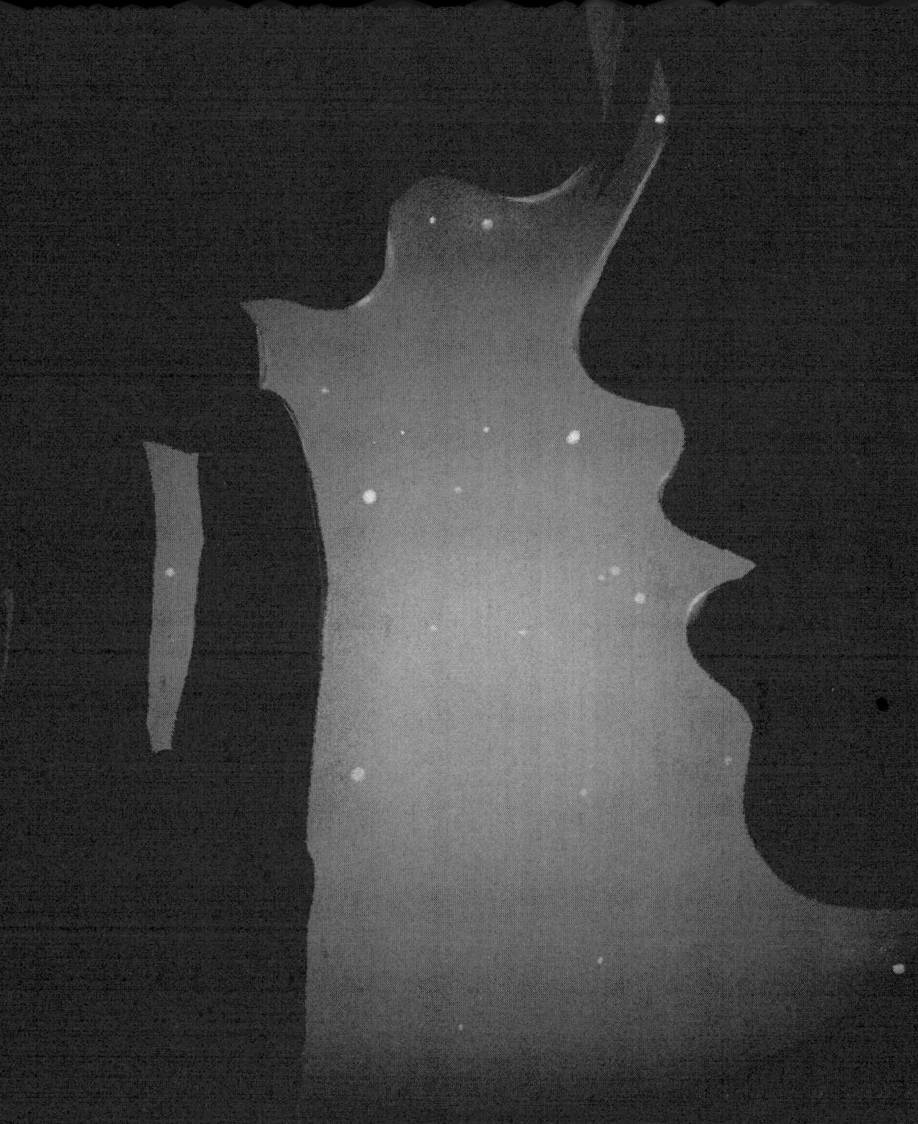

ESTE LIVRO CONTÉM GATILHOS PARA OS LEITORES SENSÍVEIS A CONTEÚDOS QUE ABORDAM: CONSUMO DE DROGAS ILÍCITAS; VÍCIO EM MEDICAMENTOS CONTROLADOS; LUTO; VIOLÊNCIA; TRANSTORNOS PSICOLÓGICOS.

Escrito e Ilustrado por
Gabriela Paraizo

preparação de texto
Maria Victoria de Oliveira Lima

revisão
Andrea Santos
Clarissa Rachid

diagramação
Rafael Sales

---

dados internacionais de catalogação na publicação (cip)
(Câmara Brasileira do Livro, SP, Brasil)

Paraizo, Gabriela
Adicto / (texto e ilustração) Gabriela Paraizo. --
2. ed. -- Rio de Janeiro : Editora Euphoria, 2023.

ISBN: 978-65-84923-16-4

1. Ficção brasileira 2. LGBTQIAP+ - Siglas
I. Título.

CDDB869.3
23-162605

Índices para catálogo sistemático:
Eliane de Freitas Leite - Bibliotecária - CRB-8/8415

1. Ficção : Literatura brasileira B869.3

ADICTO, 2ª EDIÇÃO, 2023

Editora Euphoria

CNPJ: 39.317.627/0001-06
Rio de Janeiro - RJ
Contato: editoraeuphoria@gmail.com
Site: www.editoraeuphoria.com.br

DEDICO ESTE LIVRO AOS MEUS LEITORES, ÀS MINHAS AMIGAS,
ÀS MINHAS IRMÃS E À MINHA MÃE.

"VOCÊ PRECISA ENCARAR O TEU REFLEXO
PARA ENCONTRAR ALGO QUE GOSTE."

GABRIELA PARAIZO

M.H
00:17

CAPÍTULO I

LEE HANSOL SUAVA FRIO. O queixo tremia e seus olhos estavam molhados e inchados. Ele sentia uma pressão no corpo, enquanto tentava se segurar. Sentia como se pudesse explodir a qualquer momento.

— Continue na linha, por favor! — pediu com desespero ao homem do outro lado da ligação. — MH, por favor, não me deixe! Fique na linha!

— *Não irei a lugar algum, Hansol* — respondeu a única voz que conseguia acalmar o jovem rapaz. — *Estou aqui. Tente se acalmar.*

— Mas MH... — Hansol foi interrompido por um soluço dolorido — Eu preciso! Eu preciso, você sabe! Me ajude!

— *Não precisa, não* — retrucou a voz. — *Afaste-se daí.*

Hansol estava em frente à casa do seu fornecedor, encostado no muro, sentado na calçada molhada e suja. Suas pernas estavam encolhidas e trêmulas, o cabelo colado na testa, por conta da chuva.

— *Volte para casa* — a voz pediu —, *é o melhor que pode fazer. Volte para casa.*

Mas ele sentia aquela necessidade difícil de evitar. Sabia que não devia, mas o vício o fazia perder o controle de sua vida.

— *Hansol...* — MH pediu com aquele tom, o mesmo que fazia Hansol sentir-se culpado. — *Você aguentou vinte e cinco dias sem as pílulas, consegue aguentar mais. Você é forte, eu sei.*

Mas o rapaz era assim: ficava um mês sem usar a droga e, então, tinha uma recaída e permanecia sem falar com MH por uns quinze dias. Depois voltava, feito uma criança malcriada, pedindo desculpas e ajuda.

— *Respire* — MH pediu e o rapaz tentou inspirar. — *Respire, com calma. Feche seus olhos.*

Hansol fechou os olhos e respirou com o máximo de calma que conseguiu encontrar. Estava frio, e forças negativas pareciam tentar puxá-lo para a porta do fornecedor.

— *Relaxe o corpo* — MH deu mais uma instrução.

Hansol deixou as pernas esticadas na calçada, a cabeça pendendo um pouco para o lado.

— *Cante uma música* — o homem na linha pediu. — *Cante uma música para mim. Sua voz é linda.*

Hansol suspirou, demorou um tempo e começou a cantarolar uma música para MH. Não estava afinado, mas, ainda assim, era adorável.

— *Agora, se levante* — o outro disse e Hansol lhe obedeceu. — *Saia daí, devagar. Ande, com calma, e continue cantando.*

O viciado seguiu, lentamente, o caminho oposto à casa de seu fornecedor, enquanto cantava para seu psicólogo, ao telefone. Suas pernas pareciam duras, e a chuva fazia o rapaz encolher-se todo.

Pegou um ônibus e sentou-se no fundo, apenas ouvindo a respiração calma de MH. Com a cabeça encostada no vidro, viu três jovens sentados mais à frente, todos rindo e se divertindo, visivelmente saudáveis. Hansol sentiu inveja, vontade de ser um deles. Queria não ter nenhum problema, queria voltar a ser um adolescente sem pesos nas costas.

— E-eu... — Lee tentou dizer, enquanto descia do ônibus, quase em frente à sua casa. — Me desculpe, MH. Por favor, me perdoe.

— *Não precisa se desculpar* — devolveu o psicólogo. — *Estou aqui para ajudá-lo, você não me deve nada.*

Hansol subiu as escadas de casa, sentindo-se cansado e atordoado.

— Mas eu sinto que o decepciono — retrucou, com a voz chorosa e os lábios em um biquinho triste e involuntário. — Devo ser seu paciente mais idiota... — lamentou-se.

— *Não pense essas coisas sobre si mesmo* — tentou confortá-lo. — *Você tem fraquezas, assim como qualquer criatura no mundo.*

Hansol queria concordar com seu psicólogo e amigo, mas ainda se sentia um babaca.

— Acho que já ocupei seu tempo demais — Lee teve que se forçar a dizer. Não queria se despedir, mas precisava ser coerente. — Temos que desligar, não é?

— *Temos* — MH não estava feliz em dizer aquilo. — *Mas tenho certeza de que você está bem...*

Hansol não tinha.

— Muito obrigado, MH — murmurou, tentando passar o máximo de sua sinceridade pelo telefone. — Você me salvou de novo.

— *Eu só dei uma mãozinha. Toda a força que precisa está dentro de você.* — MH sorriu, tristonho, do outro lado da linha. — *Se precisar, me chame.*

— Você sabe que vou chamar. — Lee sorriu, também, mas queria voltar a chorar. — E, por favor, atenda!

A ideia de não ter MH, para ajudá-lo, o deixava nervoso e sem rumo.

— *Vou atender* — tranquilizou-o. — *Boa noite, Hansol.*

— Boa noite, MH.

Hansol sentiu-se vazio ao encerrar a ligação de quase três horas. Jogou o celular na cama e tirou a jaqueta molhada. Iria tomar um banho para ver se melhorava, mas parou no caminho quando viu, pela janela, seu vizinho sentado em frente ao computador do quarto, com a cabeça jogada para trás e os olhos fechados.

— Ah, Moon Heejoon... — Suspirou feito uma mocinha. — Por que tão bonito? — Saiu da janela, para tomar seu banho. Havia sido mais um dia difícil.

— Ah, não. Fica comigo! — Lee disse a MH, pelo celular, deitado de bruços no chão de seu quarto. — Preciso de motivação!

— *Hansol, pode ter mais pessoas ligando* — o outro justificou paciente e, talvez, segurando um sorriso. — *Você consegue se exercitar sem mim.*

— Você é mau. — Fez um biquinho infantil. — Disse que se exercitar é bom pra mente, mas não me ajuda... Por favor, só mais um pouquinho.

— Okay. — MH suspirou, derrotado. — *Vamos lá, uma sequência de vinte.*

— Vinte? — exclamou, assustado. — Acho que é melhor desligarmos mesmo...

— *Sem corpo mole, Lee* — disse a voz que saía do celular, em tom levemente autoritário.

— Tudo bem. — Preparou-se para começar as flexões. — Conte.

— *Uma, duas, três, quatro...* — MH ia contando, enquanto prestava atenção aos gemidos dramáticos que o paciente soltava. — *Cinco, seis, sete, oito... Oito, oito. Hansol!*

— Já deu pra mim. — Ele se jogou no chão. — Não consigo! Ah!

MH pensou se não estava exigindo demais do seu paciente, mas queria mesmo que ele encerrasse a ligação. A verdade é que o psicólogo não conseguia simplesmente dizer “não” a ele.

— *Só mais doze* — insistiu.

— Você quer me matar... — Ele voltou à posição. — Okay.

— *Nove, dez, onze, doze...* — MH continuou contando, ouvindo Hansol reclamar. — *E vinte!*

— Graças a Deus! — Estirou-se no carpete do quarto. — Acho que vou desmaiar.

— *Não exagere. Você é um rapaz cheio de músculos.*

— Como pode saber? — Lee Hansol ergueu uma das sobrancelhas. — Você nunca me viu.

— *Você me disse uma vez.* — Ele disfarçou o máximo que pôde.

— Não me lembro... — O rapaz, enfim, sentou-se, sentindo dores nos braços.

— *Estava bêbado.* — MH contornou.

— Ugh. — Hansol corou. — Por que eu estava falando do meu corpo para você, enquanto estava bêbado? Meu Deus, tenho que parar de beber.

— *Ou parar de me ligar* — retrucou.

Um silêncio instalou-se na linha. Poderia ser uma boa piada se somente pensar nesse caso não fizesse Hansol sentir-se tonto.

— *Pare de beber* — MH voltou a falar — *e continue a me ligar.*

Hansol suspirou, aliviado.

— De qualquer jeito... — Lee alisou o abdômen que costumava ter músculos. — Não estou na mesma forma de antes.

Era um pouco triste para ele, já que sempre foi um cara que se preocupava com o físico.

— *Preciso desligar* — o psicólogo se viu obrigado a dizer. — *Mas continue se exercitando.*

— Eu vou — concordou. — Se você acha bom, então realmente é.

MH sorriu, envergonhado, do outro lado da linha.

— *Uma boa noite, Hansol* — falou de uma vez, antes que continuasse a jogar conversa fora por mais duas horas.

— Boa noite. — Ele encerrou a ligação, visivelmente triste.

Suas conversas com MH eram a melhor parte do dia, sem dúvida.

MH era um psicólogo que fazia parte de uma instituição que auxiliava pessoas viciadas. Lee Hansol pagava cerca de um dólar, todo mês, para poder ligar para o profissional.

Havia sete meses que conversava com MH, e sentia-se fraco quando não conseguia falar com ele, sentia-se sozinho e sem direção.

Levantou-se do chão, depois de um tempo, e foi até a janela para abri-la e sentir um pouco do ar. Então, por coincidência, encontrou seu vizinho levando o lixo para fora.

— Porra, Heejoon — sussurrou para si mesmo e piscou os olhos. — Não precisava ser tão bonito...

Hansol já tinha reparado em todos os detalhes possíveis do rapaz, desde que ele chegou, há um ano. Reparou em seus olhos grandes, o lábio de um rosa-vivo, o nariz saliente, os dentes alinhados, maxilar bem definido, cabelos castanhos, as veias do braço... Oh, em tudo que fosse possível visualizar.

— Filho da puta. — Fez uma carinha triste. — Nem olha na minha cara. Mas é bonito. Vai se foder — resmungou, assistindo ao vizinho voltar para dentro de casa. — Não vai se foder não, venha me foder.

Saiu da janela e, com uma caneta vermelha, marcou mais uma data em seu calendário. Havia passado mais um dia sem usar nenhuma pílula. Vinte e sete dias, ao todo.

Pegou a corda que tinha comprado e começou a pular, como havia recomendado o terapeuta.

Era sexta-feira à noite. Hansol estava enrolado em um cobertor, com uma tigela de cereal e leite no colo. Na televisão, passava *Steven Universe*.

Ele havia decidido que não iria mais a baladas e festas, porque isso sempre o prejudicava. Tinha acabado de marcar seu trigésimo dia sem fazer uso de nenhum antidepressivo.

— Sai da minha vida, Paxil — sussurrou para si mesmo, com uma voz de moleque.

Ele descansou a colher na tigela, por um minuto, enquanto prestava atenção no desenho na televisão. Então, desviou a audição para outros ruídos na casa. Além do som da TV, do motor da geladeira e da sua própria respiração, Hansol não ouvia mais nada.

Abaixou a cabeça, sentindo-se triste. Queria ter alguém perto, queria uma casa barulhenta e alguém para conversar. Mas não tinha ninguém. Não tinha família, nem amigos. Só tinha MH, e este era pago para falar com ele, e apenas por telefone.

Talvez, por este motivo, Lee fosse tanto a baladas. Sinceramente, nem gostava tanto. Na balada, não se encontravam pessoas com uma vontade real de ouvi-lo. Nesse tipo de lugar, apenas conversavam superficialmente com você, esperando levá-lo a um motel ou algo assim.

Ligou para MH, mas este não estava disponível. Ele odiava quando o seu psicólogo estava ocupado, pensar que o rapaz conversava com outras pessoas era irritante. Queria pensar que MH dedicava seus conselhos apenas a ele, que só se importava com ele.

O rapaz deu um tapa considerável em seu próprio rosto, sabendo que não deveria pensar daquela forma.

— MH não é seu psicólogo exclusivo, idiota iludido — disse novamente em um tom humilhado.

Viu no celular que era primeiro de setembro, e arregalou os olhos, quase derrubando a tigela de cereal. Precisava desejar um feliz aniversário a MH, caramba! Como não lembrou antes?

Ligou outra vez e, felizmente, desta vez o rapaz atendeu.

— MH! — exclamou, alegre.

— *Ei* — MH cumprimentou informalmente, e se corrigiu: — *Boa noite, Lee Hansol.*

— Boa noite. — Este sorriu iluminado ao ouvir a voz do outro. — Trinta dias sem tomar nadinha — contou todo orgulhoso. — Trinta dias sem pôr uma cápsula sequer em minha boca!

— *Isso é bom* — MH queria dizer mais do que aquilo, mas precisava manter o mínimo de formalidade. — *Você está indo bem.*

— E vou continuar. — O paciente deu pulinhos no sofá, fazendo o leite respingar para fora da tigela. — Vai me ajudar, não é?

— *É claro que eu vou* — respondeu, e sorriu tristonho, receoso de que Hansol voltasse a usar os remédios.

— Tem mais uma coisa... — Fez um suspense infantil. — Feliz aniversário, MH! Feliz vinte e cinco anos!

O psicólogo, primeiramente, sorriu. Em seguida, se zangou consigo mesmo.

— *Como sabe o dia do meu aniversário e a minha idade?* — perguntou de súbito.

Hansol desfez o sorriso que tinha no rosto, voltando a enxergar corretamente as coisas à sua volta. Sempre que sorria, sua visão escurecia.

— Uh... — Hansol estava constrangido. Há poucos minutos, sentia-se eufórico em desejar parabéns ao seu amigo. — Você comentou, um dia.

— *Eu não devia ter feito isso* — o terapeuta soltou, sem pensar. — *Quero dizer, não devo expor minha intimidade a um paciente.*

Lee foi de constrangido a magoado em um segundo.

Um paciente.

Era como se as cores vibrantes de *Steven Universe* estivessem perdendo o tom, ficando acinzentadas.

— Me desculpe. — Engoliu em seco. — Preciso desligar.

— *Hansol...* — o outro chamou, sua mente estava confusa no momento.

— Boa noite, MH. — E encerrou a chamada.

Ele se afundou um pouco mais no cobertor e voltou a comer seu cereal, sem ânimo algum, em sua casa vazia. Passado um tempo, ouviu um coro desafinado de pessoas cantando parabéns para alguém. Quanta ironia.

Sabia que o Sr. Byun, da casa à esquerda, fazia aniversário em abril, então restou apenas Moon Heejoon, da casa à direita.

Hansol se levantou e foi até a janela, vislumbrando um grupo pequeno de pessoas na sala do vizinho, abraçando-o e entregando-lhe caixas em embrulhos bonitinhos.

Encostou a testa no vidro, assistindo à confraternização alegre e calorosa na casa de Moon. Queria tanto desejar feliz aniversário a ele, já que MH havia simplesmente ignorado seu carinho, fazendo com que se sentisse completamente sozinho no mundo.

Queria ter alguém para desejar uma vida longa e queria que essa pessoa lhe agradecesse com um abraço. Talvez, com um pedaço de bolo também. E, droga, na casa de Heejoon havia um maldito bolo, com velinhas indicando vinte e cinco anos.

O rapaz sorriu, surpreso, descobrindo que MH e Heejoon haviam nascido no mesmo dia e no mesmo ano. Que mundo pequeno! Mas logo desfez o sorriso, lembrando que nem MH e nem Heejoon eram alguma coisa dele, além de um psicólogo e um vizinho.

Voltou para o sofá, torcendo para que alguém lhe desejasse "feliz aniversário", naquele ano, já que, há muito tempo, não ouvia aquilo. Todo ano, Hansol dava parabéns a si próprio, dividia um bolo consigo mesmo e se presenteava. Era sua *pity party*.

Mudou de canal, acessando a televisão de culinária, na qual estava passando um programa sobre bolos de aniversário fantásticos. Pôs mais cereal na tigela.

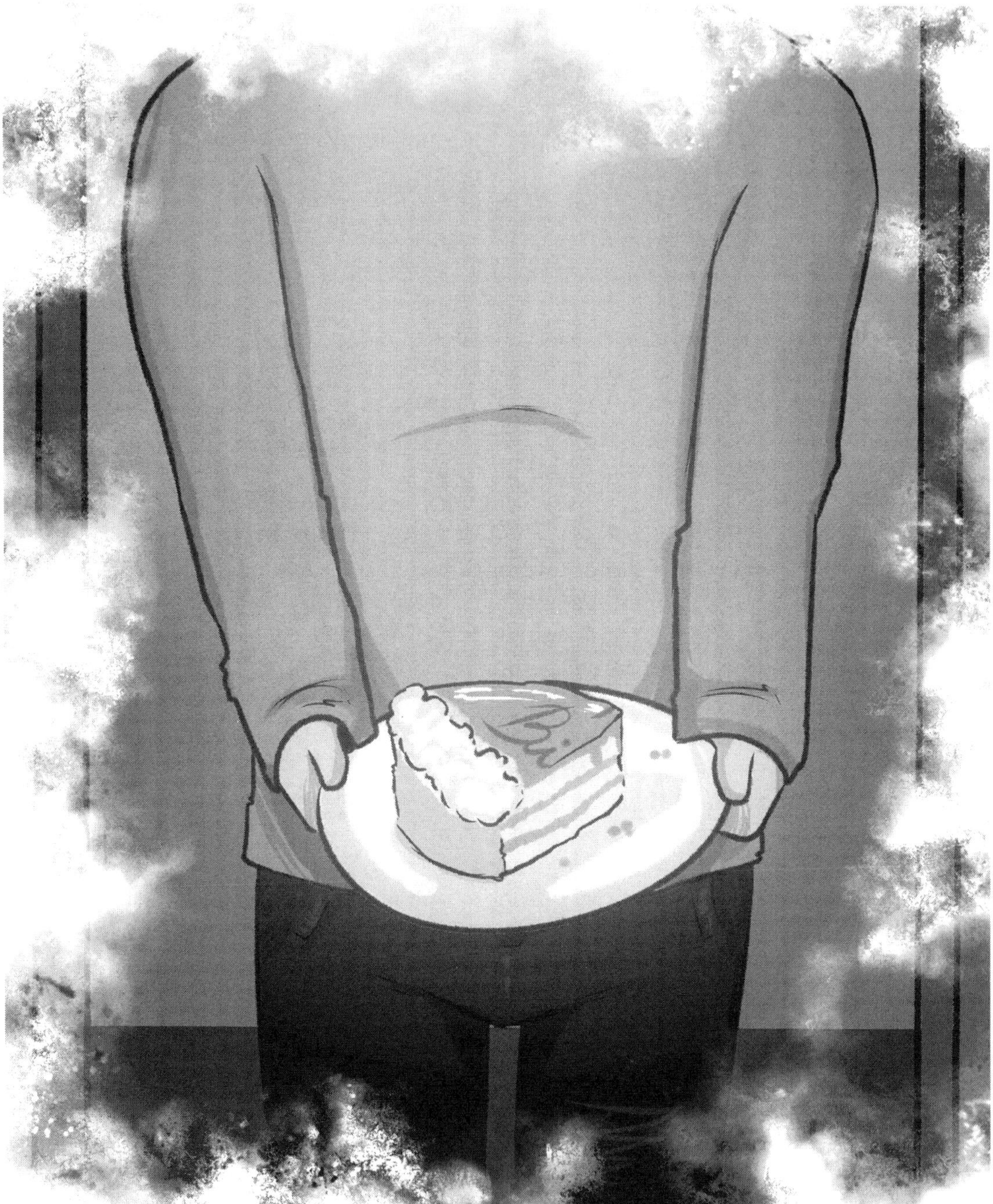

Era quase meia-noite quando Hansol ouviu os sons dos motores sendo ligados, e voltou à janela, vendo os carros deixarem a frente da casa de Heejoon. Sentiu o estômago gelar, a cabeça queria fazer alguma merda, ele não sabia qual, mas sentia.

Olhou-se rapidamente no reflexo na televisão, ajeitando o cabelo escuro, e calçou o tênis. Deixou sua casa e andou até a frente da casa vizinha, respirou fundo e alcançou a porta. Apertou a campainha e cogitou seriamente a ideia de fugir dali, mas viu o trinco da porta se mexer.

Ele quase tombou para trás ao ver Heejoon tão de perto. Este era mais bonito ainda a um metro de distância. Era a visão do fim do arco-íris, tipo chocolate com amendoim.

Quis escavar um buraco e enterrar-se dentro. Simplesmente, não via sentido em estar ali. Caralho, nunca havia trocado sequer um "bom dia" com o cara!

— Olá — Heejoon inclinou-se para cumprimentar, e ele fez o mesmo.

— O-olá — respondeu. Hansol acreditava que tinha desaprendido como respirar. O silêncio que se seguiu foi constrangedor e sem sentido. Heejoon tinha um ponto de interrogação enorme no rosto, mas, mesmo assim, parecia receptivo.

— É... — Hansol tossiu para ver se a voz saía. — Eu... Eu ouvi vocês cantando "parabéns" e, bem, se eu não estiver enganado, deve ser seu aniversário. Então, feliz aniversário!

— Na verdade... — Heejoon checou o relógio no pulso. — Meia-noite e três, então não é mais meu aniversário.

Hansol abaixou o olhar, enquanto seu biquinho triste e involuntário formava-se aos poucos.

— Mas muito obrigado. — Heejoon sorriu sem mostrar os dentes.

— É, okay. — Ele deu alguns passos para trás. — Era só isso mesmo. E me desculpe o incômodo. — Virou-se para ir embora, mas sentiu a mão forte dele em volta de seu pulso e arregalou os olhos, chocado.

— Desculpe. — O vizinho o soltou rapidamente.

— Está tudo bem. — Sorriu, bobo.

— Espere só um segundo.

Heejoon voltou para dentro de casa e retornou para fora ligeiro. Tinha em mãos um prato descartável com dois pedaços de bolo.

— Aceite, por favor — ofereceu.

Claro! Ele quis dizer.

— Não posso — respondeu ao invés, tirando forças da camada mais profunda da terra para dizer aquilo. — Eu nem estava na festa, não trouxe presente. E você não precisa, só vim desejar feliz aniversário mesmo.

— Sei de tudo isso. — Heejoon sorriu, ladino. — É que separei para você, iria mesmo levar à sua casa.

Hansol arregalou os olhos e abriu a boca, pousando as mãos fofas nas bochechas fartas.

— Bolo? Pra mim? — Ele pegou, delicadamente, o pratinho das mãos de Heejoon, com medo de derrubar. Estava pasmo. — Era mesmo pra mim?

O outro soltou uma risada baixinha, concordando com o queixo, e vendo os olhinhos do Lee brilharem.

— Oh, meu Deus! — Hansol agia como se tivesse acabado de ganhar o cachorrinho que tanto queria. — Muito obrigado!

— Não há de quê. — O outro sorriu graciosamente.

— Ai, que gostoso! — deixou escapulir, os olhos quase saltando da cara.

— Mas você ainda nem experimentou o bolo. — Heejoon riu.

Também não experimentei você, pensou Hansol.

— É verdade. — Ele acenou com a cabeça. — Mas aposto que é.

— Acredito que sim — respondeu o mais alto.

O rapaz estava surtando por dentro, Heejoon havia separado bolo para ele!

— Agora, eu vou levar os pedaços do sr. Byun e o da sra. Hwa — Heejoon sorriu ao dizer.

Ah. Hansol quis arremessar o bolo na cara dele.

— Ah, sim. — Ele forçou um sorriso. — É, boa noite.

— Boa noite, Hyun. — Heejoon virou-se para voltar para dentro.

Primeiro Hansol não era uma exclusividade, ele entregaria bolo a todo mundo na rua. Que ótimo vizinho!

Segundo, achava que Hansol chamava-se “Hyun”.

O rapaz não voltou para casa mais triste do que antes, porque tinha dois pedaços suculentos de bolo para saborear. Mas, no final, continuava sendo apenas um vizinho comum e sozinho, chamado Hyun.

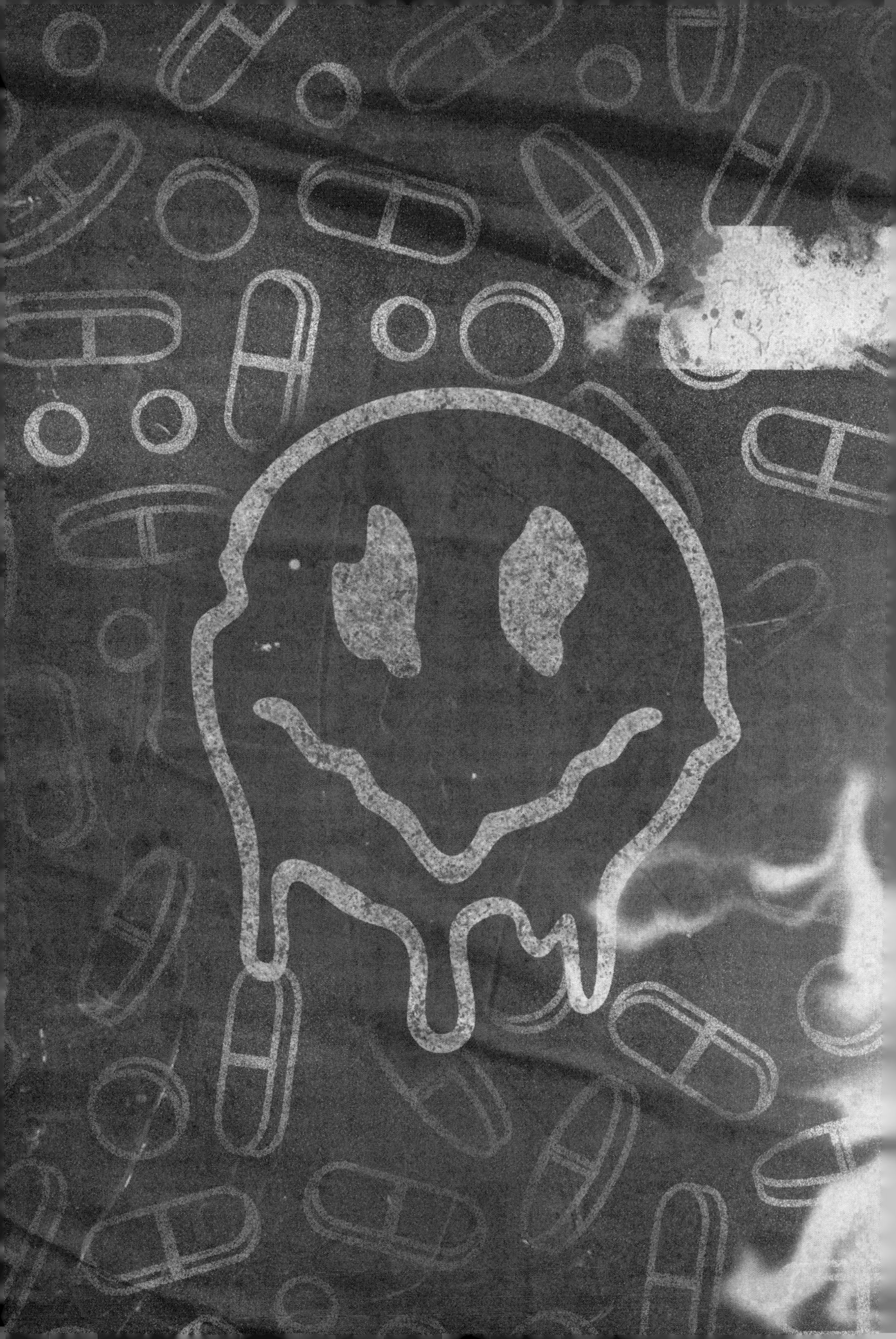

CAPÍTULO II

PELA PRIMEIRA VEZ, Hansol não ligou para MH, em trinta e três dias seguidos conversando todo dia.

O rapaz estava triste, não se levantou para exercitar-se, não saiu de casa, não ligou a televisão ou o rádio, não comeu nada desde os dois pedaços de bolo. Apenas passou o dia todo na cama: vinte horas enrolado em um cobertor, trocando de posição vez ou outra, os olhos cheios d'água.

Ficou naquele estado, porque sabia que ninguém apareceria em sua casa mesmo. Ninguém ligaria para saber como ele estava. Hansol não existia.

O máximo que fez foi esticar o braço até a gaveta do cômodo ao lado, para pegar a última e única foto de sua mãe. Encostou a gravura no peito, fechou os olhos e chorou baixinho, mesmo sabendo que não havia ninguém para ouvir se ele chorasse alto.

— *Omma*... — Tratou o retrato com delicadeza, beijando a imagem.

Sua mãe foi a última pessoa que soube de sua existência, a última pessoa que se importou com ela.

Hansol sentia os ossos cansados e o corpo pesado. Passou o dia todo sonhando acordado, caindo em paralisias do sono várias vezes, alucinando. Os músculos formigaram em câibras dolorosas. Mas não iria se levantar. Sabia que se saísse dali, não se seguraria e iria atrás de Paxil.

Mesmo que MH o visse apenas como um paciente, e não como um amigo, Hansol não queria decepcioná-lo, não queria se mostrar fraco.

Não era a primeira vez que fazia isso, de se prender à cama para não fazer merda. MH sabia desse hábito e não apoiava. Dizia que não era bom, que deveria encontrar outra forma de evitar o ato.

Lee Hansol tentou, jogou fora sua receita falsa, mas, um tempo depois, topou com um médico corrupto que conseguia os medicamentos sem receita. E o rapaz não conseguiu vencer o vício. Então, se trancava no quarto e se forçava a dormir.

Eram dez horas da noite quando ouviu a campainha tocar. Pensou estar alucinando de novo, não era possível que alguém fosse visitá-lo.

Mas a campainha realmente estava tocando.

Sentou-se na cama, sentindo uma pontada extremamente dolorosa no final da coluna, e ficou um instante tentando se recuperar. Levantou-se e vacilou nos passos, as pernas bambas, os braços rígidos e doloridos. Fez sua típica carinha de dor, deixando lágrimas escaparem.

Desceu as escadas com cuidado, mas sem se preocupar se estava apenas com uma camisa esfarrapada e uma calça moletom de barras longas demais, nas quais ele pisava.

Chegou à porta e, sinceramente, esperava encontrar agentes funerários (como já havia acontecido certa vez), mas deparou-se com Moon Heejoon.

Talvez, agora, ele se importasse com o que estava vestindo, se comparado ao vizinho que tinha seu cabelo milimetricamente arrumado, brilhando, usando uma camisa branca de botões bem passada e uma calça jeans preta. Um bonequinho polido à mão.

— Heejoon... Eu... Er... — Hansol tentou ajeitar o cabelo preto, e não quis abrir a boca, por causa do bafo de sono.

— Desculpe aparecer tão tarde. — O rapaz sorriu um pouco envergonhado. — Eu queria te chamar para assistir a um filme comigo em minha casa.

Os olhinhos de Hansol quase saltaram para fora, ele só podia estar dormindo, aquilo só podia ser um sonho. Finalmente, sentiu o coração quente.

— Se não quiser aceitar, tudo bem. — Moon afastou-se um pouco da porta, recuando. — Nem nos conhecemos direito.

Diga alguma coisa, Hansol!

— Não! — disse quase desesperado. Quase. — Eu quero ir! Deus, como eu quero! — Levou a mão à boca, sentindo calor nas bochechas. — Quero dizer... — Respirou fundo, tentando disfarçar. — Eu adoraria.

— Ótimo! Venha daqui a meia hora... — Moon Heejoon sorriu.

— Ah, se vou. — Sorriu também e encostou a cabeça na porta, apoiado nela.

— Tudo bem — o outro disse e coçou a nuca. — Vou chamar a Hani. Até daqui a pouco. — E se foi.

— Hani? — o moreno perguntou a si mesmo, com o queixo no chão. — Hani? Heejoon, você está de brincadeira comigo!

Fechou a porta, com uma força exagerada, e bufou.

Droga!

Hansol sentiu-se triste novamente, e a chama em seu coração se apagou. Arrastou-se até a escada, pronto para voltar para a cama. Mas, merda, ele havia aceitado assistir ao filme.

Enxugou uma lágrima exibida e subiu as escadas, direto ao banheiro, onde se banhou e escovou os dentes por longos minutos, tomando três medidas de enxaguante bucal. Ainda que não fosse um encontro, ele se arrumaria como para o tapete vermelho, afinal, era vaidoso e queria provocar.

Hani que fosse para o inferno, seja lá quem fosse.

Vestiu uma camisa preta de botão, jaqueta jeans, calça preta com rasgos nas coxas e sua bota de cano curto. Ajeitou o cabelo que reluzia e passou um perfume cítrico. Deixou sua residência e caminhou até a frente da casa de seu vizinho, encontrando-o ao lado de uma garota de cabelos com luzes amareladas. Encarou Moon Heejoon, que o revistou com os olhos, de cima a baixo, de forma discreta, mas ele percebeu.

— Hey, Hyun. — O vizinho acenou para ele.

— É Hansol. — O rapaz sorriu, olhando para baixo.

— Ah, Deus... — Ele pareceu constrangido. — Eu não sabia... Me desculpe!

— Tudo bem. — Hansol piscou os olhos.

— Essa é a Hani — apresentou-a, com um sorriso pretensioso.

— Ele sabe meu nome. — A garota riu, falsamente graciosa. — Eu sou Hani.

Ah, piada boba, piada inofensiva...

Ela beijou o rosto de Hansol.

— Hansol — disse e sorriu forçado.

— Sabe, Hansol... — Hani estalou a língua. — Nunca conheci um Hansol legal. Eles são sempre tão sem graça. — Sorriu. Heejoon tossiu. — Não é seu caso, claro.

Vem, então! Hansol pensou.

— Engraçado... Só conheci uma Hani que prestasse, a do *Exid*. — Hansol sorriu, iluminando o ambiente. — Mas você é uma graça.

Eles continuaram a se encarar, sorrindo.

— Ah... Vamos entrar? — Heejoon perguntou, apontando para a porta de casa.

— Claro. — Hani foi à frente. — E pode deixar, eu conheço o caminho... Já vim aqui várias vezes, não é, Joon?

Joon.

— É. — Ele pôs a mão no ombro de Hansol, guiando-o até a sala. — Sentem-se. Fiquem à vontade. Vou pegar alguma coisa pra gente comer.

Hansol se sentou na poltrona, longe de Hani, e não fizeram a mínima questão de trocar palavras. O anfitrião voltou, um tempo depois, com duas tigelas de pipoca.

— Ah, Joon... — Ela deu batidinhas no assento ao seu lado no sofá. — Eu estava falando para o Hansol como sua casa é bonita.

Hansol assentiu com a cabeça, olhando para a televisão escura. Sim, eles estavam.

— Ficaram falando sobre a minha casa? — Heejoon ligou a televisão e acessou a Netflix. — Esperava que conversassem sobre vocês.

Hansol estreitou os olhos, analisando a situação em que Heejoon o tinha colocado.

— Você não quer se sentar aqui? — Heejoon indagou, apontando para o assento ao lado de Hani.

"Queria era sentar no seu colo", pensou Lee.

— Estou bem aqui — respondeu. E sorriu, sem ânimo, voltando a encarar a TV.

Moon Heejoon deu play no filme: alguma criação do cineasta Tarantino, na qual Lee Hansol não prestou muita atenção, com a cabeça apoiada na mão, um biquinho nos lábios e uma vontade imensa de ir embora.

— Você podia voltar a cantar no karaokê do meu irmão, Joon — Hani disse, enquanto encostava a cabeça no ombro do rapaz. — Todos adoram a sua voz.

— Hansol também canta. — Ele parecia oferecer o mais baixo, como se este fosse um carro usado. — Eu já o ouvi cantando enquanto cortava a grama.

O Lee sorriu internamente, mas estava intrigado com o que Moon dizia. Pelo menos, ele havia reparado nisso.

— Você podia me ajudar a pintar minha sala, não é? — Hani ignorou o que o anfitrião disse.

— Hansol pintou, sozinho, a parte de fora da casa dele, há uns meses — disse, sorrindo encorajador. — Você poderia chamá-lo.

— Mudando de assunto... — Ela suspirou, mexendo no cabelo. — Um casal de lésbicas se mudou para a casa ao lado da minha. Que nojo! Terei que me mudar ou fazê-las se mudarem... Imagine, um dia, terei meus filhos, eles não podem crescer sendo vizinhos de duas desviadas. É repugnante. Não acha, Heejoon? — terminou o pensamento.

— Sei lá. — Moon não pareceu interessado.

— E elas dizem para todos que irão se casar e adotar uma criança — a mulher disse e caiu na gargalhada. — Acham que podem ser uma família! Santo Deus, onde já se viu uma coisa dessas? Família é homem com mulher!

Hansol cansou-se. Estava prestes a chorar.

— Eu tenho que ir. — Levantou-se de súbito. — Me lembrei de um compromisso. — E caminhou rapidamente até a porta, sentindo Moon em seu encalço. Este segurou seu braço, quando já estavam na varanda.

— Hansol... — Ele parecia confuso. — Fique!

— Por que me chamou? — perguntou, sentindo os olhos quentes.

— Te chamei pra conhecer a Hani. — Heejoon sorriu infantilmente, como se tivesse tido uma grande ideia. — Vocês podiam sair juntos.

Hansol tirou a mão de Moon de seu braço, irritado.

— Ela gosta de você — retrucou, tentando controlar a voz.

— Não, eu sei... Mas vocês podem...

— Eu sou gay, Heejoon — interrompeu-o, sentindo as lágrimas escaparem. — Gosto de homem e não de mulher. E, mesmo que gostasse, jamais pensaria em ter algo com essa garota deplorável! Eu não preciso que você encontre uma namorada para mim. — E deixou o vizinho parado lá, enquanto ia embora para casa, sentindo as lágrimas descerem pelas bochechas.

Os comentários de Hani fizeram-no se lembrar de um dos motivos que o levaram à depressão. Lembrar-se daquilo o fazia querer tomar uma cartela inteira de Paxil.

Com as mãos tremendo, Hansol trancou a porta do banheiro imundo de um bar qualquer, ao som de uma música ruim e falatório sem noção. Ele tirou a cartela de pílulas de seu bolso, arrancou uma cápsula e a colocou na boca, levou o copo de água que havia pedido no bar aos lábios e a engoliu. Repetiu o ato mais duas vezes, ingerindo mais duas pílulas.

Deixou o copo cair no chão, que se partiu em dezenas de cacos, sentou-se na tampa da privada nojenta e encostou a cabeça na parede grudenta, lotada de pichações e números para prostituição.

Seu rosto estava molhado de lágrimas, o cabelo bagunçado, calafrios conhecidos... Ele conseguiu ficar trinta e três dias sem chegar perto de uma cápsula de Paxil, mas, no fim, como de costume, falhou. Ele se sentia fraco, burro, ignorante, nojento e dramático.

Sua cabeça, finalmente, começou a pesar. Sentiu a visão borrada, mas não o suficiente para não ler o que estava escrito na porta do banheiro: "Mamãe, o mundo é ruim demais, deixe-me voltar para seus braços, para seus beijos e para sua sopa. Não me deixe sozinho, eu estou com tanto medo".

Ele voltou a chorar, sentindo um vazio enorme em seu peito, lembrando-se de sua própria mãe. Entendia completamente a pessoa que tinha escrito aquilo.

Suspirou, por fim, o corpo mole e a mente cega pela neblina. Abriu a porta da cabine e deixou o banheiro, andando lento e vacilante entre tantas pessoas, esbarrando em algumas delas. Enquanto andava até a saída, Lee recebeu um empurrão. Uma mulher pegou em suas partes, um cara derrubou cerveja em sua blusa e outra mulher beijou seu rosto. Mas nada importava.

Ele sentiu o vento gelado: estava do lado de fora, mas sua visão estava ruim e Hansol não conseguia pensar em nada. Andou alguns passos e sentiu as pernas bambas. Então, caiu por cima de sacos de lixo e encarou um poste de luz, a visão ficando escura. Relaxou o corpo e deixou que o efeito da droga o tomasse.

Estava há dez dias sem falar com MH e, também, estava há dez dias fazendo uso contínuo de Paxil, pelo menos, um por dia, ficando horas derramado no sofá de casa, chapado. Ninguém apareceria para ver se estava bem, então não havia problemas.

Andava só de cueca pela casa, com um litro de vinho na mão, e o estômago sempre roncando de fome. Tomava banhos demorados, deitado no piso frio, a água indo diretamente para sua barriga, causando-lhe cócegas.

Como era bom ser criança.

Então, ele ria, ria alto, até ficar sem ar... E aí, chorava, chorava alto, até ficar sem ar de novo, a vontade de sumir aumentando, e a de voltar ao passado, antes das desgraças, consumindo-o.

Hansol quis morrer. Não havia nada a perder...

Talvez alguns cristãos e freiras fossem, ao seu velório, desejar que sua alma fosse bem recebida por Deus. Talvez, no céu, ele fosse feliz, mas acreditava que Deus não o queria no paraíso, que ele não era digno de estar entre os bons. Era pecador. Sujo e doente. Iria para o inferno. Queimaria eternamente. A dor não iria acabar.

Pecador. Fruto de um pecado, cometeu pecados da infância até a maioridade. Nunca seguiu o caminho certo. Lembrava-se de evangélicos aconselhando-o: "Meu filho, encontre Jesus. Ele irá te salvar, irá te tirar das drogas, irá te tirar do caminho dos gays, irá iluminar sua vida".

Ele não foi atrás de Jesus, mesmo que pensasse ser o melhor... Não acreditava que mudaria. Havia coisas que a Igreja não poderia mudar, porque não deveriam ser mudadas, não havia como.

Lee Hansol apenas aceitou a vida suja. A que combinava consigo. Era desequilibrado, viciado e gay, com um passado triste e sozinho no mundo.

Gritou de dor, mesmo que não estivesse fisicamente machucado. A ferida era interna, em seu coração. Queria ligar para MH, mas sentia tanta vergonha... De qualquer forma, o homem não se importava mesmo, era apenas seu trabalho.

Ele engoliu mais uma pílula com vinho e se deitou no chão do quarto, os olhos vidrados em uma mariposa.

Lee Hansol estava em um de seus momentos de ansiedade, tamborilando os dedos com velocidade na mesinha da sala, sentado no chão, os pés tremendo um pouco e o interior de suas bochechas sendo maltratado pelos dentes. Acabou a cartela de Paxil, e ele sabia que esta era a deixa para começar uma nova tentativa de parar o vício.

Mas era sempre tão doloroso! Era esmagadora a sensação de vazio, de necessidade, então tinha que se segurar ao máximo para não sair em busca de mais pílulas. Conversar com MH ajudava, mas ainda estava muito envergonhado para voltar a ligar para o psicólogo. Então, cravava as unhas saltadas na pele e, abraçando as pernas, mordia o próprio joelho.

Ele se levantou, ligou o rádio e, forçadamente, começou a dançar alguma coisa do *Monsta-X*, pisando na barra da calça de moletom. Sentia-se quente e suado, quando ouviu um barulho na porta, alguém o chamando. Desligou o rádio e abriu a porta, encontrando... Heejoon.

Moon Heejoon.

— Espero não estar atrapalhando — disse o sempre bem-arrumado rapaz.

Hansol não sabia como reagir, pois não esperava receber sua visita, não depois daquele dia. Então, abriu a boca diversas vezes, não sabendo o que dizer.

— Eu posso voltar outra hora. — Heejoon se afastou da porta. — Desculpe o incômodo.

— Não! — Hansol segurou a camisa dele, sem jeito algum. — Pode falar o que você veio... falar.

Moon abriu um sorriso, e Lee suspirou, abobalhado. Mesmo que o rapaz o tivesse magoado — não intencionalmente, acreditava —, ele continuava bonito e encantador.

— Ótimo. — Heejoon encostou-se ao batente da porta, um pouco despojado. — Quero te levar a um lugar.

Hansol sorriu por dentro, mas aquilo era estranho.

— Vai me apresentar a mais alguma garota? — indagou, pronto para recusar.

— Hansol... — O outro suspirou pesado. — Me desculpe por aquele dia... Não achei que você não gostasse de mulher. Achei que você fosse bissexual ou algo do tipo... — disse e coçou a parte de trás da cabeça, parecia meio desconfortável. — Você nunca me disse que é gay.

— Como eu poderia? — Ficou confuso. — Nós nunca conversamos... De que outra forma eu poderia ter dito? Deixando um outdoor no meu quintal escrito: "Alô, eu sou gay!"?

Heejoon abaixou a cabeça e encolheu os ombros. Lee sentiu-se a pessoa mais rude da atualidade e, sem jeito, deu um tapinha no ombro do rapaz, fazendo com que ele o encarasse.

— Aonde quer me levar? — Sorriu sem mostrar os dentes, com as bochechas infladas.

— É surpresa... — Heejoon disse e sorriu também, infantilmente maldoso. — Você vem?

Ele não sabia se deveria ir, não estava em seu melhor estado, já se viu fazer merda em momentos como aquele, e não queria assustar Moon Heejoon.

— Eu não estou muito bem — comentou, triste, tentando esconder seus motivos para estar mal.

— Mas quero te levar pra sair justamente pra você melhorar — o vizinho retrucou e o encarou de modo pidão.

Como Heejoon sabia que ele estava mal? Era tão visível assim?

— Eu acho que tudo bem. — Hansol cedeu. Não tinha como encarar aqueles olhos grandes e negros como petróleo, com um brilho tão intenso, e dizer "não". — Me dê um tempo para me arrumar.

— Okay. — Heejoon pareceu satisfeito.

O Lee subiu para se arrumar e fez isso o mais rápido possível: tomou um banho de cinco minutos, sem molhar o cabelo, e colocou seu jeans, um moletom preto e um boné vermelho. Banhou-se de desodorante, desceu e voltou correndo, após perceber que não tinha calçado suas botas. Que cabeça!

— Argh, pronto — Hansol disse mais para si mesmo do que para Heejoon, quando o encontrou na varanda. — Aonde vamos?

— Surpresa, já disse.

Moon Heejoon segurou seu pulso, gentilmente, e o guiou até o carro.

Hansol simplesmente não sabia por que Heejoon queria se aproximar, assim, tão de repente.

— Mas... — Hansol entrou no carro, e Heejoon em seguida. — Mas como eu posso confiar em você?

— Não confia? — o outro devolveu, pondo a chave na ignição.

Hansol encarou os olhos escuros e se encolheu no banco. Não sabia se confiava, mas sabia que o vizinho era uma pessoa correta ou aparentava ser.

— Acho que sim — disse, enquanto dava partida no carro. — Não tenho certeza. Me desculpa?

— É completamente normal não confiar nas pessoas que você não conhece. — Enviou-lhe um sorriso acolhedor. — É mais seguro também.

— Então, você pode ser um sequestrador — brincou, mas não recebeu uma resposta imediata, o outro não respondeu. — Heejoon, não brinca com meu coração!

— Não. — Ele soltou uma risada. — Sou só um cara normal...

Normal não. Caras normais não eram tão fodidamente bonitos.

— Okay, estou curioso. — Hansol encostou a cabeça no banco. — Hoje é algum dia da semana, não sei qual, são três da tarde e você não está trabalhando. No que trabalha?

— Eu trabalho em casa — Heejoon se limitou a dizer.

— No quê? — insistiu.

— No que você trabalha? — rebateu.

— Oh... — Ele coçou o couro cabeludo, por baixo do boné. — Eu não trabalho... Vivo da pensão da minha mãe.

Moon Heejoon já sabia.

— Enfim... — Hansol pôs os pés no banco, para abraçar as pernas. — Posso? — referiu-se aos pés no banco.

— Pode. — Pararam no sinal vermelho. — O que é isso no seu joelho?

Hansol percebeu, então, que estava usando uma calça com rasgos, que mostravam os ferimentos em seu joelho, onde mordeu várias vezes. Escondeu as mordidas com as mangas da blusa.

— Ah... — Tentou soar descontraído. — Eu tive que me agachar para... Pegar uma coisa.

Que convincente.

— Deve estar doendo.

Heejoon voltou a dirigir e parou em um posto de gasolina. Enquanto o frentista enchia o tanque, Hansol o viu pegar uma pomada no porta-luvas, ficando bem próximo a ele no ato.

— Aqui. — Retirou a tampa do gel e estancou o ferimento no joelho de Hansol, com delicadeza. Este não soube como reagir, novamente. Aquele era um ato tão gentil, tão cuidadoso... Lee Hansol nunca foi cuidado por ninguém, além de sua mãe.

— O-obrigado. — Sentiu as bochechas esquentarem. — Não precisava...

— Você precisa de bem mais. — Heejoon sorriu de forma significativa. — Estamos quase lá.

Ele dirigiu por mais alguns minutos e, então, estacionou, na frente de uma casa comum, onde desceram.

— Estou começando a cogitar a ideia do sequestro — declarou, e esperou que Heejoon apertasse a campainha.

— Se fosse — o vizinho encostou-se ao muro da casa —, aposto que você cairia em uma síndrome de Estocolmo.

Lee Hansol primeiramente riu e, então, caiu sua ficha. Heejoon estava flertando com ele!

— Como você é convencido — respondeu. Tinha ficado sem graça.

O portão se abriu, então, revelando uma moça na casa dos trinta, com um bebê no colo.

Oh, Heejoon não o levou para se tornar pai da criança, não é?

— Boa tarde, sou Moon Heejoon. — Sorriu de forma encantadora e educada. — Você é a Chaelin?

— Sim, sim — assentiu, animada. — Veio pela adoção?

— Vi o anúncio na internet — respondeu com a mesma animação.

— Oh, entrem. — Ela deu espaço aos dois, que entraram.

Que adoção? Adoção da criança? Mas como Hansol cuidaria de uma criança? Ele próprio era uma criança!

— Eles são tão bonzinhos — a moça dizia, enquanto eles faziam o caminho de pedras. — Vocês vão gostar.

— Com certeza. — Heejoon sorriu e fez cócegas no bebê, que riu abertamente para ele.

— Vocês dois namoram? — ela perguntou de repente.

Hansol ficou nervoso, tinha certeza de que a mulher os julgaria, mesmo que nem fossem namorados.

— Não. — Heejoon riu, desconcertado.

— Somos vizinhos — Hansol explicou.

— Ah... — A mulher pareceu sem jeito, e abriu a porta da casa. — Meu irmão é gay, sabe, então peguei uma mania feia de achar que todo mundo é.

Cinquenta por cento correta.

Hansol ficou aliviado de captar o tom divertido na voz da mulher, o tom de quem não via nada contra homossexuais.

— HeeChan — ela chamou. — Venha me ajudar.

Logo apareceu um homem, de aparência simpática, que acompanhou Moon e Lee até um quarto, onde foram recebidos por meia dúzia de bulldogs ingleses pequeninos.

— Oh, meu Deus! — Hansol ajoelhou-se para alcançá-los e foi atacado por línguas com cheirinho de leite e barriguinhas gordinhas. — Aaah, socorro!

— Hey, gostou? — HeeChan perguntou. Moon Heejoon e ele observavam Hansol ser amado pelos cãezinhos.

— Eu amei! — Hansol tentava abraçar todos ao mesmo tempo.

— Bela surpresa do seu namorado. — HeeChan riu e Hansol quis corrigi-lo. — Ele ligou mais cedo e disse que levaria um dos gordinhos. Podem escolher!

— Como escolher? — perguntou. O Lee não conseguia achar um menos favorito. — São todos tão lindos!

Todos eram marrons, mesclados de branco e preto, os narizes rosa.

— Ajude-o, rapaz. — HeeChan deu um empurrãozinho em Heejoon. — Aproveitem enquanto cuidam de um cachorrinho... Um dia, vocês vão acabar tendo um bebê, não sei como, e aí, sim, vai ficar difícil.

Aquilo era tão constrangedor, mas Hansol estava ocupado demais para explicar a situação ou algo do tipo.

— Qual te agradou mais? — Heejoon perguntou baixinho, acariciando uma das bolinhas.

— São tantos. — Hansol apertou as próprias bochechas, involuntariamente. Ele alisou cada um dos bichinhos e, enfim, seus olhinhos brilharam mais forte na direção de um mais afastado dos outros, que parecia sozinho. Ele se identificou. Trágico. — Aquele ali. — Apontou o dedo, parecendo um garotinho.

— Okay. — Heejoon foi até o pequeno bulldog e o pegou no colo. — É uma menina.

— Ah, ela é linda! — Lee acariciou a cabeça cheia de papas da cadelinha, no colo de Moon.

— É isso, então? — HeeChan chamou sua atenção. — Boa escolha... Ela é um amor, mas é meio afastada dos outros.

— Vamos levá-la — Moon Heejoon disse e beijou o topo da cabeça da menininha, acabando por beijar um dos dedos de Hansol, também, que afastou a mão. — Obrigado pela doação.

— Obrigado, vocês. — O rapaz sorriu e os acompanhou até a sala. — Querida, eles escolheram a garotinha dorminhoca.

— Ah, ela é puro carinho. — A mulher saiu da cozinha. — Espero que ela os faça felizes.

Hansol assentiu, contente. Eles se despediram dos dois e do bebê e voltaram para o carro, com uma cadelinha sonolenta nos braços.

— Não acredito que você fez isso — finalmente, disse, quando o vizinho ligou o carro. — Você me deu uma cachorrinha!

— Não foi nada. — Ele sorriu, envergonhado. — Vi o anúncio na internet, sabe, eles estavam doando sem cobrar nada... E você mora sozinho, achei que fosse te fazer bem.

Hansol começou a desconfiar que Heejoon imaginasse, sim, que ele tinha depressão, e ficou feliz em saber que o rapaz se importava.

— Muito obrigado — agradeceu e sorriu sincero para Moon, fitando os seus olhos incrivelmente escuros. — Ela vai me fazer bem, sim.

Os dois pararam, minutos depois, em um *pet shop*. Hansol insistiu em dizer que não precisava, que depois veria esse tipo de coisa, com seu próprio dinheiro, mas Heejoon agarrou sua mão e o arrastou até a loja. Então, Lee Hansol estava perdido entre as coleiras de diferentes jeitos, os lacinhos fofos, as roupinhas, enquanto Moon Heejoon segurava a cadelinha nos braços, esperando o rapaz se decidir.

— O que acha desta? — perguntou, colocando, superficialmente, a coleirinha roxa na bulldog, testando.

— Eu não sei.

Moon riu da animação de Hansol, de sua carinha de dúvida.

— Ajuda, Heejoon... — pediu, manhoso. — Você quem inventou essa ideia.

— Acho que a coleira preta ficaria bonita. — Apontou. — Ela pode ser uma menina punk. O que acha? Ela poderia sair por aí, pichando "Foda-se a polícia" e "Anarquia até a morte"!

— Você não está ajudando em nada — disse, após uma gargalhada gostosa.

— Aquela dourada, então — sugeriu. — Swag, hip-hop! Uh, podemos comprar óculos escuros também... Ela vai chegar aos outros cães e dizer "ouro puro" e "corrente de ouro, vale três dólares". — Heejoon começou a gingar e cantarolou: — *I wanna big house, big cars and big rings!*[1]

— Vou levar a dourada, então — decidiu, entre risadas, e realmente levou a coleira dourada, com lacinhos no mesmo estilo.

Deixaram o *pet shop* com um saco de ração, biscoitos caninos, shampoo, coleira e laços.

— Obrigado. — Teve que dizer, sentado no banco do passageiro, com a cadelinha no colo.

— Não foi nada. — Heejoon sorriu genuinamente. — Pela vigésima vez.

— É que eu nunca mais tive um cãozinho, depois que meu cachorro Spider morreu. — Entristeceu-se ao se lembrar do grandão. — Ele viveu quase vinte anos... Espero que ela também viva tanto assim.

— Ela vai — o outro disse, esfregando a orelha da menina. — Qual será o nome?

— Não consigo pensar em nenhum. — Lee gemeu, frustrado.

— Que acha de Bolinha? — sugeriu.

— Muito comum.

— Penélope?

— É nome de gata.

— Wendy?

— Dumb, dumb, dumb...

— Rose?

— Boombayah!

— Mina?

— Cheer up, baby!

---

1 No More Dream, BTS (2013)

— Droga, Hansol! — Ele desistiu, e o outro gargalhou.

— Bellatrix! — decidiu, de súbito.

— Harry Potter? — Heejoon soltou uma risada.

— Exatamente. — Ele beijou a cadela. — Fodona igual à Bellatrix.

— Gostei. — Moon sorriu para os dois agarradinhos.

Eles chegaram a casa, e Heejoon acompanhou Hansol e a filhote até a porta, como um bom cavalheiro.

— Obrigado, de novo — disse o Lee, após colocar a cadelinha no sofá. — Obrigado por ter feito tudo isso por mim.

— Quero te ver bem. — O rapaz deixou as bochechas ficarem rubras, e Hansol quase derreteu.

Na verdade, Hansol acabou chorando. Vergonhosamente chorando. Seus ombros caíram e ele escondeu o rosto, não conseguindo controlar o choro. Heejoon foi tão carinhoso, tão atencioso... Só Deus sabia quando foi a última vez que ele recebeu a atenção de alguém.

— Ei... — Heejoon abraçou o rapaz, que hesitou um pouco em abraçá-lo, mas cedeu. — Não precisa ficar assim.

— Eu... — Procurou fôlego para dizer, sentindo o cheiro fino e masculino de Moon. — Eu estou tão... Tão estranho nos últimos anos... Tão... Tão só. Me desculpe.

— Não há pelo que se desculpar. — Moon Heejoon afundou os dedos no cabelo do outro, acariciando o couro cabeludo, sentindo-o relaxar em seus braços. — Está tudo bem... Isso é comum, okay? E tem como vencer.

Lee Hansol chorou um pouco mais ao ouvir as palavras do maior, segurando em sua camisa com força. Fazia tanto tempo que ninguém mostrava se importar.

— Me desculpe, Heejoon — ele disse e se afastou, ainda choroso, totalmente envergonhado. — Obrigado mesmo.

— Aproveite a companhia da Bellatrix. — O maior sorriu doce e beijou a bochecha molhada dele. — A gente se vê.

Lee Hansol só podia estar sonhando. E não queria ser acordado.

CAPÍTULO III

— HANSOL...

Lee tremeu ao ouvir a voz do outro lado, e sentiu o nervosismo e a vergonha tomarem-no. Queria desligar o celular e nunca mais voltar a ligar para ele.

— *Hansol*? — a voz tornou a dizer. — *Eu sei que está aí... Pode falar*.

Seus olhos começavam a ficar marejados, só de ouvir o tom calmo e carinhoso do homem do outro lado da linha.

— MH... — choramingou, agarrando o celular com mais força. — Me perdoa, por favor.

— *Não tenho que te perdoar* — respondeu. — *Esqueça isso de pedir desculpas. Você não precisa*.

— Preciso! — devolveu, nervoso. — MH, preciso pedir desculpas... Eu só faço você perder tempo comigo. Acho que nem tenho chances, não tenho salvação!

— *Hansol, pare de falar assim*.

— Me desculpe, por favor. Eu não queria ser fraco. — Hansol tentou secar as lágrimas que escorriam por suas bochechas. — MH, por que minha vida tem que ser assim? Por que eu tenho que ser tão covarde?

— *Você não é covarde*.

— Eu sou! — Ele sentia uma dor na garganta por tentar controlar o choro. — Eu sou o maior covarde do mundo! Fui covarde com as pessoas que conheci, covarde com você, covarde com minha mãe, covarde comigo mesmo.

— *Hansol...* — O homem suspirou. — *Isso não é covardia. Não é. Você era jovem, você é jovem... Passou por muita coisa, qualquer um ficaria sem forças no seu lugar. Não se culpe pelos problemas que as pessoas lhe causaram.*

— É minha culpa, sim — retrucou, sentando-se no canto da parede de seu quarto, com as pernas encolhidas. — É tudo minha culpa! MH, se eu tivesse sido forte, minha mãe estaria aqui comigo.

— *Você era uma criança.*

— Eu tinha idade suficiente para tentar alguma coisa... — Socou o carpete com o punho, lembrando-se daquele dia. — Eu poderia... Poderia ter chamado alguém. MH, eu sabia onde tinha facas. Tinha um machado no quintal, MH, eu podia ter feito alguma coisa. — Puxou os fios do próprio cabelo, sentindo falta de ar. — Eu não fiz nada! Fiquei feito um bebê, escondido!

— *Você fez o que sua mãe mandou. Hansol, ela te amava, fez isso para o seu próprio bem.*

— Eu devia ter desobedecido! — Puxou o cabelo com mais força. — MH, eu devia ter... Devia ter vendido mais figurinhas, devia ter cobrado mais caro naquele rádio, eu devia ter vendido mais bolinhos na porta da igreja, assim a gente conseguiria dinheiro pra fugir.

— *Hansol...* — o psicólogo falou em um tom sério. — *Precisa se acalmar.*

— Não tem como! — Ele se levantou, sentindo toda a pressão e a fraqueza que aquele estado emocional causava em seu corpo. — Não tem como, MH! Eu não posso me acalmar... Toda noite, penso nisso; toda noite, aquelas memórias infernais invadem minha mente, antes de eu dormir. Toda maldita noite, me lembro da voz da minha mãe, eu lembro, MH, e não dá pra me acalmar.

— *Vá tomar um banho* — pediu MH. — *Deixe o celular no alto-falante e vá para baixo do chuveiro.*

— Mas eu preciso te contar! — Hansol dizia, a mente em uma confusão. E, sem nem perceber, realmente começou a procurar uma toalha pelo quarto. — Toda noite, eu revivo aquele momento.

— *E por que revive?* — perguntou MH. — *Ligue o chuveiro.*

— Eu não sei... — Não estava realmente focando o que fazia, mas colocou o celular no viva-voz e se despiu. — Eu não sei... Apenas me vem à mente, apenas surge. E toda vez, eu encontro uma nova forma de ajudar minha mãe. — Ligou o chuveiro, as mãos tremendo um pouco. — Mas, MH, não posso mais ajudá-la. Perdi minha chance...

— *O que seu psiquiatra dizia sobre isso?*

— Ele nunca dizia nada... — Entrou embaixo da ducha, sentindo a água morna. — Ele fazia um milhão de perguntas, mas não dava uma solução, só receitava a droga dos remédios e tentava me fazer falar sobre minha mãe.

— *Você conseguia falar com ele sobre sua mãe e aquela noite?*

— Não. — Agachou-se no chão frio, encostando-se à parede. — Eu nunca consegui falar.

— *Mas você fala pra mim.*

— Falo. — Ele fechou os olhos, deixando que a água o relaxasse. — Com você, consigo falar.

— *Realmente, se lembra daquele momento todos os dias?*

— Sim... — disse e abaixou a cabeça. — Às vezes, lembro por só um minuto no dia... Eu me lembro mais quando estou sozinho.

— *Mas você mora sozinho.*

— Eu sei. — Suspirou, fazendo a água respingar. — Mas agora eu tenho companhia.

— *De quem?*

— Da Bellatrix.

— *Quem é Bellatrix?*

— Minha cadela.

— *Você adotou uma?*

— O Heejoon me deu.

— *Quem é Heejoon?*

Hansol arregalou os olhos ao ouvir aquilo.

— Nunca te contei sobre ele? — Olhou para o celular que estava sobre suas roupas na pia.

— *Nunca.*

— Meu Deus, MH. — Lee Hansol acabou rindo. — Eu pensei que te contasse tudo.

— *Nem tudo, pelo visto.*

— Heejoon é meu vizinho. — Sorriu ao se lembrar do rapaz. — Não acredito que não te contei sobre ele.

— *Mas por que falar dele seria tão importante?*

— Eu nem sei. — Alcançou a esponja macia e começou a se lavar. — É que ele é meio importante. Acho que tem me ajudado... Mesmo que tenha me magoado com algumas coisas.

— *Como ele te magoou?*

— Me apresentou a uma garota — disse, rolando os olhos. — Eu não gosto de meninas. Gosto de meninos. Gosto dele.

— *Gosta dele?*

— Mais do que deveria. — Passou os dedos por cima das feridas no joelho. — Ele é meio hétero.

— *Meio?*

— Eu não sei. — Riu. — Queria que ele fosse, ao menos, um pouco gay; talvez eu conseguisse alguma coisa.

— *Que coisa?*

— Ah, MH... — Sentiu as bochechas ficarem quentes. — Sexo, talvez. Ele tem pernas e braços definidos, acho que é bom de cama. Pelo menos isso, sabe?

— *Só quer sexo com ele?*

— Queria muito mais... — disse e sorriu, triste. — Mas não vai rolar. Ele é um cara normal, que leva uma vida normal... Provavelmente, vai se casar com uma garota prendada e ter dois filhos adoráveis, ser um bom pai e bom marido.

— *E quanto a você?*

— Eu vou acabar em uma clínica, mas, talvez, encontre enfermeiras carinhosas. — Lee Hansol nem se abalou com o pensamento. — Ou, talvez, com enfermeiras rudes, como uma que cuidou de mim, quando eu tinha dezesseis anos. Ela agarrava meu cabelo e batia com força em meu dente com uma colher para que eu engolisse os comprimidos. — Sentiu a dor nas raízes dos dentes. — Mas, com sorte, serei tratado bem desta vez.

— *E enquanto isso não acontece?*

— Vou apenas aproveitar a companhia do Heejoon — falou, sincero, sem esperanças. — E, talvez, eu seja chamado para o casamento dele. Ou talvez ele traga um pedaço de bolo pra mim... E outro para o Sr. Byun e para senhora Hwa. É a cara dele.

— *Ele te ajuda a não se lembrar de sua mãe?*

— Ajuda. — Sorriu ao reconhecer aquilo. — Ultimamente, tenho pensado mais no quanto não tenho chances com ele, do que naquela noite...

— *Eu não esperava que fosse assim* — respondeu MH, com a voz desanimada. — *Não é a melhor forma.*

— É melhor pensar na impossibilidade de ter o Heejoon do que pensar na morte da minha mãe.

Cinco dias sem atender o telefone.

Com Bellatrix no colo, Hansol tentava falar com MH, mais uma vez, sabendo que o homem não o atenderia.

Ele podia ligar para a central da ONG para qual MH trabalhava, e fazer uma reclamação, mas não faria isso. Se acreditava mesmo que era um amigo para o psicólogo, então não deveria agir como um paciente. Mas não conseguia entender por que o homem não o atendia.

— O que eu fiz, Trix? — Abraçou a cadelinha. — Eu não me lembro de ter dito nada de errado.

Desde a conversa no banho que ele já não permitia contato.

Bloqueou o celular e encostou a cabeça na parede, sentindo-se profundamente triste. MH era seu único amigo, era o único que sabia de todos os seus pensamentos e sentimentos e, agora, havia sumido. Sentia-se desprotegido sem ele. Sentia-se fraco e vulnerável. Precisava daquela voz, daquele apoio, daquela amizade.

— Será que o perdi? — perguntou à Bellatrix, que roncava. — Eu não posso perder o MH.

Ele martelava a própria mente, em busca de algo que tivesse feito para o rapaz ignorá-lo de tal forma. Hansol tinha certeza de que a culpa era sua, porque era sempre sua, dizia coisas sem pensar, era um imbecil sem cérebro.

— Eu sou um idiota — disse, sentindo vergonha de si mesmo. — Por que sempre fodo com tudo?

Sentiu os olhos quentes, nem tentou se segurar, apenas deixou as lágrimas caírem e abraçou Bellatrix com mais força, tentando não se sentir sozinho.

Mas estava sozinho.

A casa era puro silêncio. Fora o barulho do motor da geladeira, tudo era som de nada. O maior indício de que estava só, a maldita falta de barulho. Talvez, por isso, tenha ido a tantas raves, quando adolescente. Lá, tudo que você não encontrava era o silêncio.

Mas a sensação de estar acompanhado logo sumia, assim como o som. Queria alguém que conversasse com ele, que o abraçasse. Queria carinho, como nos filmes, e dormir juntinho. Queria acordar de madrugada para falar sobre as constelações. Queria ser amado.

Mas não tinha nada disso.

Pegou o celular e discou o número de seu fornecedor de antidepressivos.

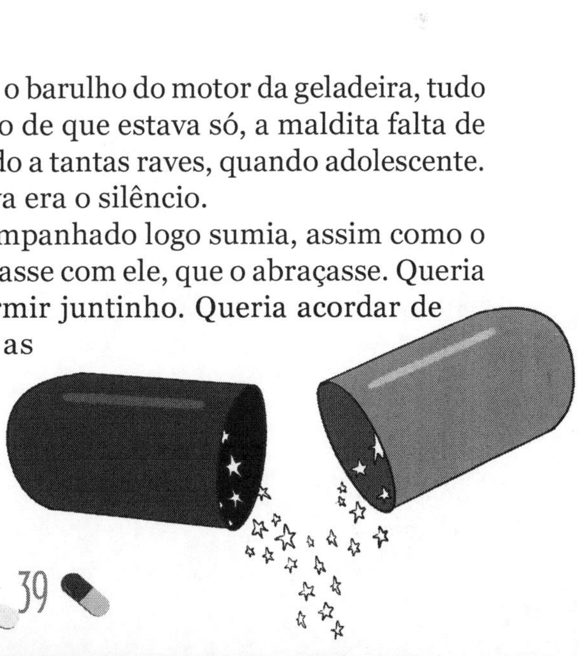

— Eu vou precisar de uma cartela... — disse baixinho, com medo que alguém ouvisse. Com medo de que sua mãe ouvisse. — Papai precisa sair, Trix. — Beijou o nariz da menininha e deixou-a dormindo na cama.

Arrumou-se muito mal, e pegou umas de suas últimas notas de dinheiro, descendo as escadas com o empurrão do peso em sua consciência. Tomou um ônibus e fez o caminho até o fornecedor. Comprou a cartela.

Gastou parte da pensão de sua mãe com mais oito pílulas de Paxil. Novamente. Assim como já fazia desde os dezessete anos. Logo faria vinte e quatro anos, e, merda, ainda era o mesmo lixo de anos atrás.

Parou em um café e comprou uma garrafa de água. Sentou-se na calçada em frente ao local e, de ombros baixos, abriu a água e separou uma cápsula.

— Desculpa, mãe — pediu, com vergonha de olhar para o céu. — Me desculpe, MH.

Ia pôr a pílula na boca, quando foi interrompido.

— Está com gripe? — Heejoon perguntou, e ele congelou dos pés à cabeça. — Eu não acho que esteja.

Moon parecia tão bravo, mesmo que não estivesse furioso.

Hansol levantou a cabeça, hesitante, e encontrou seu vizinho ali, rígido, com cara de poucos amigos. Amedrontador.

Ele engoliu em seco e guardou a pílula no bolso da jaqueta, como se pudesse enganá-lo. O rapaz estava diferente das outras vezes. Mesmo que não houvesse nada de incomum em sua aparência, a aura era outra. Estava irritado.

— Levante-se — o vizinho pediu... Ou ordenou.

Hansol se levantou.

— Oi — foi tudo o que ele conseguiu dizer.

— Eu fico com isso aqui. — Heejoon tomou a cartela do rapaz.

— Mas... — tentou argumentar. — É pra tireoide!

— Você não tem tireoide — foi convicto. — E, mesmo que tivesse, tireoide não se trata com antidepressivos.

Hansol paralisou, mas seu coração disparou. Droga, queria correr dali e nunca mais olhar para Heejoon; queria nunca mais se sentir tão constrangido.

— Venha. — Ele segurou o punho de Hansol e o puxou, fazendo o rapaz acompanhá-lo até o carro.

Hansol não queria acatar tudo que o rapaz dizia e fazia, mas não conseguia contrariar. Não tinha força moral para isso. Era a porra de um drogado.

Moon Heejoon arrancou com o carro, com o vizinho no banco ao lado, tendo a cabeça encostada no vidro da janela, evitando olhá-lo.

Por que sou tão fraco? Ele pensava consigo mesmo, brincando com os dedos da mão.

— Por quê? — Moon indagou, quebrando o silêncio dentro do carro.

— O quê? — murmurou com a voz em um tom baixo.

— Por que comprou isso? — Mostrou-lhe a cartela de comprimidos.

Argh. Hansol quis mandá-lo à merda. Mas não faria.

— Estava me sentindo triste — disse, depois de hesitar duas vezes.

— Só isso? — Heejoon não tirou os olhos da estrada para perguntar, e tinha o maxilar trincado, como se estivesse se contendo.

— É. — Hansol abaixou a cabeça.

Moon, finalmente, estacionou o carro, e pela primeira vez, o Lee se perguntou aonde estavam indo. Moon abriu a porta para Hansol, que saiu encolhido, evitando encarar o maior. E este o guiou até a entrada do que parecia ser um restaurante bem simples, sem luxo ou elegância.

— Fique aqui. — Moon fez o rapaz se sentar perto da janela, ainda usando uma voz severa. — E não saia daí.

— Saio se eu quiser — resmungou, sentindo-se farto, enquanto o outro ia até o balcão. Não sairia dali até que Heejoon dissesse que podia. Mas era um pouco rebelde.

Seu vizinho voltou pouco tempo depois, sentando-se em sua frente, com a expressão facial mais séria do que nunca, como se Hansol o houvesse desafiado gravemente. Heejoon ficava sexy daquele jeito, parecendo puto da vida. E Hansol precisava parar de ter estes pensamentos.

— Por que você ainda usa essas coisas? — perguntou menos rígido do que antes.

Hansol não queria responder.

— Eu só falo sobre isso com meu psicólogo — resolveu optar por esta resposta. — Desculpa. — E o viu sorrir, por um momento breve. — Mas ele não tem me atendido esses dias — contou, as mãos unidas sobre o colo e o olhar caído. — Eu devo ter feito alguma coisa.

— Por que acha que a culpa é sua? — Moon perguntou, concentrado em alinhar os guardanapos, saleiros e temperos corretamente.

— Por que ele me ignoraria? — Tentou mostrar sua lógica. — É óbvio que eu fiz alguma coisa. — Sentiu as lágrimas formarem-se em seus olhos novamente. — Eu não quero ficar sem ele — a voz saiu trêmula. — Eu não posso...

— Se acalma — pediu. — Ele pode estar doente ou coisa do tipo...

— Ele podia ter atendido pra avisar! — Hansol formou seu típico bico nos lábios, desistindo de tentar controlar o choro, já que jamais conseguiu conter suas emoções. — Ele está me evitando! E eu nem sei que merda fiz.

— Esqueça isso. — Heejoon suspirou e o garçom deixou seus pratos na mesa. — Se ele é seu amigo, vai voltar a falar com você... Não é porque é um psicólogo que ele também não possa ter os próprios problemas.

— Você fala como se entendesse... — observou, mas ignorou. — Espero que ele atenda.

— Apenas, coma.

Heejoon desembrulhou os *chopsticks* de Hansol e entregou-lhe.

Este inspirou o aroma da comida e sentiu o estômago roncar; estava com tanta fome! Começou a comer, afobado, evitando fazer contato visual com Heejoon que, ao contrário, comia lentamente e de forma educada.

Hansol só queria entender por que ele se importava, por que fazia essas coisas, como chamá-lo para sair e até dar-lhe um cachorro.

— Por quê? — perguntou, subitamente, encarando Heejoon.

— O quê? — O rapaz limpou a boca com um guardanapo.

— Por que você faz essas coisas? — Sentiu-se arrependido de tocar naquele assunto. — Você se importa?

— O que acha? — Heejoon entortou um pouco a cabeça, olhando nos olhos do outro.

— Eu não acho nada. — Ele abaixou o olhar. — Não confio em meus pensamentos. Estou sempre errado.

— Eu me importo — devolveu simplesmente, e voltou a comer.

Lee Hansol arregalou os olhos e tentou pensar em algo que pudesse dizer, mas optou por permanecer calado, retornando à sua comida.

Eles terminaram o almoço tardio, em silêncio, e Moon Heejoon fez Hansol aceitar um picolé, para ver se desmanchava a amargura no rosto do rapaz.

— Desculpe-me se fui muito rude mais cedo... — o mais velho disse, assim que parou o carro em frente à sua casa.

— Está tudo bem — Hansol devolveu, um pouco desconfortável.

— Mas não vou devolver as pílulas. — O rapaz olhou para ele, severo.

— Isso é roubo... — Hansol resmungou, nada contente com a invasão de Moon. — Elas são minhas. Eu paguei.

— Vá à polícia e faça sua queixa. Diga, também, que comprou o remédio no mercado clandestino. — Ele trancou o maxilar e arqueou uma sobrancelha.

— Você é horrível. — Hansol abriu a porta para sair, derrotado.

— Eu não vou tirar meus olhos de você, Lee — avisou, enquanto este deixava o carro.

— Faça o que quiser. — Deu de ombros, infantilmente. — Você é o chefe.

Ele atendeu.

Hansol não conseguia acreditar, e seu coração pareceu ficar mais leve. Um dia após sair com Heejoon, tentou ligar para o psicólogo, e este atendeu.

— MH... — disse, sorridente, enchendo o copo com mais vinho. A quarta taça.

— *Hansol.* — Ouviu a voz do rapaz e sentiu o peito encher de calor. — *Perdoe-me por não atender. Sei que fui irresponsável. Você está bem?*

— Estou. — Assentiu com a cabeça, mesmo que MH não pudesse ver. E não parava quieto na cadeira, virando-se para um lado e para o outro, feliz por MH ter atendido. — Eu senti saudade.

— *Precisei me ausentar* — respondeu o homem, com sua voz suave.

A voz dele lembrava a de alguém, Hansol tinha certeza, mas devia ser a distorção da ligação.

— *Você procurou pelas pílulas quando estive fora?* — perguntou, parecendo preocupado.

— Não — precisou mentir. — Não procurei. Juro que estou limpo.

— *Eu gosto assim...* — disse MH, e Hansol sentiu o rosto ficar quente, mas devia ser efeito do vinho.

— Estava com saudade — repetiu, arranhando o próprio joelho. — Pensei que lhe tinha feito algo...

— *Você não fez nada errado* — o rapaz garantiu, e Hansol ficou ainda mais aliviado.

— É horrível ficar sem você — confessou, deitando a cabeça sobre a mesa. — Eu preciso de você, sempre.

— *Eu estarei aqui, enquanto puder* — falou MH, e Hansol sorriu. — *O que lhe ocorreu esses dias?*

— Nada... — Suspirou, mexendo a taça de vinho. — Eu só fiquei com saudades de você mesmo.

— *Além disso...* — Ele pigarreou. — *Mais nada?*

— Não. — Riu. — Teve o Heejoon. Mas não quero falar sobre.

— *Por quê?*

— Porque ele é chato e mandão! — Fez um biquinho, irritado. — E nem me dá beijinhos.

— *Você disse que ele era heterossexual.*

— Eu não tenho certeza. — Rolou os olhos. — Ou gosto de me iludir.

— *O que acha?*

— Gosto de me iludir. — Bebeu mais um gole de vinho. — Imagine, MH, se ele fosse gay... E se gostasse de mim. Nós poderíamos ficar na cama o dia inteiro, assistir a filmes abraçados, tirar fotos, cozinhar um para o outro... — Ele acabou sorrindo, ao imaginar as cenas. — E foder bem forte.

— *Mas ele é um idiota.*

— Um idiota que só sabe brincar com meu coração... — Sentiu os olhos ficarem quentes. — Por que ele me chama pra sair, me dá uma cadelinha e diz se importar se não quer nada comigo? Merda!

— *Ele pode estar confuso.*

— Eu estou confuso, MH. — Hansol acabou chorando. — Eu tenho mil e um problemas na cabeça e ainda deixo um hétero foder com meu emocional. Eu...

— *E ele não pode ser alguém acabando de se descobrir homossexual?* — MH acabou se exaltando, o que assustou Hansol. — *Não é simples, Hansol, não é. Não é ordinário se descobrir gay depois de ter sido heterossexual a vida toda. Há uma série de complicações e dúvidas, incertezas.*

Hansol abaixou o olhar, deixando mais lágrimas caírem, em abundância.

— *Não chore, Hansol* — pediu MH, mais calmo. — *Me desculpe, por favor... Me desculpe, eu não queria ter sido rude.*

— V-você está certo. — Levantou-se, cambaleando e chorando. — Sou um imbecil. Nunca olho o lado das outras pessoas, nunca consigo entender ninguém.

— *Não, não, não.*

— Eu não tenho coração. — Ele subiu as escadas, equilibrando-se ao máximo. — Nunca faço nada certo.

— *Não faça assim, Hansol.*

— O que eu esperava? — Sentou-se perto da janela, tentando enxugar o choro. — Esperava mesmo que o Moon fosse gostar de mim? Qual é? Qual o meu nível de idiota? Quem iria gostar de um desequilibrado sem rumo algum na vida? O quão pretensioso sou?

— *Afaste esses pensamentos, Hansol* — pediu o psicólogo, parecendo nervoso. — *Me diga: como está Bellatrix?*

— Estaria melhor com outra pessoa. — Olhou para a cadela, dormindo tranquila na cama. — Eu quero desligar, MH. Desculpe.

E encerrou a ligação.

Lee Hansol encostou a cabeça no vidro da janela e encarou o quarto do vizinho, bem organizado e vazio.

Hansol iria parar de deixá-lo se aproximar, afinal, Heejoon não o queria como ele o queria.

Sem problemas.

Apenas horas seguidas chorando, com a cara enfiada no travesseiro, e Bellatrix choramingando ao lado, nervosa por causa do dono.

Quando é que ele iria parar de pesar sua mente com mais problemas? Tudo pelo que passou não foi suficiente?

Mas o coração dele era fraco, bobo e fácil de ferir. Não teve relacionamentos sérios, além de suas aventuras de duas ou três noites. Todavia, já se apaixonou intensamente algumas vezes, e viu seu pobre coração ser esmagado como uma barata.

Estava saindo do banho, naquele mesmo dia, quando viu o celular apitar, indicando que havia uma mensagem, e foi verificar. Era a filha da senhora Hwa, convidando-o para a festa de formatura de seu irmão, dizendo que chamou a vizinhança toda, que seria divertido e ele poderia ir.

— Por que não? — perguntou a si mesmo, pensando que comer e beber de graça era, sim, uma boa ideia. Iria à festa e tentaria tirar Heejoon de sua cabeça.

Hansol fechou o último botão da camisa social branca e apertou mais uma vez o cinto que segurava sua calça preta. Analisou-se no reflexo do espelho, conferindo se seus sapatos oxfords estavam bem engraxados. Arrumou o cabelo, colocou um *piercing* bonito na orelha e perfumou-se.

Tudo bem. Estava apresentável. Não teria ninguém para impressionar mesmo, era apenas uma festa simples na casa de uma vizinha.

— Hey, Trix. — Agachou-se para acariciar a cadelinha que, como de costume, estava dormindo. — Papai vai sair, mas logo volta — disse e depositou um beijinho no focinho. — Fique bem.

Desceu as escadas de casa e trancou a porta. Parou para analisar o céu escuro, com estrelas bem nítidas, e sorriu, porque sentia que seria uma boa noite. Tentava ser bastante positivo, para que a dor não se antecipasse.

Ele afundou as mãos nos bolsos da calça e andou calmamente até umas das últimas casas da rua, ouvindo o som da música antiga, ao se aproximar.

Esbarrou com alguns vizinhos, os cumprimentou e adentrou a residência, encontrando-a cheia de pessoas, todas animadas. Parabenizou o formando, pegou uma bebida e foi se sentar ao lado da única pessoa que conhecia um pouco mais, uma vizinha que o chamava para ajudá-la a bater pregos.

Hansol estava desconfortável, porque a mulher ao seu lado estava quase dormindo, e aquela festa não era bem o seu tipo ideal, era muito mais familiar. Mas era melhor do que nada.

Alegrou-se quando a filha da sra. Hwa apareceu, oferecendo petiscos. Mas após trinta minutos, sentado no mesmo lugar, cansou-se e quis voltar para casa.

Nos últimos tempos, não conseguia passar tanto tempo fora. Saía e logo queria voltar e dormir. Hansol odiava se sentir assim.

— Homem não presta — ouviu a mulher ao seu lado dizer, segurando um cigarro entre os dedos magros. Fumar não era comum, mas ela não parecia ligar, tinha pura amargura no olhar. Estava um pouco bêbada.

— Eu sou homem — Hansol retrucou, um tanto ofendido.

— Você é homossexual, Hansol, é diferente — ela disse, levemente irritada. — Você não fode os caras, eles que te fodem.

Hansol não se lembrava de ter comentado ser passivo.

— O que te traz para o meu time — ela continuou. — Então, se você nunca sofreu por um homem, irá sofrer. É simplesmente natural.

— E por que é natural? — Ele procurou uma posição confortável na poltrona, para ouvi-la.

— Porque se o pau de um cara entra em alguém, então automaticamente ele se torna um filho da puta. — Ela deu uma tragada densa no cigarro. — Eles não entendem que só queremos que fodam nossas bundas, e não nossas vidas.

— Mas se todos eles são filhos da puta, como fazemos para amá-los para sempre? — questionou.

— A gente tenta encontrar um menos desgraçado — ela explicou. — Não é nada fácil, eu vou lhe avisando.

Hansol tentaria encontrar um menos desgraçado.

— Ou morre sozinho. — Ela riu, seca. — Não é uma má ideia.

... Ou morreria sozinho?

— Não é mesmo uma má ideia. — Hansol abaixou o olhar.

A mulher se calou, apagou o cigarro, encostou a cabeça no sofá, fechou os olhos e cruzou os braços. Ele achou engraçado, então fez o mesmo.

"Por que eles nos mandam procurar alguém para amar se o amor só nos fere?" Era o que dizia a música que tocava. E Hansol se lembrou da própria mãe, dizendo-lhe que, um dia, encontraria um garoto que o amaria incondicionalmente e estaria ao seu lado para sempre.

Era uma mentira, pois ela própria não encontrou um menino que a amasse a qualquer custo. Não. Na verdade, a mamãe de Hansol não teve tempo de encontrar o garoto que a amaria. Afinal, o único menino que a amou e ainda a amava era Hansol. O único príncipe que realmente importava.

Lee Hansol chorou todos os dias, por anos, após sua morte, porque era obrigado a dormir sozinho, e sempre dormiu abraçado à sua mãe, inalando o cheiro de terra e flores. Ela amava cuidar do jardim.

Ele se levantou, sentindo vontade de ir ao banheiro; foi, aliviou a bexiga e voltou à festa. Estava voltando ao sofá onde estava sentado antes, quando sentiu alguém esbarrar brutalmente contra ele, de propósito.

— Ei, Lee — disse o homem, um vizinho imbecil que, certa vez, espalhou lixo no quintal de Hansol. — Curtindo a festa?

— Sim — respondeu e tentou seguir o caminho, mas foi impedido, novamente. — Por favor, quero passar.

— Encontrou algum viadinho pra comer sua bunda? — o homem perguntou, em um tom agressivo.

— Com licença. — Tentou ir para trás, mas o homem o segurou pela camisa. — Me deixe em paz!

— Me diga, como você descobriu que é boiola? — perguntou, rindo. — Seus pais não te ensinaram que homem tem que meter em mulher? A gente tem que foder as putinhas, não ser as putinhas.

— Vai se ferrar! — Hansol o empurrou, sentindo um aperto no peito.

— Ah, a bichinha vai dar uma de macho? — Ele empurrou Hansol contra a parede, brutalmente, fazendo o rapaz gemer de dor.

As pessoas em volta estavam distraídas demais para notarem o que acontecia.

— Você não se faz de machão quando está dando a bunda — disse-lhe, espumando, terrivelmente irritado. — Você é uma aberração, Lee!

Um lixo! Todos vocês, gays e lésbicas de merda, vão para o inferno. Será que não percebem que temos que ficar com o sexo oposto? Mulheres devem servir aos homens, e os homens devem comer as mulheres!

Todas aquelas palavras faziam-no querer vomitar. O bafo daquele homem lhe causava náuseas. Ele era podre.

— Você não vê? — Ele puxou o cabelo de Hansol, com força. — Nada vai nascer na sua barriga. Você não é mulher, não tem um útero. Você tem bolas, para engravidar mulheres. E essas sapatonas ridículas não têm um pau pra fazerem filhos, elas não veem que precisam ser nossas — ele falou de forma tão raivosa que sua saliva respingou no rosto de Lee. — A mulher foi feita para o homem e o homem foi feito para a mulher!

Hansol tentou empurrá-lo, com o rosto cheio de lágrimas, mas, como sempre, não conseguiu se defender.

— Me deixe em paz, por favor! — pediu, sem emocional o suficiente para lidar com aquilo.

— Joseph! — Hansol ouviu chamarem e reconheceu a voz. Em seguida, o homem soltou Hansol, que saiu de seu alcance imediatamente. — O que está fazendo?

— Nada demais, Moon — ele devolveu, agora sorrindo. — Estava apenas tentando pôr na cabeça desse viado que homem e mulher não podem se relacionar com gente do mesmo sexo. Mas ele é um doente mental, não entende.

Hansol se encolheu em um canto, desejando que sua própria existência fosse exterminada.

— E desde quando isso é da sua conta? — Heejoon perguntou, em um tom descontraído, o que fez com que Joseph desmanchasse o sorriso. — Você é fiscal de sexualidade?

O homem cerrou os punhos. Heejoon continuou:

— Você é pago pra isso? Quer um relatório de com quem os outros se relacionam? É essencial para sua vida? Não consegue dormir por causa dos gays? O seu problema é o Hansol transar com homens ou ele nunca ter transado com você?

Hansol estava chocado com a tranquilidade e leveza de Heejoon ao fazer aquelas perguntas.

— É melhor calar a merda da boca, Moon! — Joseph grunhiu, ameaçador.

— É melhor você cuidar do seu próprio pênis. — Heejoon sorriu. — Procure alguém pra transar e deixe a vida sexual dos outros de lado. Isso não acrescenta em nada na sua.

Joseph estava pronto para acertar um soco no rosto do Moon, quando sua mãe apareceu.

— Joseph, vamos pra casa — ela ordenou. — Estou cansada.

O homem lançou um olhar mortal para os dois e, então, acompanhou a senhora.

Hansol tentou secar as lágrimas, enquanto Moon se aproximava, mas este segurou suas mãos e o puxou de volta para o banheiro.

— Por que não chutou o saco dele? — Heejoon perguntou, assim que fechou a porta e ligou a torneira.

— Eu não sei brigar — choramingou, envergonhado.

Heejoon molhou as mãos e passou-as pelo rosto do menor, delicadamente, lavando o seu rosto. Lee ficou sem reação àquela ação.

Heejoon pegou uma toalha limpa no armário e secou o rosto do rapaz, gentilmente, livrando-o das lágrimas. Hansol sentiu o ar ficar quente e pesado. Moon estava tão próximo, suas coxas tocavam as dele, e qualquer movimento grande faria com que seus corpos se chocassem por inteiro.

— Você tem razão. Não é com briga que se resolvem as coisas — disse, mas o outro nem se lembrava mais do que estavam falando.

Ele engoliu em seco quando captou o olhar de Heejoon direcionado aos seus lábios.

— Por que me defendeu? — perguntou, sentindo o suor nas mãos.

— Porque eu me importo com você — o rapaz respondeu. — Porque sua tristeza me entristece.

Hansol sentiu seu coração ficar tão quente ao ouvir aquilo.

— O que você quer de mim, Heejoon? — indagou, um pouco exausto de toda a dúvida.

— No momento... — Ele apoiou uma das mãos na parede, encurralando Hansol. — Quero sua boca.

E o beijou. De início, somente uma pressão sobre os lábios. E logo depois se afastou, olhando assustado para Hansol. Mesmo depois de ter dado o primeiro passo, ele parecia surpreso consigo mesmo. Mas retornou ao beijo, deixou a toalha cair e levou a mão até a nuca do outro, segurando-o, e suas línguas entraram em contato.

Hansol nunca sentiu seu coração bater tão rápido e tão forte.

O beijo começou lento, tímido, meio travado, mas Heejoon avançou. Ele tornou o ato mais obsceno, suas bocas começaram a se chocar com certa ansiedade, preenchendo o banheiro de suspiros.

Hansol gemeu, quando sentiu os dedos de Heejoon puxarem seu cabelo. Afundou-se mais no beijo e levou as mãos trêmulas até os ombros do outro, puxando-o para mais perto.

Os lábios de Heejoon eram tão macios e gostosos, seu hálito era bom e a língua habilidosa. Hansol nunca ficou tão desesperado por um beijo, mas com Heejoon guiando os movimentos e tornando o ato tão gostoso, ele não conseguiu simplesmente ficar calmo.

O peito de Lee Hansol subia e descia de forma não saudável, e sua mente rodava, tornando tudo confuso.

O que Heejoon estava fazendo? E por que estava fazendo?

Eles encerraram o beijo, com os lábios dormentes, as línguas formigando e suas respirações descompensadas preenchendo o silêncio do banheiro.

Moon Heejoon encostou sua testa na dele e os dois continuaram de olhos fechados, sem dizer uma única palavra sequer. Mas Hansol se soltou do rapaz, respirou fundo e deixou o banheiro. Correu para fora daquela festa e andou apressadamente até sua casa, a mente borbulhando e o coração disparado.

— Bellatrix! — chamou pela cadela, enquanto subia as escadas. Ela veio ao seu encontro, correndo. — Ele me beijou! Moon Heejoon me beijou!

Sentou-se em um dos degraus, com o bichinho de estimação no colo, e tentou pôr a mente em ordem.

Sorriu, deu o maior sorriso de sua vida todinha e sentiu cócegas no interior do estômago. Levou os dedos até os próprios lábios, pensando no ocorrido de minutos atrás.

Mas por que Heejoon o beijou? Que tipo de jogo era aquele?

Ele continuou sorrindo, mesmo sentindo que acabaria chorando uma hora ou outra. Porque na vida de Lee Hansol, se algo bom acontecia, algo ruim também aconteceria logo em seguida.

CAPÍTULO IV

HANSOL ACORDOU SORRINDO. E isso era raro.

Lembrou-se da noite passada, quando beijou Heejoon, e sentiu vontade de rir, sentado na cama, mexendo os dedos dos pés animadamente, imaginando como seria com Heejoon dali para frente.

Ele se levantou e foi com Bellatrix até o andar de baixo, perguntando à cadelinha se ela tinha dormido bem e se estava com fome.

— Será que ele está pensando no beijo também? — perguntou aos ventos, já que não havia alguém para realmente conversar. — Foi ele quem me beijou... Então, ele deve estar pensando nisso, não é?

Lee Hansol tomou seu café, mudando toda hora de posição, por estar muito ansioso, com um sorriso no rosto.

— Será que ele vai vir falar comigo? — tornou a perguntar, agora lavando a louça. — Ou devo ir falar com ele? Mas não sei o que falar!

Não fazia a mínima ideia de como ficaria sua situação com Heejoon, mas torcia muito, muito, muito para que eles ficassem bem. Para que ficassem juntos. Mas Hansol não podia pôr muita expectativa, tinha noção disso. Só não conseguia controlar.

— Se ele me beijou é porque gosta de mim, não é? — fez a pergunta, despindo-se para tomar banho. — Por que você beijaria alguém que não gosta?

Tomou o banho, perdendo o controle dos atos várias vezes, ficando simplesmente parado embaixo da água, pensando em Heejoon, no beijo, em como separar a gema do ovo com mais facilidade, em Heejoon e no beijo...

— E se ele estivesse só brincando com a minha cara? — questionou, secando o cabelo, com Bellatrix ao lado, roncando. — Heejoon não é um moleque, né? Ele não faria isso. Eu acho.

Decidiu que deveria pedir a opinião de MH. Ele saberia como ajudá-lo. Procurou pelo celular nos lugares onde costumava deixá-lo, mas não encontrou. Revirou a casa: dentro dos armários, banheiro e até debaixo da Bellatrix, mas nada.

— Que droga! — resmungou, já cansado de procurar.

Trocou as roupas que vestia e pegou um cartão telefônico. Tinha que ligar para MH de qualquer jeito, estava ansioso demais para esperar o celular aparecer.

Deu um beijo na cadelinha e deixou a casa, indo, saltitante, em direção ao telefone público que tinha na rua de baixo.

MH o ajudaria, diria o que seria bom fazer. Lee sempre podia contar com o seu psicólogo.

Ele entrou na cabine e digitou o número do homem, mas, antes de completar a ligação, viu uma cena que quebrou seu coração. De novo.

Era Heejoon saindo da casa de Hani, acompanhado dela e de uma senhora. Elas pareciam animadas, e Heejoon tinha um sorriso simples nos lábios. Os lábios que beijaram Hansol.

— Eu sou um idiota. — Ele sentiu os olhos quentes e úmidos.

Lee sabia exatamente por que Hani gostava de Heejoon. E com a visão dela tocando o rapaz deliberadamente, como se fosse íntima, apenas confirmava que os dois não eram só amigos.

Talvez aquele beijo tenha sido apenas um experimento. Heejoon devia ser apenas mais um heterossexual curioso em saber como seria beijar alguém do mesmo gênero. Era isso. Hansol foi apenas uma amostra grátis.

Ele segurou o telefone com mais força e encostou-se à parede de vidro, deixando as lágrimas escorrerem. Não acreditava que havia sido feito de bobo de novo. Seria essa a função de Hansol na Terra? Ser feito de idiota? Ter o coração machucado?

Viu Hani deixar um selinho em Heejoon, que abaixou a cabeça e se afastou enquanto a senhora batia palminhas.

— Idiotas! — grunhiu, sentindo raiva. — Todos idiotas! Falsos!

Hansol devia ir lá e contar à Hani que, na noite passada, Heejoon o beijou com desejo e o segurou com força, para ver a cara daquela homofóbica cair e tentar fazer Heejoon ser menos covarde. Acabar com a "felicidadezinha" daqueles dois merdas.

Mas não faria isso.

Era fraco e tinha medo de se meter em encrenca.

Afinal, estava tudo bem. Era somente mais um motivo para cogitar o fim de sua vida. E nem era o maior problema. Era a confirmação de que Hansol não foi feito para ser amado.

Mas o que ele fez para ser considerado não amável? Por que tinha que ficar sozinho? Será que seria recompensado na próxima vida?

— Que merda! — Tentou secar as lágrimas, em vão. — Por quê, Heejoon? Por que está fazendo isso comigo? Seu imbecil, covarde e sem coração!

Sentiu-se extremamente triste, vazio, sem saída e sem esperança.

Viu Heejoon se despedir das duas mulheres e seguir para casa, com as mãos nos bolsos da calça, de cabeça baixa.

Hansol devolveu o telefone ao gancho e saiu de dentro da cabine. Mas, ao invés de voltar para casa, assim como Heejoon, pegou outro caminho. Precisava de antidepressivos imediatamente.

Será que as pessoas se sentiam bem em ferir o sentimento dos outros? Eram todos malditos sádicos?

Hansol não conseguia entender. Jamais machucaria o coração de alguém de propósito.

Moon Heejoon era tão cruel, e Lee Hansol, tão bobo...

— Eu posso pagar com juros! — pediu chorando, na porta de seu fornecedor. — Por favor!

— Somente pagamento à vista — o homem disse, com o mesmo tom frio e desinteressado de sempre.

— Mas eu preciso agora! — insistiu, sentindo a tristeza esmagar seu peito.

— Sem dinheiro, sem Paxil — este devolveu, e fechou a porta.

O que Hansol faria, então? Tinha aquela sensação terrível dentro de si: aquele misto de raiva, tristeza, decepção e vergonha.

Sentia-se um idiota completo, um garoto bobo e inexperiente.

Vamos lá, veja bem, ele não era mais um adolescente, não devia estar triste com a rejeição de uma paixonite.

Não devia estar surpreso com o fato de ser feito de otário mais uma vez. Não devia estar dando importância a isso, porque tinha coisas pesadas para tratar.

Mas ele era assim: sentia tudo e muito, com toda a intensidade. Qualquer coisa o derrubava.

Após ter sofrido tanto, perdeu o controle de suas emoções, estava fraturado, quebrado, sempre prestes a explodir. Seu coração doía e a mente queimava. Tudo que ele queria era arrancar de dentro de si todos os sentimentos e ficar vazio. Sem tristeza, alegria, raiva, amor, só indiferença.

Queria poder ir e vir sem se importar. Não queria se decepcionar e nem queria decepcionar alguém, só queria que as coisas não fizessem diferença em sua vida. Acorde, coma, saia de casa, não ame, transe com alguém, não machuque ninguém, volte para casa, coma e durma.

Mas não. Lee Hansol era uma paleta interminável de incontáveis sentimentos e incalculáveis emoções. Eram sentimentos em toda parte do corpo, para todo o tipo de coisa.

— O que eu faço, meu Deus? — perguntou ao céu, sentando-se na calçada em frente à casa do fornecedor. — Por que a dor não passa?

A dor só piorava. Ficava mais forte e ainda maior.

Ele abraçou as próprias pernas e apoiou a testa nos joelhos. Fechou os olhos com força e implorou a qualquer entidade para que tudo de ruim, que aconteceu em sua vida, fosse apagado. Ele só queria uma chance para começar de novo. Ou melhor, a chance de nunca ter começado, de nunca ter existido.

Não era justo! Não era justo vir ao mundo somente para sofrer. Não era digno e nem fazia sentido. Era pura crueldade.

Hansol queria sumir.

Se deixasse de existir, ninguém perceberia mesmo. Então, por que não? Era o mais inteligente a se fazer. Se algo não funciona e você tenta consertá-lo, mas não consegue, então você joga fora. Não faz sentido deixar algo inútil guardado.

Ele tentou se consertar, mas não teve como.

— Pensando em como sua vida é uma merda? — ouviu a voz grossa, meio divertida, dizer, e ergueu a cabeça para conhecer quem ali estava.

Era um rapaz, com um cigarro na boca, boné na cabeça, jaqueta esportiva e barba por fazer. Parecia simpático.

— Eu sei que sim. — Ele se sentou ao lado de Hansol. — Afinal, você está chorando em frente a um ponto de drogas.

— Você o conhece? — Lee se referiu ao fornecedor.

— Sim. — O rapaz suspirou e deu mais uma tragada no cigarro. — Tenho meus traumas e pesadelos também.

Hansol viu sinceridade nos olhos daquele cara, mesmo que não soubesse qual era a dele. Sabia que, ao menos, estava sendo verdadeiro.

— Sem grana? — Ele mirou Hansol, tranquilo. — Suponho que esteja. Se já tivesse comprado sua válvula de escape, não estaria aqui parado.

— É — foi tudo o que pôde dizer.

— E o que você usa? — O homem virou a aba do boné para trás, deixando, assim, seu rosto mais visível. — Não me parece ser do tipo que fuma...

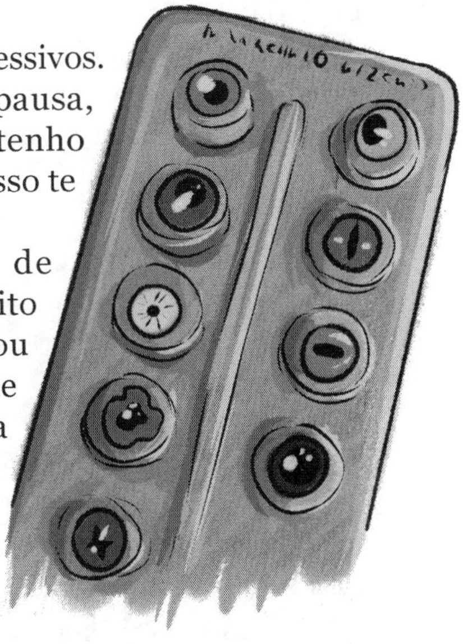

— Não sou. — Deu de ombros. — Antidepressivos.

— Bom — o homem disse, e deu uma pausa, parecendo analisar a situação. — Eu não tenho nenhuma pílula... Não é minha área. Mas posso te dar outra coisa.

Hansol não foi usuário somente de antidepressivos. Na adolescência, usou muito LSD e um pouco de heroína. Mas isso durou só alguns meses. Entretanto, a pergunta que rondava a vida dele era: "O que eu tenho a perder?". Ele já tinha perdido tudo. Não havia com o que se preocupar.

— Sem cobrar nada? — perguntou, porque conhecia esse tipo de gente.

— Olha, eu te levo a um lugar, e um amigo meu te dá a parada — começou a explicar. — Depois, você só precisa fazer um agrado pra ele.

Um agrado significava transar, Hansol sabia.

Quem se importaria se algo acontecesse com ele? Nem mesmo ele se importava.

— Tudo bem — aceitou, e viu o cara assentir.

Ele enxugou as lágrimas e se levantou, começando a acompanhá-lo pelo caminho que ditava. Os dois foram, em silêncio, até o metrô, enquanto o céu escurecia.

Hansol observou as pessoas sorridentes fazendo seu trajeto para casa, conversando no telefone com seus maridos e esposas, comentando sobre como foi o dia de trabalho, sobre as notas dos filhos na escola e sobre a visita de uma prima. Ele gostaria de voltar do serviço com seu marido ao telefone e falar das notas de seus filhos e da visita de uma prima.

Mas não, novamente.

Estava apenas indo trocar seu corpo por alguma droga. Cada um com a sua rotina.

— É aqui — avisou o homem, que até então não disse seu nome, quando eles pararam em frente a uma boate, que também servia como prostíbulo.

Eles entraram, e Hansol pôde reconhecer o não incomum vozerio lesado misturado à música ruim. Era um som irritante. Sentiu o cheiro terrível de álcool e fumaça de maconha, colônia barata e mofo. Também reconhecia o cheiro. O visual. Iluminação baixa, mulheres e transvestidos precariamente vestidos e homens de todo tipo de aparência tropeçando nos próprios pés. Foi a lugares como aquele muitas vezes na adolescência.

Não, Hansol não teve uma boa juventude. Foi um garoto desobediente. Fugiu do orfanato onde deveria viver e se entregou ao mundo das drogas, aos bares e às boates sujas.

Lembrar-se de cada cheiro e som daquele pulgueiro fazia Hansol sentir vergonha de si mesmo. Heejoon fazia bem em não o querer. Ele era sujo e indigno.

— Ali está ele. — O rapaz que o levou ali apontou para um homem beirando os quarenta, estrangeiro, que estava sentado em uma poltrona, fumando um baseado, com um copo de álcool na outra mão. — Diga que veio pela cocaína.

— O-okay. — Hansol assentiu e se despediu daquele cara. Ficou um tempo parado no meio de todas aquelas pessoas chapadas e foi em direção ao homem na poltrona, que agora colocava uma nota de dinheiro dentro da calcinha de uma mulher.

Teve que contar até dez para criar coragem. E então, se aproximou do homem, percebendo que ele tinha catarata em um dos olhos e as mãos cheias de feridas.

— Olá — disse timidamente, sentando-se à mesa frente ao homem.

— Oh... — ele respondeu, olhando Hansol de cima a baixo, lambendo os lábios. — Você é bonito demais pra este lugar... O que quer, amor?

— E-eu... — Engoliu em seco. — Eu vim pelo pó.

— E vai pagar daquele jeito? — Ele se acomodou melhor na poltrona.

— Sim — disse, mas precisou de certa força.

— Se aproxime, então. — O homem de cabelo um pouco crescido apalpou as próprias coxas.

Lee suspirou e, hesitante, sentou-se no colo dele. Sentiu o homem contornar sua cintura, por baixo da camisa, com as mãos terrivelmente ásperas e o hálito enjoativo.

— Me chame de Adolf — disse, encostando o nariz no pescoço de Hansol. — Você é tão cheiroso, tão macio e pequeno... Tão diferente dos lixos desta zona.

Hansol não devia nem agradecer.

— Você quer isto? — Adolf tirou do bolso da calça um pacote com um pó branco. Hansol assentiu com a cabeça. — Me dê um beijo.

Hansol demorou a reagir e, então, plantou um beijinho na bochecha do homem, torcendo para que ele aceitasse.

— Que doce... — Adolf sorriu, revelando dentes escuros e alguns de ouro. — Tudo bem, você é tímido.

Ele entregou a droga a Hansol, junto a um cartão de crédito, e apontou para a mesinha em frente, já suja de outras drogas.

Hansol respirou fundo e se ajoelhou no chão nojento. Espalhou o conteúdo na mesinha e começou a separar com o cartão, sentindo as mãos pesadas e ásperas de Adolf pousarem em seus ombros e descerem para suas costas, deleitando-se do corpo bonito de Hansol.

Hansol aproximou o rosto da mesinha, tentando ignorar os toques do homem, e aspirou a primeira carreira.

Não havia exatamente nada a perder.

Hansol estava rindo. E nunca riu tanto em sua vida. Doía.

Estava sob o efeito de cocaína e algumas doses de vodca também. Estava sem o efeito da vergonha.

Subiu na mesinha em frente a Adolf, em meio a todas aquelas pessoas bêbadas e drogadas, que gritavam, riam e choravam. Ele começou a dançar, totalmente sem sentido, já que a música que tocava era triste:

"Seja apenas meu príncipe do cavalo branco. Me leve para seu reino. Faça de mim a sua rainha. Me tire a tristeza. E perdoe minha loucura."

Hansol foi puxado por Adolf e obrigado a se sentar em seu colo. Teve que sentir aquelas mãos sujas acariciarem sua pele, por baixo da camisa, e seu pescoço, com um pouco de força.

— Vamos subir, amor — o homem disse.

Eu não quero ir, pensou Hansol.

— Tudo bem... — foi o que respondeu, com um pouco de medo, a mente confusa.

— Cheire mais uma. — Adolf espalhou pó na mesinha.

— Não preciso — tentou negar.

— Vamos, amor... — O homem empurrou-o para que usasse mais.

Hansol teve que aspirar mais uma carreira, sentindo a eletricidade dolorosa percorrer suas veias e a mente borbulhar.

Seus movimentos voltaram a ficar frenéticos, e ele olhou em todas as direções, observando os rostos se embaralharem um pouco. Sentiu uma tontura esquisita, mas passou.

Caminharam em direção às escadas que levavam aos quartos, mas Hansol ia hesitante.

— Querido... — Adolf o empurrou contra a parede, fazendo o menor gemer de dor. — Você vai por bem ou por mal. Eu vou foder seu corpinho, você querendo ou não.

Eles continuaram o caminho.

Adolf jogou-o dentro do quarto fedido e sujo, e começou a desabotoar a camisa preta.

Hansol deu seu melhor sorriso e foi para o banheiro. Lá ele trancou a porta e chorou, enquanto ligava o chuveiro, e pensava na merda que estava prestes a fazer.

Entrou embaixo da ducha fria e fraca, e se lavou o máximo que pôde, os olhos confusos e assustados deslocando-se de um lado para o outro. Ele não podia fazer aquilo. Não podia se deitar com aquele homem podre.

Suas mãos tremiam e ele não sabia o que fazer. A todo momento, seu cérebro misturava imagens reais com cenas de *O Rei Leão* e memórias suas, conhecendo o mar pela primeira vez.

Ele ouviu um barulho estranho enquanto desligava o chuveiro. Era o som de algo vibrando. Viu, caído perto da pia, um celular, e ele chamava. Pegou o aparelho, mas a pessoa que ligava desistiu, então o guardou no bolso da calça.

Vestiu a roupa de volta e tentou controlar o que faria.

Deixou o banheiro e encontrou Adolf nu na cama, uma cena que o fez querer vomitar. O homem era cheio de cicatrizes estranhas, marcas de balas e machucados.

— Por que está de roupa? — o homem perguntou, com a voz severa.

— Porque não vou transar com você — foi o que Hansol disse, antes de correr porta afora, com os berros de Adolf atrás.

Seus braços e pernas não reagiam bem, o que fez Hansol quase cair na escada, mas conseguiu seguir em frente. Em meio a tanta gente, não encontrou a saída, e estava começando a se sentir tonto, lento e confuso.

Pegou o telefone que achou no banheiro e discou o único número que vinha à mente. Ele atendeu de primeira. Como se já estivesse à espera.

— *Hansol?* — a voz, nervosa, atendeu. — *Onde você está?*

— Eu não sei, MH! — respondeu, voltando a chorar. — Me ajuda!

Ele viu Adolf descer as escadas, furioso. Então, se encolheu no canto da parede mais distante, atrás de algumas poltronas, e torceu para que não fosse visto.

— *Me diga onde está, por favor!* — MH pediu, parecendo um pouco desesperado.

— Ele vai me pegar, MH! — Hansol chorou, sentindo um medo aterrorizante. — Ele pegou minha mãe e agora vai me pegar!

Sua mente jamais esteve tão confusa. As memórias e aparências se misturavam, fazendo os calafrios percorrerem a espinha dorsal do rapaz.

A música era a mesma. A música daquela boate era a mesma que tocava no bar ao lado da casa de Hansol, na noite em que sua mãe foi assassinada.

— *Onde você está, Hansol?* — MH perguntou, novamente, tentando controlar a voz.

— Eu peguei o metrô. — Ele fez um esforço para se concentrar. — Eu... Eu estou perto da fábrica de sorvete. É uma boate, é... Tem uma boca e um drink na placa de neon.

— *Não saia daí!* — MH disse, e Hansol concordou.

Eles encerraram a ligação. Como MH o encontraria? MH não podia sair do anonimato. Hansol não tinha coragem de levantar e tentar achar a saída, pois poderia encontrar Adolf no caminho, e aquele homem era perigoso. Naquela merda, ninguém tentaria ajudá-lo. Eram todos da mesma laia de Adolf.

Ele puxou o próprio cabelo e estapeou o próprio rosto, porque era um idiota, um completo idiota, que só fazia merda e sempre se fodia. Hansol se odiava. Odiava-se por completo. Odiava seu passado, odiava seu coração, odiava sua fraqueza, odiava seus demônios, odiava seu psicológico, odiava sua burrice.

Que merda esse garoto ainda fazia vivo? Por que não se matou ainda? Era apenas um peso na terra. Um amontoado de más decisões e fragilidade. Um inútil.

— Me perdoa, mamãe — pediu, entre soluços e lágrimas dolorosas. — Eu sou uma vergonha. Me perdoa!

Uma garota tropeçou sobre ele, muito drogada, e começou a rir, jogada no chão.

— Own... — ela disse, olhando para o assustado Hansol. — O que esse anjinho faz aqui? — Ajoelhou-se e acariciou o cabelo negro do rapaz. — Você é tão bonito... O que faz nesta merda de lugar?

Hansol não conseguiu responder, apenas deixou um bico de tristeza se formar nos lábios, enquanto mais lágrimas desciam.

— Vá embora, menino! — Ela fez um carinho na bochecha de Hansol. — Este lugar não é pra você. — Ela também secou algumas gotinhas de lágrimas do rosto dele. — Você é tão bonitinho... Não devia ficar chorando em lugares como este.

A garota também era doce demais para um lugar como aquele.

— Aí está! — Os dois ouviram e olharam Adolf empurrar a poltrona para longe. — Nem pra fugir você presta, garoto!

— Deixa ele! — A moça tentou defendê-lo, mas outro rapaz também chegou e puxou-a para longe deles.

Hansol foi praticamente arrastado pelo chão, ouvindo a risada asquerosa do homem que o segurava.

— Você gosta de brincar de pique-esconde? — Adolf perguntou, com seus olhos alucinados. — Eu ganhei, bobinho. — E o empurrou para se sentar em uma poltrona e enfiou um comprimido em sua boca, fazendo-o engolir com um gole de conhaque. — Vamos foder a noite toda, amor — dizia, deixando marcas fortes nos braços de Hansol, que só sabia chorar.

Era o fim, ele teria o corpo abusado. E jurava que a culpa era sua.

— Hansol! — foram interrompidos.

Ele viu Heejoon ali, ofegante, se infiltrando entre as pessoas.

— Heejoon? — Ele tentou se soltar de Adolf, mas não conseguiu.

— Deixa ele — Heejoon pediu, aproximando-se de Adolf.

— Ah, sim, com certeza. — O homem riu. — O garoto usou a minha cocaína, me prometeu sexo, não me deu, e agora o deixarei ir, tranquilamente, com seu salvador...

— Exatamente — Heejoon respondeu.

— Em que mundo vocês vivem? — Gargalhou.

— Pra que mundo você vai? — Heejoon retrucou. — Para o inferno, eu diria. — Fez uma pausa. — Eu mesmo vou te mandar pra lá.

E acertou um soco pesado na cara do homem, que acabou soltando Hansol, mas não caiu. Adolf revidou, deixando um murro no abdômen de Heejoon, e recebeu, em troca, um no tórax, o que lhe tirou o ar, dando assim chance para Heejoon derrubá-lo, com dois socos no rosto e uma joelhada nas costelas.

Lee, que estava paralisado, assim como muitas pessoas em volta, teve a mão agarrada, enfim, por Moon, que o puxou para fora da boate.

— Vem! — Heejoon o levou até o carro e o ajudou a se sentar no banco detrás, tomando a direção do automóvel logo em seguida.

Partiram para longe daquele lugar infernal.

Hansol suspirou aliviado, antes de começar a sentir os efeitos do ecstasy que Adolf o obrigou a tomar. Tentou respirar fundo enquanto o carro deslizava sobre o asfalto e a chuva começava a cair no lado de fora.

Controle-se, Hansol. Foi seu último pensamento sóbrio.

— Heejoon — chamou, manhoso, deitando-se nos bancos detrás.

— Você está bem? — o rapaz devolveu, sem poder tirar os olhos da estrada. — Te machucaram lá?

— Não. — Hansol riu. — "Não" para as duas perguntas.

— Você está rindo? — ele indagou, meio chocado e indignado.

— Ah, eu estou rindo. — Lee gargalhou alto. — Porque... Heejoon... Minha vida é ótima!

O vizinho não respondeu, apenas esperou pararem no sinal, para analisar, brevemente, o rapaz no banco detrás.

— Minha vida é linda! — Hansol bateu palminhas e, em um pulo, voltou a se sentar. — Olhe para frente, Heejoon, o sinal está verde!

— Está vermelho — corrigiu-o.

— Você prefere rosa ou azul? — perguntou, parecendo uma criança, a voz um pouco mais fanha e os olhinhos distraídos com as coisas que aconteciam lá fora. — Oh, Heejoon, a gente pode tomar sorvete? Tem uma sorveteria ali!

— Está de madrugada e chovendo — respondeu, só para ver até onde o outro iria, para descobrir qual a droga que havia ingerido.

— Mas não está chovendo! — Hansol sorriu, um sorriso lindo que causava tristeza. — São só os anjos tomando banho!

Moon Heejoon não continuou o diálogo, apenas voltou a dirigir.

— Motorista, pare este carro agora! — disparou, batendo o pé no piso do carro. — Eu vi um gatinho na chuva.

— Você tem a Bellatrix — ele lhe disse.

Hansol teve um segundo de lucidez, mas que, em seguida, sumiu, deixando-o confuso.

— A Bellatrix matou o Sirius — falou, bagunçando o cabelo, para combinar com a bagunça de seu cérebro. — Ela matou a minha mãe.

— Não, Hansol... — tentou.

— Ela matou a minha mãe! — Hansol se desesperou por um momento, muito rápido. — Ela matou a minha mãe?

— Não — foi firme ao dizer. — Agora, coloque o cinto, Hansol.

— Se eu me jogar de um prédio e não sobreviver... — divagou. — Quer dizer que eu voei ou caí?

— Eu também não sei. — Heejoon não quis deixá-lo sem resposta.

Lee Hansol se calou por um tempo, assistindo às janelas derreterem e orelhas de coelho surgirem no topo da cabeça de Moon, enquanto outra parte de seu cérebro se lembrava de quando ele o beijou pela primeira vez.

Milhões de coisas passaram por sua cabecinha em um minuto.

Um elefante multicolorido. Seu colega de quarto na clínica cortando os punhos, com quinze anos. Uma joaninha de tanga. O garoto da escola que se suicidou, aos doze anos. Os Teletubbies transando. Sua mãe deitada no centro de uma poça de sangue — ela tinha vinte e oito anos.

— A gente pode ir ao circo um dia? — perguntou a Heejoon. — Para salvarmos o leão.

— Sim. — Não iria discutir.

— Nós podemos perguntar à Mulher Barbada qual é o segredo para ter barba. — Tocou as próprias bochechas. — Minha barba nunca cresce.

— Você fica melhor assim... — Heejoon lhe respondeu. — Seu rosto é bonito demais para ficar escondido por pelos.

Hansol sorriu, mesmo que, por conta do ecstasy, não conseguisse assimilar direito as coisas. Mas sabia que era um elogio.

Ele se calou e seus olhos percorreram o corpo de Moon Heejoon. As coxas marcadas pela calça escura, os braços fortes por baixo da camisa branca, o maxilar definido, olhos um tanto zangados e a mão descendo pelo câmbio da marcha.

Hansol fechou os olhos e encostou a cabeça na janela fria. Seu cérebro deu um giro, novamente: a cena em que a Uma Thurman encontra a Lucy Liu, em *Kill Bill*, veio-lhe à mente. Heejoon segurando seu corpo com posse e marcando sua pele. A última batalha de Sauron contra Gandalf. Heejoon dizendo palavras obscenas, fazendo o corpo dele suar. Darth Vader revelando a Luke Skywalker que é seu pai. Heejoon fodendo seu interior com força, fazendo-o gozar.

— Joon... — chamou, abrindo lentamente os olhos. — Você me acha bonito?

— Sim. — Moon não hesitou.

Hansol se arrastou até mais perto dele e deitou a cabeça em seu ombro, suspirando.

— Bonito o suficiente para você querer me foder? — perguntou, com a voz delicada, descendo a mão pelo braço de Heejoon.

— Hansol, sente-se direito e coloque o cinto. — Foi ignorado.

— Eu posso sentar em você... — sussurrou, contornando, com os dedos, as veias do braço de Moon. — Eu sou bom.

— Eu não quero — o outro foi direto.

Hansol sentiu raiva.

— Eu sou feio? — Afastou-se de Heejoon. — Não sou bom o suficiente para o seu pau de ouro?

— N-não, Hansol — ele tentou dizer. — Eu não posso!

Lee se irritou, sentiu a excitação crescer, e Heejoon estava ali, se comportando como um careta. Então, ele passou para o banco da frente, arriscando a direção de Heejoon e um possível acidente.

— Hansol, pare com isso! — ele pediu, vendo o outro saltar para o banco ao seu lado.

— Por que me colocou no banco detrás? — perguntou, puxando o zíper de seu casaco para baixo. — Eu pareço uma criança?

— Às vezes, sim — respondeu o vizinho, zangado.

— Eu não sou uma criança.

Hansol tirou o casaco, por conta do calor que o tesão lhe causava.

— Moon Heejoon?

— O quê? — ele rebateu, com a voz cansada.

— Fode comigo — pediu, fazendo um biquinho com os lábios.

— Não.

Cansado de ser pacífico, Hansol levou a mão ao membro do outro, fazendo o rapaz saltar e o carro tremer por dois segundos.

— Hansol! — ele bradou, tentando tirar a mão dele de sua intimidade.

— Eu sou bom. — Ficou de joelhos no banco e encostou seu corpo ao de Heejoon, procurando o feixe da calça dele. — Não precisa ser homossexual, okay? Muitos heterossexuais já transaram comigo...

— Pare com isso! — Heejoon pediu, quase desesperado, tentando afastá-lo e não bater o carro na pista molhada. — Hansol, por favor...

— A Hani nunca vai fazer por trás com você. — Ele beijou o pescoço do vizinho, sua mão lutando com a mão livre do outro, tentando adentrar sua calça. — Aproveite. Não vou contar pra ninguém e você vai continuar dando uma de machão...

— Não é assim. — Heejoon tentou manter a calma, com o menor provocando a pele de seu pescoço com os lábios. — Pare, Hansol!

— Por que você não me quer? — Ele conseguiu enfiar a mão dentro da boxer de Heejoon, sentindo seu falo. — Faça isso comigo, por favor.

Heejoon tentava tirar a mão dele dali, enquanto buscava manter a direção do carro e controlar seu corpo.

— Eu faço o que você quiser... — Hansol sussurrou em seu ouvido, usando a outra mão para puxar, levemente, o cabelo de Heejoon. — Eu faço todos terem orgasmos.

Heejoon precisou mudar o caminho do carro e parar em frente a um terreno vazio, para não acabar capotando o veículo naquela chuva, por causa do menor.

— Não, Hansol! — Conseguiu tirar a mão dele de dentro da sua calça. — Você está drogado!

— Eu te quero desde a primeira vez que te vi. — Sentou-se no colo de Heejoon, que não pôde fazer nada. — Por que você é mau comigo?

— Eu não sou. — Ele tentava não se excitar com as mãos tocando seu peitoral e pescoço. — Volte ao seu lugar, Hansol, por favor...

— Meu lugar, no momento, é no seu colo — ele devolveu com um sussurro, aproximando seus lábios dos de Heejoon. — E seu lugar é dentro de mim.

Ele selou os lábios e, hesitante, Moon Heejoon correspondeu, sem saber o que fazer ou como evitá-lo.

Suas bocas chocaram-se e as línguas encontraram-se, formando um beijo molhado, intenso e sedento. Um beijo cheio de suspiros e gemidos.

Hansol partiu o contato e puxou a camisa de Heejoon para cima, brigando um pouco com ele, para que conseguisse arrancá-la. Voltou a beijá-lo, sentindo a pele macia e firme em suas mãos pequenas, sentindo o gosto bom da boca alheia.

— Hansol... — chamou-o, sem fôlego, sentindo a ereção entre as pernas. — Não podemos... Não assim. Pare, por favor.

— Podemos, sim. — Hansol não entendia nada do que estava acontecendo, não era ele ali. — Vai ser gostoso, eu juro.

— Não. — Heejoon segurou o corpo dele e o empurrou para o banco do lado. — Não podemos. Você não é o meu Lee Hansol.

O mais novo encarou aqueles olhos escuros e nunca se sentiu tão estranho em sua vida toda. Ele precisava entender aquilo, entender o que estava acontecendo ali. Puxou o celular achado de dentro do bolso e tentou discar um número.

— Para quem vai ligar? — Heejoon perguntou, colocando sua camisa de volta.

— MH — foi o que respondeu, tentando acertar os botões do aparelho.

Moon Heejoon não respondeu nada: apenas abaixou o vidro de sua janela, tomou o celular das mãos de Hansol e o jogou fora.

— Heejoon! — Ele ficou chocado ao ver o telefone ser arremessado para fora sem motivo algum.

— Vamos para casa. Coloque o cinto.

Heejoon voltou a ligar o carro, e o outro obedeceu, sem conseguir raciocinar direito. Sua mente ainda estava dividida entre os efeitos do ecstasy e algumas ideias mais lúcidas. Provavelmente, não se lembraria de nada após descansar.

CAPÍTULO V

Hansol abriu os olhos e precisou de cinco minutos para, finalmente, começar a pensar. Ele não estava em casa. Os móveis bem cuidados não eram seus, e a extrema organização do lugar não era sua. Ele virou a cabeça e pôde ver que na parede havia alguns quadros e retratos de Moon Heejoon com outras pessoas.

Sentou-se na cama macia e olhou pela janela. Podia ver perfeitamente a sua casa dali, mas era noite. Ele olhou o relógio ao lado da cama: eram quase nove horas. Deus, ele dormiu o dia todo. Estava na casa do Heejoon, isso ficou claro. O que não estava claro era como chegou ali.

A verdade é que, na noite passada, Hansol foi levado por Heejoon até sua casa, após o estresse no carro. Eram quatro da manhã, e Hansol estava prestes a apagar, mas fedia a álcool e perfume barato, então Moon Heejoon levou-o para o banho. Ele o despiu quase por completo e fez com que entrasse embaixo da ducha fria. Hansol chorava e tentava fugir, dizendo palavras desconexas.

— Fique parado — ele pedia, enxaguando a espuma do cabelo de Hansol. Este chorou o banho todo, dizendo que Heejoon estava o maltratando, que queria tirar sarro dele. Só se calou quando o mais velho enfiou uma escova de dentes em sua boca.

Mas Lee não se lembrava desse banho, nem de como foi carregado até a cama e de como Moon Heejoon acariciou seu rosto até que dormisse. Ele se lembrava do que tinha acontecido na noite passada, pelo menos de algumas partes. E já era constrangedor o suficiente.

Lembrava-se de Adolf e do desespero de tentar fugir dele. Lembrava-se de dizer coisas estranhas para o seu vizinho, no carro, mas não se recordava das palavras que disse. De qualquer forma, ele tinha certeza de que alguma merda havia feito.

Ele olhou para as roupas que vestia e viu que não eram suas: a camisa era maior que o normal e a calça apertada demais. Eram roupas de Moon.

Hansol se levantou, e ao pisar no chão gelado, sentiu uma dor horrível na cabeça, com um pouco de tontura. A dor no dia seguinte era o que o fazia se arrepender de se drogar, quando adolescente.

Ele abriu a porta do quarto, devagar, e desceu as escadas, com a mão na testa, em uma tentativa inútil de aliviar a dor.

— Merda — resmungou, enquanto seu cérebro trazia à tona os acontecimentos da boate e o que aconteceu depois.

Como pôde se enfiar em tanta encrenca?

Ele não fazia a mínima ideia de como caía nessas camas de gato. Quando via, já estava enroscado.

Não viu sinal de Heejoon na sala, mas ouviu o barulho de água fervendo, na cozinha. E ele sairia correndo daquela casa se o dono dela não tivesse atravessado pela porta, no exato momento.

— Ia a algum lugar? — Moon perguntou, casualmente, trancando a porta.

— Para minha casa, talvez — respondeu, cansado.

— É assim que me agradece?

Heejoon passou por ele e foi tirar a chaleira do fogão.

— Agradecer? — retrucou, acompanhando, com o olhar, os movimentos do rapaz.

— Não sei se você se lembra. — Heejoon suspirou, começando a passar o café. — Mas te livrei de um cara que iria abusar do seu corpo.

A sensação das mãos sujas de Adolf percorrendo sua pele voltou, e ele sentiu um arrepio ruim.

— É claro que me lembro — disse, sentindo o rosto ficar quente.

Sentia uma vergonha imensa de si mesmo. Não queria que Heejoon soubesse das coisas que fez, das coisas que era capaz de fazer. Sentia-se um lixo ao lado de Heejoon, sentia-se sujo e podre. Não queria que o tivesse visto daquela forma.

Contudo, outra coisinha despertou na mente de Hansol:

— Como você me encontrou? — Hansol perguntou, e viu Heejoon mirá-lo sem expressão alguma. — Como sabia que eu estava na boate? Eu não liguei pra você.

Foi um momento de silêncio, enquanto Hansol não conseguia ver sentido naquilo. Ele ligou para MH e não para Heejoon, disso tinha certeza.

— Me avisaram — foi o que disse.

— Te avisaram? — Hansol se aproximou da bancada de mármore, confuso. — Como assim?

— Um tempo atrás... — começou, ainda filtrando o café — uma ONG ligou para mim e para o Sr. Byun. Perguntaram se nós podíamos ajudar quando precisassem.

— O quê?

Estava muito surpreso, a notícia mal entrava em sua cabeça.

— Eles não podem mandar gente deles pra te ajudar — Heejoon explicou. — Então, eu e o sr. Byun concordamos em tentar te ajudar quando fosse preciso.

Hansol não fazia a mínima ideia daquilo. Ninguém lhe disse nada sobre aquilo.

— Me ligaram ontem — disse, sem olhar para ele. — E pediram para que eu fosse te encontrar, porque você estava em uma situação de risco.

— Você e o Sr. Byun sabem sobre a ONG? — perguntou, chocado.

— Eles nos contataram. — Heejoon deu de ombros. — Nós aceitamos.

— E por que aceitaram? — questionou.

— Por quê, Hansol? — Moon fitou-o, visivelmente irritado. — Por que a gente aceita ajudar uma pessoa? Será porque a gente gosta e se importa com ela?

Hansol quis acreditar, mas sua falta de confiança fez com que desse um passo para trás.

— Se importa? — Lee também se irritou. — Tem certeza de que se importa?

— Eu fui atrás de você naquela merda de lugar! — o mais velho respondeu, jogando a chaleira com força na pia. — Naquele lugar cheio de bandidos! Eu poderia ter perdido a minha vida pra te ajudar. E eu não me importo?

— Não se importa, não! — esbravejou. — Não se importa, porque se realmente se importasse não teria brincado com a minha cara!

— Do que você está falando? — Heejoon tentou se aproximar.

— De você e da Hani! — Lee começou a se afastar. — De você com ela, ontem. Um casal lindo!

— Você viu? — Heejoon parou no lugar onde estava.

— Com meus próprios olhos! — retrucou, sentindo a garganta começar a doer. — Diga, agora, que se importa comigo!

— Eu me importo, merda! — devolveu, bravo. — Tudo que eu fiz foi porque me importo.

— Cala essa boca! — ele pediu, exausto. — O máximo que você teve foi pena, foi dó.

— Dó? — Pareceu incrédulo.

— Isso mesmo. — Lee sorriu, querendo chorar. — Você deve ter pensado "ah, vou ajudar aquele coitado da casa ao lado, aquele louco, sem família ou amigos".

— Você não sabe o que diz. — Heejoon abaixou a cabeça.

— Eu sei, sim. — Ele foi para a porta, abraçando o próprio corpo. — Ninguém nunca se importou, o máximo que tiveram, foi pena. Mas obrigado pela consideração!

Hansol queria ir para casa, porque não se sentia bem-vindo perto de Heejoon, sentia-se um peso. Também não queria discutir, porque esse não era o seu estilo, não gostava de perder o controle. Não queria brigar com Heejoon, porque o rapaz o ajudou na noite passada.

— Você é tão confuso... — Moon lhe disse, tentando controlar a raiva.

— Eu sou — admitiu, fazendo um bico, involuntariamente. — É por isso que tenho um psicólogo. E aquela ONG idiota não deveria ter metido você e o Sr. Byun nisso. Não deveria!

— Você estaria morto a uma hora dessas se eles não tivessem me ligado — o maior declarou.

Não foi a primeira vez que Hansol esteve por um fio, Heejoon.

— Grande merda! — debochou. — Eu morto ou vivo não faz diferença!

— Você tem noção das porcarias que diz? — ele perguntou, indo em sua direção. — Faz diferença, sim, muita diferença!

— Heejoon... — Suspirou, tentando não explodir. — Só abre essa porta, me deixa sair e nunca mais se incomode comigo.

— Eu não te entendo! — O moreno riu, descrente, ignorando o pedido do outro. — Você diz que ninguém se importa, mas quando alguém mostra se preocupar, você age assim.

— Porque eu sei que não é real... — Hansol desviou o olhar, procurando não chorar.

— É real! — grunhiu. — Essa merda é real! Eu me preocupo com você, apenas aceite isso. Pare de se vitimizar, porque você não está sozinho!

— Não estou sozinho? — Ele não conseguiu se segurar, e as lágrimas começaram a cair. — Quem é que está comigo? Você? Você, Heejoon?

— Eu, sim! — Tentou tocá-lo.

— Não! — O menor o empurrou para longe. — Se você estivesse comigo, não teria ido atrás daquela mulher depois de me beijar!

— Eu não tenho nada com ela! — respondeu, sentindo as veias pulsarem. Santo Deus, foi por isso que decidiu trabalhar em casa. Era tão difícil controlar as coisas pessoalmente! Material contra material causava atrito. Era melhor fazer de longe.

— Pois você devia ter — o outro falou alto, furioso. — Vocês deviam casar e ter nove filhos homofóbicos e falsos. Homofóbicos como ela e falsos como você!

— Não fale esse tipo de merda — Heejoon pediu, respirando fundo.

— Conta pra Hani, vai... — desafiou-o, com o rosto molhado, tremendo de raiva. — Conta pra Hani que você me beijou, conta que você é uma bichinha, feito eu. Fala a verdade, aceita que você é gay!

— Não é isso! — bufou. — Não é por causa disso!

— Você é gay, Heejoon. — O outro riu, amargo. — Você é um viadinho igualzinho a mim. Você gosta de pau. Aceita! Somos todos gays, sujos, desviados, criações do demônio, o pecado da sexualidade, doentes mentais!

— Não fale assim, por favor, Hansol... — Precisou fechar os olhos, com força, para não perder o controle.

— Aceite quem você é. — Lee rugiu. — Ou vá agora foder aquela merda que você chama de Hani!

— Eu não a quero! — Heejoon tentou tocá-lo, novamente.

— Se não a quer, então pare de brincar comigo... — pediu, secando as lágrimas e tentando evitar os toques do maior. — Pare de se enganar e de me enganar.

— Eu sei que sou gay. — Heejoon, finalmente, conseguiu tocar-lhe o ombro e se aproximar. — Eu sei que gosto de homens.

— Então, por que fez aquilo? — Hansol tornou a se irritar. — Por que me beijou e depois foi beijá-la?

— Estou ajudando no karaokê do irmão dela — explicou, aos poucos, ficando mais perto do rapaz. — Minha mãe é muito amiga dos pais dela. E foi ela que me beijou, eu não queria!

Parecia ser verdade, mas o ciúme de Lee ainda insistia em ser tudo uma grande peça e uma piada para ele próprio.

— Ah... — Abaixou a cabeça, insatisfeito. — Tanto faz. Me deixe ir embora.

— Quando vai parar de ignorar o fato de que eu me preocupo com você? — perguntou, com a voz baixa, unindo seu corpo ao de Hansol. — Sei que é difícil confiar, mas por favor, acredite, eu me importo se você está bem.

— Você não devia se importar. — O mais novo suspirou, de olhos fechados, sentindo o perfume de Heejoon. — N-não temos nada.

— Temos, sim. — Moon fez o rapaz levantar a cabeça, usando a ponta dos dedos. — Você sabe que temos.

— Heejoon... — pediu clemência, enquanto a mão dele subia de seu ombro para seu pescoço. — Você... Você gosta mesmo de mim? Diga a verdade, não me faça de bobo...

Heejoon não respondeu. Ele segurou o queixo de Hansol e selou seus lábios. Este devolveu a carícia, se afundando no beijo intenso e trêmulo. Lee Hansol amava os lábios de Moon Heejoon, os provou apenas duas vezes, mas já era possível se tornar viciado.

Queria empurrar o rapaz, fugir dali, mas era fraco, seu emocional era fraco e seu corpo não obedecia. Algo fazia com que ele desse mais importância à boca de Heejoon do que ao seu orgulho.

Hansol suspirou, derrotado, enquanto Moon o beijava, vendo-se perdido nas mãos dele, vendo seu corpo entregue a ele.

— Heejoon... — chamou-o, enquanto era levado para a sala, como uma marionete fácil de moldar. — Você g-gosta? Diga, por favor!

Precisava da confirmação antes de se entregar totalmente a ele. Mas este não respondeu, de novo, apenas passou os beijos para seu pescoço, sentindo-o vibrar.

Quando Moon Heejoon empurrou o joelho na direção de seu membro, afagando a pequena ereção, Hansol gemeu, tendo a certeza de que não conseguiria dizer "não" a ele.

— Heejoon... — pediu uma última vez, com a voz baixinha, sem nem conseguir terminar, tendo seu corpo depositado com cuidado sobre o sofá.

— Eu gosto... — o mais velho sussurrou entre um beijo e outro, a mão prendendo o cabelo do menor. — Eu gosto de você, Hansol.

Pronto. Lee Hansol era dele.

Não soube explicar como, de repente, a sala da casa do vizinho ficou tão quente.

Ele não poderia explicar nada naquele momento, não com Heejoon manchando sua pele com os lábios, em pinceladas vermelhas que, muito em breve, se tornariam roxas.

Hansol estava de olhos fechados, por causa do nervosismo, da situação, das sensações. Cada vez que Heejoon sugava a pele de seu pescoço era um arrepio diferente que escorria por sua espinha e quadril.

A casa estava silenciosa, mas Lee tinha, por dentro, sentimentos que soavam como um show de heavy metal. Ele poderia ficar surdo.

Seu corpo afundou mais um tanto no sofá, e ele gemeu ao sentir as mãos fortes de Moon apertarem suas coxas, puxando-as para que pudesse tirar sua calça. E ele o fez, deixando Hansol sem nada para tapar o sexo duro.

Moon Heejoon precisou de um tempo para analisar a pessoa que tinha sob seus braços, tão entregue, necessitada. Um homem. Era um homem, era Lee Hansol. E ele era tão lindo!

— Heejoon... — Lee chamou-o, abrindo os olhos, com medo de que o rapaz tivesse fugido dali. Mas lá estava ele, sendo iluminado pela luz fraca de um abajur, respirando fundo, a coluna ereta, totalmente perdido.

— Algum problema? — Hansol sentiu-se mal por ele não estar agindo, e começou a se sentir ridículo. — Eu posso ir embora.

Ele puxou a camisa para baixo, a fim de esconder sua intimidade, supondo que Moon havia desistido, mas este o impediu e tirou sua camisa, deixando-o totalmente exposto.

— Fiquei absorto com sua beleza — Heejoon explicou.

Hansol não teve mais tempo para pensar, quando o mais velho juntou suas bocas e levou as mãos firmes e macias até seu pescoço e maxilar, domando o beijo, configurando-o do jeito que queria.

E o Lee, coitado, não conseguia fazer nada, porque Heejoon simplesmente tinha a senha para todas as suas contas e poderia fazer o que bem quisesse, uma vez que ele se tornava totalmente moldável em suas mãos habilidosas.

O beijo foi quebrado, para Heejoon se livrar da própria roupa; e ele o fez de forma lenta, ciente de que Hansol o observava, com desejo nos olhos castanhos e expressivos.

O rapaz sentiu uma fisgada extremamente adolescente ao ter Moon Heejoon nu em sua frente, mostrando todas as suas linhas naturais, formatos, marcas de nascença e tons.

Qual é? O vizinho não era seu primeiro homem, não devia ficar tão afetado por conta da visão de um corpo masculino. Porém, estava. E estava derretendo aos poucos, como marshmallow no fogo.

Mas, ao invés de voltar para Hansol, Heejoon se sentou ao lado dele e, então, o guiou para cima de seu corpo, fazendo-o se sentar sobre suas coxas. Ele arfou ao sentir a pele gostosa do menor, que estava em contato com a sua, totalmente unidas, quase uma só.

Eles retornaram ao beijo intenso, e ficou difícil de respirar, mas não quiseram parar. Moon levou uma das mãos até a parte detrás da cabeça dele, infiltrou os dedos entre seus fios de cabelo e os puxou, escorregando o beijo até o queixo alheio, onde chupou e desceu para o pescoço, já marcado, voltando a molhá-lo com a língua, fazendo-o fechar os olhos, devido à sensação enlouquecedora.

— Me ajude... — Heejoon pediu, com a voz baixa, pousando a outra mão na cintura dele, pressionando. — Me ensine.

Hansol se pegou chocado, com uma grande responsabilidade nas costas. Moon Heejoon nunca tinha feito com um homem, ele era seu primeiro. Apesar de o mais velho ser, claramente, o comandante, era inexperiente nisso.

Hansol não iria ditar regras ou dar ao rapaz um manual, ele só faria naturalmente, para introduzi-lo no sexo.

— Não tem segredo — respondeu, com a voz fraca, sentindo a pressão de Heejoon.

Beijou-o e, enquanto isso, levou a mão até o peitoral dele e o acariciou, para que se sentisse bem. Depois, desceu e, com toques leves, chegou à intimidade de Heejoon, tomando o membro em sua mão, sentindo o outro arfar entre o beijo.

Hansol o rodeou com o braço livre e encostou a cabeça em seu ombro, passando a mover a mão pela extensão. Ele ouviu a respiração levemente descompensada de Moon Heejoon e se sentiu feliz naquele momento: quando fazia o cara por quem era apaixonado se sentir bem. Tinha passe livre para tocá-lo. Pediu tanto por isso, e agora podia.

— Você gosta? — Lee Hansol perguntou, timidamente, descendo sua mão pelo falo molhado e rijo.

— Sim... — Heejoon não pôde negar, tentando não perder nenhum segundo daquela sensação.

— Quer que eu faça com a boca? — o menor perguntou, acariciando as costas dele, deixando beijos curtos em seu ombro e pescoço.

Ele só queria agradar Heejoon e dar-lhe uma boa noite. A melhor, talvez. Queria que Heejoon jamais se arrependesse e que procurasse por mais.

— Não precisa — o outro recusou com a voz macia, colando as duas mãos às coxas grossas de Hansol, passando a massageá-las.

Eles não disseram mais nada, não quando Hansol teve que sair do abraço, chupar os próprios dedos e tentar introduzir dois deles em sua entrada, tentando administrar, também, a mão que estimulava Heejoon.

Moon assistiu-lhe pôr, com sofrimento, os dedos em sua extremidade, tentando se equilibrar. Ele queria saber como tratar o corpo de Hansol, queria se sentir seguro para tocá-lo. Então, mesmo imerso no prazer da masturbação que Hansol lhe proporcionava, ele imitou o rapaz.

Lee ficou sem reação ao vê-lo levar dois dedos à boca, puxar sua mão para longe e sentir o mais velho afundar os dígitos em seu orifício, colando seus corpos, para que pudesse fazer.

Ele girou a cabeça, sentindo a mão de Heejoon estimulá-lo, prepará-lo, sem hesitar. Soltou um gemido baixinho, ao começar a sentir prazer no ato, enquanto ainda subia e descia a mão pelo membro de Heejoon. Este levou a mão livre até sua bunda, apertou um dos lados, fazendo-o rebolar, e sentiu o membro dele esbarrar no seu.

Foi um dos momentos que fez Moon ter mais certeza de que queria ter o rapaz inteiramente para si. Então, ele o segurou e se inclinou para abrir a gaveta da mesinha ao lado, tirando de lá um preservativo.

Cessaram as preliminares, e Hansol lhe assistiu pôr a proteção, sentindo o nervosismo preenchê-lo. Ele olhou nos olhos escuros de Heejoon e notou, ali, o desejo, a vontade. Apoiou uma das mãos no ombro dele e, com a outra, segurou seu pênis, encaixando-se nele.

Em torno de Heejoon, Hansol percebeu que havia meses que não fazia nada, além de se masturbar com os próprios dedos no banho. Era doloroso, mas também era de sua natureza.

Heejoon sentiu o corpo todo flutuar até as nuvens, porque a sensação era incrivelmente boa. Estar dentro de Hansol era intensamente prazeroso e, caso ele não soubesse conduzir a situação, desmancharia a qualquer momento.

Não eram apenas os sexos em contato, não era só a transa, a carne; era a aura, o calor, a pele, os sons, a visão. Ia além da matéria.

Lee parecia tão imerso no ato que Heejoon não conseguiu não sentir prazer ao fitá-lo nos olhos levemente marejados, com as mãos trêmulas em seus ombros, o corpo bonito começando a suar. Não importava se era sua primeira vez com alguém do mesmo sexo, queria prendê-lo e explorar seu corpo; fazê-lo gemer alto e foder sem intervalos.

Hansol sorriu, mesmo inerte, porque o olhar do outro sobre sua fisionomia deixava claro que este o desejava, que o queria.

Após se acostumar com o formato de Heejoon, ele começou a movimentar o quadril, sentindo o tesão abraçá-lo mais forte. Quis manter os olhos fixos nos dele, mas teve que fechá-los, porque o que ocorria da cintura para baixo deles era tenso e fazia com que os sentidos perdessem o equilíbrio.

Moon depositou as duas mãos sobre a bunda do outro e a pressionou, levando Hansol a se mover com mais velocidade, subindo mais alto e descendo com mais intensidade, dissolvendo-se. Passou a guiá-lo, comandando. E tudo que Lee pôde fazer foi abraçá-lo, enquanto rebolava e deixava o parceiro mover seu quadril. As mãos fortes faziam com que seu corpo subisse e descesse; os peitos um contra o outro, ambos quentes, suados, indo e vindo rápido.

Lee tentou segurar os gemidos e mordeu o lábio, mas foi impossível, pois o prazer começou a crescer. Sua cabeça girava, porque ele não sabia o que fazer, para onde olhar ou em qual posição ficar. Nada se passava em seu cérebro, além de êxtase. Eram as consequências de estar fazendo sexo, ainda por cima, com Moon Heejoon.

Ah, quem diria?

Hansol abriu os olhos, assustado, ao sentir Heejoon empurrá-lo delicadamente para o lado. Ficou de bruços, abraçando o braço do sofá, com a bunda empinada, pronto para receber Moon Heejoon, que se colocou entre suas pernas. Ele soltou um gemido longo ao sentir o outro se enterrar nele, fundo, segurando seus ombros.

Hansol agarrou com força o couro do estofado, procurando apoio, enquanto Heejoon começava a estocar lentamente, mas até o final, preenchendo-o por completo. Sua boca não fechava, porque o ar saía atropelado, e os gemidos, sem permissão. Não queria perder Moon Heejoon jamais. Queria poder sentir tudo aquilo sempre que quisesse.

Lee estava se acostumando com o ritmo lento, quando o rapaz o surpreendeu: passou a acelerar, fazendo com que sua virilha se chocasse com as nádegas dele, os sons obscenos surgindo.

Hansol deixou "Oh's" altos saírem por sua garganta, colando a testa no braço do sofá, com os gemidos eróticos do outro em seu ouvido, sentindo o corpo ser devorado.

Moon Heejoon sentiu a necessidade de ter cada partezinha de Hansol sob seu domínio, para que fosse o único culpado por cada sensação no corpo do menor. Passou um dos braços fortes em torno do pescoço dele e ergueu sua cabeça, tendo, então, a visão gloriosa do moreno suado e afogado em prazer; os olhos molhados e os lábios vermelhos brilhando. Enterrou mais fundo nele, ouvindo-o gemer sofrido, parecendo fraco. Podia sentir o corpo todo de Lee Hansol pegar fogo: a pele estava quente, como se tivesse lava no lugar de seus ossos.

Hansol teve que pôr força nas pernas, mesmo que elas começassem a tremer, com sintomas de cãibra, devido ao peso que carregava e do modo que Heejoon empurrava, testando seus limites. Suas pernas ardiam por causa da dor. Há tempos não se esforçava assim, mas, para ter Heejoon comendo sua sanidade — entre outras coisas —, ele poderia aguentar. Nunca se viu tão entregue a um homem dessa forma, antes.

O famoso bolo de tesão começava a se formar acima de sua virilha, puxando a eletricidade de diversos pontos de seu corpo, enquanto Moon acertava seu centro de prazer como se já tivesse feito aquilo milhares de vezes. Era tão voraz, tão carnal, mas também era astral, e eles podiam sentir duas supernovas mesclarem-se com harmonia.

Ele sentiu, pela forma exasperada com a que Heejoon o fodia, que sua bomba também explodiria. Ele levou a mão ao próprio pênis, que gritava por atenção, e começou a masturbá-lo, sentindo-o inchado.

— Heejoon... — gemeu, apertando os olhos com força, rebolando, involuntariamente, e sentindo seu orgasmo dar sinais brutos. — Oh!

Após uma série bem sincronizada de enterradas, empurrões e toques, os dois vieram, ao som de gemidos doloridos.

Hansol desmontou, deixando as pernas cederem, caindo no sofá, com Heejoon por cima. Este não conseguiu abrir os olhos e nem fechar a boca; também não conseguiu distanciar-se de Lee Hansol. Não queria desconectar sua pele da dele, não queria sair de dentro dele. Mas saiu, a contragosto, para deixar o rapaz respirar.

Lee estava ofegante, com parte do rosto enterrado no sofá, parecendo fora de órbita.

Heejoon o analisou, novamente.

O corpo bem estruturado, mas agora enfraquecido e suado, ainda assim era uma arte. A bunda bonita que se encontrava avermelhada, as pernas cruzadas de forma graciosa, o cabelo escuro molhado. Hansol tinha um design tão único!

Ele se levantou e sentou-se ao lado de Heejoon, sentindo-se envergonhado, porque ainda tinha aquela mancha de esperma sujando seu abdômen e o assento no sofá.

— Eu vou limpar is... — tentou dizer, mas o outro o interrompeu.

Heejoon uniu os lábios aos dele, segurando seu rosto e encaixando suas bocas. Puxou-o para o seu colo, mas não para partir para mais uma rodada, mas para poder abraçar o rapaz.

Hansol encaixou a cabeça entre o ombro e o pescoço dele, e relaxou, sentindo-se acolhido. Sentiu o rapaz contornar seu corpo, usando as duas mãos, indo das axilas até os joelhos, como se moldasse porcelana.

— Me prometa que não vai mais sair de perto de mim? — Moon Heejoon pediu, deixando um beijo em seu pescoço.

— Eu prometo, mas com uma condição — respondeu, inseguro.

— Qual? — Deixou outro beijo sobre sua pele.

— Me promete que não vai mais me dar falsas esperanças? — Hansol fez a pergunta, abraçando-o com mais força, com medo de que aquele fosse o fim.

— Eu prometo — sussurrou no ouvido dele. — Prometo.

— Então... — Hansol sorriu, contra a pele suada de Heejoon. — Eu também prometo.

Eles só se soltaram após a meia-noite, quando ambos cansaram de foder.

E havia uma certeza que jamais foi pronunciada, jamais verbalizada: Lee Hansol era todo de Moon Heejoon.

CAPÍTULO VI

HANSOL SE LEVANTOU, sentindo o corpo dolorido, mas estava aliviado. Era como se várias toneladas de peso tivessem sido tiradas de seus ombros, de uma forma maravilhosa.

Moon Heejoon era bom no sexo, de uma forma jamais prevista.

Não, ele não era o deus da foda, mas era intenso e bastante enérgico, parecia disposto a levar tudo de Hansol.

E sim, a situação era a mais ridícula possível: o mais novo nunca tinha feito um sexo tão bom; sentia como se fosse especial.

Heejoon dormia, de forma calma, com a respiração leve e calculada, sereno e celeste; a cabeça sobre o peito de Lee, abraçando-o, os dois corpos ainda nus, as peles sujas por conta do sexo, e a conexão ainda forte.

O sol surgia, de forma tímida, por trás das casas altas, iluminando, aos poucos, a sala bem organizada da casa de Heejoon. A luz do sol estava há poucos passos de atingir o corpo bonito do mais velho e, quando o fizesse, Lee teria novamente a certeza de que estava completamente ferrado. Há alguns dias, podia jurar que jamais, nem em sonhos, teria Moon Heejoon, que o cara era um hétero perfeito, que se casaria com uma boa moça...

Mas, agora, era diferente. Bem diferente.

Heejoon se assumiu para ele e disse, com todas as letras, que era gay. Disse, também, sem pular nenhuma palavra, que gostava dele. Heejoon usou o corpo, músculo por músculo, para fodê-lo.

Eles fizeram promessas.

E Hansol acreditava nelas.

Como seria, então? O que Heejoon faria depois de acordar? Lee não tinha coragem para ficar e descobrir. Então, antes de o sol tocar a pele do belo homem, ele, com muito cuidado, desvinculou-se de Heejoon e saiu do sofá.

Após deixá-lo, imediatamente sentiu frio, e poderia ser o fato de que estava completamente nu, mas também acreditava que era a distância entre eles.

Hansol buscou as roupas no chão e as vestiu, sentindo a camisa grudar em seu corpo sujo. Ele não sabia onde estavam suas próprias roupas, Heejoon as havia tirado do seu corpo, após chegarem da boate, então ele ainda vestia o pijama do mais velho.

O rapaz respirou fundo, espreguiçando o corpo. Ele fitou uma última vez, o corpo de Heejoon, tão belo e relaxado. Era terrivelmente apaixonado por aquela figura e sabia que qualquer golpe dele, agora, o desmancharia inteiro.

Procurou pela chave na calça do outro e, então, abriu a porta e deixou o lugar. Correu para a sua casa, com medo de que alguém o visse saindo da casa de Heejoon. Pegou, rapidamente, a chave reserva que ficava dentro de uma bota de chuva, e foi para dentro.

Foi realmente bom pisar em seu lar. Depois de dois dias fora de casa, passando por coisas nada agradáveis, tudo que queria era dormir na própria cama.

— Bellatrix! — chamou, sentindo-se inteiramente culpado por deixar a cadela quase a deus-dará.

Quer dizer, a cachorrinha sabia muito bem como virar o pacote de ração, e já era acostumada a tomar água que pingava do chuveiro. Mas Hansol não podia deixá-la tão sozinha.

Ela veio, descendo as escadas de forma rápida, tropeçando nas próprias pelancas. Chorou e fez uma festa ao ver Hansol. Aquilo foi de partir o coração.

— Perdoe o papai... — pediu, enquanto a abraçava. — Me perdoe, por favor.

Ele se sentiu um merda, pois não estava apto nem a cuidar de um animalzinho. Passou longos minutos acariciando a cadela e, então, procurou por produtos de limpeza, para dar um jeito na sujeira que Bellatrix fez perto do banheiro.

Depois de tudo limpo, tomou um banho: um dos mais relaxantes de sua vida, estava realmente cansado. Seu corpo pedia por descanso, mesmo que tivesse dormido o dia todo na casa de Heejoon. Aquilo era só uma consequência das drogas, então ele ainda não tinha dormido de verdade.

Durante o banho, todas as dores vieram.

As dores físicas e as dores emocionais.

Heejoon o magoou muito ao falar com Hani, depois de terem se beijado na festa. Tanto que fez Hansol ceder ao Paxil e, na falta do antidepressivo, à cocaína.

Ele caiu nas mãos de Adolf, e céus! A lembrança era amarga, repugnante demais.

Lembrou-se de uma coisa que Heejoon tinha dito, à noite, após dar-lhe o seu terceiro orgasmo:

"Não acredito que aquele homem tocou sua pele. Não acredito que mãos tão cretinas tocaram um corpo tão puro. Hansol, não deixe ninguém, além de mim, te tocar novamente."

Adolf era um pesadelo que ele próprio procurou.

Ainda se sentia podre, mesmo após o banho e a purificação do corpo de Heejoon sobre o seu. Hansol pertenceu a Moon Heejoon, somente a ele, e as marcas estavam em seu pescoço, peito e costas, vermelhas e roxas. Heejoon não sentiu nojo.

Ele gostaria de ser como as cobras e poder trocar de pele. Mas, mesmo assim, ainda estaria sujo. Tinha um passado tolo, nebuloso, podre, caindo aos pedaços. A infância conturbada, a história da própria mãe — o assassinato da jovem mulher —, a adolescência vivida entre orfanatos, clínicas psiquiátricas, bocas de fumo e raves; a maioridade prejudicada pelos antigos acontecimentos. A saudade da mãe, os laudos dos psiquiatras, o preconceito por ser gay, as drogas, os amores de mentira, o medo, a solidão, a vergonha. Hansol sentia sua casca rachar um tantinho mais todo dia. Sentia-se um cara fraco, via-se como um covarde, nem ao menos se considerava homem — ainda era um moleque a seu ver —, julgava-se um tolo.

Hansol era uma vergonha. Ele se sentia assim. Não sabia lidar com as merdas da vida, mesmo que já carregasse tudo há mais de dez anos. Ele não acreditava que podia segurar tudo apenas com as duas mãos.

Desligou a ducha, sentindo os membros vibrarem em cansaço, clamando por uma cama. E foi após se secar e vestir a cueca que se jogou no colchão, sem tempo para mais nada, os olhos fechando-se com o peso.

Acordar com as lambidas de Bellatrix era muito melhor que acordar com os gritos de um despertador. Hansol sorriu, ao mover o corpo e perceber que estava bem melhor que antes.

Ele se sentou na cama e bocejou, assistindo ao céu começar a ficar escuro, enquanto o relógio marcava seis horas da noite. Hansol levantou-se, vestiu uma calça moletom, passou pela janela e se deparou com Heejoon, no quarto da casa dele, arrumando os quadros na parede, quadros que já estavam perfeitamente postos.

Saiu dali, temendo que Heejoon o visse, e desceu as escadas. Precisava encontrar seu telefone, precisava ligar para MH.

Achou um celular perdido no quarto imundo da boate podre, mas Heejoon o jogou fora, por algum motivo estranhamente desconhecido.

Hansol revirou a sala, procurou debaixo dos sofás, atrás da televisão, dentro das gavetas, no banheiro, debaixo dos móveis da cozinha. Nem sinal.

Ao abrir a geladeira para pegar água, encontrou a merda do telefone no mesmo recipiente do queijo e do presunto. Hansol nem tentou entender, apenas notou o quão vencidas algumas de suas comidas estavam, e pegou o aparelho.

Após secar o celular, que agora tinha cheiro de presunto, Hansol discou o número do psicólogo. Ele tinha o contato na lista, mas apenas discava, por ter o código de cor na cabecinha.

Precisava contar tudo a MH. Precisava de respostas e conselhos.

— Atenda, MH — pediu, sentando-se sobre o balcão da cozinha.

— *Olá, Hansol* — a voz, do outro lado, respondeu.

Ele sorriu, o peito se desmanchando em alívio. Perder MH ainda era um de seus piores medos. Porém, agora, vinha uma parte ruim: contar tudo, ter que sentir vergonha. Não podia esconder nada de MH.

— Me desculpa... — pediu de cabeça baixa, constrangido. — Por favor...

— *Quantas vezes terei que dizer que você não precisa se desculpar?* — MH lhe disse, com a voz firme e pacífica. — *Estou aqui para te apoiar, não para te julgar.*

— Mas eu sou um fraco, MH. — Suspirou, aceitando sua medíocre realidade. — Eu não consigo me controlar. Nunca consigo.

— *Hansol, só me explique o que aconteceu.*

O rapaz precisou buscar, no fundo da memória, uma possível explicação para o seu surto.

— Ele me beijou três dias atrás... — disse, não querendo recapitular exatamente tudo. — No dia seguinte, eu o vi com uma garota, e ela o beijou.

— *Foi esse o motivo para você ir até aquela boate?* — perguntou MH, sem expressar nada na voz.

— Não e sim. — Hansol, no lugar dele, não conseguiria compreender. — Fui procurar Paxil, mas eu não pude comprar, então apareceu um cara com uma proposta sobre me deitar com um homem por cocaína.

Oh, era doloroso dizer aquilo. Mesmo que fosse libertador, era definitivamente doloroso.

— Ver Heejoon com a Hani só me fez ver o quanto as pessoas já me fizeram de bobo — confidenciou. — Eu fiquei muito triste. — Um bico começava a se formar em seus lábios enquanto seus olhos marejavam. — Porque nunca sou eu o esperto, o canalha, o fodão. Eu sou sempre o idiota, o enganado, a merda do ingênuo.

— *Você precisou aliviar a dor* — o psicólogo supôs. — *E, com isso, até mesmo aceitou ficar com alguém por drogas.*

A história conseguia ser pior, contada pela voz de MH.

— Foi — confirmou. — Foi horrível, MH, um dos piores momentos da minha vida. Eu não sei o que teria acontecido comigo se a ONG não tivesse ligado para o Heejoon e ele não fosse me buscar.

— *Perdão* — pediu MH — *por termos revelado sua privacidade a alguém. Nós, geralmente, pedimos o apoio de familiares, mas você não tem nenhum. E é de suma importância que nossos pacientes fiquem seguros, independente do que for preciso para alcançarmos tal meta.*

Hansol detestava quando MH falava de maneira tão formal. Mas, no fundo, estava agradecido pela ONG ter chamado Heejoon.

— Aconteceram mais coisas com o Heejoon — deu continuidade.

— *Você se sente confortável para falar sobre isso?* — MH o questionou, fazendo Hansol pensar sobre o caso, por alguns segundos.

— Acho que sim. — Deu de ombros. — Preciso de conselhos.

— *Tudo bem.* — Deu-lhe "permissão". — *Prossiga.*

— Nós discutimos, ontem, na casa dele — contou. — Eu acho que nós nos acertamos, mas tem coisas que ele disse que ainda estão na minha cabeça.

— *Que coisas?*

— Disse que eu não aceito que as pessoas se importem comigo — contou, lembrando-se de algumas palavras duras do homem. — Ele disse que me faço de vítima.

— *Você acha que ele realmente pensa assim?*

— Eu não sei. Nunca o vi tão irritado.

— *Você acredita, então, que pode ter sido o sangue quente?*

— Sim, pode ter sido... — Percebeu, naquele momento. — Ou, talvez, eu me faça de vítima mesmo...

— Não, você não se faz. O rapaz, provavelmente, disse essas coisas no calor do momento.

— Mas ele é sempre tão calculado — resmungou, ainda descrente.

— Todo mundo é capaz de perder o controle, Hansol. Todas as pessoas são instáveis, umas mais, outras menos, mas todas vão pender para um lado da balança uma vez na vida.

— Até os psicólogos? — perguntou, balançando os pés.

— Até os psicólogos — MH afirmou. *— Não há um só ser humano que seja concreto, Hansol. As pessoas falam bobagens o tempo todo, se expressam de formas equivocadas e magoam umas às outras.*

MH tinha razão. Hansol podia confiar na palavra dele.

— Eu espero que sim... — Ele se sentiu apreensivo. — Heejoon tem que ter apenas dito coisas sem pensar, porque, agora, ele e eu estamos em uma situação diferente...

— Que situação?

— Nós... — Hansol sentiu as bochechas pegarem fogo. — Nós transamos.

Era muito constrangedor compartilhar aquilo com alguém, e perigoso lembrar-se daquela noite, pois somente os flashes de Heejoon contra seu corpo, comendo-o, faziam sua temperatura aumentar.

— Ah, foi?

— Sim. — Hansol fechou os olhos, tentando afastar a vergonha. — Após a briga, nós acabamos no sofá, e eu dei pra ele, a noite toda.

— Uh... Você se arrepende?

— Não! — respondeu às pressas. — Foi bom... Muito bom.

— Qual é a dúvida sobre isso, então?

— Você acha que ele vai ficar comigo? — perguntou, sentindo-se ridículo por tratar MH como uma amiguinha do colégio. — Digo, ele pediu para eu nunca mais o deixar, e me prometeu que nunca mais me daria falsas esperanças.

— Vocês não deviam ter feito promessas.

— Eu sei... — Hansol quis se estapear. — Mas, MH, me ajude! E se eu for falar com Heejoon e ele rir na minha cara, dizendo que só quis me comer e nada mais?

— Você pensa assim sobre ele?

Oh. Aquela era uma boa pergunta que colocou Hansol em uma cama de pregos.

— Eu não sei... — respondeu, frustrado. — Eu tenho medo. Não quero mais me magoar.

— Precisa confiar, Hansol. Precisa se decidir.

— Decidir? — Ele não entendeu.

— *Decidir se sente que o rapaz é alguém bom ou um cafajeste.*

Hansol não sabia, não tinha uma opinião.

— Eu não sei dizer. — Ele começava a se sentir pressionado.

— *Ele fez mais coisas boas ou ruins por você? Pense.*

Hansol teve que reler as páginas anteriores, para analisar as coisas que Heejoon tinha feito. Mas ele ia mal em matemática e não conseguiu fazer os cálculos precisos.

— Não sei. — Começou a chorar. — Mas eu gosto tanto dele...

— *Dê a ele um voto de confiança* — aconselhou-o. — *O último.*

Hansol já não falava com Heejoon há três dias. Não por falta de oportunidade, o viu algumas vezes, enquanto saía para fazer alguma coisa no quintal ou ao passar pela janela. Mas a vergonha e a insegurança consumiam-no. Deitou-se com ele e não sabia se aquilo valia alguma coisa. Para o vizinho, poderia ser apenas um caso de uma noite, apesar de ele torcer para que não fosse.

Agradecia, internamente, por Heejoon não tentar contato, pois, no fundo, precisava de um tempo, um espaço para digerir tudo que aconteceu e tentar pôr algumas ideias nos trilhos.

A sede por antidepressivos começava a dar sinais, e Hansol precisava tentar administrar isso. Precisava de autocontrole e não gostaria de se arriscar com Heejoon, correndo o perigo de ter mais uma decepção.

MH o aconselhou a confiar um pouquinho e, honestamente, Hansol confiava, algo o fazia acreditar naquilo. Mas seu histórico com Heejoon botava-lhe medo, deixando-o em cima do muro.

Heejoon ainda era uma incerteza.

— Venha, Trix... — Hansol chamou a cadelinha, enquanto enchia a vasilha com ração.

O jovem estava mimando Bellatrix, sem se dar conta disso, por estar com peso na consciência, pois a deixou à própria sorte em casa, por dois dias.

Ele se sentou ao seu lado, enquanto ela comia, assistindo à menina devorar tudo que havia ali, e era engraçado.

A luz do sol entrou pela janela no fim do corredor, e Hansol sentiu os raios mornos tocarem suas pernas. Fechou os olhos e aproveitou o calor que o abraçava, com a casa silenciosa, exceto pelo som da respiração pesada de Bellatrix. Suspirou.

Lembrou-se do quão gostoso era passar as tardes ensolaradas com sua mãe, na varanda de casa, ao som da música camponesa na rádio e os raros latidos de seu antigo cão, Spider. Pôde sentir o toque de sua mãe, os beijinhos que ela plantava em seu rosto... A sensação de segurança o acolheu. Ele sorriu, enquanto seu psicológico lhe pregava uma doce peça.

Foi despertado de seu repentino transe com batidas cronometradas à sua porta. Viu Bellatrix correr na frente, latindo, e foi atrás, descendo as escadas sem muita pressa.

Lee já imaginava quem era do outro lado. Apesar de não ter marcado visita ou coisa do tipo, ele era a única pessoa que bateria à sua porta.

E sim: era Moon Heejoon.

Ele viu Bellatrix pular no homem, animada em vê-lo. O menor gostaria de fazer como sua cadela: pular em Heejoon e lambê-lo.

— Eu vim trazer suas roupas e sua chave. — Heejoon lhe entregou as roupas limpas e dobradas.

— Não precisava ter lavado. — Hansol deixou as peças no braço do sofá. — Obrigado, de qualquer forma.

— Não se preocupe — ele disse, agachando-se para acarinhar a pequena bulldog. — Está ocupado?

— Eu nunca estou. — Hansol encostou-se à porta, suspirando. — Eu não faço nada da minha vida.

— Podemos fazer, hoje. — O vizinho lhe deu um sorriso tímido, apesar do contato visual ser intenso. — O que acha?

Hansol não queria se fazer de difícil, porque ele não era nada difícil de conquistar, mas gostaria de ir devagar, para não bater o seu carrinho da ilusão contra a parede da realidade.

— Eu não sei. — Ele viu Heejoon se erguer, enquanto Trix corria para o sofá. — Eu tô meio cansado e sem dinheiro...

— Mas hoje é um dia especial! — Abriu um sorriso maior.

— Que dia é hoje? — Não fazia a mínima ideia.

— 2 de outubro, seu aniversário — disse em um tom óbvio.

— E-eu... — Hansol pegou-se chocado, pois não se lembrava. — Eu nem... Nem me lembrava.

— Vai passar sozinho? — Heejoon procurou-lhe a mão, segurou-a e puxou-o para perto. — Fica comigo.

— Heejoon... — pediu, sentindo seus corpos unidos e seus rostos a centímetros de distância. — Alguém pode ver.

— Não me importa — devolveu, antes de juntar suas bocas.

Céus! Como Hansol sentia saudade daqueles lábios e de como eles se mesclavam aos seus, da textura macia e de tudo o que envolvia beijar Moon Heejoon!

As mãos do maior correram para cintura de Hansol, enquanto este o abraçava pelos ombros e as bocas matavam a saudade.

— Você faz falta... — Heejoon confessou, sem ar e com os lábios vermelhos. — Por que não se despediu de mim na última vez em que nos vimos?

Lee temia não conseguir palavras para dar-lhe uma resposta, mas, agora, após sua aparição, sentia que devia uma mínima explicação.

— Fiquei constrangido — disse, sem olhar em seus olhos, com a visão focando o peito definido do homem. — Não estava pronto pra te encarar.

— O que eu sou? Golias? — brincou, subindo uma das mãos até o rosto do mais novo e acariciando, com o polegar, a pele macia dele. — Não precisa ficar com vergonha ou com medo.

— Mas não dá pra controlar... — Hansol tornou a encostar-se à porta. — Eu sou péssimo em controlar meus sentimentos.

— Eu sei. — Moon suspirou. — Passo aqui em meia hora. Vamos comer alguma coisa e comemorar seu aniversário.

— É sério... Não precisa. — Hansol sentia-se como um peso, uma criança carente.

— Mas eu quero. — Moon deu-lhe um beijo, antes de descer a varanda, em direção ao portão.

Há quanto tempo Lee Hansol já não comemorava um aniversário? Ele nem se recordava.

Ele fechou a porta e sorriu, sentindo-se, finalmente, como uma pessoa viva.

Mesmo que fosse meio incômodo dar trabalho a Heejoon, não podia negar que estava feliz com o encontro e com o fato de o mais velho se importar com o seu aniversário. Era mais uma pequena prova de que Heejoon não o via como qualquer um, e isso fazia o coração do jovem tremer todinho.

Ele correu, subiu as escadas o mais rápido que pôde e entrou, em seguida, no banheiro. Cantarolou durante o banho todo, com um sorriso enorme no rosto bonito. Vestiu uma de suas calças pretas e justas, com rasgos nas coxas, e escolheu uma camisa branca com listras pretas. Secou o cabelo, enquanto dançava na frente do espelho, com Bellatrix aos seus pés, praticamente dançando junto.

— Comporte-se — pediu à cadelinha, enquanto amarrava os cordões das botas. — Não coma os pés do sofá. Por favor.

Ouviu Heejoon bater à porta, terminou de se perfumar e desceu as escadas.

— Ah... Você nunca decepciona — disse Moon, assim que o outro passou pela porta. — Está lindo.

— Obrigado. — Hansol abaixou a cabeça, sorrindo internamente. — Você também está lindo. Como sempre.

Sempre mesmo.

Heejoon não usava nada além das calças pretas, a camisa branca e os mocassins. E não precisava de mais.

— Você prefere doce ou salgado? — o mais velho perguntou, enquanto eles iam para o seu carro.

— Para aniversários? — pensou, com Moon abrindo a porta do veículo. — Os dois.

— O que você quiser. — Heejoon também entrou no carro e os dois partiram de lá. — Como se sente agora que tem vinte e quatro anos?

— Nada de diferente, eu acho... — Encostou a cabeça no banco, tentando encontrar algo de diferente em si mesmo. — Quando foi que eu te disse o meu aniversário e idade?

Hansol poderia, sim, ter mencionado, mas nunca havia tido, realmente, uma conversa "normal" com Heejoon. Nunca fez as típicas perguntas; eles sempre se encontraram em situações muito tensas.

— Quando te busquei na boate — explicou. — Você também me disse que nasceu em Busan e que prefere baseball a futebol.

— Oh! — Hansol sentiu a vergonha tomar o seu rosto. — Me desculpe pelas coisas que devo ter dito.

— Está tudo bem. — Deu-lhe um sorriso rápido. — Eu te devo muito mais desculpas.

— Nem tanto... — O menor focou o olhar nas paisagens que passavam depressa sob o céu que começava a escurecer, em uma mistura de rosa e azul. — Acho que está resolvido.

— Nem chegamos perto — disse, em um tom baixo, quase particular. — Alguém da sua família te ligou para desejar parabéns?

Hansol travou e quis arranhar a cara de Heejoon, por fazer uma pergunta daquelas. Mas controlou-se, pois o homem não sabia de sua condição familiar.

Já Moon Heejoon precisava tocar naquele assunto.

— Eu... — Ele engoliu em seco, pois só falava sobre aquilo com MH. — Não.

— Nem sua mãe? — perguntou, virando o carro em uma esquina.

Droga. Merda. Porra.

— M-minha... — Precisou respirar fundo. — Minha mãe já morreu.

Deus, como era difícil dizer aquilo, em voz alta, para alguém como Heejoon.

— Bom... Aposto que ela está te desejando um feliz aniversário lá do céu — ele falou, com sua voz calma e serena.

Hansol sorriu, grato por Heejoon não perguntar como ela morreu ou dizer o típico "sinto muito".

— Em todo aniversário, ela fazia um bolo diferente pra mim — contou, sem nem perceber. — E aí nós comíamos, bebendo chá ou refrigerante. Ela me levava ao cinema e depois comprava doces pra mim.

Hansol sentiu os olhos quentes, a vontade de chorar dando sinais, mas não era um choro triste, como na maioria das vezes, era nostálgico.

— Ela devia ser incrível — Heejoon comentou.

— Era, sim. — Ele sorriu, segurando o choro. — A sua mãe que me desculpe, mas a minha era a melhor de todas.

— Isso porque você não comeu o *kimbap* da minha mãe — Heejoon provocou, e Hansol acabou rindo. — Enfim, chegamos.

O mais baixo saiu do carro e deparou-se com uma das cafeterias mais populares da cidade, que fazia os melhores doces e salgados.

— Ah, Heejoon, eu adoro este lugar! — Sorriu largo, e Moon segurou sua mão. — Eu disse para o meu psicólogo que, há muito tempo, não vinha aqui.

— Venha, então. — Puxou-o para dentro. — Pode escolher o que quiser.

— O que eu quiser? — Hansol correu para a vitrine de doces. — Tipo, tudo que eu quiser ou só um?

— Quantos você quiser. — Heejoon sorriu e encostou-se à parede, somente à espera do menor.

— *Aish*, mas são tantos! — Lee percorreu os olhos curiosos pelas prateleiras de sobremesas. — Ok, acho que já sei... Espere, ainda não.

No fim, a garçonete entregou a eles, na mesa, uma bandeja cheia de docinhos de morango e chocolate, polvilhados com açúcar, doce de leite e marshmallows gratinados; massas recheadas de cremes de todos os tipos e, também, uma torta salgada e um copo grande de chocolate quente.

No caixa, quando Hansol disse que era seu aniversário, teve direito a ganhar um chapéu de aniversariante em forma de cone. Ele tinha que escolher entre a estampa do *Carros* ou do *My Little Pony*. Bem,

Hansol não resistiu aos olhos brilhantes de Rainbow Dash.

Então, ele estava de chapéu, sentado a uma mesa cheia de comida, em frente ao Heejoon, que observava tudo com um sorriso doce. Quando Heejoon passou o cartão e pagou a conta, Hansol sentiu a consciência pesar, pois ele não pagou pouco.

— Eu posso te pagar quando pegar o dinheiro — deixou claro, sentindo-se culpado por quase extorquir Heejoon.

— Não precisa. — Heejoon sorriu e pegou um dos docinhos.

Hansol sorriu, agradecido, e começou a comer, sentindo o corpo todo relaxar com o gosto do doce de leite em sua boca.

Entre tantas fraturas psicológicas, "problemas com peso" e "problemas com comida" nunca estiveram na lista. Hansol perdeu peso, algumas vezes, por afundar-se nos vícios, mas, no geral, adorava comer e não sentia culpa alguma.

Mesmo sendo muito caçoado por suas bochechas gordas e por sua pancinha, quando criança, nunca teve problemas com sua própria imagem. Sua mãe sempre lhe deu elogios lindos e ensinou que era melhor ser extremamente bondoso do que bonito.

— Oh, esse de limão é tão bom! — disse e entregou um a Heejoon, que aceitou. — Mas e você? Sempre comemora seus aniversários com aquelas pessoas? Sabe, as que estavam na sua casa no seu último aniversário...

— Sei. — Tomou um gole de seu chocolate. — Sim, mas, às vezes, eu dou um jeito de fugir.

— Fugir? — Hansol perguntou, colocando mais um pãozinho recheado na boca.

— Uh... Aquelas pessoas eram a minha família: meu irmão, meus primos e alguns tios — explicou. — E eles são meio... Meio sufocantes.

Hansol não podia dizer que sabia qual era a sensação, pois o máximo que teve, tirando sua mãe, foi uma avó e um tio. Mas, é, ele entendia o que Moon queria dizer.

— Principalmente em datas festivas — contou. — Mas não é nada que eu não possa encarar.

— Oh... — Hansol assentiu e mordeu um pedaço da torta salgada. — E seus pais? — Não gostava de perguntar sobre os pais das pessoas, porque não gostava que lhe fizessem essa pergunta, também. Entretanto, estava intrigado, pois o irmão, os primos e os tios iam aos aniversários, mas os pais, aparentemente, não.

— Meu pai é falecido — disse Heejoon, com o olhar perdido entre os doces na mesa. — E minha mãe tem saúde fraca.

— Ah, sim. — O menor entendeu. — Desculpe-me por perguntar...

— Sem problema. — Heejoon forçou um sorriso e o outro notou. — Vamos comer.

— Okay. — Ele sorriu, constrangido, e voltou a comer a torta.

Durante a refeição, o mais novo observou Heejoon tentar organizar os copos de chocolate quente e deixar os guardanapos sujos sempre juntos em um prato; até mesmo alinhar os doces, a posição dos garfos e limpar cada sujeirinha que caía fora dos pratos.

Eles terminaram cerca de uma hora depois, sempre comentando sobre os sabores das guloseimas, passando longos minutos conversando sobre as coisas que apareciam na televisão e trocando olhares tímidos sempre que acabavam ficando em silêncio.

Eles saíram de mãos dadas da cafeteria, dando de cara com o céu escuro e a iluminação potente dos postes da cidade.

Hansol tinha uma garrafa de água na mão: após tanto doce, a sede o atacou. Ele foi em direção ao carro, mas Heejoon o guiou para a calçada, seguindo o rumo da praça que havia logo ali.

— Gostou? — Heejoon perguntou, ajudando-o a se equilibrar no parapeito da calçada.

— Eu amei. — Sorriu. — Muito obrigado.

— Estou perdoado? — o maior indagou, levando-o até um dos bancos da praça.

— Perdoado? — ele questionou, rindo. — Pelo quê?

— Por ter te tratado tão mal no meu aniversário... — Abaixou a cabeça. — E por todo o resto.

— Ah, está tudo bem agora. — Hansol procurou a mão dele e a segurou discretamente, pois havia outras pessoas na praça. — Esqueça essas coisas ruins. Você me deu a Bellatrix, me ajudou na boate, cuidou de mim quando eu estava chapado, me trouxe aqui hoje. E, também, fez eu me sentir incrível, naquele dia, na sua casa. Eu sou grato por tudo isso.

Heejoon não respondeu, ele tinha aquela espécie de sorriso triste em seu rosto e um olhar indecifrável.

— Não, não — uma moça dizia, enquanto uma menininha corria na direção deles. — Não, não pode. O chapéu é do rapaz!

— Eu quero! — A menininha choramingou. — Eu quero, *omma*!

— Mas é do moço! — A mulher tentou afastá-la.

Hansol demorou a entender que se tratava do seu chapéu da *My Little Pony* e nem se lembrava mais de estar com aquilo na cabeça.

— Pode pegar. — Heejoon tirou o objeto de Hansol e entregou à menininha.

— Não precisava. — A mulher sorriu. — Obrigada.

— É lindo, *omma*. — A garotinha o colocou na cabeça. Elas acenaram para os dois rapazes e, então, os deixaram.

Hansol não devia, mas estava se sentindo roubado e com muito ciúme da garotinha.

— Tudo bem? — Heejoon perguntou, reparando na sobrancelha arqueada do rapaz.

— Você deu meu chapéu pra ela. — Ele apontou, com o dedo gordinho. — Meu chapéu de Rainbow Dash. Do meu aniversário.

— Ah... — Heejoon coçou a traseira de sua cabeça. — É que eu tenho outra coisa pra te dar.

— Tem mais? — perguntou, encantado.

— E ainda é pouco. — Moon deixou um beijo na testa dele e levou a mão até o bolso da calça. Tirou de lá um pacote prateado, simples, e lhe entregou. — Espero que goste.

— Eu nem sei o que é... — Hansol desamarrou a fita que fechava o embrulho. — Mas vou gostar, tenha certeza.

Ele retirou do pacote uma gargantilha feita de seda negra, com um pingente pequenino em forma de lua.

Heejoon observou o rapaz alisar o acessório em seus dedos, com os olhos brilhando.

— Gostou? — perguntou, pousando a mão sobre a coxa de Hansol, sentindo este se arrepiar.

— É linda! — Ele lhe deu um sorriso enorme e, então, o abraçou com força. — Obrigado... Você é incrível.

— Não tanto quanto você. — O rapaz beijou seu ombro durante o abraço. — Deixe-me pôr em você.

Lee desfez o abraço e virou-se de costas. Heejoon pegou a gargantilha e a passou pelo pescoço do outro, prendendo o feixe na nuca e deixando mais um beijo naquela área.

— Ficou bonito? — Virou-se novamente e sorriu tímido, com o objeto perfeitamente posto em sua garganta.

— Tudo fica lindo em você... — Heejoon o puxou delicadamente e o beijou, aproveitando que a praça estava deserta. Então, o deitou em seu peito. — Feliz aniversário, Hansol!

— *Como você está, Hansol?* — MH perguntou ao telefone.

Do outro lado, sentado na cama com Trix no colo, o Lee sorriu ao ouvir a voz do amigo.

— Bem. — Havia certa sinceridade em sua voz. — Estou tranquilo nos últimos dias.

— *Tem motivo?* — MH perguntou.

— Uh... — Suspirou, pensando no caso. — Tem, sim. O Heejoon.

— *Ele está sendo bom pra você?*

— Sim. Muito, muito bom. — Lee sorriu, fechando os olhos ao se lembrar do rapaz.

— *De que forma?*

— Ele me levou para passear no dia do meu aniversário, que foi três dias atrás — contou. — E, então, todo dia vem aqui e me dá um beijo antes de sair.

— *Você gosta disso.*

— Eu amo! — Hansol riu, deitando-se. — Amo ser especial pra alguém, principalmente pra ele.

— *Você já confia nele?*

— Depende... — Suspirou. — Não muito.

— *Não acha que pode contar sua história para ele ainda?*

Hansol desviou o olhar para a janela e observou parte da casa de Heejoon, pensando sobre certos fatos de seu passado.

— Talvez não — sentiu-se horrível por dizer aquilo, ingrato. — Não gosto de falar sobre isso com as pessoas... Eu não falo sobre isso com ninguém. Só com você.

— *Não acha que ele é confiável? Não merece sua confiança? Ou acha que ele não compreenderia sua história?*

Porra! Uma única questão já preenchia todo o cérebro de Hansol, e o ar ficava mais denso.

— Não sei. — Sentiu-se burro. — Eu só não quero encher os ouvidos dele com minhas asneiras. Não quero estragar o que temos e não quero que ele se assuste. — O rapaz abraçou Bellatrix. — Não quero, também, que saiba tudo sobre mim, antes de eu ter certeza de que ele não vai me deixar.

— *Eu compreendo. Você precisa estar confortável para falar sobre este assunto.*

— Eu só me sinto confortável com você, MH. — Bufou, irritado consigo mesmo.

— *Mas é importante você se abrir com outras pessoas.*

— Eu tenho você. — Ele sorriu, desejando que o terapeuta pudesse ver seu sorriso.

— *Hansol...* — MH respirou fundo, e isso assustou o mais novo. — *Não quero que se preocupe, mas não vou estar aqui para sempre. Você sabe, não é?*

Hansol ouviu o que jamais gostaria de ouvir e o que tinha certeza de que escutaria, um dia. Ele sabia que, em algum momento, teria que quebrar o contato com o psicólogo e que, a qualquer momento, algo poderia acontecer e afastá-los. Tinha total noção disso.

— M-mas por enquanto você está aqui... — Ignorou o sentimento ruim que o assunto trazia.

— *Não vou pôr pressão* — o homem disse, com a voz tranquila. — *Há coisas sobre você que nem mesmo eu sei ainda.* — Sim, havia coisas que nem MH sabia. — *Você tem irmãos, Hansol?*

Oh.

Ele demorou cerca de cinco minutos para pigarrear.

Seus olhos fixaram-se em uma mancha qualquer na parede de seu quarto, enquanto sua mente flutuava e lembranças opacas de sua infância piscavam à sua frente.

— Eu... — Hansol soprou. — Eu perguntava por que a barriga dela estava tão grande, e ela dizia que estava comendo demais.

Viu a imagem da mãe grávida: tão bela, mas infeliz.

— Descobri que havia um neném na barriga dela — contou. — Vi na escola e fiquei feliz, porque iria ganhar um irmão ou irmã. Entrei na internet, na biblioteca... Assisti a vídeos de como as mamães faziam para tirar o bebê de dentro — o jovem disse, enquanto acariciava a pelagem de sua cadelinha. — Vi que ficavam com o bebê dentro da barriga por nove meses, e a partir de quando a barriga começava a aparecer... Eu pesquisei tudo. Queria ajudá-la a cuidar do neném. Um dia, ela começou a chorar e a gritar, então achei que estivesse cortando os punhos, de novo. — Ele piscou lentamente. — Mas ela estava dando à luz. Só que ainda não tinha completado os nove meses, faltavam sessenta dias.

Ele ouviu os gritos de sua mãe.

— *E então, Hansol?*

— Não entendi na hora. — Fez uma careta. — Nos vídeos, os bebês sempre choravam. — Ele suspirou. — Mas o neném que saiu da minha mãe não chorou.

Um longo momento de silêncio passou, com um Hansol alheio ao tempo e ao espaço, perdido nas próprias memórias.

— Ela enterrou o bebê no quintal de casa, quando chegou. — Fechou os olhos com força. — Não, MH, não tenho irmãos.

— *Você pensa muito sobre isso?*

Ele ignorou a pergunta.

— Está na rua? Eu ouço sons de buzina — falou, mudando bruscamente de assunto.

— *Estou dirigindo. Voltando para casa.*

— Sempre te imagino em um quarto escuro, com uma única luminária e um bloco de notas... — confessou. — MH?

— *Sim?*

— Por que não atende pessoalmente? — Hansol fez a pergunta que, há tempos, queria fazer. — Por que somente por telefone? — perguntou, mas estava receoso, com medo de estar sendo intrometido demais.

— *Me sinto mais confortável* — devolveu. — *Eu não... Não consigo controlar muito o que digo, quando estou cara a cara com um paciente. Pessoalmente, eu só atendo crianças em escolas.*

— Uh... Você precisa procurar um psicólogo — zombou.

— *Eu sei.* — MH riu. — *Eu realmente preciso.*

— MH, eu... — Foi interrompido por batidas à porta de casa. — Espera, tem gente na porta.

— *Quem é?*

— Eu não sei. — Lee tirou Bellatrix do seu colo e rumou às escadas. — O Heejoon que não é, pois ele saiu.

— *Cuidado, por favor* — o psicólogo pediu.

— Tudo bem. — Ia desligar, mas paralisou ao ver quem estava na porta. — Hani?

— Boa tarde, sua vadia — a mulher rosnou.

— *Hansol?* — MH perguntou, com perceptível preocupação, após ouvir o que foi dito ali.

— Preciso desligar — avisou e encerrou a ligação. — O que faz aqui?

— Oh... — Ela sorriu. — Veja só: Heejoon parou de falar comigo.

— E daí? — Hansol queria bater com a porta na cara da garota.

— Eu vi vocês dois juntos — ela disse. Parecia conter-se para não explodir de ódio. — O que você fez?

— Como assim? — Ele estava começando a ficar nervoso.

— Como você o infectou? — A mulher deu um passo à frente. — Como você fez para ele virar viado?

Hansol balançou a cabeça negativamente, tentando evitar que a mulher continuasse a falar daquela forma. Aquele tom, aquelas palavras, tudo feria o psicológico dele.

— Você deu sua bunda pra ele? Ah, sim, foi isso! Essa é a única tática de vocês, gays nojentos. Aproveitam que homens são safados e oferecem a bunda pra eles, porque sabem que moças recatadas não fazem esse tipo de coisa!

Hansol não sabia nem como responder àquelas ofensas.

Seus nervos tremiam, aquele tipo de coisa o deixava sob pressão; seu cérebro parava de raciocinar aos poucos.

Ele já ouviu coisas do tipo centenas de vezes, mas continuava doloroso.

— Nós íamos nos casar! — ela gritou, furiosa. — Mais um pouco e ele veria que sou a mulher pra ele. Mulher! Fêmea! Veria que eu sou a parceira ideal pra ele, porque a família dele me adora. Não sou uma vagabunda, eu vou à igreja e cuido da casa!

— Vai embora — pediu, juntando o máximo de foco para não desmanchar em lágrimas. — Vai embora, por favor.

— Você fez isso! — Ela se aproximou mais um pouco, chorando de ódio. — Você estragou o Heejoon, o levou para o caminho dos sujos, do demônio! Sua bicha nojenta, pecador imundo!

— Pare com isso e vá embora! — ele repetiu, controlando-se para não correr dali.

— Eu me preparei ao máximo — Hani grunhiu, chorando. — Evitei drogas, álcool e festas; evitei me perder no caminho do diabo. Aprendi a limpar e a cozinhar, eu fiz tudo certo, exatamente como meus pais me ensinaram. Sou a moça ideal para casar. E, quando escolhi um bom marido pra mim, você o roubou!

— Eu não roubei nada! — Hansol sentia as pálpebras tremerem e seu coração bater rápido. — Sai daqui, por favor!

— Vocês, seguidores de Satã, só pensam em desviar as boas pessoas do caminho certo! — Empurrou-o. — Vocês são sujos, podres, sem pudor, sem decência! Estão aqui somente para arruinar a fé dos outros!

— Eu não preciso ouvir esse tipo de coisa! — Tentou empurrá-la para fora de sua casa.

Com isso, Hani pegou um porta-retrato da parede e atingiu a cabeça de Hansol, que cambaleou para trás. Lee estava tonto, sentindo uma dor imensa na cabeça, quando viu Hani correr em sua direção com uma bengala capturada na varanda da casa.

— Morra, Lee Hansol! Morra! Porque gays nojentos não merecem viver! — Ela lhe acertou as costelas com a bengala pesada, fazendo com que ele caísse no chão, agonizando de dor. — Era para o Heejoon ser meu, seu verme!

Hansol se encolheu no chão de sua sala, com as costelas latejando de dor e, agora, as pernas queimando por conta dos seguintes golpes da mulher. Ele fechou os olhos, com força, quando Hani se afastou e correu para fora, de onde vinha Heejoon, acompanhado dos pais da mulher.

A mente de Lee Hansol lhe trouxe as memórias de como foi agredido na adolescência. Tinha quatorze anos quando foi mandado a um internato católico, onde foi pego de mãos dadas com outro menino, espancado pelo padre e submetido à humilhação na frente de todos os garotos do internato.

— Minha filha, o que você fez? — uma voz masculina perguntou.

— Hansol! — Heejoon passou, apressado, pela entrada da casa e se ajoelhou ao lado de Lee. — Hansol, está me ouvindo?

— Heejoon... — chamou-o, chorando.

Moon não o tocou, com medo de que Hani tivesse quebrado alguma parte de seu corpo.

— Hani, você é doente! — Heejoon rugiu e foi em direção à mulher e aos pais dela. — A filha de vocês é uma demente! Tirem ela daqui!

— Não fale assim dela! — a mãe a defendeu. — Ela te ama!

— Ela espancou o Hansol com uma porra de bengala! — Ele estava possesso, e atirou o objeto contra o muro com tanta força que se partiu em vários pedaços. — Levem essa desgraçada pra longe!

— Eu não teria feito isso se você não tivesse me trocado por ele! — Hani respondeu, agarrada à mãe.

— Te trocado por ele? — Heejoon precisou segurar-se para não rir. — Eu e você não temos nada, garota! Nós nunca fomos mais que vizinhos!

— Meça suas palavras, rapaz — o pai dela mandou.

— Ah, vão pra casa do caralho! — Explodiu. — Levem essa filha de vocês para um hospital psiquiátrico ou para o inferno, eu não me importo. Sumam daqui!

— Você mudou tanto, Moon...— A senhora o olhava chocada.

— Vão embora — repetiu. — E deixem essa imbecil longe do Hansol ou vou denunciá-la à polícia, eu juro! Levem essa garota para se tratar!

— Vamos. A Hani não devia ter vindo aqui. — O homem as guiou. — E você, Heejoon, achei que fosse um bom rapaz, mas, no fundo, você é como o seu pai, sujo e indecente.

— Vão embora e não ousem voltar aqui! — Heejoon deu-lhes as costas e voltou para dentro da casa de Hansol.

Lee, por sua vez, chorava, caído no chão, sentindo o corpo todo arder em dor.

— Você acha que quebrou alguma coisa? — Moon fechou a porta e se agachou perto do outro. — Eu vou chamar uma ambulância.

— Não... — pediu entre soluços. — Não precisa... Não quebrou...

— Vamos ao hospital. — Heejoon o ajudou a se levantar, ouvindo-o gemer por conta das fraturas.

— Não. — Tentou secar as lágrimas. — Não gosto de hospitais. Estou bem.

— Então, venha, amor...

Heejoon deu suporte para que ele pudesse andar e subir as escadas, praticamente carregando o seu corpo. Deitou-o na cama e afastou Bellatrix, quando a cadela pulou sobre o estômago de seu dono.

Hansol se encolheu, desajeitadamente, na cama, chorando baixinho.

— Espere aqui, vou buscar umas coisas. — Heejoon beijou-lhe a bochecha e deixou-o na cama.

Hansol só queria desaparecer, deixar de existir, porque uma vida de tantas dores não poderia valer a pena.

Que direito alguém tinha de fazer o que Hani fez?

E por que ele tinha que aceitar uma coisa dessas? Por que tinha que sair como o ruim da história? Por que essas pessoas cruéis apareciam em sua vida? Por que de dez pessoas, nove eram más? Até quando seria condenado por sua sexualidade?

Seu corpo doía, doía como quando foi maltratado pelas crianças da escola ou dos orfanatos, por simplesmente gostar de meninos. Não parecia justo.

Ser arrastado até a mata e ser amarrado em uma árvore, enquanto as meninas fingiam ser bruxas, invocando Satanás, através de seu corpo, não era engraçado.

Ele ouviu os passos de Heejoon e sentiu vergonha, vergonha por estar naquele estado, em frente ao rapaz: fraco, vulnerável, constrangido. De novo.

— Hansol... — chamou, entrando no quarto. — Eu trouxe remédio.

O mais novo puxou-o pela camisa, trazendo-o para pertinho.

— Me ajuda, por favor.

— Tome... — Ofereceu-lhe a pílula para dores físicas, junto a uma garrafa de água. — Por favor, Hansol.

— Não quero esse. — Empurrou a mão de Heejoon que segurava o comprimido. — Eu preciso de outro.

— Não, Hansol, não. — Suspirou. — Tome este, por favor. Você está machucado.

— Mas... — Lee chorou, com a dor física misturando-se à emocional. Por fim, aceitou o remédio de Moon e o engoliu.

— Onde foi que ela te acertou? — perguntou, ajudando Hansol a se livrar da camisa que usava.

Logo de cara, a mancha escura pôde ser vista nas costelas da direita de Hansol, a área inchada. Ele apontou os lugares, com o dedo: primeiro a cabeça, então as costelas e, depois, as coxas.

— Me perdoe — Heejoon pediu. — Ela veio aqui por minha causa.

— Não! — Ele fez uma careta de dor quando tentou sentar-se na cama. — Não é culpa sua... Ela é doida.

— Não queria que fosse assim... — Heejoon aproximou seu rosto do outro. — Você não merece essa dor.

Hansol permaneceu em silêncio, abaixou a cabeça e sentiu Heejoon beijar sua testa.

— Vamos cuidar de você. — O mais velho se levantou. — Venha tomar um banho.

— Mas tá doendo... — Choramingou.

— Vai ser rápido. — Convenceu o rapaz e ajudou-o a se levantar. Carregou-o até o banheiro, colocou-o debaixo da ducha e ajudou-o a se lavar, com cuidado para não pressionar as áreas machucadas.

Hansol sentiu o corpo relaxar debaixo da água morna, mas também sentiu as dores gritarem em seus músculos e ossos. Heejoon o ajudou a lavar as pernas e as costas. Sim, era um pouco constrangedor estar nu na sua frente, mas esse não era o foco.

— Você vai se sentir melhor... — Heejoon abriu um sorriso, tentando tranquilizá-lo, enquanto o levava para o quarto, enrolado em uma toalha. — Já que não quer ir ao hospital.

— Hospitais parecem clínicas de reabilitação — retrucou e parou no meio do quarto, para que Heejoon pudesse secá-lo.

— Eu entendo. — Deu-lhe um beijo na bochecha. — Está com febre?

— Um pouco — disse, com a voz fraca. — Os hematomas ardem.

— A dor vai passar. — Ele passou a toalha pelo corpo do mais novo, com suavidade, e entregou-lhe outro comprimido, um para febre, desta vez. — Vai ficar tudo bem.

— Vai? — Hansol sentia os olhos quentes, com vontade de chorar, novamente. — Vai mesmo?

— Eu vou tentar, Hansol. — Parou na sua frente e segurou-lhe o rosto. — Vou tentar fazer você ficar bem.

Moon plantou-lhe um beijo nos lábios e o abraçou, delicadamente, para não pressionar seus ferimentos.

— Aqui. Vista. — Ajudou-o a vestir um short e, então, o guiou até a cama. — Tem certeza de que não quer ir ao hospital?

— Sim. — Lee sentia-se uma criança birrenta, mas, de fato, odiava hospitais. — Você pode ir para casa. Já fez demais por mim.

— Não vai se livrar de mim. — Heejoon sorriu e beijou as costas de sua mão, levando o outro a sorrir também. — Você é bonito demais para ficar tão triste.

Hansol não lhe deu uma resposta, apenas desviou o olhar, envergonhado. Heejoon pegou o gel analgésico que levou de casa e espalhou um pouco sobre o hematoma nas costelas.

— É gelado — Lee comentou. — Vai ajudar a sarar?

— Sim — o outro respondeu. — A gente faz uma massagem com esse tipo de gel, e ele diminui um pouco a dor.

Hansol sorriu, mesmo devastado por dentro, e fechou os olhos, para tentar não gritar de dor, quando Heejoon pressionou um tanto a área ferida e inchada. Havia manchas compridas e muito escuras nas partes atingidas, com o formato semelhante ao da bengala que Hani usou. A desgraçada veio com aquela bengala, planejou agredi-lo antes mesmo de encontrá-lo.

— Dói muito... — ele sussurrou, sentindo poças de lágrimas se formarem em seus olhos.

Os machucados doíam e sua mente também, tanto quanto seu coração.

— Me desculpe, Hansol, de verdade — pediu, massageando com cautela a região agredida. — Queria que nada disso tivesse acontecido.

— Não é sua culpa, eu já disse. — Ele enxugou as lágrimas com os punhos, tentando se manter firme. — Fique tranquilo.

Heejoon preferiu não responder, pois a culpa o consumia de forma dolorosa. De qualquer forma, continuou com a massagem, ouvindo o choro baixinho de Hansol, que não podia ser controlado, pois, no fundo, era um choro necessário.

Ele passou a massagem para os hematomas da perna e quis quebrar o pescoço de Hani por ter feito aquilo, por ter deixado manchas tão horrendas no corpo bonito dele. Óbvio que as consequências emocionais e físicas eram tremendamente piores que as consequências estéticas, mas ainda era revoltante ver as coxas tão belas serem marcadas por um tom de roxo tão escuro.

— Acho que terminei. — O mais velho se levantou da cama e foi lavar as mãos, voltando em seguida. — Se sente melhor? Fisicamente dizendo.

— Um pouquinho — respondeu, suspirando ao sentir as dores, ainda muito fortes, se acalmarem por uns momentos. — Heejoon, posso te pedir uma coisa?

— Claro. — Ele se ajoelhou ao lado da cama. — Diga.

— Você pode... — Hansol fechou os olhos, constrangido com o que iria pedir. — Pode me trancar aqui e levar a chave das portas com você? Pode, também, levar o meu dinheiro? — Ele viu os olhos de Heejoon saltarem, discretamente, antes do rapaz gaguejar.

— C-como? — balbuciou.

— Quando for embora... — Hansol sentiu as bochechas queimarem. — Pegue o meu dinheiro, tranque a porta e leve a chave com você. Por favor.

— Para quê? — Heejoon tinha uma ideia, mas, como ser humano, não conseguia agir com discrição naquele momento. — Por quê?

— Não confio em mim. — Lee tentou evitar mais lágrimas. — Tenho medo de ir atrás de drogas.

— Não preciso fazer isso. — Moon segurou-lhe a mão. — Você consegue.

Ele não conseguiria, ambos sabiam.

— Por favor, Heejoon-ah! — Puxou-o para mais perto e beijou-lhe os lábios. — Faça isso por mim.

Nem um dos dois gostaria de ter que fazer aquilo, era meio desesperador e definitivamente drástico, mas era indiscutivelmente preciso.

— Por mim, passaria a noite com você, babe. — Heejoon beijou-o de volta. — Mas preciso ver umas coisas do trabalho. Então, tudo bem, eu levo o dinheiro e as chaves.

— Obrigado. — Hansol deu-lhe um abraço, ignorando a dor nas costelas. — Muito obrigado.

— É o mínimo — devolveu Heejoon, beijando-lhe a cabeça. — Se precisar de mim, grite meu nome.

— Pode deixar. — Hansol suspirou um tantinho aliviado, e desfez o abraço com o homem. Bellatrix entrou no quarto e se deitou ao lado da cama, em sua almofada. — Obrigado por cuidar de mim.

— Talvez eu tenha nascido pra isso. — Moon Heejoon sorriu e deu-lhe um último beijo. — Cuide bem dele, Bellatrix.

CAPÍTULO VII

— OS HEMATOMAS ESTÃO MENOS ESCUROS — comentou, enquanto analisava o atual estado de Hansol. — Se sente melhor?

— Sim, sim — Hansol confirmou. — Já faz uma semana... Não dói mais. Só quando toco.

— Que bom. — Moon Heejoon beijou sua bochecha.

Havia uma semana que ele estava indo até Hansol todos os dias, para lhe dar analgésicos e passar gel nos ferimentos. Até levou comida para o mais novo, nos primeiros dois dias.

A cabecinha fantasiosa de Lee o levava a acreditar que sua recuperação se devia à simples presença de Heejoon. Deitado na cama, com as pernas encolhidas, admirava como o seu vizinho fazia tudo com cuidado: desde pôr água no copo até destacar o comprimido da cartela.

— Aqui, beba. — Moon lhe entregou a água e o remédio. — Mais alguns dias e não sentirá dor alguma.

— É, não sentirei mais dor... — Hansol sorriu e ingeriu o analgésico. Ambos sabiam que ele estava se segurando ao máximo para não fugir e ir atrás de antidepressivos. Por este motivo, Heejoon ficava com a chave da casa.

Mas Hansol notou, depois de alguns dias, que estava confiando mais em Heejoon, por conta dos cuidados do homem com ele. No dia anterior, até lhe contou sobre algumas situações *punk* em que se enfiou quando adolescente. Falou sobre as vezes que acordou drogado, em motéis, sem a mínima ideia de como chegou lá. Ele sentiu o rosto arder de vergonha, pensou que Heejoon ficaria enojado, mas o rapaz apenas beijou seu rosto e disse que ele era forte por conseguir escapar dessa fase.

Outra coisa chegou à mente de Hansol, também: Moon Heejoon já o viu em momentos constrangedores; se quisesse se afastar, já o teria feito. Certo?

— Você é sempre tão calado — Heejoon disse, enquanto observava os traços tímidos do menor.

— Você também é. — O outro sorriu, envergonhado. — Mas, sim, me perdoe por ficar em silêncio por tanto tempo. Só estou concentrado... Nos pensamentos.

— Que pensamentos? — Heejoon acariciou sua coxa.

— Uh... — Ele precisou de um tempo para dizer o que queria. — Vou lhe fazer um pedido estranho.

— Peça. — O mais velho consentiu.

Ah, talvez Hansol jamais se acostumasse com o nível de compreensão de Moon Heejoon. A mente aberta dele o assustava.

— Você gostaria... — parou, de repente. — “Gostaria” não. Quero dizer, ninguém gostaria disso, na verdade.

— Só diga, babe. — Heejoon entregou-lhe um sorriso tranquilo.

Okay, cada detalhe fazia Hansol andar duas casas e voltar uma. Estava em um constante estado de dúvida, pisando em ovos frágeis.

— Você poderia ir comigo visitar o túmulo da minha mãe? — pediu, com a voz insegura.

Heejoon não respondeu naquela exata hora, então o rapaz puxou o cobertor e tapou o rosto, sentindo-se imensamente constrangido.

— Você é burro, Hansol — sussurrou para si mesmo.

— Eu vou com você — respondeu e descobriu o rosto do rapaz. — Eu vou. Me diga quando quer ir.

— Eu... — Ele estava em êxtase, surpreso pelo outro ter aceitado. — Ah... Você pode ir hoje?

— Pela tarde, sim — concordou.

— Ah... Okay. — Abaixou a cabeça. — Obrigado.

— Não precisa agradecer. — Heejoon aproximou-se e uniu seus lábios em um breve selar. — Posso ir aonde você quiser.

Lee sentiu as bochechas ficarem quentes, e Heejoon viu o tom forte de rosa que se instalou naquele rosto tão belo.

— Rosa combina com você — disse, usando os dedos para acariciar a parte detrás do pescoço dele.

— Que rosa? — Hansol riu.

— O da sua bochecha. — Beliscou uma delas.

— Oh... — Ele tapou o rosto com as duas mãos. — Não olhe pra mim quando eu estiver assim...

— Mas você fica bonito corado. — Heejoon puxou suas mãos e beijou sua boca. — Fica bonito de qualquer forma.

— Não fique dizendo essas coisas... — Ele tentou esconder o rosto, mas Heejoon ainda segurava suas mãos.

— Por quê?

— Porque eu não sei como responder... — Hansol sentiu-se mal naquele momento.

— Não precisa. — Heejoon bagunçou seu cabelo. — E, se quiser mesmo responder, faça isso com um beijo.

O menor riu de forma adorável, deixando Moon praticamente vidrado na curva de seus lábios e em como seus olhos fechavam.

— Você é um flertador... — Lee suspirou. — Aposto que era a paixonite das meninas na escola.

— Não muito... — Ele sorriu. Pensar no tempo da escola era meio nostálgico. — Mas namorei, sim, algumas meninas.

— Eu imagino. — Hansol pensou em como seria um Heejoon mais novo, e não devia ter muita diferença, já que ele ainda tinha um rosto jovial e delicado. — Já desconfiava da sua sexualidade naquela época?

— Não... — respondeu, mas precisou de um tempo para ponderar, antes de prosseguir. — Eu ainda não sei exatamente qual é a minha sexualidade.

— Você me disse que era gay naquele dia — recordou.

— Disse. Sabe, eu gosto de você e você é homem, então... — explicou. — Eu realmente não entendo.

— O que você não entende? — Hansol queria ajudá-lo.

— Nunca senti uma atração fervorosa pelas garotas, porém gostei de algumas delas — contou. — Mas nunca tive sentimentos por meninos. Você é o único homem de quem gosto, o único que me excita, que acho realmente atraente. Não sinto a mínima atração por outros caras.

Oh. Talvez Hansol não pudesse ajudá-lo, pois, agora, seu coraçãozinho batia em alta velocidade e um tornado de pensamentos varria sua mente.

— No entanto... — continuou. — Também não sinto mais atração por meninas. Então, não sei o que houve comigo... Não me importo muito.

Hansol também não sabia como classificá-lo. Não o colocaria no time dos homossexuais, de qualquer forma, já que ele sentia atração apenas por outro homem.

— Ya, você não precisa quebrar a cabeça pensando nisso. — Hansol sorriu. — Só siga seus sentimentos.

— Vou seguir. — Moon beijou uma de suas mãos. — Mais tarde, eu volto. Seu almoço está no micro-ondas. Fique bem.

— Tá bom, tá bom... — O mais novo puxou o cobertor e se cobriu até o pescoço, aguçando a audição para ouvir os passos de Heejoon até a porta.

Sob a redoma calorosa que era ter a atenção do vizinho, sorriu sozinho, enquanto encarava as paredes com pintura velha. Ele pensou que gostaria muito de apresentar Moon às pessoas de quem gostava, mas não havia ninguém a quem apresentá-lo.

— Mamãe gostaria de conhecê-lo — sussurrou. — E ele gostaria de conhecê-la.

Hansol tinha certeza de que os dois se dariam bem, pois ambos eram protetores, compreensivos e viviam no coração dele. Ele levaria Heejoon até o túmulo dela e, definitivamente, não queria que o "encontro" dos dois fosse assim, mas era o que lhe restava.

Pouco depois do meio-dia, Hansol desceu as escadas e esquentou a comida que Heejoon lhe levou pela manhã. Sentou-se à mesa e almoçou, enquanto Bellatrix fazia o mesmo, mas no chão.

Naquele período entre tomar um banho e limpar a cozinha, sentiu vontade de trabalhar, de ter uma rotina como as outras pessoas. Queria acordar cedo, ir para o trabalho, almoçar com um colega, voltar para casa, pela tarde, e passar o resto da noite descansando com alguém especial. Ele não entendia como as pessoas podiam reclamar de levar uma vida assim.

Hansol tentou trabalhar, algumas vezes. Mas ou tinha que levar um laudo psiquiátrico ou acabava tendo uma crise durante o expediente. Não durou mais do que três semanas nos lugares onde conseguiu ser contratado.

Sua mãe vinha de uma boa família, mas nunca teve a oportunidade de deixar um testamento, então parte do dinheiro foi para um sobrinho, já que, segundo os psiquiatras, Hansol era considerado incapaz de administrá-lo. Mas, todo mês, ele recebia uma pensão de mil e quinhentos dólares. Era o suficiente para ele.

O assunto o deixou opaco e sem foco, entretanto seu rosto acendeu quando ouviu a porta abrir e, por ali, passar Moon Heejoon.

— Você voltou. — Ele sorriu, esquadrinhando a figura de Moon, de cima a baixo. Estava lindo, como o esperado. — Nós podemos ir?

— Sim, eu estou com o carro — ele disse. E enquanto Hansol calçava as botas, ele arrumou as cortinas, que estavam fora do lugar, e também a posição das cadeiras na mesa. — Pronto?

— Sim — assentiu, fez um último carinho em Bellatrix e acompanhou Heejoon até o exterior. — Ah, faz tanto tempo que não saio de casa.

— Você está mesmo pálido demais. — Heejoon puxou seu braço, para analisar direito o tom da pele. — Vamos sair mais vezes, você precisa de vitamina D.

— Eu estou bem — mentiu.

Assim que eles entraram no carro, Heejoon entregou-lhe um pacote de marshmallows e um copo grande de café com chocolate. Ligou, também, a rádio na estação favorita de Hansol, na qual poderia ouvir seu gênero predileto de música.

— Você visita muito o túmulo dela? — perguntou, arrancando com o automóvel.

— Ah... Já visitei mais. — Não queria citar que, durante um ano e dois meses, foi ao cemitério praticamente todos os dias. — Atualmente, não muito.

— Por acaso, você era como Edgar Allan Poe com a morte de Virginia Clemm? — Heejoon arriscou. Queria ouvir mais.

— Uh... — Ele procurou semelhanças. — Em certos aspectos, sim. Minha mãe me amava, assim como Virginia amava Poe. Eu chorei pela morte dela todos os dias, mas, ao contrário de Poe, todos podiam ter certeza de que a amava. E, sim, seu falecimento acabou comigo. Acho que a partida de Virginia só aproximou mais Edgar de seu interesse pela morte, porém ela não foi a culpada pelas derrotas dele.

— Ele era um romântico. — Heejoon deu de ombros. — Já era esperado que fosse à loucura.

— O café está delicioso. — Tomou mais um gole da bebida, tentando afastar o assunto. — Esta visita ao cemitério não está atrapalhando o seu dia? Tipo, o seu trabalho?

— Não, eu já fiz tudo que tinha para fazer.

— No que você trabalha? — perguntou, distraído.

— Consultoria — foi tudo que ele falou.

— Ah, se eu fosse trabalhar, queria algo fora de um escritório, sem muitos números, sem muito estresse — contou.

— No que exatamente?

— Woa, não sei.

— No que você gosta de mexer?

— Hm... — Hansol pensou, ouvindo a música baixinha que saía da caixa de som. — Gosto de flores, mas não planto nenhuma.

— Seu quintal é grande — Heejoon lhe disse.

— É, mas eu acabaria deixando as plantinhas morrerem. — Sabia que suas flores nunca viviam por mais que três dias. — Mas gostaria de ser bom com a terra.

— Acho que você ficaria bem em um macacão, sujo de terra, em meio a flores coloridas. — Heejoon deixou sua mente imaginar a figura. — É, ficaria uma graça.

Lee não respondeu, mas seus ombros encolhidos e bochechas vermelhas falaram por si só.

O resto do trajeto foi silencioso: só se ouvia as músicas da rádio e os murmúrios de Hansol, cantarolando-as.

Ao pararem algumas ruas antes do cemitério, Heejoon desceu em uma floricultura, onde pegou uma flor amarela e encaixou-a atrás da orelha dele. Pegou, também, um arranjo de Ixias para pôr na lápide da sra. Lee.

Ambos não acreditavam muito no sentido de levar flores aos mortos, mas a sra. Lee era uma moça linda demais para ter simplesmente uma lápide cinza coberta por ramos secos.

Hansol não gostava daquele lugar, mas conhecia o caminho como a palma de sua mão, era um ambiente familiar. Então, guiou Heejoon por cima do gramado e, em pouco tempo, avistaram o lugar onde a mãe de Hansol foi enterrada.

— É aqui. — Parou em frente à área.

— Já faz quanto tempo? — Moon depositou as flores sobre a grama.

— Uns doze anos, eu acho... — Ele não tinha mesmo certeza. — Sinto tanta saudade.

Qualquer um podia ver a dor de Hansol naquele momento. O ambiente mórbido deixava ainda mais claro que havia um gosto amargo no paladar dele.

Ele pôde ouvir a voz dela, em sua mente, chamando-o para almoçar. Pôde reviver a sensação da espuma sobre sua cabeça, de quando ela lhe dava banho. Pôde se lembrar da respiração calma e relaxante dela enquanto o ninava.

E algo inevitável aconteceu: lágrimas começaram a escorrer pelo rosto de Hansol. Seus dias assistindo à mãe cozinhar, dormindo na cama com ela, ouvindo a mulher falar sobre sua infância, admirando a forma que ela cantava... Seus melhores dias.

— Depois que ela se foi, nada mais deu certo — contou. — Não tenho uma simples lembrança boa.

Em sua mente, passaram flashes de sua mãe chorando no banheiro, enquanto sangue escorria de seus punhos.

— Mamãe, o que houve? A senhora se machucou?
— A navalha escorregou. Não se preocupe, bebê. Vá brincar lá fora.

A navalha escorregou muitas vezes.

Moon parou ao lado de Hansol e puxou-o para um abraço, deitando a cabeça dele em seu ombro e passando os braços por sua cintura.

— Tenho certeza de que ela era incrível. — Foi honesto. — Entendo sua saudade.

Hansol se manteve calado, deixando as lágrimas descerem.

— Não acho que você possa deixar de sentir saudade — Heejoon continuou. — Mas acho que pode abrir sua mente para novas lembranças boas.

— Heejoon... — chamou, com a voz levemente embargada. Era um pedido, um pedido sem muita explicação ou sentido. Hansol só queria que aquele homem o segurasse e não o soltasse mais.

— Hansol... — Moon beijou sua cabeça. — Você me deixa dividir um espaço com a sua mãe dentro do seu coração?

Ele não teve forças para dar uma resposta, aquele órgão entre seus pulmões, tão forte e sensível, disparou e pareceu aquecer. Não disse uma palavra. Abraçou Heejoon mais forte, como se quisesse enfiar o rapaz dentro de seu peito.

Depois de um tempo, Moon secou suas lágrimas e deu-lhe um sorriso. Eles fitaram a lápide da sra. Lee, em silêncio, mergulhados em seus próprios pensamentos. Lee lembrava-se de como ela era, e Moon Heejoon somente tentava imaginar. Mas Moon queria fazer uma pergunta, e Lee já sabia que ele a faria.

— Como ela morreu? — finalmente perguntou.

Hansol desviou o olhar.

Diga a verdade. Você pode confiar nele, pensou.

— Anorexia nervosa.

Mentira.

Ele mentiu.

— Ela tinha quantos quilos quando se foi? — Heejoon não podia fazer nada, além de fingir que acreditava.

— Vinte e dois — insistiu na mentira.

— Acho que nunca vou entender o porquê de tantas pessoas boas terem finais tão tristes... — Heejoon comentou. — É injusto.

— E não podemos controlar. — Ele suspirou.

— Você... Quer um momento a sós? — sugeriu.

— Na verdade, sim. — Hansol abaixou a cabeça. — Obrigado.

— Me chame quando quiser ir embora. — E afastou-se.

Hansol ajoelhou-se na grama, encostou-se à lápide e passou seus dedos por cima do nome entalhado da mãe. Ele sabia que debaixo da terra só restavam os ossos dela, que a alma já havia ido embora, mas aquela lápide, aquele pedaço de terra, era como um canal que fazia o rapaz se sentir mais conectado a ela. Era como se ela pudesse escutá-lo melhor dali.

— Mamãe... — chamou, fantasiando que ela podia escutá-lo. — Mamãe, não consigo falar a verdade para Heejoon... Não quero que imagine a senhora daquela forma, derrubada em meio ao sangue. Não quero que ele se assuste.

Ele realmente não queria. Preferia mentir sobre aquilo, para que Heejoon não pudesse sentir mais pena ainda.

— Mas ele te trouxe flores... — Alcançou o ramo e acariciou as pétalas macias. — Ele até acertou as cores que a senhora gostava. Ah, ele é bom, muito bom. É a melhor pessoa que conheci desde que a senhora se foi.

Só Deus sabia como Lee Hansol gostaria que a mulher tivesse conhecido Moon Heejoon.

— Ele cuida de mim... — continuou, falando baixinho. — Heejoon me faz sentir seguro. Não sinto medo quando estamos juntos... Sei que ele não vai me pegar quando Moon Heejoon está comigo.

Esse era o maior medo de Hansol.

— Enfim, eu gostaria de ter bebês com ele. — Riu. — Mas não podemos engravidar e não sei se ele gostaria de se casar comigo e adotar menininhos. Sabe... Eu acho que o amo.

Ele olhou para Heejoon que caminhava ao longe.

— Tenho medo de como vou ficar se meu amor por ele se tornar muito grande. Tenho medo de me machucar.

Ele "conversou" com o ambiente por mais um tempo, contando sobre seus sentimentos pelo vizinho e sobre Bellatrix. Quando, finalmente, terminou de pedir a Deus que cuidasse bem de sua mãe, foi à procura de Heejoon.

Encontrou-o depois de uma breve busca, e pôde vê-lo em frente a um túmulo grande, revestido de mármore. Seus olhos escuros como petróleo estavam estagnados em uma placa, na qual constavam os nomes dos falecidos guardados naquelas gavetas.

— Você conhece? — Hansol perguntou de repente e assustou o outro. — Oh, desculpe! Não quis te assustar.

— E-está tudo bem. — Heejoon pareceu desnorteado.

— Conhece? — Apontou para o túmulo.

— Não — mentiu. — Vamos?

— Vamos. — Sorriu timidamente.

Heejoon levou-o para sua casa, onde cozinhou algo fresco e assistiu-lhe jantar, todo animado por estar comendo uma receita que, há anos, nem sentia o cheiro.

Lee tentou não se importar com o modo como Heejoon deixava tudo em suas exatas posições enquanto cozinhava. Também teve que esperar por ele, quando este insistiu em lavar a louça, após Hansol mal terminar a refeição.

De qualquer forma, Hansol o beijou muito, depois de tomarem sorvete. Combinaram que, no dia seguinte, levariam Bellatrix para passear, já que isso também ajudaria Hansol a conseguir sua vitamina D de volta. E foi nesse passeio, beirando as cinco horas da tarde, que Hansol descobriu algo que fazia o humor de Moon Heejoon mudar significativamente.

— Venha, Trix. — Tentou puxar a cadelinha, que insistia em cheirar a lata de lixo. — Ah, você é um cachorro ou uma porquinha?

Heejoon assistia a tudo de longe, com um sorriso no rosto, enquanto esperava o senhor terminar de assar seus crepes.

— *Aish*, é sério. — Hansol estava se irritando com Bellatrix.

— Quer ajuda? — Um rapaz se aproximou, com seu belo e comportado pastor alemão ao lado. — Acho que se você oferecer um biscoito, talvez, ela o siga.

— Ah, eu não tenho nenhum comigo. — Hansol tentava não ser arrastado pela cadela. — Jesus, ela é forte!

— Te dou um dos meus. — O rapaz tirou, de um pacote, um biscoito canino e entregou a Hansol. — Mas ela é bonita!

— Wow, obrigado. — Sorriu. — Venha, Trix, eu tenho comida pra você, olhe só! — Lee ofereceu o biscoito e a cadela passou a seguir o caminho que ele indicava, distanciando-se da lixeira. — Isso! — Deu-lhe o petisco e, então, cumprimentou o rapaz que o ajudou. — Obrigado, de novo.

— Não foi nada... — Ele sorriu, afundando a mão livre no bolso do calção. — Uh... Eu sou Eunkyong, e você é...?

— Hansol — respondeu, simpático. — Como fez para o seu cão ser tão comportado?

— Ah, eu o disciplinei desde pequeno. — O rapaz acariciou as orelhas do cachorro.

— A Bellatrix não obedece a nada do que eu digo. — Fez uma careta, decepcionado.

— É... V-veja... Se você precisar de ajuda para adestrá-la... — Eunkyong coçou a parte de trás da cabeça, visivelmente nervoso. — Eu... Posso te dar uma mão.

Heejoon, que já observava a cena desde o início, aproximou-se aos poucos, avaliando cada detalhe daquele cara que estava, claramente, tentando atrair Hansol.

— Eu posso te dar meu número... Ou... Ou você pode me dar o seu. — Eunkyong tossiu, agora torcendo a manga da blusa em seus dedos. — Mas é só uma... Uma sugestão.

Hansol não sabia o que fazer.

— Eu não sei... Acho que você pode me dar seu número... — Ele não conseguiu recusar a ajuda, mesmo que não quisesse aceitar.

— Oi, meu nome é Heejoon. — Ele entrou no campo de visão de Eunkyong, o que o assustou, fazendo-o pisar na pata do próprio cão e levando o bicho a atacar seus calcanhares.

— Ah, Deus! — Hansol tapou a boca, assustado com a reação do cachorro.

— Afinal, ele não é tão bom com os cães... — Heejoon sorriu, amigável, e tomou a guia de Bellatrix. — Vamos, Trix.

A cadela o seguiu, obediente.

Heejoon entregou o crepe de Hansol e tirou uma pequena folha que se enroscou no cabelo escuro dele, mas, após isso, não dirigiu uma palavra ou olhar sequer.

Lee não entendia muito aquilo, mas, no fundo, sabia que era ciúme. Ele era cético em relação a esse sentimento, ainda mais quando vinha do outro. Era um "choque de características" ver que Heejoon sentia ciúme. E Moon não berrou, foi agressivo ou ficou jogando indiretas. Não foi infantil, mas se calou e agiu de forma fria. No entanto, mesmo chateado, ele cozinhou para Hansol.

— Por que ficou assim? — Hansol teve que perguntar, enquanto assistia ao rapaz mexer o macarrão. — Só por causa daquele cara?

Heejoon não respondeu, sua atenção estava voltada às panelas cheias de vapor. Mas o silêncio irritava Hansol, irritava profundamente.

— Responda, por favor — pediu. — Eu não gosto de silêncio.

— Me deixe cozinhar. — Finalmente abriu a boca.

— Não. — Hansol cruzou os braços e plantou os pés com firmeza no meio da cozinha. — E eu não vou comer se você não falar comigo.

— Deixe de ser criança. — Heejoon bufou.

— Ah, sim, sou eu quem está com ciúme de um cara qualquer do parque. — Rolou os olhos, sentindo-se injustiçado.

— Você pode, por favor, esperar na sala? — Moon ignorou-o, enquanto pegava os temperos na geladeira.

— Não. — Ele se encostou à parede e desarrumou alguns quadros que ali estavam. Foi capaz de ver a necessidade nos olhos de Heejoon, ao notar os quadros tortos. — Vai parar de me dar gelo?

— Vai pra sala. — Heejoon endireitou os quadros.

— Fale direito comigo, por favor... — Puxou a toalha de mesa, de propósito. Viu-o, discretamente, arrumar a toalha. — Tudo bem. — Foi até o fogão e mexeu nas panelas, só para irritá-lo: deixou-as fora da posição correta e derrubou molho no chão.

— Pare com isso! — o maior pediu, visivelmente frustrado. — O que você quer que eu diga?

— Só não seja frio. — Hansol sentiu vontade de chorar. — Me desculpe se aquilo te chateou, mas não fique bravo comigo.

— Não... Eu... Você não precisa pedir desculpas. — Heejoon fechou os olhos com força, tentando organizar a confusão em sua cabeça. — Me chateou, mas não é culpa sua. Você pode falar com quem quiser e quando quiser.

Qualquer um poderia dizer que Heejoon queria falar o contrário daquilo, mas ele era racional, reconhecia o direito das pessoas, então realmente tentava respeitar a liberdade de Hansol.

— Não precisa sentir ciúme. — Lee diminuiu a distância entre eles. — Eu gosto só de você. — Seus olhinhos caídos e brilhantes pareciam capazes de arrancar qualquer coisa dele.

— Repete — o tom de voz dele, finalmente, amoleceu, o que fez Hansol sorrir de orelha a orelha.

— Eu gosto só de você — repetiu, e Heejoon puxou-o para um beijo caloroso, tomando todo o seu fôlego.

E beijou-o com clara possessão.

Ambos amavam muito a boca um do outro para ficar tanto tempo sem juntá-las.

— Ah... Estou me sentindo um adolescente idiota — grunhiu. — Sentindo ciúme por coisas bobas. Mas, *argh*, ver aquele cara tentando parecer bacana pra te impressionar... Eu não consegui me controlar.

— Ya, mas ninguém é melhor do que você. — Hansol selou seus lábios, mais uma vez, deixando suas testas coladas. — Você é o melhor.

Hansol apoiou os braços na janela do quarto e sentiu o calor do sol aquecer sua pele. Sorriu com a sensação.

Logo o inverno viria, e ele detestava aquela estação. Nas noites de frio intenso, os cobertores e até mesmo o aquecedor não eram capazes de, realmente, aquecer seu corpo. Durante o inverno, ele ficava mais carente do que o normal. Em outras temporadas, deixou-se ser acompanhado por estranhos, caiu em camas desconhecidas e beijou bocas sujas; tudo para não sentir tanto frio.

Mas nunca esteve, de fato, quente. Nada era capaz de fazê-lo dormir tranquilo. O frio não era divertido, pois Hansol não tinha com quem assistir a filmes tristes, tomar chocolate quente e brincar de guerra de bolas de neve. Estava sozinho.

Nenhuma estação soava realmente boa, na verdade.

Quando parou de pensar sobre o inverno, Hansol se afastou da janela, pegou os sacos de lixo, levou-os para o exterior da casa e jogou-os nas lixeiras da calçada.

Heejoon ainda vinha e trancava a casa todos os dias, mas, quando estava por perto, deixava a porta aberta, para Hansol caminhar pelo quintal.

Lee separou o saco de lixo orgânico e o reciclável e se preparou para voltar para dentro, mas foi interrompido pela chegada de duas senhoras.

— Ei, filho — uma das mulheres o chamou, com um sorriso gentil, arrastando sua saia pelo asfalto, enquanto carregava uma Bíblia debaixo do braço. — Bom dia.

— Bom dia — Hansol respondeu, tímido.

— Oh, é um rapaz tão bonito. — A outra senhora acariciou sua cabeça, por cima do cabelo preto.

Hansol gostou do carinho, era extremamente maternal.

— Você frequenta a igreja? — a primeira perguntou.

— Não — respondeu-lhes, sentindo-se um pouco constrangido. — Desculpe.

— Desculpe pelo quê? — A outra mulher abriu um sorriso, com as rugas ficando mais marcadas nos cantos dos olhos. — Não estamos te cobrando.

— Apenas gostaríamos que você fosse ouvir a palavra de Deus — a que usava saia longa disse. — Tem algum motivo para você não frequentar uma catedral?

— Uh... — Hansol abaixou a cabeça. — Eu... Eu tenho vergonha. Já fiz muitas coisas ruins.

— Mas Deus o aceita. Deus acolhe todos os seus filhos — uma delas falou, com brilhos nos olhos. — Nosso Pai é bondoso e perdoa todos aqueles que se arrependem de seus erros.

Hansol queria sorrir, mas não conseguia.

— Eu... Eu sou gay — contou, prevendo o que viria em seguida. — A Igreja não aceita gays. — Hansol já foi negado por cristãos muitas vezes. Não confiava na Igreja.

— Que igreja? — a pergunta o surpreendeu. — Essa que não o aceita não é realmente uma igreja.

— Mesmo? — perguntou, com os olhos saltando um tanto.

— Meu filho, sempre que quiser procurar por Deus, vá. Ninguém pode impedi-lo de abrir o coração para Ele. — A senhora puxou-lhe a mão e acariciou. — Ninguém pode te dizer que Deus não vai te ouvir. Nenhum ser humano pode julgá-lo no lugar Dele.

Hansol abriu um sorriso, mas seus olhos ferveram, as lágrimas estavam prestes a escorrer. Uau! Fazia muito tempo que não recebia apoio das pessoas.

— Venha rezar conosco um dia. — A outra senhora sorriu. — Venha conversar com o padre, caso algo esteja pesando em seu coração. Você vai ser muito bem-vindo.

Então, elas se despediram, acenando para Hansol, enquanto se distanciavam. Ele segurou as lágrimas, suspirando, e voltou para dentro de casa. Jogou-se no sofá antigo e, finalmente, pôde pôr o cérebro para trabalhar.

Deus.

Por que certas pessoas insistiam em dizer que Deus só cuidaria de alguns deles? Por que diziam que só iria para o paraíso aquele que servisse fielmente a Jesus? Por que algumas pessoas achavam que, para você ter o Espírito Santo no coração, precisava seguir tudo aquilo que dizia a bíblia? Sua mãe nunca mencionou Jesus ou Deus.

Quando Hansol era pequeno, ele não entendia. Tudo que sabia sobre o papai do céu era o que ouvia na escola e de seus amigos. Depois de crescer, quando a mulher já era falecida, Hansol percebeu que ela não acreditava em Deus.

Sempre ouviu dizer que pessoas que não acreditavam em Deus eram más, mas ele nunca pensou dessa forma, pois sua mãe era a melhor pessoa do mundo e, apesar de não crer nas forças, ela era um anjo para ele.

Na adolescência, ao ser espancado por um grupo de neonazistas estrangeiros, Hansol foi obrigado a mastigar e a engolir uma folha da bíblia, que dizia que era pecado pessoas do mesmo sexo se relacionarem. Um grupo voluntário, integrado por jovens da igreja, ajudou-o a se recuperar das agressões e deu-lhe abrigo até que melhorasse.

Nos internatos, recebeu surras de madres e foi humilhado por padres. Nas ruas, foi ajudado por mendigos viciados em drogas, pessoas perdidas, que lhe cederam um pouco de sua comida e ajudaram-no a pedir dinheiro para poder se alimentar.

Perto da maioridade, uma pastora pagou advogados, para que ele pudesse ser transferido de uma clínica psiquiátrica que o maltratava.

No final, Hansol acreditava em Deus, mas tinha muitos motivos para perder a fé. Aquele assunto o deixava muito confuso, e as memórias lhe traziam dor. A necessidade de esquecer tudo à sua volta batia. Ele, inconscientemente, levou as mãos aos bolsos, à procura de comprimidos, mas não havia nenhum.

Heejoon está distraído, na casa dele, pegue o dinheiro e vá comprar — parte de sua consciência lhe dizia.

Não faça isso, você consegue seguir firme, sem aquela porcaria! — protestava a parte mais sensata de seu cérebro. Sua confusa consciência.

— Não, Hansol! Não! — falou a si mesmo, bravo. — Fique bem aí, onde está. Não mova essa bunda!

Mas seus dedos correram para seus joelhos e as unhas arranharam-nos, enquanto seus dedos do pé se contraíam.

Há quanto tempo não ingeria uma cápsula sequer? Quase um mês? É, por aí.

— Você está bem — ele repetiu a si mesmo, respirando fundo, algumas vezes. Mas...

— Hansol...

Hansol ouviu, saindo do breve transe, e olhou na direção da porta, por onde entrava Moon Heejoon.

Ele sorriu ao ver o rapaz vir ao seu encontro, inclinando-se para deixar um beijo em sua boca.

— Já tomou café? — Heejoon perguntou, descansando uma sacola sobre a mesa.

— Não. — Lee se levantou e o acompanhou. — O que trouxe?

— Vamos tomar café da manhã da forma tradicional. — Heejoon foi à cozinha e voltou com vasilhas, colheres e *chopsticks*. — Acho que a última vez que fiz isso foi aos treze anos.

— Ah, minha mãe fazia assim. — Hansol sentou-se à mesa.

O "café tradicional" era composto por arroz, sopa, *kimchi* e chá, ao contrário da cafeína e pães.

— Você quem fez tudo isso? — perguntou, enquanto colocava arroz na vasilha.

— Sim. — Moon sorriu. — Você gosta quando eu cozinho.

Hansol não só gostava, ele amava.

— Realmente. — Lee sentiu as bochechas ficarem quentes, enquanto experimentava a sopa.

— Trix! — o maior chamou a cadela e, assim que ela veio, deu-lhe os biscoitos que comprou. — Mais algumas semanas e poderemos castrá-la.

— Será que é caro? — Hansol perguntou.

— A gente paga mesmo assim. — Heejoon levou um punhado de *kimchi* à boca. — Bellatrix pode ser bonita, mas não queremos mais bolinhas correndo pela casa.

— Heejoon... — chamou-o e recebeu a atenção dos olhos negros e reluzentes. — Já esteve em um relacionamento sério?

— Por que a pergunta? — Heejoon franziu as sobrancelhas.

Hansol parou os *chopsticks* no ar, a caminho de sua boca.

— Uh...

Hansol se sentiu desconfortável. Como poderia explicar? Ele tinha medo de revelar seus sentimentos e acabar se descobrindo um bobo pretensioso.

Sim, Hansol sentia como se ele e Heejoon fossem namorados.

— Não sei... — Ele mexeu os palitos no arroz. — Curiosidade.

— Você nunca sente curiosidade sem um pretexto. — Heejoon tomou um gole do chá, sem desviar os olhos da figura envergonhada ao seu lado. — Por que quer saber?

— Você não pode só responder? — Hansol abaixou os olhos e fez um biquinho com os lábios, emburrado.

— Não antes que me diga o porquê de querer saber — impôs as regras e voltou a comer.

— Não é justo, eu perguntei primeiro! — Abriu a boca, indignado.

— Quer dizer que se alguém pergunta o número da sua identidade, você simplesmente diz? — Moon retrucou.

— Não — resmungou. — Eu nem lembro o número da minha identidade.

Moon sequer respondeu, apenas permaneceu entretido com seu chá.

— Ah... — Hansol rolou os olhos, sentindo-se derrotado. — Heejoon... O que eu vou falar é sério, por favor, e se não for o mesmo pra você, me deixe agora mesmo.

— Fale. — Heejoon encarou-o.

— Isso... Isso que nós temos... — Ele prendeu o ar. — É u-um... Um namoro? Estamos namorando?

Devido à demora do vizinho a responder, Hansol fechou os olhos e bateu com a cara contra a mesa. Ele se sentiu patético, sentiu-se, mais uma vez, um tolo esperançoso.

— Não. — Moon Heejoon respondeu, enfim. — Não estamos namorando.

O pior de tudo aquilo, de ouvir aquelas palavras, era que Hansol nem ao menos tinha ficado surpreso. Sim, seu coração doeu e o constrangimento o atingiu, mas não, não eram sentimentos novos.

— Como poderíamos estar? — Heejoon riu.

Hansol sentiu os lábios tremerem e os olhos ficarem úmidos; sua bochecha estava ficando quente, mesmo contra a madeira fria da mesa.

— Você achou mesmo? — Heejoon tossiu, enquanto gargalhava. — Porra, é óbvio que isso não é um namoro.

O mais baixo tentou segurar as lágrimas, mas elas eram teimosas, como crianças de signos fortes.

— Não, Hansol, não sou seu namorado — disse. — Como eu poderia ser, se você nunca me pediu em namoro?

Hansol sentia cócegas por onde as lágrimas passavam, mas, ao ouvir aquilo, deixou as pálpebras se abrirem em espanto. Levantou a cabeça e mirou o outro, com seu rosto vermelho, olhos molhados e um bico nos lábios.

Heejoon voltou a rir, vendo a situação em que o mais novo se encontrava.

— Ahhh! — Hansol atirou uma folha de repolho nele.

— Me peça em namoro... — pediu, abrindo um sorriso de lado.

Porra! Lee Hansol amava aquele sorriso!

— Heejoon... — chamou, tomando uma pose ereta e honrosa. — Quer ser meu namorado?

— Quero — ele concordou, bebendo uma dose de chá.

Hansol sorriu, timidamente, sentindo o coração ficar quentinho. Não conseguia processar direito, mas se sentia imensamente feliz. Ninguém, ninguém, poderia dizer que ele e Moon não eram um casal.

— Oh... — Suspirou e olhou para o rapaz. — É só isso?

— O que acha? — Heejoon tombou a cabeça para o lado. — Nunca pediu alguém em namoro?

— Na verdade, não. — Desviou o olhar, um pouco envergonhado. — Não houve pedidos nos meus namoros anteriores.

— Então, tecnicamente, sou seu primeiro namorado — teve orgulho em dizer.

— Acho que sim. — Encolheu o pescoço, inflando as bochechas. Não tinha noção do que devia fazer.

— Venha aqui... — Heejoon chamou-o e abriu espaço para que o outro se sentasse em seu colo.

Hansol não hesitou, levantou-se e sentou-se sobre as coxas do Moon, enroscando os braços em torno dos ombros dele, enquanto sentia as mãos pressionarem sua cintura.

Eles não disseram nada. No silêncio da casa, seus olhares se encontraram e, em seguida, suas bocas.

Sentindo a textura macia dos lábios de Moon Heejoon, Hansol sentiu como se pudesse viver apenas com seu beijo, como se os braços dele fossem seu porto seguro e nada pudesse atingi-lo ali.

A proteção de Heejoon sobre ele parecia impenetrável, impermeável, não inflamável. Hansol se sentia blindado. Não importava mais: quem quisesse atingi-lo, não conseguiria, pois ele tinha Heejoon. Àquela altura, o único que poderia realmente derrubá-lo era o próprio Moon.

— O que você quer que eu mude agora que estamos namorando? — perguntou, quando quebraram o beijo.

— Nada. — Heejoon selou seus lábios. — Não mude nada. Você é perfeito assim.

— Mesmo? — Sorriu. — Gosta de mim assim, desse jeito? Não acha que devo mudar o cabelo ou emagrecer? Ou me vestir diferente?

— Por que está fazendo essas perguntas? — Moon achou estranho.

— Ah... Quando eu começava um namoro, meus ex's sempre pediam pra mudar alguma coisa — ele respondeu, casualmente. — É normal, não é?

— Não. — Heejoon deitou a cabeça no peito de Lee. — Não é normal. Pessoas devem amar pelo que são.

Amar.

Hansol queria muito, muito perguntar a Heejoon se ele o amava, mas não tinha coragem o suficiente. Então, apenas beijou-lhe a cabeça e acariciou as bochechas com a palma da mão macia.

— Eu te amo — disse Lee, em mudo, tornando impossível que o ouvisse.

— Hansol... — Heejoon o chamou, ainda descansando a cabeça sobre o peito dele. — Quer almoçar com a minha família?

Oh, okay. Hansol não estava esperando por isso. Seus olhinhos saltaram consideravelmente. Eles mal tinham começado a namorar.

— Vou almoçar com eles amanhã. Se você quiser ir junto... — explicou. Lee ficou mais aliviado por saber que ele não estava montando um almoço para apresentá-lo.

— Eu não sei. — Ele fez uma careta, meio inseguro. — Não vai ser um pouco estranho eu, simplesmente, chegar lá, feito um penetra?

— Você será meu convidado. — Heejoon olhou-o. — Acredite, minhas primas já fizeram pior.

— Não tenho certeza. Não sou bom nessas coisas. — Hansol coçou a nuca.

— Pare de mentir. — Moon beliscou seu abdômen. — Você é todo oferecido!

— Ah, mas eles são sua família — insistiu, fingindo tocar piano nas costas de Heejoon. — Eu preciso tomar cuidado com o que digo e agradá-los. Também vou precisar levar um presente aos donos da casa. É muito complicado.

— Tudo bem, não precisa ir. — Heejoon sorriu, meio desanimado, mas não chateado. E Hansol não suportava a ideia de não estar deixando seu Heejoon contente.

— Eu vou. — Aceitou. — Você sempre faz o que eu quero, então devo fazer o que você quer também.

— Não. Se realmente não quiser, não precisa — deixou claro.

— Ya, eu quero! — confirmou. — Só estou com um pouquinho de medo. Eles são legais?

— Uh... — Descaradamente, ele engoliu em seco. — Vai tudo ficar bem. Ok?

— Sim. — Hansol deu-lhe um beijo.

Enquanto se beijavam, puderam ouvir o som de buzina no lado de fora. Ao conferir o que era, Heejoon disse que precisava atender a pessoa.

Hansol foi até a janela e assistiu a uma bela moça descer do carro e cumprimentá-lo com um meio abraço e um beijo na bochecha.

— Beijos no rosto e em público não são comuns por aqui... — murmurou, sozinho; os olhos, um pouco míopes, focavam os dois lá fora. Quando Moon Heejoon entrou no carro da mulher, Hansol abriu a boca, chocado e enraivecido.

— Que porra! — Ele queria ir até lá, mas não faria isso. — Tá, ele entrar no carro dela não significa nada. Eles podem ser amigos.

A imagem da mulher lhe percorreu a mente mais uma vez.

— Mas ela é tão bonita... — Levou o dedo à boca, pronto para começar a roer as unhas. — Não, eles são apenas amigos — tentou pensar com sensatez. — Ah, mas ela, bonita desse jeito, formaria um bom casal com Heejoon. Imagine, os filhos deles seriam lindos...

Por fim, deu um tapa no próprio rosto, irritado.

— Olhe para si mesmo! — resmungou. — Um rapaz desse tamanho sentindo ciúme. Cresça, Lee Hansol!

Ele mal viu quando o rapaz voltou para dentro, com uma maldita marca de batom na bochecha, onde a moça o beijou.

— Onde estávamos? — Ele quis puxar Hansol para seus braços, mas este fugiu. — Ei!

— Quem é ela? — teve que perguntar, não conseguiu esconder sua tímida irritação. O rosto estava meio vermelho por baixo da cabeleira negra.

— Uma colega de trabalho — disse, sem nenhum sinal suspeito.

— Hm. — Não conseguiu desfazer a carranca. — Que eu saiba, você trabalha em casa.

— Eu vou à sede entregar relatórios.

Heejoon estava segurando o riso muito bem.

— Ah... Mas se ela é só uma colega de trabalho, por que te deu um beijo? — Hansol tinha suas razões, em vista que, na Coréia do Sul, só pessoas muito íntimas trocavam beijos no rosto. — Posso ver a marca exata dos lábios dela nessa sua cara.

— Estudamos juntos na faculdade. — Heejoon não deu importância à irritação do namorado. — Mas, sim, ela é uma grande amiga e me ajudou muito durante o curso e, também, no trabalho. Ela é bonita, não é? Foi miss na província dela.

— Ah, legal. — Hansol ainda levantou o polegar.

— Sabe... — Heejoon encostou-se à parede e cruzou os braços, com um sorriso na boca. — Fui padrinho do marido dela. Ela se casou com outro grande amigo meu. Foi um casamento belíssimo. E, hoje mesmo, além de me trazer papéis para assinar, me contou que está esperando o primeiro filho.

O tom de vermelho no rosto de Hansol deixou de significar raiva e passou a ser uma descrição de vergonha.

— Oh... — foi tudo o que conseguiu dizer.

— "Oh..." — repetiu e, então, finalmente, deixou a gargalhada sair.

Hansol fez uma careta, se sentindo sem jeito. Queria calar a boca grande do Moon.

— Não acha que esta mesa está uma bagunça? — Hansol provocou e virou o copo com chá, fazendo Heejoon correr para tentar impedir que o líquido escorresse para o chão. Ele pediu ajuda, um pano, mas Hansol ignorou-o e, com Bellatrix no colo, subiu para seu quarto.

Mais tarde, naquele mesmo sábado, após limpar a mesa e o chão, Moon Heejoon subiu, também. Arrancou a cadela dos braços de Hansol e acertou tapas em sua bunda, antes de enchê-lo de beijos.

De madrugada, Hansol não conseguiu dormir.

Forçou-se a fechar os olhos até as três da manhã, mas não conseguiu sentir paz. Pensou que se sentiria melhor se Heejoon estivesse ao seu lado na cama, mas o homem não estava ali.

Só então, lembrou que Moon não tinha levado as chaves, aparentemente havia esquecido. Hansol se segurou no cobertor e pediu a si mesmo que não saísse por aquela porta.

— Não, Hansol — disse, com o corpo rijo.

Mas sentiu o coração acelerar e as mãos tremerem. Ele podia se imaginar indo até a porta, sacando dinheiro em um caixa 24h, e, então, correndo até a casa de seu fornecedor. A sensação era tão boa! A sensação de não sentir nada, de se esquecer de tudo, de conter a dor; a sensação de jogar um comprimido na garganta.

— Eu não posso. — O rapaz mexeu a cabeça, negando. — Não posso. Heejoon não quer me ver assim. E a Trix precisa de mim.

Mas a casa estava tão silenciosa, tão escura, e nessas condições, suas memórias surgiam com claridade; era como viver tudo de novo.

— Se não me obedecer, farei sua mãe chorar — ele disse, na memória de Hansol. — Vá lá e entregue as pedras. Não fale com ninguém e, se a polícia pará-lo, não diga nada errado.

Hansol suspirou pesado, sentindo o ar faltar no peito; a voz ecoando em sua cabecinha.

— Hey, garoto — o policial o chamou. — O que tem no bolso?

— Jujubas — respondeu, tentando não tremer a voz.

— Estamos procurando um garoto com sua altura, que entrega drogas a mando do pai. Conhece algum menino em sua escola que tenha um pai suspeito? Ou algum menino que já apareceu com drogas?

— Não — precisou dizer. — Não conheço, senhor.

— Se souber de alguma coisa, peça para seus pais denunciarem. — O oficial partiu com o carro.

Os policiais souberam, naquela hora, que Hansol era quem procuravam. Ele sentiu o olhar dos investigadores por muitas semanas.

O que ocorreu, após seu pai ser preso e, depois, solto, era doloroso demais de se lembrar. Ele não queria pensar naquelas coisas, mas era impossível. A única forma era com suas pastilhas.

— Não, não... — repetiu.

Havia um mini-inferno dentro de sua cabeça. Paz e sossego pareciam estados distantes demais. Virou de bruços na cama, uniu as mãos, abaixou a cabeça e chamou por Deus.

— Senhor... — pediu. — Me ajude... Me ajude a dormir. Eu não quero me lembrar dessas coisas. Por favor.

Com lágrimas nos olhos, Hansol tentou sentir Deus.

— Eu sei que não sou um bom filho — disse, sentindo a dor na garganta. — Mas, por favor, me dê um pouco de paz. Dói demais me lembrar de tudo. Me ajude, por favor.

Ele encostou a testa no colchão e, sentindo o aperto no peito, implorou, mentalmente, para que pudesse dormir tranquilamente.

— Obrigado, senhor, por me ouvir — disse. — Espero que tenha me ouvido. Abençoe o Heejoon e todas as pessoas boas do mundo, livre-as do mal e cuide bem da minha mãe. Por favor.

Ele leu, em algum lugar, que, às vezes, orar podia não lhe trazer alívio exatamente por causa de Deus, e sim por fatores psicológicos. Você ora ou reza, abre-se com Deus e, dependendo da força de sua fé, seu cérebro pode lhe proporcionar um sentimento de paz e segurança... Ou Deus realmente te ouviu e o ajudou a dormir.

De qualquer forma, após orar, Hansol se sentiu mais leve e, então, fechou os olhos cansados.

Na manhã de domingo, acordou e comeu cereal com leite, enquanto Bellatrix latia para a televisão, em que passava um programa sobre gatos.

— Minhas unhas estão feias — murmurou, sozinho, enquanto analisava as unhas de tamanhos irregulares. — Mas se eu cortar com cortador de unha, vou ter uma sensação estranha... E, também, não quero roer, mas não tenho uma lixa.

Mesmo que a chave estivesse encaixada na fechadura, bem ali, ao seu alcance, Hansol só abriu a porta quando Moon bateu do outro lado.

— Pronto para ir? — Heejoon perguntou e plantou um beijo na bochecha do namorado.

— Eu preciso passar perfume — avisou e correu para o quarto. Passou sua colônia, hidratante labial e um corretivo sobre as olheiras que ganhou nas noites maldormidas.

Voltou para o andar de baixo e deparou-se com Heejoon cheirando uma camisa sua.

— *Yandere*! — Hansol apontou. E Moon riu, envergonhado. — Você é uma garota apaixonada, Heejoon-ah!

— Sim, sou. — Sentado no braço do sofá, ele puxou Hansol e o pôs entre suas pernas. Selou seus lábios e, em seguida, disse: — Seu cheiro já é tão bom... Você nem precisa de perfume.

Hansol não respondeu, apenas escondeu o rosto na curva do ombro do maior e sentiu seu abraço, deixando beijos em seu pescoço.

— Vamos? — Guiou-o até a porta, depois de acariciar Bellatrix.

Eles deixaram a casa, entraram no carro e partiram dali.

Durante o caminho, ao som de Gorillaz, no pen drive de Heejoon, eles pouco conversaram. Hansol fez caretas para o bebê do carro ao lado, levando a bolinha de olhinhos puxados a gargalhar feito boba.

A casa dos tios de Heejoon não era tão longe, então não foi uma grande viagem. Hansol admirou a casa ao estilo tradicional asiática, antes de Moon guiá-lo até o interior.

— Heejoon nunca se atrasa. — Foi um senhor quem recebeu o casal. — Venha, venha, estávamos esperando por você.

— Olá, padrinho — Moon Heejoon inclinou-se para cumprimentar o homem. — Uh, esse é Lee Hansol.

— Oh, seja bem-vindo, rapaz — o senhor o cumprimentou.

— É um prazer conhecê-lo, *ajusshi*. — Sorriu e seguiu Heejoon e o padrinho até a sala de jantar.

Sentados no chão, em volta de uma mesa baixa, repleta de comida, estavam duas moças, um garoto e mais uma senhora.

— Heejoon trouxe um amigo — avisou, acomodando-se no lugar.

— Venha — Moon sussurrou ao menor, enquanto todos acenavam.

Não era preciso alguém dizer que Lee estava extremamente constrangido, já que o rubor em suas bochechas era visível para qualquer um.

O garoto que estava sentado entre as duas moças era fielmente parecido com Heejoon, o que levou Hansol a pensar ser irmão dele.

— Prazer em conhecê-los — disse, ao sentar-se ao lado do namorado à mesa.

— Lee Hansol, o nome dele — o padrinho contou.

— Lee Hansol? — uma das moças, a de cabelo descolorido e roupas alternativas, perguntou. — Acho que já ouvi este nome... Esse não era o nome do garoto que teve a mãe assassinada há uns dez anos? Lembram? Só se falava disso na TV!

Hansol gelou da cabeça aos pés.

— Não fale besteiras, Hyojin — a mulher mais velha a repreendeu. — Isso é coisa de se falar na mesa?

— E existem, no mínimo, umas quinhentas pessoas chamadas Lee Hansol, no país — a outra moça disse.

— Eu não me lembro desse caso — Hansol mentiu.

— Uh... É um ótimo jeito de receber as pessoas, Hyojin. — Moon Heejoon beliscou a orelha da prima. — Hansol, esta é minha prima, Hyojin. E aquela é minha outra prima, SunGyeom. Este é meu irmão, JungHyun, e esses são meus tios e padrinhos, Hyeong noona e Taeyoung hyung.

— Ah, olá — Hansol os cumprimentou.

— Que menino bonito — Hyeong o elogiou. — Espero que goste de comer, pois preparamos um monte de comida.

— Eu gosto — foi sincero.

— Ya, como se conheceram? — SunGyeom perguntou, enquanto todos se serviam.

— Somos vizinhos — Moon respondeu.

— Ah, graças a Deus que ele não trabalha com você — disse Hyeong, pondo frango no prato do marido. — Porque eu detesto sua profissão.

Hansol queria perguntar qual problema a mulher via na profissão de Heejoon, mas não queria atrair atenção negativa.

— Não tem problema algum no que Heejoon faz — Hyojin rebateu. — Ele ajuda as pessoas.

— Isso é o que pensam — a senhora resmungou. — O único que pode te ajudar, de verdade, é Jesus Cristo.

Hansol realmente não estava entendendo o que envolvia a profissão de Moon Heejoon, mas não questionaria, tendo em vista que era uma visita estranha na casa daquela família.

— Ah, aham. — A moça rolou os olhos. — Quem tirou seu apêndice? Jesus ou o cirurgião?

— Jesus guiou as mãos dele — Hyeong retrucou bravamente.

— Mãe, você é... — Hyojin foi interrompida pela irmã.

— Fica quieta — SunGyeom pediu. — Vamos comer.

— Você devia vir mais vezes, filho — Taeyoung disse a Moon Heejoon. — Sabe, seu irmão entrou no time de futebol.

— Mesmo? — Heejoon olhou animado para o garoto. — Você não me disse nada.

Este deu de ombros, desinteressado, e puxou o arroz para o prato.

— Por que está assim? — Heejoon perguntou e viu o irmão bufar, desviando o olhar.

— Deixe-o — Hyeong disse e, quando viu que estavam todos servidos, pediu que orassem para agradecer a comida. E assim fizeram, menos Hyojin, que começou a comer enquanto todos agradeciam.

— Então, Hansol, no que trabalha? — Taeyoung perguntou, depois de um tempo apreciando a comida deliciosa.

— Não trabalho — ele respondeu, envergonhado. — Eu recebo uma pensão.

Houve certos olhares curiosos na direção do rapaz, já que não era normal um adulto não trabalhar.

— Ah, vocês viram? — Hyojin começou a gargalhar, mesmo antes de dizer. — Mamãe, se lembra da Hani, a preciosa Hani?

Tanto Heejoon quanto Hansol passaram a prestar atenção no que ela ia falar.

— O que tem ela? — a senhora perguntou.

— Foi internada — a loira disse. — Em um hospício.

Hansol não conseguiu evitar a boca se abrir um tanto.

— O quê? — SunGyeom olhou espantada para a irmã. — Por quê?

— Ela atacou pessoas numa praça — disse Hyojin, enquanto ria. — Foi acusada de homofobia, racismo e xenofobia.

— Que horror! — SunGyeom tapou a boca.

— "Gays de merda, vocês vão para o inferno!" — Hyojin imitou Hani. — "Pretos nojentos, deviam voltar para as senzalas americanas." — continuou a encenação. — "Chineses fedidos, como ousam sujar a Coréia com seus pés podres?"

Não havia uma pessoa que não estivesse chocada, em volta da mesa. Até mesmo o inexpressivo JungHyun deixou os olhos saltarem.

— Queriam que ela ficasse na cadeia — Hyojin explicou. — Mas os pais alegaram que ela tem distúrbios mentais e blá-blá-blá.

— Jesus Cristo! — Hyeong estava pasma.

— Viu? E você queria empurrá-la para o nosso Heejoon! — Taeyoung acusou a esposa.

— Ela parecia uma boa moça! — A senhora deu de ombros. — Mas não importa, porque a filha de uma irmã da minha igreja está na idade de se casar, e acho que ela se daria muito bem com Heejoon...

— Fuja para as colinas, Joon! — Hyojin gritou para o primo. — A casamenteira de Busan ataca novamente, mais assustadora do que nunca!

— Mulher, deixe-o escolher a própria esposa! — Taeyoung suspirou, exausto.

— E você, Hansol, vai à igreja? — a senhora perguntou à criatura encolhida, ignorando os comentários alheios. — Porque se sim, sabe, a nossa SunGyeom está solteira.

— Mãe! — A moça olhou para ela, chocada.

— Já pensou em abrir um bordel, sra. Hyeong? — Hyojin provocou a matriarca. — Você leva jeito pra ser cafetina.

— Olhe como fala, Moon Hyojin! — o pai a repreendeu.

— Eu nem te escuto mais, garota. — Ignorou a filha. — Onde já se viu? Descolorir o cabelo, usar roupas rasgadas, encher a cara de piercings? Que tipo de moça é você?

— Do tipo que não está nem aí para o modo como a senhora acha que as moças devem ser. — Hyojin levou carne à boca. — Está bom pra ti?

— Está condenada. — A mãe negou com a cabeça. — Heejoonie,

estou falando sério, a menina é boa. Ela vai à igreja todo domingo, não usa roupas vulgares, limpa a casa e sonha em ter vários filhos!

Hansol olhou para Heejoon, vendo como o namorado evitava olhar nos olhos da madrinha.

— Ela é perfeita. — Hyeong sorriu.

— Perfeita? — Hyojin gargalhou. — Só porque ela ora, limpa a casa e é virgem? Quem pôs na sua cabeça que para uma mulher ser perfeita precisa ser assim? Uma mulher pode ser do jeito que quiser, e o cara que conquistá-la ainda será um puta sortudo!

— Não, não me venha com essa de feminismo. — A senhora Moon se irritou. — Isso está destruindo as famílias.

— O quê? — A garota encarou a mãe, perplexa. — Só porque as mulheres não aceitam mais serem feitas de bonecas de pano? Você queria que elas ficassem em casa, limpando e cuidando de filhos, apanhando dos maridos, sem voz alguma?

— Uma boa esposa não apanha — Hyeong retrucou. — Faça as suas tarefas e respeite seu marido, e ele não precisará te castigar.

— Alguém me mata... — Hyojin se jogou, dramaticamente, no chão. — Eu desisto!

— Chega desse assunto — Taeyoung pediu.

— Chega, né? Vocês não aguentam a verdade... — Hyojin rolou os olhos.

— Então, Heejoon, vou marcar para que você e a menina se conheçam. — Hyeong planejou.

— Tia, é melhor não... — negou, com a voz desanimada.

Lee Hansol ainda tinha os olhos nele, temendo que algo pudesse ameaçar seu namoro.

— Fala logo, Joonie! — Hyojin interferiu, novamente.

— Falar o quê? — SunGyeom estava confusa.

— É. O quê? — Taeyoung os olhou.

Hansol estava tão perdido quanto.

— Fala! — foi Junghyun quem disse. — Fala pra todo mundo que esse aí, do seu lado — apontou para Hansol —, é seu namorado.

Um silêncio se instalou na sala, mas puderam ouvir Hyojin sussurrar um: “Boa, pirralho”.

— Não fale absurdos! — Hyeong beliscou o braço do sobrinho.

— Não tem absurdo algum — Moon Heejoon respirou fundo, falando em tom sério. — Não me apresente mais a nenhuma garota, madrinha, porque eu estou namorando o Hansol.

— Ah, meu Jesus... — A mulher ficou pálida.

— E espero que todos o respeitem, pois ele agora faz parte da minha vida — Heejoon pediu. — Tenho certeza de que Hansol jamais irá desrespeitá-los, então peço que nunca o magoem.

Hansol sentiu vontade de chorar ao ver Heejoon assumi-lo ali, na frente de sua família, com seriedade e segurança na voz.

— Céus! Aonde vamos parar? — A madrinha tapou o rosto com as mãos, horrorizada.

— A-do-rei. — Hyojin puxou macarrão para a boca.

— Uh... Bem, espero que sejam felizes juntos. — SunGyeom abriu um sorriso tímido para o casal. — E que você, Lee Hansol, consiga suportar a mania de organização do Joonie.

— Moon SunGyeom! — Sua mãe olhou-a com espanto. — Como pode concordar com isso?

— Mamãe, a vida é deles. — Ela suspirou. — E se eles estão felizes, qual é o problema?

— Isso é pecado! — Hyeong falou, frustrada.

— E fofocar sobre a vida alheia não é? — Hyojin a provocou.

— É completamente diferente! — a mulher retrucou.

— É completamente ignorante, isso, sim! — A loira bateu com a mão na mesa. — A senhora é tão hipócrita!

— Venham aqui! — Taeyoung chamou o casal, enquanto as duas discutiam. Junghyun já havia deixado a mesa há um bom tempo.

Eles se levantaram e seguiram o mais velho até a outra sala, onde os dois ficaram frente a frente com ele.

— Tio... — Moon Heejoon estava apreensivo.

— Façam o que for melhor para vocês — o senhor disse. — Não deixem ninguém interferir na relação.

Ambos os rapazes puderam respirar com alívio, depois de ouvir tais palavras.

— Não vou te dizer que apoio esse tipo de coisa — disse Taeyoung. — Mas não é da minha conta se vocês saem com homens ou mulheres. Só quero dizer que deixei de me casar com a mulher da minha vida, porque meus pais não a aprovaram e, por muito tempo, fui infeliz ao lado de sua tia. Então, apenas façam o que acharem certo.

— Obrigado, tio. — Heejoon o abraçou.

— Agora, vá conversar com seu irmão — ele mandou.

E Heejoon foi, levando Hansol junto.

— Fique aqui — Moon pediu ao moreno, antes de passar pela porta do quarto do adolescente.

Finalmente, sozinho, Hansol pôde tentar entender o que estava acontecendo.

Heejoon me assumiu, pensou consigo, sentindo um sorriso incontrolável atravessar seu rosto iluminado.

Ele estava sonhando?

Mas foi arrancado de seus pensamentos ao ouvir as vozes que vinham de dentro do quarto. E ele tentou não ouvir, mas as paredes eram tão finas...

— A única vez que você vem nos visitar, traz seu namoradinho! — Junghyun disse, com a voz irritada e magoada. Foi o suficiente para fazer Hansol se sentir mal.

— Não é um "namoradinho"! — Heejoon retrucou. — Ele é importante pra mim.

— E eu? Eu sou importante? — o garoto perguntou.

— É claro que é! Você é a pessoa mais importante na minha vida! — Era perceptível o tom de culpa na voz de Moon.

— Não parece! — O garoto, agora, chorava. — Você se esquece de que só tenho você? As meninas não são minhas irmãs; a madrinha e o padrinho não são meus pais, e esta não é minha casa! Você é o único que restou da minha família, e nem ao menos me liga para saber se estou bem!

— Hyun... Eu só... Só andei distraído.

— Com seu namorado! — o menino devolveu. — Sabe como é, pra mim, não ter pais, não ter irmão, não ter nada?

— Você tem a mim — disse o mais velho. — Eu te amo, cara! Não duvide disso.

Houve um tempo de silêncio dentro do quarto.

— A mamãe está piorando... — disse Heejoon. — E ela queria que você fosse visitá-la.

— Não — o garoto resmungou. — Não vou.

— Junghyun... — o maior tinha a voz exausta. — Por favor.

— Ela nem se lembra de mim.

— Ela tem AIDS, não amnésia — rebateu. — Ela se lembra muito bem de você.

Depois daquilo, Hansol decidiu que precisava sair dali, não podia mais ouvir a conversa dos irmãos.

A mãe de Heejoon tinha AIDS?

Hansol gostaria de questionar o namorado, mas também escondia muitas coisas sobre seu passado. Não tinha direito algum.

Sentado no sofá, esperou por Heejoon que, pouco tempo depois, veio, parecendo um pouco conturbado.

— Nós já vamos, tios — Heejoon avisou, na sala de jantar. — Fiquem todos bem.

Após uma despedida mais detalhada, Heejoon e Hansol deixaram a casa dos Moon, com Hyonjin gritando:

— Paz, filhos da puta.

Assim que entraram no carro, Lee puxou Heejoon para um beijo, abraçando seu corpo com força e querendo transmitir ao rapaz tudo que não conseguia dizer com palavras. Assumir-se e assumir Hansol, na frente de uma madrinha tão conservadora, era um ato tão corajoso...

— Eu te amo, Heejoon — disse, ao quebrar o beijo, enquanto seus olhos se encontravam, cheios de brilho.

— Eu te amo, Hansol. — Ele beijou o topo de sua cabeça, abraçando-o firme. — Te amo.

CAPÍTULO VIII

NO MEIO DA SEMANA, Hansol acordou entre quatro e cinco da manhã, e não conseguiu mais dormir, depois disso.

Ele subiu e desceu as escadas mais vezes do que você pode imaginar e mudou os móveis de lugar, antes mesmo do sol nascer. Tomou um banho gelado e sujou toda a louça, de propósito.

Encheu a vasilha de ração de Bellatrix até que a cadela ficasse cabisbaixa de tanto comer. Ligou e desligou a televisão, várias vezes, até o aparelho travar, em um momento. Lavou a louça e se sujou de sabão, propositadamente; trocou de roupa até que o armário estivesse vazio e o chão abarrotado de tecidos.

Quando o sol brilhou forte, às nove da manhã, Hansol ficou encarando-o pela janela, até que sua pele ficasse vermelha e começasse a arder. Nesse meio tempo, sentado no chão, suas unhas arranharam os próprios joelhos, muitas vezes, até que sangue fluísse das marcas. Ele arrancou alguns fios de seu cabelo negro e roeu as unhas, até que os locais latejassem de dor.

Antes do almoço, pegou todo o tipo de condimento que se podia comer com pão e montou um sanduíche de quase dez centímetros, o qual observou por quinze minutos e não comeu. Ofereceu o lanche à Bellatrix, mas esta estava tão cheia, que apenas virou a carinha e soltou um muxoxo, ao deitar-se, tristonha, no sofá.

Hansol, então, se sentou em frente à porta, com os olhos atentos focando unicamente a fechadura, e sua cabecinha imaginando uma forma de abri-la, já que, há semanas, não ficava com a própria chave.

Seu vício lhe dizia que ele precisava sair, pegar o dinheiro e ir à procura do que necessitava. Não estava triste nos últimos dias — longe disso —, mas, à noite, sua mente sempre lhe trazia as mesmas memórias, com detalhes tão vívidos que nem parecia que essas coisas haviam acontecido há anos.

Hansol rodou a casa e se esgueirou para baixo dos móveis, abriu cada caixinha e pacote, afundou as mãos em cada bolso de suas roupas, olhou em cada cantinho, mas não encontrou nem sequer um mísero comprimido.

Sentindo-se, finalmente, cansado, encolheu-se no sofá menor e chorou. E como chorou. Chorou até que suas pálpebras mal pudessem se abrir, até o bolo na garganta se tornar insuportável, até ficar sem ar, até que seu rosto todo ficasse dolorido, até os globos oculares arderem como se houvessem pingado ácido.

As memórias eram tão dolorosas e tão constantes. Hansol precisava esquecer, precisava de uma noite de paz, de cair no colchão e não ouvir mais nada, precisava ser dopado.

Quando Moon Heejoon passou pela porta, exatamente no horário de almoço, a diferença na casa era enorme e ele logo teve ideia do que estava havendo. Portanto, nem mesmo perguntou a Hansol o motivo pelo qual os móveis estavam desarrumados ou por que havia tanta espuma na pia da cozinha; como ele havia machucado os joelhos ou sobre o claro desânimo de Bellatrix.

Ele soltou um suspiro ao ver o rosto de Hansol: os olhos inchados e a pele molhada e fortemente corada.

— Trouxe almoço, Hansol — avisou, com a voz baixa e sem emoção, pondo a refeição na mesa. — Você acha que pode comer?

— Não — respondeu-lhe, a voz saindo rouca.

— Tente, só um pouco. — O mais alto foi até ele e se agachou ao seu lado. — Venha comer um pouquinho.

O rapaz não respondeu, apenas desviou o olhar e fungou, com as mãos trêmulas junto ao peito.

— Tem batata, tomate e frango... — Heejoon levou a mão até o topo da cabeça dele, infiltrando os dedos gentis entre a cabeleira macia e escura, acariciando sua pele. — Amor, faça um esforço.

Lee respirou fundo e, nisso, sentiu o aroma forte da comida. Somente o cheiro fez seu estômago vibrar. Mal sentiu apetite durante a manhã, mas, agora, passada a euforia, sentia-se faminto e sem energia.

— Uh? — Heejoon beijou seu ombro. — Venha.

O menor levantou-se com a ajuda dele, sentindo os membros fracos por conta do esforço que fez sem perceber. Sentou-se à mesa e esperou o outro servir seu prato, entregando-lhe os *chopsticks*.

Heejoon se sentou ao seu lado e o observou tentar comer, notando que suas mãos tremiam ao tentar segurar a comida entre os palitos.

— Dê-me aqui. — Pegou os *chopsticks*, capturou a comida e a levou até a boca de Hansol, que nem ao menos protestou.

Lee poderia dizer que estava se sentindo melhor, após Heejoon dar-lhe comida na boca e olhá-lo com tanto carinho. Porém, após sua mente voltar ao lugar, e seus olhos varrerem a casa, não conseguiu sentir muito mais do que vergonha. Sentiu-se bobo, louco e sem controle.

— Ei... — Heejoon o chamou, quando notou que o rostinho dele se contorcia ao analisar o "estrago" que fez. — Vou arrumar mais tarde, não se preocupe.

Não se tratava de apenas organizar a casa: era muito mais, mas Moon Heejoon não podia simplesmente falar.

É... Hansol não falava sobre o passado, nem sobre a dependência química. E mesmo que Heejoon soubesse, fazia-se de mudo. Então, não, os dois não conversavam sobre os antidepressivos, mesmo que Moon levasse a chave da casa justamente para que não fosse atrás das drogas.

— Hansol... — Ele tocou sua mão, por debaixo da mesa. — Me escute, okay? — O garoto desviou o olhar da cozinha bagunçada e olhou para Moon. Em silêncio, prestou atenção. — Considere o que vou dizer e tente não ficar bravo comigo — pediu, com sua voz séria. — Eu acho que não podemos mais ignorar isso.

Hansol engoliu em seco, ficando tenso.

— Você precisa de um psicólogo — ele disse, com o tom neutro e na medida certa.

— Eu tenho um — contestou.

— Estou falando de alguém que possa vê-lo semanalmente, olhar nos seus olhos e te analisar por inteiro — explicou. — Me entende?

O mais novo soltou-lhe a mão e virou o rosto, agora se sentindo chateado. Não queria falar com ninguém, nem mesmo para MH estava ligando. Como poderia simplesmente debater seus sentimentos com um estranho?

— Eles nunca me ouvem de verdade — disse, choroso, lembrando-se das experiências ruins que havia tido. — Eles são impacientes e não me deixam confortável.

— Hansol, eu conheço ótimos profissionais — insistiu. — Pessoas comprometidas com o trabalho e que se esforçariam para ajudá-lo.

— E como você conhece essas pessoas? — Hansol olhou para ele. — Por que conhece tantos psicólogos assim?

Heejoon tinha dois motivos.

— Meu pai se tratou com alguns deles — limitou-se a dizer.

Hansol quis perguntar o porquê, mas não se sentiu no direito.

— Apenas confie em mim — pediu Moon. — Eu nunca te mandaria para alguém que não fosse lhe dar a devida atenção.

Hansol encolheu as pernas e as abraçou. Em silêncio, deitou a cabeça sobre os joelhos. Não queria pensar naquelas coisas, mas elas o perseguiam aonde quer que fosse.

— Vou limpar a cozinha — Heejoon avisou e se retirou da mesa.

— Não precisa — tentou dizer, mas o outro nem lhe deu bola, apenas pegou um pano e começou o serviço.

Lee ficou na mesa o tempo todinho, até o maior terminar na cozinha e partir para a sala. Este, sozinho, colocou todos os móveis no lugar e, sob a supervisão de Hansol, arrumou muito mais do que devia.

Na hora de subir para o quarto, Hansol foi junto e sentou-se no chão para ajudá-lo a dobrar as roupas e guardá-las no armário.

— Não, não, não é assim — Heejoon corrigiu-o logo de primeira, na hora de dobrar uma camisa. — Desse jeito fica toda amarrotada.

No fim, Hansol apenas lhe entregava as roupas que estavam muito distantes. Durante o processo, tentou entender como, infernos, fez toda aquela bagunça sem nem notar.

Quando terminaram, já passava das duas horas. Hansol deitou-se na cama, enquanto Moon Heejoon tentava animar Bellatrix. Naquele momento, assistindo ao namorado brincar com a cadelinha, o mais novo se sentiu um cara de sorte. Heejoon parecia ser uma peça rara e, aos seus olhos, era, sim, um grande homem.

Hansol não se sentiu merecedor. Não sentiu que merecia a paciência, os carinhos e a dedicação. Se tivesse coragem, diria a Heejoon que ele merecia alguém melhor. Mas, mesmo que não se sentisse à altura dele, nem por um segundo, pensava em deixá-lo escapar.

— Obrigado — agradeceu de repente.

— Não foi nada. — Heejoon deu-lhe um sorriso. — Limpar não é incômodo pra mim.

Não era exatamente isso que Hansol estava agradecendo, mas deixaria assim mesmo, já que achava muito complicado explicar-lhe seus sentimentos.

— Você não devia ter arrumado tudo — disse Lee, sentindo-se culpado e envergonhado. — Você ainda tem que trabalhar, não é?

— Foi tranquilo arrumar isso aqui — respondeu e, sem olhar para Hansol, continuou: — E... Eu vou pedir demissão.

— O quê? — Hansol se espantou um pouco. — Por quê?

Heejoon não conseguiu responder imediatamente e, mesmo que seu olhar estivesse perdido em algum ponto, sua mão ainda acariciava a barriga quentinha de Trix.

— Eu achei que fosse a profissão certa, mas, há um tempo, venho questionando seriamente minha escolha. Eu não fiz a faculdade correta para mim.

— Oh... — Ele se sentiu mal pelo namorado. — Tem certeza?

— Duvidei por muito tempo, mas, agora, posso ver com clareza. — Heejoon baixou a cabeça, pensativo. — Nas últimas semanas, venho falhando, não consigo dar o melhor de mim, não estou sendo um bom profissional. Já estive conversando com uns colegas e até com meu supervisor, só falta fazer o pedido de demissão formalmente.

— Então... Bom, se você tem certeza. — Suspirou. — O que vai fazer depois disso?

— Uma faculdade nova — disse. — Os vestibulares estão chegando... Eu vou tentar passar em Letras ou Pedagogia. Ainda não tenho certeza. Mas gosto do ambiente escolar. Entende?

— Sim... — Hansol deu-lhe um sorriso. — Professor Heejoon.

— Ah... Eu gosto de como você diz isso. — O mais velho fitou-o de forma brevemente lasciva.

— Professor Heejoon... — Hansol sussurrou, descendo da cama para se arrastar até pertinho do rapaz. — Que nota o senhor me daria?

— Hm... Como posso te avaliar? — Observou o rapaz sentar-se em seu colo.

— A gente pode começar pelo meu beijo... — Lee apoiou as mãos nos ombros firmes de Moon, aproximou o rosto, encostou seus lábios aos dele e, baixinho, lhe disse: — Eu te amo.

Heejoon levou a mão até o rosto do menor e acariciou as bochechas macias, vendo-o fechar os olhinhos e aproveitar o toque. Jurou que jamais na vida encontraria um ser mais lindo, mais gracioso.

— Eu também te amo, Hansol — ele disse e o beijou, sentindo os lábios saborosos do outro se encaixarem aos seus, delicadamente, perfeitos um para o outro.

— Me deixe dormir com você hoje... — pediu e acomodou-se em seu colo, sentindo o calor preenchê-lo. — Eu não quero ficar sozinho.

— Sim. — Heejoon beijou seu rosto. — Acho que... Acho que cansei de dormir sozinho.

Hansol fechou os olhos com mais força, tentando lidar com o significado daquela frase, com medo de estar apenas se iludindo.

Ele cansou de dormir sozinho. Será que... Será que ele quer que eu sempre durma com ele? — discutiu em sua mente.

De qualquer forma, mais tarde, quando o sol deixava os céus da Ásia, Hansol pegou Bellatrix no colo e acompanhou Heejoon até a casa ao lado. Ah, ele gostava do cheiro da casinha de Moon: era refrescante, combinava com o piso impecavelmente limpo; e a decoração era caprichosamente organizada.

— O que você quer comer hoje? — perguntou, enquanto Hansol deixava a pequena mochila de roupas no sofá.

— Hm... — ponderou e, no final, teve uma ideia. — Me deixe cozinhar hoje!

Heejoon nunca demorou tanto a responder uma proposta tão simples. Seus olhos, primeiramente, checaram a higiênica cozinha e, depois, as mãos pouco hábeis de Hansol.

— Não se preocupe, eu cozinho — recusou, deixando um beijo sobre os lábios do mais baixo.

— Ah, não... — Lee formou um bico. — Queria tanto cuidar de você esta noite... Hm? Me deixe cozinhar.

Heejoon encarou o rosto contorcido em uma careta tristinha de Hansol, e suspirou, derrotado.

— Okay. — Forçou um sorriso.

— Eu vou fazer o melhor para você. — Hansol abriu um sorriso, que fez seus olhos se fecharem. — Mas você só pode ver quando estiver pronto. Tá?

— Certo — só lhe restou concordar. — Vou subir e dar uns telefonemas.

Hansol assentiu com a cabeça, compreendendo e, então, correu para a cozinha, acompanhado de Bellatrix.

— Não deixe a Trix entrar na cozinha — avisou, das escadas, mas era tarde demais.

— Uh, volte, Trix! Volte! — Hansol teve que arrastá-la para fora.

No fim, Hansol perdeu cerca de vinte minutos apenas tentando manter a cadelinha longe do cômodo. Só então, após a menina se cansar, lavou as mãos e começou sua busca por ingredientes, na organizada — até demais — cozinha de Moon Heejoon.

— Acho que... — Tentou entender, sozinho, como se cortava os legumes. — Deve ser assim. Bem... Eu nunca fiz, mas acho que é isso.

Após cortar os legumes em tiras, Lee começou um processo de amaciar a carne vermelha.

Moon Heejoon, em cima, no escritório, estremeceu de dor, ao ouvir o som das pancadas que vinham da cozinha, e o estridente som de panelas contra panelas. Hansol estava apenas cozinhando, mas soava como se estivesse travando uma guerra.

— Eu espero que ele goste. — Torceu enquanto experimentava o molho do macarrão. — Ah, muito salgado!

Ele teve que fazê-lo de novo e, no processo, derramou tomate no chão. Quando se agachou para limpar, percebeu que havia mais sujeira do que imaginava. Concentrou-se em deixar o piso brilhando e, durante esse tempo, o leve cheiro de queimado chegou ao seu olfato.

— Droga, droga, droga! — amaldiçoou, ao ver que o molho estava grudando no fundo da panela.

Lembrou-se, então, de que já deveria ter tirado a carne do fogo, e desesperou-se um pouco ao perceber que, talvez, estivesse muito seca.

Às oito horas da noite, Moon Heejoon desceu as escadas, notando que, em seu horário normal, já teria jantado há uma hora. Respirou fundo e espiou Hansol dentro da cozinha, concentrado no suco de laranja que adoçava, cantarolando algo como: "Meu Heejoon vai adorar, na na na, meu Heejoon vai me amar".

Ele nem mesmo conseguiu ficar bravo com a sujeira de cascas de legumes na pia.

— Heejoon-ah! — chamou-o, acreditando que ele ainda estava no andar de cima. — A comida está pronta!

Moon adentrou a cozinha e tentou não focar o fogão sujo de molho e macarrão; apenas foi até ele e abraçou-o por trás.

— Como acha que ficou? — perguntou e apontou para a comida nas vasilhas.

— Hm... — Hansol estava tão inseguro. — Eu quero que esteja bom, mas não sei ao certo.

— Vamos experimentar, então. — Heejoon beijou seu ombro e ajudou-o a levar os pratos à mesa de jantar.

Lee se encolheu na cadeira, com seu prato na frente e, basicamente, recusou-se a segurar os *chopsticks*, antes de ver Heejoon pôr o primeiro punhado de comida na boca.

Moon mastigou o macarrão, sob o olhar ansioso de Hansol. Ele estava se sentindo um dos chefs daquelas competições culinárias. Experimentou a carne — um rolinho recheado de cenoura, batata, pimentão e bacon — e, então, olhou para Hansol.

Hansol, no caso, sorriu amarelo, torcendo para que não estivesse tudo pior do que comida de presidiário. E, bem, sua comida não era melhor do que a de Heejoon, mas era saborosa e feita com muito amor.

— Está maravilhoso! — ele mentiu um pouco, só para ver as bochechas do menor tomarem um forte tom rosa e seus lábios se abrirem em um sorriso brilhante. — Está realmente bom.

É, estava, sim, muito bom.

— Ah, que alívio. — Hansol, finalmente, começou a comer também, com o olhar amoroso de Heejoon em sua figura pequena e engraçada. — Meu Deus, não está tão ruim mesmo!

Eles jantaram quase em silêncio, ao som de músicas lentas na rádio, trocando olhares carinhosos; Bellatrix estava esparramada no chão.

— Como se diz "Eu gosto muito de você" em inglês? — Hansol perguntou, quando já estavam no sofá, dividindo um pote de sorvete.

— Uh... *I like you very much* — respondeu, limpando uma manchinha de sorvete no queixo do mais novo.

— Então, *I liku pury mush* — Hansol repetiu, brincando com os dedos da mão dele. — Você também gosta de mim?

— *Yes, yes, yes*! — Moon beijou-lhe boca, queixo, bochechas e cada partezinha do rosto. — Mas você está cheirando a bacon.

— Não acredito! — Hansol passou o nariz pelos próprios braços e camisa. — É, preciso tomar banho.

— Vai lá... — Heejoon fez com que ele se levantasse. — Vou dar comida à Trix se é que ela tem disposição para comer hoje.

Lee Hansol pegou a mochila de roupas e subiu as escadas, contente, rumo ao banheiro. Já dentro, despiu-se, assobiando, e abriu a ducha. Seus olhos pairaram sobre os muitos frascos de shampoo, cremes e sabonetes sólidos e líquidos.

— É por isso que ele é tão cheiroso... — Hansol riu, enquanto derramava sabão na palma da mão. — Tenho que ficar cheiroso pra ele, também.

Ele, até mesmo, sentou-se no piso branco, lavou muito bem as pernas e cada dedinho do pé; lavou os cabelos, até não haver nem um nozinho, e escovou os dentes, até não sentir nem um resquício de sujeira.

Em frente à pia, secou o cabelo e sorriu para si mesmo no espelho. Ao abrir o armário, para pegar desodorante, frascos de remédios apareceram à sua frente. Havia alguns para dor de cabeça, outros para dores musculares, gripe, queimação e, finalmente, um para dormir.

Os dedos de Hansol foram diretamente para o frasco de remédios para dormir, mas, antes que pudesse realmente abri-lo, Heejoon bateu à porta. No susto, ele devolveu os comprimidos e fechou o armário.

— Está tudo bem? — o mais alto perguntou do outro lado. — Preciso escovar os dentes.

— Sim, eu já terminei. — Apressou-se em sair do banheiro e nem mesmo olhou na cara dele.

Não pense nisso, repetia na própria cabeça.

Sentou-se na beirada da cama e respirou fundo, várias vezes. Ao deitar o corpo sobre o lençol macio, sentiu-se mais calmo.

Não se desespere, pediu a si mesmo.

Moon Heejoon entrou no quarto, em seguida, tirou a camisa que usava e abriu o armário para procurar outra. Hansol pousou seus olhos nas costas grandes e definidas do namorado e se lembrou de como foi bom sentir a pele dele, suada, em suas mãos, quando fizeram pela primeira vez.

— Não põe a camisa não... — pediu. — Quero sentir tua pele enquanto durmo.

— Hm... — Heejoon desistiu de procurar um pijama e, com parte do corpo nu, foi se deitar ao lado do rapaz. — Boa noite, então.

— Boa noite, Joonie. — Hansol beijou seu rosto, virou-se de costas e colou seus corpos. Mas não demorou cinco minutos e Lee começou a se mexer, ou melhor, mexer a bunda.

Como quem não queria nada, Hansol passou a rebolar o quadril, esfregando contra a genital do mais velho, sorrindo timidamente.

— Você não está dormindo... — sussurrou. — O que quer, Hansol?

— Eu quero transar. — Pressionou o membro alheio com mais força. — Agora.

— Estou com sono... — mentiu.

— Não parece. — O outro o contrariou, sentindo muito bem o falo dele endurecer em contato com a sua bunda.

Hansol se virou e encostou a cabeça no ombro dele, enquanto descia a mão para acariciar seu abdômen, antes de alcançar a intimidade rija, sentindo o formato glorioso em sua mão sensível.

Ele ouviu Heejoon suspirar e adentrou a mão na calça dele, pegando o pênis entre os dedos, ao que sentiu a própria entrada contrair ansiosa.

— Estou com tanta saudade de te sentir dentro de mim... — declarou, empurrando o cobertor e ficando de joelhos na cama. — Você também quer, Moon?

O mais velho o puxou para o seu colo e juntou suas bocas, roubando seu ar. Sem desconectar seus lábios, Hansol sentiu as mãos habilidosas do outro subirem e descerem por suas costas, tateando até as laterais de sua cintura e, então, pressionarem seu corpo, levando suas intimidades a se esfregarem.

As bocas causavam efeitos sonoros obscenos, os corpos se mexiam lentamente, com os dedos de Heejoon afundados na carne da bunda dele.

Sentindo a temperatura do corpo aumentar, Hansol deixou a boca do mais velho e levou os lábios vermelhos e cheios até o seu pescoço. Usou a língua para sugar a pele sensível e desceu mais um pouco, até o ombro, beijando aquela área também. Abaixando mais um pouquinho, no peitoral, sentiu a textura macia da pele de Moon em sua boca e trilhou um caminho invisível com a língua até a boca do estômago, ouvindo Heejoon arfar.

— O que você vai fazer? — perguntou, um pouco aturdido, enquanto Hansol o puxava para se sentar, ao que ficava de joelhos na cama. — Hansol...

— Eu vou te pôr na minha boca — respondeu e usou as mãos para puxar a calça do mais velho para baixo, revelando sua meia ereção. — Você quer?

— Eu nem vou te responder... — Ele riu do próprio nervosismo, mas logo cessou, ao sentir a mão morna do namorado em torno do seu membro.

Hansol encostou a cabeça na coxa de Moon e começou a masturbá-lo, em um ritmo lento, assistindo de perto ao falo crescer entre seus dedos; a boca salivando para tê-lo dentro. Queria muito e imediatamente!

Heejoon relaxou os braços e as pernas e deixou o prazer e o calor infiltrar em seu corpo; os punhos um pouco trêmulos e a mente começando a se perder nas rotas. Ele viu saliva escorrer pelo canto dos lábios de Hansol, enquanto este admirava seu pau e o masturbava, deixando-o no ponto, para cima e para baixo.

Moon gravou cada gesto: a deliciosa sensação dos dedos do mais novo pressionando sua genitália e a respiração quente batendo contra sua carne.

Hansol não conseguiu mais se segurar, quando uma gota de pré-gozo fluiu da fenda delicada. Ele lambeu os lábios e os direcionou até o topo do pau de Heejoon, sentindo a maciez do órgão invadir sua boca. Ao puxá-lo para fora, viu como ficava bonito, molhado por sua saliva. Engoliu a cabeça do pênis e ergueu os olhos, encontrando Heejoon observando-o, de lábios entreabertos e olhar atento, com as sobrancelhas unidas. Tão, tão, tão atraente.

Acariciou-o com a boca, como se estivesse passando batom e, então, o engoliu até a metade, usando a mão para excitar o resto. Fechou os olhos, quando o comprimento o invadiu, e subiu à cabeça, só para introduzir mais uma vez, sentindo cada veia latejar em sua língua.

Retirando-o de sua boca, Hansol puxou ar e voltou à atividade, mais rápido, subindo e descendo em torno dele; as mãos agarradas às coxas de Heejoon.

No silêncio do quarto, Moon começou a gemer, ora grosso, ora sôfrego, sentindo o pau entrar e sair da boca fervente do namorado. O corpo todo vibrava em excitação, sentia-se invejável, com Hansol de quatro, entre suas pernas, engolindo-o sem pudor. Qual boa ação havia feito para receber tal recompensa?

Lee, que estava de olhos fechados, enquanto chupava Heejoon sem cerimônias, sentiu este levar as mãos até as laterais de sua cabeça e, então, passar a guiar os movimentos. Ele deixou que Moon fodesse sua boca e não ousou se mexer, enquanto o membro se agitava em sua cavidade bucal, tocando a garganta e aliviando-se no interior de suas bochechas, os curtos pelos pubianos tocando a ponta de seu nariz.

Os gemidos que saíam pela boca do mais velho... Céus! Como podiam ser tão provocantes? E Hansol podia, realmente, fazer aquilo o dia todo, até que sua garganta doesse, e não iria reclamar.

De repente, Moon Heejoon parou e o chamou para que se aproximasse. E assim o fez, tendo os lábios atacados pelos do mais alto, em seguida.

— Por que você é assim, Hansol? — perguntou, entre um beijo e outro, com as mãos segurando-o pela nuca. — Por que você me dá essas coisas?

Lee sorriu, beijou a bochecha de Heejoon e disse:

— Porque você é bom pra mim... Porque gosto de como você me fode.

Quando nu sobre a cama, Hansol se pôs de bruços, empinando a bunda, para que Heejoon o fizesse. Este suspirou e se perguntou o que havia feito para merecer tanta sorte.

Moon terminou de esticar o preservativo e se colocou entre as pernas de Hansol. Prendendo a respiração, segurou-o pelo quadril e se introduziu devagar, sentindo-o se contrair com a ação.

Quando dentro, deitou-se sobre Hansol e o viu com os olhos bem fechados e a boca aberta, levemente trêmulo. Afundando-se dentro dele, o ouviu suspirar e arfar, entregue à sensação. Era tão bom!

Hansol agarrou o travesseiro e deixou que seu namorado fizesse o que queria com ele: entrando e saindo, sem pressa, mas totalmente rígido, levando-o a estremecer, quando era devidamente preenchido. De uma ponta à outra, cada partezinha parecia eletrizada.

— É bom? — Heejoon sussurrou no ouvido dele, preocupado. — Está bom assim?

— Sim... — Não conseguiu evitar um sorrisinho, enquanto Heejoon o penetrava profundo, fazendo com que sua abertura ardesse um pouco. — Você é bom.

Heejoon beijou-lhe as costas e aumentou a velocidade, apoiando as mãos no colchão; as estocadas atingindo o mais novo com mais intensidade e mais regularmente, fazendo-o gemer a cada choque; a boca bem aberta e os olhos bem fechados, o corpo todo queimando de excitação.

Moon prendeu o lábio entre os dentes e admirou a forma como as nádegas de Hansol tremiam a cada enterrada, como sua entrada o recebia de forma acolhedora, pulsando e o esmagando.

— Oh... Tão bom! — Hansol gemeu, afundando as unhas no travesseiro, lidando com a febre na área traseira, a fricção do pau de Heejoon entre suas paredes internas, puxando e empurrando como uma máquina potente.

Heejoon parou, em certo momento. Saiu de dentro de Hansol e, antes que o menor pudesse perguntar o que estava havendo, ele o virou na cama e fez com que ficasse de barriga para cima, de forma que pudesse ver seu rosto. Ele queria ver, claramente, suas expressões, enquanto o fodia, queria saber de cada detalhe, se Hansol realmente perdia o ar a cada firme estocada sua.

Puxou-lhe as pernas e as suspendeu em seus ombros, deixando-o completamente exposto, para se apertar dentro dele de volta.

Hansol agradeceu por ter pernas flexíveis quando o outro as forçou até o máximo, levando-o a gemer como se estivesse sendo torturado, ao que o namorado voltou a fodê-lo com todo o vigor, batendo na trave de seus limites; tão fundo e tão bom.

— Heejoon... — Lee chamou, com a voz chorosa, o corpo quente extraindo suor e o tesão beliscando seus pontos sensíveis. Heejoon estava indo rápido, atingindo seu centro de prazer, levando-o a se contrair e, literalmente, chorar, com o peito subindo e descendo tão rápido com a forma que o Moon o devorava. Era tão bom, tão bom, mas tão doloroso...

— Heejoon, devagar! Devagar! — teve que pedir, desesperado com a onda de prazer no quadril e a dor intensa em seu pênis, o qual não recebia atenção devida. Ele o estava destruindo. — Céus...

Heejoon diminuiu a velocidade para o ritmo mais lento possível e levou a mão ao membro inchado de Hansol.

— Desculpe, amor... — Ele aproximou o rosto e beijou seus lábios, enquanto sua mão subia e descia pelo falo rijo. — Está melhor?

— Sim... — Hansol suspirou, esperando a respiração voltar ao normal. — Pode acelerar agora.

E Heejoon voltou com força máxima. Disparou tantas vezes que, em segundos, Hansol estava choramingando, outra vez, sentindo aquela sensação boa varrer seu corpo, enquanto as mãos agarravam as próprias coxas, os dedos do pé se contorciam, as costas arqueavam, de três em três segundos, e o quadril praticamente convulsionava enquanto Heejoon maltratava sua próstata.

Moon era tão impiedoso.

— Porra, Porra, Porra, Porra! — Hansol arfou e gemeu alto, soltando o ar com força. Sentia a pressão nas têmporas, com seu orgasmo escorrendo para fora, entre os dedos de Moon, tendo a bunda fodida com força e precisão. — Heejoon! Meu Deus, Heejoon!

Aquele "Heejoon!" saiu de forma tão pecaminosa que o próprio não demorou a vir também. Com a cabeça apoiada no ombro de Hansol, gemeu seu nome e agarrou suas pernas com mais força, deixando a marca de seus dedos, antes de cair sobre seu corpo.

No quarto só se ouviam as respirações pesadas e suspiros de alívio, além de alguns murmúrios restantes. Mas esses sons também cessaram depois de um tempo e, no silêncio, Hansol acomodou Moon Heejoon melhor em seu peito e beijou seu rosto, enquanto acariciava suas costas.

— Hansol... — o maior sussurrou, mentalmente contando as pintinhas no braço dele. — Lembra quando me perguntou, no sábado passado, se eu já tive relacionamentos sérios antes do nosso?

— Sim — respondeu. — Você me enrolou e não respondeu.

— Eu já namorei algumas meninas, sim — Heejoon respondeu. — Até pensei em casamento com uma delas.

Ao ouvir aquilo, o estômago de Hansol gelou e, por alguma razão boba, ficou nervoso.

— Mas... Eu tinha muito receio de fazer sexo — Heejoon continuou.

— Como assim? — Lee não via nenhuma insegurança ou falha no desempenho sexual do rapaz.

— Eu não transava com frequência — contou. — Só quando realmente não conseguia me segurar.

— Por quê? — Hansol não conhecia muitos motivos para alguém não gostar de sexo.

— Fiquei com muito medo, depois que uma pessoa próxima a mim teve AIDS. Fiquei com medo que acontecesse comigo também.

Hansol se lembrou da conversa de Moon com o irmão, Junghyun, então sabia que essa tal "pessoa próxima" era a própria mãe dos irmãos.

— Mas eu nunca fui do tipo que transa com pessoas aleatórias — ele seguiu com as confissões e os devaneios. — Não tenho nada contra dormir com várias pessoas ou pessoas desconhecidas, mas sempre preferi me deitar com quem realmente gosto.

O Lee achou aquilo tão belo, mas se lembrou de si mesmo: deitando-se com pessoas que realmente não sabia o nome, um cara novo a cada noite, às vezes, dois de uma vez só. Sentia-se sujo.

— Por quê? Por que só com pessoas que você gosta?

— É mais íntimo, mais carinhoso, mais intenso — explicou. — Você pode dizer que adora a pessoa, beijar o corpo dela sem medo, se deitar ao seu lado, com a certeza de que não será roubado. E pode repetir quantas vezes quiser. Enfim, muitas pessoas querem apenas a parte do sexo, mas eu sempre me senti melhor com todo o combo. É bobo, mas...

— Não é bobo. — Lee o apertou mais forte no abraço. — Eu gosto disso. — É óbvio que gostava, pois Heejoon disse que só fazia com "quem realmente gostava", e estava fazendo com Hansol!

— De qualquer forma, todo o meu receio de sexo desapareceu com sua chegada — confessou, rindo baixinho. — Você... Você tem um feitiço, Hansol.

O mais novo sorriu, envergonhado, e o viu se levantar para encará-lo, ainda entre suas pernas. Este beijou seus lábios, antes de dizer:

— Qual é o seu segredo, Lee Hansol? Como consegue ser tão... Tão... Não tenho nem palavras pra explicar!

Hansol se envergonhou mais ainda e puxou o cobertor para tapar o rosto, sentindo Heejoon beijar seu peito.

— Eu te amo, Hansol. — Descobriu-lhe o rosto e encarou seus olhos. — E... Eu nunca amei alguém antes.

Hansol paralisou por um momento, ao ouvir aquilo. E, então, não conseguiu evitar um "chilique", ali, na frente de Heejoon mesmo.

— Aaah! — Hansol soltou um gritinho. — Isso é tão legal! — Gargalhou sozinho. — Na, na, na, na, Lee Hansol é o melhor!

Heejoon riu da cena e se virou para se deitar ao lado do namorado, notando que, pela primeira vez, em anos, estava sendo feliz.

— Venha, vamos tomar banho. — Heejoon se levantou e tentou puxar o moreno.

— Vamos dormir assim mesmo... — Hansol fez corpo mole.

— Não, não. — Conseguiu fazê-lo se levantar.

— Mas eu já tomei banho hoje. — Ele fez uma careta. — Vamos fazer essa rebeldia!

— Foi você quem começou. — Heejoon levou-o ao banheiro. — Estaríamos dormindo a essa hora se você não tivesse me provocado.

— Oh. Mas valeu a pena. — Ele riu.

Dentro do banheiro, ligaram a ducha sobre suas cabeças.

Hansol sentou-se no degrau do box e o esperou terminar a demorada rotina de ensaboar e enxaguar o corpo no mínimo três vezes, enquanto analisava o corpo bonito de seu namorado.

Mas, enquanto Heejoon se lavava, a atenção de Hansol foi para outro ponto no mesmo banheiro: o armário acima da pia. Hansol tentou ignorar o fato de que ali dentro havia comprimidos para dormir, mas era simplesmente impossível.

— Tire seus olhos dali — Heejoon avisou, assustando-o. — Eu guardei o remédio em outro lugar. E você não vai achar.

Hansol não soube o que sentir naquela hora, mas algumas das sensações eram vergonha, raiva e alívio.

— Como soube? — Evitou olhá-lo.

— Você deixa rastros de bagunça por onde passa — explicou. — E eu sei a posição das coisas.

— Desculpe... — Hansol abaixou a cabeça. — Não era... Ah, eu vou dormir em casa.

— Não! — Heejoon o puxou para debaixo do chuveiro e o acolheu em seus braços. — Me escute: aqueles remédios são leves, então, quando realmente estiver com dificuldades para se acalmar, eu posso lhe dar uma dose.

— Mesmo? — Hansol deitou a cabeça no peito dele, sentindo a água morna relaxá-lo.

— Sim, amor. — Heejoon beijou sua cabeça. — Não é como se você não pudesse tomá-los, mas precisa do acompanhamento psicológico e de receita. Precisa fazer isso da forma certa.

Hansol entendeu, mas ainda estava receoso.

Porém, naquela noite, após se deitar ao lado de Heejoon e se acomodar no seu abraço quente, não precisou de remédio algum para dormir em paz.

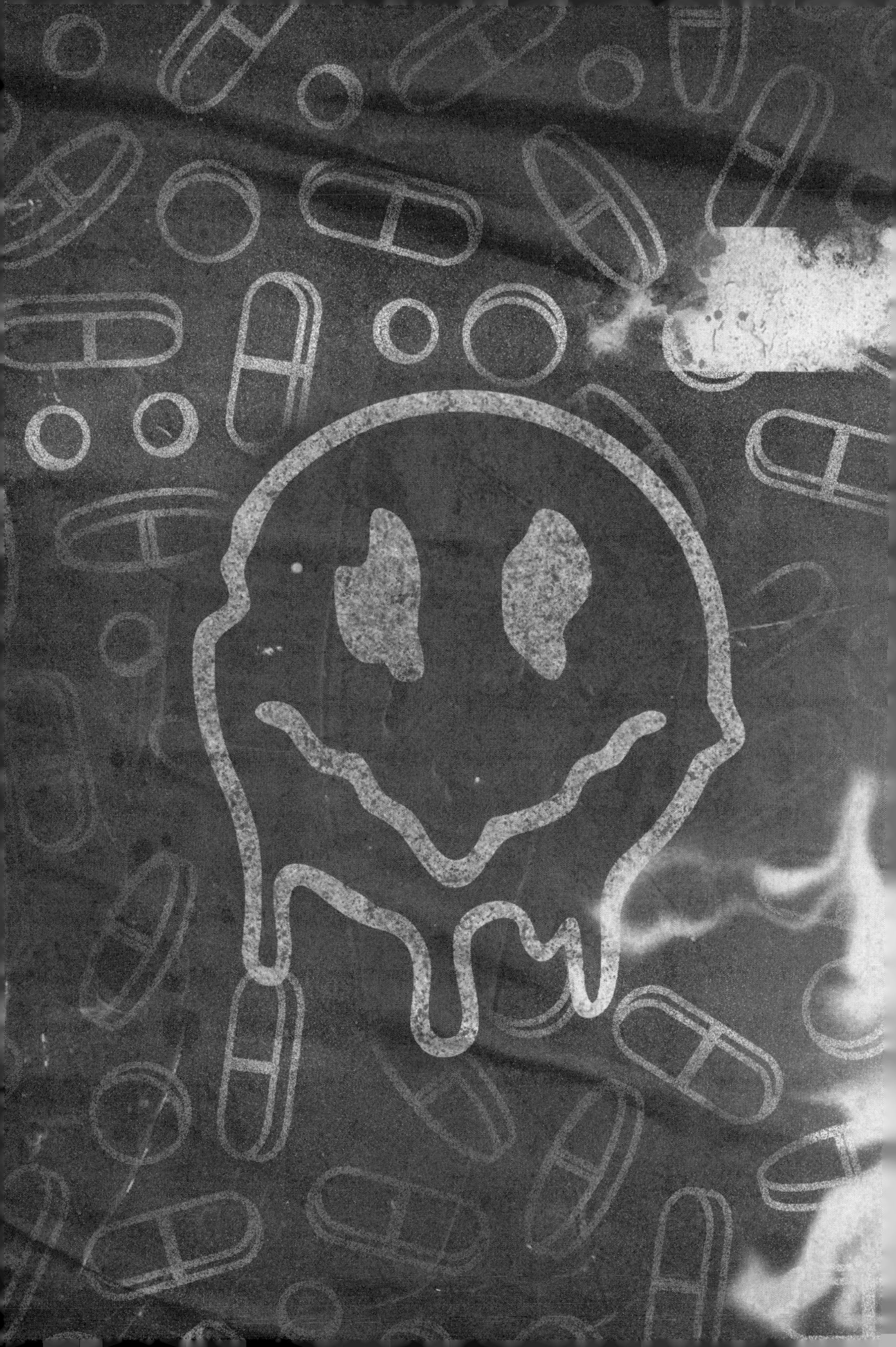

CAPÍTULO IX

O BEIJO DE MOON HEEJOON era melhor do que qualquer droga que Hansol já havia usado na vida. Era anormal a forma que um simples olhar ou um breve toque seu era capaz de virar a cabeça dele. Os poucos meses que passou ao lado do rapaz conseguiram ser melhores do que todos os anos que esteve perdido por aí. Hansol chegou ao Elísio.

— Colheres aqui e garfos ali — Heejoon explicava, enquanto os dois secavam as louças. — Facas nesta parte e os demais do outro lado.

— Entendi. — Hansol sorriu e levou a mão até os copos, mas foi interrompido. — Qual é o problema?

— Não se seca copos. A penugem do pano gruda no vidro.

Hansol não entendia este tipo de coisa, mas era algo trivial demais para ser discutido, em seu ponto de vista.

— Heejoon — chamou-o, enquanto secava uma travessa, matutando algo em sua cabecinha.

— Hm? — murmurou, concentrado na ordem da pilha de pratos.

Ele tentou se abster, mas acabou por suspirar, medroso, antes de dizer:

— Por que você se importa tanto com organização?

Um silêncio superficial pairou sobre a cozinha, ao passo que Hansol ficava ereto e rígido, prendendo o ar dentro do peito, pronto para receber uma bronca do namorado — afinal, os hábitos de Moon Heejoon pareciam ser um assunto delicado, quase um tabu.

Apesar de amedrontado, Hansol sentia-se aliviado por, finalmente, fazer a pergunta e se livrar do peso que era aquela curiosidade.

— Você também acha excessivo? — Heejoon pareceu apreensivo e quase culpado, surpreendendo o mais novo. — Todo mundo acha... É chato? Eu o aborreço com isso tudo?

Hansol arregalou os olhos por meio segundo, soltando o ar com surpresa. Em seguida, ficou sem palavras. Ele preferia receber uma bronca feia ao ver o mais velho se abrumar todo.

— Não! — Hansol largou o pano e puxou-o para perto, fazendo com que o olhasse. — Não me aborrece. Não é chato. Eu juro!

Mas Heejoon permaneceu lamentoso, como se realmente fosse culpado de algo ruim ou desagradável.

— Você é mesmo bastante organizado — tentou falar de um jeitinho que fizesse o maior descongelar. — Mas, pra mim, é só mais uma coisinha que te torna incrível. Não fique com essa carinha... Eu vou me sentir mal.

— Não... — Heejoon reagiu lentamente. — Está tudo bem. Só não fale mais sobre isso... Se puder.

— Não vou falar — concordou, imediatamente, acatando respeitosamente. — Me perdoe por tocar nesse assunto. Não vai se repetir!

— Não posso culpar você por não saber como vou reagir às coisas. — Deu de ombros, cabisbaixo, muito diferente do rapaz de minutos atrás, que discursava, articuladamente, sobre a forma de limpar as taças. — Deixe essa louça aí. Vamos... Vamos dar uma volta.

Não é preciso dizer que Hansol se sentiu terrivelmente mal por pôr seu Heejoon para baixo, por ser o culpado pelos olhinhos caídos e os ombros rígidos.

— Idiota — ainda disse a si mesmo, quando Moon deixou a cozinha para procurar as chaves do carro. — Burro e inconveniente.

— Venha — Heejoon chamou. — Vista o casaco, as luvas e a touca. — Entregou-lhe tudo.

— Para que tudo isso? — o outro perguntou, com um sorrisinho envergonhado na boca.

— Se esquece de que estamos no inverno? — Pôs a própria touca, deixando a franja castanha e reluzente perfeitamente posta por baixo do gorro. — Provavelmente, irá nevar esta semana.

— Que chato... — Hansol murchou e se enfiou dentro do agasalho quente de Heejoon. — Não gosto de vestir essas roupas que me cobrem inteiro. Logo vou começar a tossir feito um idoso com tuberculose, e eu não gosto de ficar cuspindo mucosa o dia todo. Como vou te beijar?

— Ew! — Riu, torcendo o nariz. — Você está pondo a luva do lado errado, Hansol!

Este apenas estendeu a mão e deixou que o próprio Heejoon pusesse a luva nele, enquanto passava hidratante labial com a outra mão. Sentiu o outro encaixar a touca branquinha em sua cabeça, destacando o cabelo preto feito nanquim.

— Seus lábios estão brilhando. — Notou, após Hansol terminar de passar o hidratante. — Eles estão dizendo: nos beije, Moon, nos beije!

De fato, os lábios da cor de cerejas em calda quase suplicavam por atenção...

— Eles estão implorando... — o Lee sussurrou, segundos antes de Heejoon selar suas bocas e segurá-lo pelas costas.

Era incrível como o beijo de um somado ao do outro transformava um simples ósculo em algo astral.

— Pegue — Heejoon disse, logo após quebrar o beijo, e empurrou uma máscara cirúrgica, ainda lacrada, para ele. — Não quero você doente. Não poder beijar tua boca é uma tortura medieval.

— Ah... — soltou, a contragosto. — Ninguém vai me ver! Não vão ver minhas pernas, meus braços, o cabelo e nem o rosto!

— Não é má ideia. Assim, só eu fico sabendo do tesouro — brincou. Beliscou o narizinho de Hansol e o puxou para fora de casa. — Eu tenho que encontrar meu irmão, pra comprar alguns jogos de console novos pra ele. Vai ser rápido. Depois disso, a gente pode comer em algum lugar. O que acha?

Hansol parou no meio do caminho até o carro, o que fez Moon olhá-lo com dúvida.

— Você vai encontrar seu irmão?

— Sim — confirmou. — Você vem comigo e depois nós...

— Não é uma boa ideia. — Ele mexeu a cabeça em negação. — Teu irmão não... Não pareceu gostar de mim.

— Não! — tentou dizer. — Não é nada contra você... A questão era outra.

— Ele quer ver o irmão. — Bufou. — Não o irmão e... o seu namorado.

— Besteira. — Heejoon segurou-lhe a mão e tentou conduzi-lo até o carro, tentando animá-lo. — Vamos, por favor.

— Se ele me olhar com cara feia, vou ficar brabo com você — falou sério, enquanto entrava no automóvel. — Tá me escutando, Moon?

— Estou. — Ele riu, sem jeito. — Junghyun não é um moleque emburrado, eu juro. É só que não está sendo fácil. E acho que não estou colaborando muito.

Hansol queria dizer-lhe que ouviu a conversa dos dois, no dia em que foram almoçar na casa dos tios dele, mas estava se sentindo um mexeriqueiro, e não queria que Heejoon o visse assim.

— Juro que vai ficar tudo bem. — Heejoon revelou os dentes bem tratados, enquanto sorria com positividade, de modo afável.

— Eu devo confiar sempre que me diz isso? — perguntou, com ambiguidade, vendo Moon ligar o carro para partirem.

Somente os ruídos do Sedan puderam ser ouvidos, já que Heejoon hesitava, terrivelmente, em responder ao menor, que o olhava com pura honestidade nos olhos cansados e genuínos.

— Eu faço o meu melhor, mas nem tudo está sob meu controle — Heejoon optou por dizer. — Só saiba que eu nunca fiz ou farei algo pra ver você magoado.

Aquilo deixou Hansol apreensivo. O seu ar acriançado e as bochechas rosadas desapareceram naquele momento. Heejoon era seu porto seguro, mas ele precisava lembrar que até postos de segurança podiam ser bombardeados. A ideia de não poder confiar em Moon era quase aterrorizante, pois o rapaz era, sem sombra de dúvidas, a única pessoa realmente presente em sua vida. Não poder tê-lo, nem confiar nele, seria como perder toda esperança, perder o último ponto de vida.

— Eu te amo, Heejoon — disse, numa crescente coragem para contar o que estava sentindo. — E preciso de você. Preciso do seu amor.

Heejoon, que dirigia atento, ouviu e absorveu cada palavra com todo cuidado, sentindo a culpa deflorar seu peito com violência. Uma vertigem lhe perpassou os olhos e estômago, e precisou respirar fundo, para continuar a comandar o carro.

Não houve resposta, e Hansol preferiu assim. O silêncio que se implantou no pequeno espaço veio como um sedativo, um alento para as duas cabeças confusas e agitadas.

Quando o carro parou, após Heejoon terminar de estacioná-lo, Hansol foi para fora e sorriu, encantado ao encontrar a cidade antecipadamente enfeitada para o Natal. Ele amava o Natal. Mesmo que passasse sozinho, curiosamente, não se sentia solitário. Um sentimento de calor entrava em seu corpo e, dentro do peito, crescia a esperança de, um dia, ter uma família para celebrar com ele.

— A máscara — Heejoon lembrou. Hansol, feito um adolescente, rolou os olhos, antes de pô-la no rosto. — Não fique emburrado.

— Se eu quiser, eu fico. — Deu de ombros, desviando o olhar para a entrada do shopping.

— É uma graça quando você banca o passivo agressivo. — Heejoon beliscou-lhe a nuca e recebeu um chute leve no joelho. — Vai querer comprar alguma coisa?

— Eu não sei — falou, olhando, ligeiramente, as vitrines do shopping. — Nem sei se já caiu minha pensão...

— Hansol...

— Diga.

— Sua mãe trabalhava no quê?

— Em nada. Ela só cuidava de casa.

— Então, de onde vem a tua pensão?

— Ah... — Fitou-o e, então, pensou um pouquinho. — Da herança...

— Sua mãe te deixou uma herança? — Heejoon estava surpreso. — Você a descreve com tanta humildade...

Lee não se lembrava de falar muito de como sua mãe era, mas se Heejoon sabia, então era porque, em algum momento, foi dito.

— Eu não sei direito... — De fato, não sabia.

— Espere... — Moon riu, curioso e desconfiado. — Não sabe?

— Não. — Hansol não via grande problema nisso.

— Mas este é um assunto sério. — Ele o olhou com a seriedade necessária. — Pensões não simplesmente caem em nossas contas. Você me diz que tem uma herança, e elas são liberadas às pessoas após completarem a maioridade. Você tem acesso a algum dinheiro?

— Não... Só à pensão. Ela cai todo dia 7. — Hansol não estava compreendendo.

— Mas... — Heejoon queria entender. — Quando você recebe sua herança, ela vem completa. Você pode ir ao banco e pegar toda a quantia ou parte dela, pode sacar dinheiro a qualquer dia do mês. Ela não cai por parcelas, de uma vez, a cada trinta dias.

— Ah, Heejoon... — Ele ficou entediado com aquilo. — Eu não gosto desses assuntos. Não gosto de lidar com bancos, documentos e burocracias.

— Hansol, pelo amor de Deus. — O mais velho queria atenção para aquilo. — Alguém deposita sua pensão. Quem?

— O filho de um tio meu — disse, com simplicidade. — Explicado agora?

— Não.

— Por favor — pediu, praticamente implorou —, deixe isso pra lá!

— Por que um primo te manda uma pensão? — Heejoon estava a ponto de ficar revoltado. — Ele está com a sua herança!

— É. Está! — Lee começava a se irritar. — Está com a minha herança, sim, porque a justiça determinou que eu não tenho estabilidade psicológica para administrar o dinheiro.

As coisas, então, fizeram sentido, e Heejoon não insistiu mais. Porém, também não esqueceu.

— Desculpe — pediu. — Não queria te irritar, só entender.

Hansol manteve-se calado. Preferiu parar em frente a uma loja para analisar as calças jeans, mesmo que sua mente estivesse muito distante dos modelos nos manequins ou dos preços absurdos.

Nada que envolvesse sua "família" agradava a Hansol. Ele, como quando criança, não fazia a mínima ideia de o porquê da família de sua mãe deixá-la padecer ou por que a deixaram viver nas condições em que vivia; por que raramente a visitavam ou por que apenas três pessoas compareceram ao enterro dela; por que sua avó nunca parecia contente ou por que seu tio nunca pareceu se importar. Hansol não gostava de pensar neles, não gostava de estar ligado a eles.

— Gostou da calça? — o mais alto perguntou, tirando o rapaz de seus pensamentos angustiantes. — Está encarando-a há três minutos.

— Oh! — Despertou. — Não, não gostei.

— Certo. — Ele riu fraco e puxou o namorado, para que seguissem o caminho entre as pessoas. — Junghyun está em uma loja de skate.

— Ainda não acho uma boa ideia...

Heejoon não podia ver, por conta da máscara, mas Hansol fazia uma careta de desagrado.

— Se ele for maldoso comigo, não vou poder ser com ele.

— Você nem consegue ser maldoso. — Heejoon beijou sua testa rapidamente. — Vem.

E ele foi, mas seu instinto tentava prendê-lo, como uma bola de ferro amarrada ao calcanhar. Ao avistar a loja para artigos de skate, e reconhecer o adolescente bonitinho testando rodas, sentiu o estômago gelar, realmente, amedrontado por um moleque de quinze anos.

— Hyun! — Moon Heejoon chamou o garoto, da porta da loja. Quando ele se virou, seus olhos caíram, primeiramente, sobre o irmão, então... sobre o namorado do irmão.

— Eu acho que eu combinei só com você — a acidez na voz do adolescente praticamente queimou a pele de Hansol.

— É que nós temos um compromisso mais tarde... — Moon tentou explicar, meio travado.

— Tanto faz. — O garoto girou os olhos e voltou a atenção para as rodas em suas mãos. — Eu vou pagar isso aqui e nós vamos.

— Okay — concordou e, com toda a apreensão, olhou para o moreno ao seu lado.

Hansol queria cavar um túnel que o levasse diretamente para casa. Queria ser exterminado, ser voluntário de um truque de mágica que o fizesse sumir.

Hansol sabia! Heejoon era um bobão por tê-lo levado junto até o compromisso com seu irmão. Ele o puniria. É! Ficaria duas semanas sem fazer sexo oral. O que não era uma boa punição, já que Heejoon, ao contrário dele, parecia não sentir a mínima necessidade de fazer sexo regularmente. Foi a primeira vez que o casal transou, haviam repetido o ato só mais duas vezes, em muitas e longas semanas de namoro. Hansol se perguntava se seu corpo realmente excitava Heejoon, se havia algo de errado com sua forma de seduzir, se era questão de libido por parte do outro, ou se...

— Pensando no quê? — Heejoon o abordou.

Na sua falta de tesão, ele pensou e até ponderou falar.

— No Natal — mentiu.

— Você gosta?

— Amo. — Um sorriso gracioso se abriu por baixo da máscara. — E você?

— Hm... — Heejoon pensou antes. — Sei lá. É sempre a mesma coisa. Perdeu um pouco da graça.

— Mas você tem boas memórias do Natal? — indagou.

— Não — foi Junghyun quem respondeu, saindo da loja. — Tudo é uma porra na nossa família. Nem o Natal é salvo. — E saiu andando na frente. — No nosso Natal, a gente não abre presentes e ri perto da lareira, a gente liga para a droga da clínica psiquiátrica e implora para que venham buscar nosso pa...

— Fica quieto, Junghyun — repreendeu. — Só mostre logo onde fica a loja de jogos.

— É assim... — Junghyun parou, se virou e disparou. — Você não me visita mais e, quando marcamos de sair, traz seu namoradinho fofo e, ainda por cima, acha que tudo que eu quero é só um videogame.

— Acontece que não sei o que você quer — o outro disse, exacerbado, olhando nos olhos do mais jovem.

— Eu quero um irmão! — respondeu com voracidade. — Mas você tem tempo pra tudo, menos pra mim!

— Eu gostaria de ser tudo que você deseja — Heejoon lhe disse, no mesmo tom de agressividade e dor. — Mas não tenho mais dezesseis anos. Sou um adulto e as responsabilidades estão tentando me afogar! Eu tô vivendo uma porrada de coisas agora. Estou tendo que lidar com milhares de problemas e sinto que não estou conseguindo solucionar nenhum deles. Eu tenho o passado, o presente e o futuro martelando em minha mente. Sou a droga do próximo chefe da nossa família e nem sei por onde começar. É tudo o Heejoon, é tudo ele... Se o Junghyun foi mal na escola, ligue para o Heejoon; se a Eun-Chae piorou na clínica, ligue para o Heejoon; se a madrinha precisa visitar a irmã, ligue para o Heejoon; se as primas brigaram, ligue para o Heejoon; se o padrinho precisa ir ao banco, ligue para o Heejoon. Sabe...? Tudo isso, enquanto eu nem sei se quero continuar na profissão que escolhi, enquanto tento lidar com a morte do nosso pai e ser um irmão bom pra você; enquanto vivo o primeiro amor da minha vida e tento não me sentir a pior pessoa do mundo pelas coisas que fiz. Perdoe se eu não consigo ser o homem que precisam que eu seja!

Hansol puxou a máscara do rosto e não conseguiu mais se mover. Não conseguiu segurar Heejoon, quando este virou nos calcanhares e partiu para fora do shopping, puxando o capuz para cobrir a cabeça.

Aquilo foi um choque para ele. Ver Moon daquele jeito era sempre algo esquisitíssimo, já que o rapaz era, o tempo todo, cauteloso e sereno. Olhou para Junghyun, e as lágrimas em seus olhos cortaram-lhe o coração. Calmamente, ele se aproximou do menino e afagou seu ombro com uma das mãos. Sentindo que Heejoon queria ou talvez precisasse ficar sozinho, preferiu permanecer no shopping.

— Vocês sempre têm essas conversas? — tentou puxar assunto, ainda aturdido por tudo que ouviu.

— Nunca — Junghyun fungou ao dizer. — Ele nunca fala com ninguém. Acho que... Acho que ele só ouve.

Hansol se sentiu horrível, como já havia se sentido outras vezes, sempre que percebia que não conseguia ser para Heejoon o que ele era para si, sempre que notava que seus problemas vinham antes. Havia tanta coisa na cabeça de Heejoon, e o outro se sentia incapaz de ajudá-lo.

— Quantos anos você tinha quando seu pai morreu? — Hansol procurou saber.

— Nove — ele respondeu, sentando-se em um dos bancos. — Não lembro muito bem.

— Eu me lembro de quando minha mãe morreu — comentou.

— É você, não é? — o garoto perguntou. — É você o filho daquela mulher que foi assassinada. Do caso famoso.

Hansol engoliu em seco e sentiu o suor brotar na nuca, tentando não ficar estático.

— É você, sim! — confirmou a si mesmo. — A Hyojin tinha razão.

Tudo voltou à mente de Hansol, naquele momento: todos os flashes das câmeras, as pessoas insistindo em fazer entrevistas, o nome de sua mãe no noticiário de todas as emissoras, os detalhes sobre o caso, as especulações, a gravação do julgamento do assassino, os protestos na porta do tribunal, as pessoas que o olhavam como se ele fosse um bicho tirado da floresta, os depoimentos que deu, as vezes que teve que falar no julgamento, as famílias que queriam adotá-lo, o alarido dos jornalistas relembrando o assassinato por anos seguidos; a morte de sua mãe reduzida a um famoso caso de homicídio.

Toda vez que sua mente voltava àquela alameda, naquele outono, tudo perdia o sentido. Era como se ele voltasse a ser aquela criança assustada.

— Eu não gosto de falar disso — disse.

Por que Junghyun precisava lembrá-lo daquele fato calamitoso?

— Que indelicadeza a minha... — balbuciou, entediado. — Meu irmão gosta mesmo de você?

Lee Hansol, que ainda tentava dominar a onda violenta que eram as memórias, teve que dirigir, bruscamente, a sua atenção ao tópico aleatório que o adolescente levantou.

— E-eu... Eu acho que sim — disse, envergonhado, tentando se recompor do baque.

— Você gosta dele? — Junghyun tinha um tipo de olhar enigmático aterrorizante.

— Sim — não hesitou em dizer.

— Cuidado, você não o conhece — o adolescente devolveu, soando agourento. Suas palavras fizeram um calafrio horripilante passar por Hansol. — Ele mente com a maior naturalidade do mundo, pensa em tudo, te manipula sem você ao menos desconfiar. Qualquer um vira fantoche na mão do Heejoon. Se quiser um conselho, não acredite totalmente no que ele diz.

Hansol queria acertar um soco bem dado na cara daquele moleque, queria fazer seu rostinho, indiscutivelmente parecido com o de Heejoon, ficar cheio de hematomas.

Plantar dúvidas sobre Heejoon era a pior coisa que ele poderia fazer. Heejoon era sua fortaleza.

— O Heejoon é o cavalheiro que é e é, sim, um cara que tenta ajudar as pessoas, que realmente se importa... — Junghyun continuou a dizer, mas advertindo. — Porém, a convivência com nosso pai o ensinou a mentir sem deixar que alguém percebesse. Não duvide do amor dele, mas sempre duvide dos porquês quando ele te disser "eu te amo".

— Isso é injusto — respondeu, descrente. — É paranoico.

— Pense o que quiser. — Junghyun deu de ombros, levantando-se cheio de rigidez. — Mas, na hora em que descobrir que o maravilhoso Moon Heejoon é, na verdade, *O Mágico de Oz*, não diga que ninguém avisou.

Hansol ficou paralisado, enquanto via o garoto caminhar para dentro de outra loja, tentando processar tudo que "O Moon do Mal" disse. Ele sentiu vontade de ligar para MH, de contar-lhe tudo, para que ele, talvez, pudesse ter ideia do que tudo poderia significar e clarear sua mente. Mas lembrou-se de que, há muito tempo, já não fazia uma ligação e que, talvez, todas as suas dúvidas fossem substituídas pela vergonha e constrangimento. Preferiu não arriscar.

— Garoto do capeta! — resmungou para si mesmo, em relação ao irmão de Heejoon.

Hansol ainda se manteve no mesmo lugar, sem fazer ideia de para onde ir ou o que fazer. As palavras de Heejoon iam e vinham à sua mente, somadas ao "aviso" de Junghyun, às memórias de sua mãe e àquela fase.

Em meio ao ar frio e seco, sentiu calor, o nervosismo acelerou seu coração e o estômago contraiu-se. Havia muita dúvida em sua cabeça, e tantas outras coisas juntas, que o deixavam apavorado. Sentiu o desejo de esquecer tudo, de deitar-se em qualquer canto e não pensar em nada; sentiu a necessidade de não ter passado.

— Hansol? — chamaram-no, a voz familiar soando divertida. — Hansol!

Ele não conseguiu distinguir a pessoa muito rápido, devido à miopia, mas assim que a figura ganhou foco, pôde ter certeza de que não devia ter saído de casa naquele dia.

— Gae-hyung — cumprimentou-o, meio incerto.

— Faz um tempo que eu não te vejo, babe. — O rapaz magro e alto, de sorriso pervertido, olhou-o da cabeça aos pés. — Sumiu da área... Não apareceu mais na vila. Se casou?

— Não. — Ele se encolheu um tanto, agarrando os dedos ao forro dos bolsos do casaco.

— Eu sei que não... — Gae-hyung gargalhou. — O mundo gira, mas nem tanto! Lee Hansol ainda não achou um otário corajoso o suficiente para amá-lo.

Ele não respondeu. Desviou os olhos, tentando manter a calma, procurando uma forma de escapar daquela situação, tentando ignorar toda aquela injúria.

— Não me ignora — o rapaz pediu, com uma manha irritante. — Nós tivemos noites incríveis e, agora, você mal olha na minha cara?

Somente ao vê-lo, Hansol podia sentir o azedume na boca.

— Eu não sou mais aquele Hansol — o menor tentou dizer, tropeçando um pouco nos próprios pensamentos, numa tentativa de manter o vigor. — Quero distância de tudo aquilo.

— Distância de quê? — Gae-hyung perguntou, insistindo em sorrir.

— Distância das raves? Das boates? Das zonas? Ou distância do sexo com todo tipo de pessoa? Das orgias com desconhecidos? Distância da cocaína, do álcool? Das balas? — O homem fitou-o bem nos olhos. — Distância dos seus amados remédios?

Hansol sentiu as bolas de fogo se acenderem por trás de seus olhos; a vontade de chorar invadindo-o e a vergonha tomando-o de assalto.

— Pare de fugir do que realmente é — Gae-hyung ainda disse. — Não tente tomar distância de tudo que sempre fez parte da tua vida.

— Não f-faz parte da m-minha vida... — Ele precisava se convencer.

— Te conheço desde quando você tinha dezesseis anos. — O maior riu na cara dele. — Fodi sua bunda mais vezes do que você pode contar. Cheirei tanto pó no teu peito, que você nem consegue calcular. E toda vez que você surtava, que tinha um faniquito, por causa da mamãe mortinha, era eu quem buscava Rivotril ou qualquer merda do tipo pra te dopar.

Hansol sentiu a tontura, a falta de ar, sentiu vontade de realmente fazer o sangue de Gae-hyung jorrar; ou de fazer isso consigo mesmo.

— Hansol, tanto eu como você sabemos que, por mais que tente mudar... — Ele usou toda sua aspereza, mas, principalmente, honestidade, para dizer: — Você sempre volta para o vício.

Hansol não conseguiu reagir. As lágrimas apenas desceram com liberdade, carregaram toda a vergonha que seu dono tinha, deixando clara sua fraqueza e vulnerabilidade.

— Um bebê chorão. — Gae-hyung abriu um sorriso doce e secou as lágrimas de Hansol. — Eu vou te levar daqui.

— Não! — ele protestou, mas sem força na voz e no corpo, e sentiu o rapaz agarrar sua mão, achacando-o. — Eu não quero... Não posso.

— Você sempre pode. — Ele riu, mais uma vez, intempestivo, conduzindo Hansol até a saída do shopping. — Você não faz nada da vida, Hansolzinho. Você vive pra chapar e transar.

— Pare... Eu não quero ouvir isso. — Hansol tinha os olhos sem real foco, a cabeça rodando, sem sentir os pés, sendo levado por Gae-hyung, totalmente coagido. — Me deixe ir!

Tudo se tornou sem cor para Lee.

— Estamos há quase um ano sem nos ver, Hansol. Eu quero matar a saudade. Teu corpo é uma loucura!

O frio do lado de fora do shopping fez Hansol encolher-se mais ainda, sem conseguir reagir a Gae-hyung, que o levava para o destino que lhe fosse preferível. No fundo da mente, perguntava-se o porquê de não conseguir lidar com aquilo, o porquê de perder o controle de suas ações daquela forma.

Gae-hyung sabia que se ferisse o emocional dele, da forma certa, conseguiria fazer o que quisesse com o rapaz. Desde fazê-lo cheirar uma carreira de pó a colocá-lo de quatro para violar seu corpo.

Hansol, infelizmente, entrava em um estado de transe quando certas gavetas eram abertas. Seu subconsciente não reagia nada bem a ideias que o faziam sentir-se envergonhado, enganado ou machucado.

— Eu tenho uma caixa de Xanax lacrada, em casa — Gae-hyung sussurrou ao seu ouvido, enquanto eles passavam pelo estacionamento. — E eu tô com o maior tesão, você ne...

— Hansol! — Os dois ouviram dessa vez e, de dentro de um carro, saiu Moon Heejoon, pisando firme na direção deles. — O que é isso?

— Heejoon... — Ele se sentiu despertar ao ver o mais velho ali, à sua frente. — Me solta, Gae-hyung!

— Que merda é essa? — Gae-hyung suspendeu uma pestana, segurando-lhe o punho com mais força.

— Que merda é você? — Heejoon encarou-o, sem um pingo de cordialidade.

— Ah, deixe-me ver... — Gae-hyung sorriu em meio ao clima de tensão. — Hansol é sua putinha, certo? Então, você vem defender a dama. Qual é o lance? Você fornece os antidepressivos e ele chupa seu pau, enquanto você assiste ao noticiário? Ou é algo mais romântico, do tipo beijo grego antes de penetrar, uh?

— Eu nunca ouvi tanta porcaria de uma só vez. Parabéns, o recorde é seu. — Heejoon tinha o cenho franzido e os lábios comprimidos em uma linha fina. — Solta ele.

— Hm, o galinho quer mostrar as esporas. — Gae-hyung o soltou, mas o empurrou para trás, ficando frente a frente com Heejoon. — Afinal, o que você é dele? Com esse carro rico de bom moço?

— Sou o namorado dele — respondeu com todas as letras, explicitamente ciumento. — E não me agrada, nem um pouquinho, ver um cara como você o arrastando por aí, como se ele fosse um antílope abatido.

— Namorado? — Gae-hyung realmente gargalhou. — Na-na-namorado? Namorado do Hansol?

— Vem, Hansol — chamou-o, com severidade. Mas, antes de Hansol passar, Gae-hyung o segurou pelo casaco. — Tire suas mãos sujas dele antes que eu perca minha paciência!

— Ah, meu bem, você mal sabe que eu ponho minha mão onde eu quiser, quando se trata de Hansol — ele já não falava com leveza. — Você sabe quem está namorando? Sabe do temperamento imprevisível de Lee Hansol? Sabe que ele sai pra comprar comida e volta com um carro? Que, a qualquer momento, ele pode confundir você com o pai dele e enfiar a porra de uma faca na sua perna? Sabe? Sabe que, escondido por trás desse cara bonitinho e fofo, existe um viciado em drogas, psicótico e descontrolado? Eu o chamo de VDPD!

— Cala a boca! — Hansol gritou e partiu para cima dele. Empurrou-o contra um poste, agarrou a gola de sua blusa e bateu sua cabeça contra o concreto. — Não fale de mim! Você não me conhece! Não fale de mim, porque você não passa de um chacal!

Pessoas como Gae-hyung faziam Hansol querer se tornar eremita. Ele estava cansado daquela maldição interminável, sem moral.

Enquanto Heejoon o puxava para longe do rapaz, o infeliz se recuperou do golpe.

— Vá, seu idiota! Case-se com esse retardado mental! É maravilhoso fodê-lo e ouvi-lo gemer teu nome feito uma puta, não é? Mas você não é exclusivo, mais de cem homens já defloraram teu namoradinho, enquanto ele engolia uma bala, inalava carreiras de coca ou chapava com a porra de um tarja preta! Se quer saber, Hansol é sujo, podre, é um balde de lixo, um verme sem prudência, ele é um... — Gae-hyung não terminou de falar, pois Heejoon avançou alguns passos e acertou o punho fechado e pesado contra sua boca, fazendo-o praticamente desmaiar, caindo mole sobre a calçada.

— Vamos! — O namorado segurou a mão de Hansol e o puxou com pressa, vendo que os seguranças começavam a aparecer. — Será que não posso te deixar sozinho nem por cinco minutos?

Lee abaixou a cabeça. Após partirem com o carro dali, não conseguiu dizer mais nada, praticamente inerte. Cada estigma foi reaberto na frágil epiderme de sua vida fragmentada.

Ele podia ouvir os gemidos grotescos dos homens suados e malcheirosos que desfrutavam de seu corpo, enquanto uma droga qualquer fazia efeito em seus neurônios. Lee Hansol era um nome manchado, sem honra, sem moralidade; um nome indecoroso, desamparado, infame. Sua vida todinha era uma imprudência. Cada passo foi dado em direção errada, toda decisão foi um tiro no próprio pé. Cada amizade, uma facada; cada alegria, uma mera ilusão. Ele cavou a própria cova até suar, dia e noite, sem parar.

Heejoon não o levou para casa. Ele dirigiu até a praia que não ficava longe, e estacionou o carro de frente para o mar. Hansol acompanhou as ondas com o olhar distante enquanto Heejoon arrancava o gorro da cabeça e se desfazia do casaco pesado. Ouviu o mais velho respirar fundo, antes de puxar as pernas para cima do banco e esconder o rosto nos braços.

Ele ouviu Moon Heejoon chorar. E o som do choro de Heejoon era, honestamente, uma tortura. Suas lamúrias carregavam a frustração e a dor de um casmurro; elas quase diziam "eu não sei o que fazer".

O barulho das ondas quebrando contra a margem fez com que Lee se lembrasse da música tocada ao violão, que sua mãe amava ouvir no disco de vinil um pouco arranhado; a letra que acompanhava, calmamente, dizia:

"Cada estrela tem um nome, cada estrela tem uma história, cada estrela tem um brilho, cada estrela tem um amor, cada estrela tem uma dor e cada estrela tem uma morte honrosa." Sua mãe cantava como se pudesse entender cada verso.

Hansol destravou a porta e saiu de dentro do carro. Sentindo o vento forte e brusco, caminhou até a cabine telefônica e discou o número de MH. Precisava da palavra dele para tentar lidar com o passado cinéreo.

— *Boa tarde* — a voz que atendeu era feminina.

— Cadê o MH? — Hansol perguntou, assustado.

— *Seu nome, por favor* — a moça pediu.

— Lee Hansol. Onde está o MH?

— *Então, sr. Lee, sabemos que o doutor MH estava em sua lista de preferência* — ela falou. — *Mas estamos comunicando a todos os pacientes dele que o doutor já não trabalha mais em nosso instituto.*

— Como assim? — Hansol ficou chocado.

— *Ele não pode mais atendê-lo* — precisou dizer. — *Se o senhor quiser, nós vamos encaminhá-lo a outro psicólogo.*

Hansol puxou o gancho do telefone e encerrou a ligação. Ele se sentou na calçada e afundou as botas na areia fria. Nunca mais ouviria a voz de MH? Nunca mais? A voz que o acalmou, em dias tempestuosos, que lhe deu paz, em meio a guerras internas, que o ajudou a superar tantos medos, a voz amiga.

— Olá, Lee Hansol! — a voz jovial, porém madura e amistosa, recebeu Hansol, em uma quarta-feira repleta de lágrimas e memórias dolorosas. E, sim, uma garrafa de álcool, ao lado de um antidepressivo fortíssimo.

— Q-qual seu nome? — Hansol tentou conter a respiração ofegante.

— Eu me chamo MH — o rapaz devolveu. — Me diga: por que me liga?

— Eu... Eu... — Hansol travou e deixou que apenas o choro fosse ouvido por um bom tempo. — Eu não sei. Só não consigo... Eu tento, eu tentei, mas... Não sai, não sai.

— O que não sai?

— O grito dela, os gritos dele, os sons... A música, os latidos, o ranger do assoalho... — Hansol contou, afobado, com os olhos amarados de lágrimas. — A cor do sangue dela. Eu... Eu não quero mais pensar nisso, por favor.

— Eu vou tentar te ajudar.

Naquela noite, MH pediu a Hansol que descrevesse tudo que tinha em seu quarto, desde as janelas às meias, e pediu que contasse a história de como adquiriu cada uma delas; há quanto tempo havia ganhado ou comprado, e o quanto gostava de tal coisa.

Hansol, como uma criança que se encanta com um truque de mágica, esqueceu-se completamente das memórias vermelhas, focando apenas o que MH queria.

MH era especial. Tinha um jeito especial. Tratava Hansol de forma especial. Era o único que conseguia pôr um pouquinho de ordem na mente anárquica do viciado. MH, com seu jeito capcioso, cativante e amistoso.

Lee parou no tempo, sem saber o que fazer, sem ideia de para onde seguir e com que intuito. Puxou as luvas que aqueciam as mãos e, distraidamente, passou a recolher conchinhas na areia, as quais rodeavam seus pés.

— Tudo que é bom se desfaz... — ele disse à praia deserta, ao céu sem vida e ao mar furioso. — Tudo é tirado de mim. Só as coisas ruins ficam! Por quê, porra? — Levantou-se de onde estava e tacou as conchas ao vento, após cansar de andejar, notando as lágrimas raivosas descerem, sentindo-se torturado. — É tudo uma merda pra mim! Nada de bom fica comigo...

O vento, que esvoaçou seus cabelos negros, trouxe frio à pele e ao coração, a vontade de acabar com toda dor e esquecer-se de todos os seus erros. Seu frio era mais que físico, era anímico.

— Eu fodi a minha vida — confessou aos ares, às nuvens alvacentas, sentindo a fraqueza nos joelhos e a pressão por trás dos olhos molhados. — Eu estraguei tudo.

Desejou que algum albatroz pudesse responder-lhe, ajudá-lo, dar-lhe uma pista do caminho certo. Gostaria de recomeçar do zero, de ter uma vida tranquila e boas histórias para contar, mas não seria possível, nem em mil anos ganharia uma segunda chance.

Procurava, incessantemente, por um bom caminho, por algo que lhe fizesse bem. Mas tudo que era bom era igualmente evanescente.

Lee Hansol era tão cândido quanto a lua, mas, ao contrário dela, não conseguia brilhar todas as noites, e ela não procurava seu decesso a cada escorrego.

Aquela era a sua história, palavra por palavra, páginas manchadas e um título vergonhoso. A brandura salpicava as bochechas de Hansol, reluzindo feito pérolas, tristes, o sinal físico de sua dor.

Hansol ouviu o som dos passos afundando na areia úmida e fechou os olhos ao sentir Moon Heejoon enlaçar suas mãos, os dedos macios se entrelaçando aos seus. Ele procurou seu corpo e nele se confortou, deitando a cabeça em seu peito, sentindo a respiração quente soprar no seu pescoço e os braços fortes adornarem seus ombros.

— Você é a única pessoa que tenho, Heejoon — mais do que confessar, ele avisou. — Eu realmente te tenho?

— Você tem — Heejoon respondeu, juntando mais os seus corpos, inalando o cheiro caseiro de amaciante que vinha do mais novo. E com todo o seu coração, disse: — Eu sou seu.

— Mas eu sou todo marcado, tudo em mim está errado! — contestou, confuso e desesperançado. — Fiz coisas horríveis, vergonhosas, coisas que não podem ser ditas, indecorosas... Eu sou sujo! — Ele sentiu como se tivesse chegado ao final da ponte, sem alcançar o outro lado do rio.

— Nada disso importa, Hansol... — O mais alto beijou-lhe o rosto: um acalento amável, em meio aos golpes cruéis. — De qualquer forma, em qualquer circunstância e sempre, você é meu.

CAPÍTULO X

PENSAR QUE HEEJOON MENTIA ERA, entre muitas coisas, doloroso.

Hansol mudou, durante uma semana, por pensar demais sobre isso. Não procurou por carinho, como fazia, não se sentiu confortável para se deitar com o namorado, tampouco foi acolhedor como era normalmente.

Encolhido em uma ponta do sofá, ele sentia, perfeitamente, os olhos da cor de uma Itaúna, de Moon, estudando-o. Ele não conseguia se controlar, disfarçar, algo rondava sua cabeça, e Heejoon havia percebido.

Foi o que Junghyun, irmão do rapaz, lhe disse sobre Heejoon ser um bom mentiroso. Quando Moon lhe disse "eu te amo", durante a noite em que dormiram abraçados, Hansol ainda sentiu o coração vibrar, sentiu-se protegido, mas também duvidou dos motivos que levaram o mais velho a dizer tais palavras.

— Você não faz o tipo quieto. — Heejoon quebrou o silêncio instalado na sala, naquela tarde fria. — No que está pensando?

Hansol não respondeu, manteve o olhar firme nos vidros da janela, assistindo a uma árvore balançar violentamente com o vento. Ele gostaria de pôr Heejoon contra a parede e perguntar, cara a cara, de homem para homem, sobre o que mentia.

Hansol não conseguia não se ver como um bobo, um idiota, tão fácil de enganar. Digo, não havia muita coisa que fizesse de Moon um suspeito, mas o modo como Junghyun pôs o caráter do próprio irmão à prova fazia com que ele tivesse a certeza de que algo não estava nos conformes. Havia uma pulga irritante atrás de sua orelha, e ela o incomodava dia e noite, vinte e quatro horas.

— Hansol... — Levantou-se da poltrona onde estava e caminhou até o namorado, sentando-se ao seu lado. — Me diga. Por que está assim?

Hansol olhou-o, finalmente, com a franja preta contrastando com a pele que havia ficado muito pálida nos últimos dias. Queria se camuflar, mas cada um de seus mínimos suspiros eram para Moon.

— Assim como?

— Distante — ele retrucou, olhando em seus olhos, soando preocupado. — Pode me contar o que quiser. Sabe disso.

— Sei? — perguntou, sentindo um amargor no céu da boca. — Eu posso mesmo?

— O que quer dizer? — Adotou um tom mais sério, daqueles que faziam o outro retrair.

— Você já mentiu pra mim? — interrogou-o, sentindo a própria respiração perder o ritmo. — Está mentindo sobre algo?

— Por que está com essas ideias na cabeça? — Moon riu, relaxado, e avançou sobre ele, levando-o a se deitar no sofá. — Esqueça essas coisas, amor.

O mais novo o sentiu entre suas pernas, levando as mãos à sua cabeça e infiltrando os dedos pelo cabelo escuro e macio. Lee fechou os olhos ao sentir os beijos quentes e delicados na área da garganta, sobre a pele sensível. Heejoon não respondeu às suas perguntas, ignorou-as, mudando o clima, fazendo Hansol se calar.

Enganando-o.

Hansol, mesmo com aquela dúvida dolorosa, não conseguiu fugir das mãos gentis e fortes de Moon. Naquele mesmo sofá, entregou-se a ele, abrigou-o entre as pernas e manteve os olhos fechados, enquanto Heejoon o fazia queimar. Porém, à noite, não quis jantar com o namorado, pegou Bellatrix e foi para casa. Estava cansado física e mentalmente.

Ele pôs um copo de *noodles* no micro-ondas e se forçou a comer, parando os *chopsticks* no ar, várias vezes, por acabar perdendo-se nos pensamentos confusos.

Heejoon estava mentindo. Mudar de assunto, seduzi-lo, manter sua mente ocupada com outros assuntos, era uma tática, era fugir da raia.

Pensando nisso, Hansol chorou sobre a mesa de jantar, sentindo-se um tolo incorrigível, traído, desprotegido. Heejoon era seu quarto do pânico, seu totem sagrado, um casaco impermeável.

Por que Moon Heejoon mentia? Sobre o que mentia? Era grave?

Hansol queria ao menos uma resposta, uma pequena assim. Queria que sua dor fosse dissipada, que pudesse ficar em paz. Mas a paz parecia distante, a milhas e milhas de seu coração.

Numa terça-feira, quando o mês de dezembro teve início, Hansol ouviu baterem à sua porta, e sabia que aquele nunca era um bom sinal. Respirando fundo, girou a maçaneta e abriu os olhos, aos poucos, temendo encontrar o próprio diabo à sua frente, pessoalmente, dessa vez.

Mas não, não era ele em carne e osso, ou fosse lá pelo que era composto. Era seu primo, Jaewon. Aquele que depositava a pensão todo mês, que tinha sua herança sob posse.

Era Jaewon trajando uma camisa branca social, com calça, com toda a certeza, muito cara, o cabelo perfeitamente cortado e penteado, exibindo um relógio italiano, assim como seus sapatos. Elegante, bonito, rico, no auge dos seus vinte e oito anos.

Hansol olhou por cima dele e viu o Sedan grafite, caríssimo, estacionado em frente ao portão. Ele ficava na definição de desconfortável, quando próximo àquele luxo todo.

— Faz um tempo que eu não visito Busan. — Jaewon pigarreou. — Mas tenho certeza de que ainda é falta de educação deixar alguém plantado em frente à sua porta.

Hansol ouviu, ouviu, mas não entendeu nada.

— Me convide para entrar — pediu, com seu corpo magro e alto, parecendo impaciente.

— É... — Hansol olhou por cima do ombro, para sua casa simples, os móveis de segunda mão. — Entre, então.

Enquanto Jaewon passava pela porta, Hansol viu o carro de Heejoon estacionar em frente à sua casa, e o rapaz sair de lá, encarando o veículo em frente à sua porta. Suspirou, um pouco cansado, e fechou a porta.

— Como vai? — perguntou Jaewon, passando os olhos clínicos por cada centímetro da casa do primo, torcendo o nariz para a decoração considerada brega, para o rasgo no sofá e o aparelho de som lançado na década passada.

— Tranquilo — contou uma meia verdade. A presença de Jaewon tirava seu ar, de uma forma ruim. — Quer chá? Já almoçou?

Soltando uma risada pelo canto dos lábios, o homem disse:

— Jamais comeria em sua casa, muito menos uma comida feita por você. — Aquilo não surpreendia Hansol, mas ainda era tão constrangedor... — A última vez que te vi, tu tinhas, hm... Vinte e um anos, certo? — Jaewon se permitiu encostar o corpo no sofá. — Tiveram que me chamar porque você foi parar no hospital, delirando, por conta do excesso de LSD. Foi isso, não foi?

Hansol abaixou a cabeça, coçando a nuca, tentando não se lembrar daquela época, da intempérie que durou anos.

— Me surpreende que esteja vivo — continuou o primo. — E saudável, posso ver. Comendo até demais, não é? As gorduras são visíveis em seu pescoço e quadril.

Hansol puxou o agasalho para baixo, a fim de esconder melhor sua cintura. Não tinha problema com peso, mas, da forma que Jaewon dizia, parecia errado comer.

— Enfim, não é sobre isso que vim conversar — seguiu.

— Que bom — Hansol não evitou a fala, desviando o olhar. — Sobre o que veio falar?

— Acho que só temos um assunto, certo? — O homem encarou-o, fazendo o rapaz ficar mais tenso. — Será que finalmente posso passar o dinheiro da sua mãe para o seu nome?

Hansol engoliu em seco e sentiu a ponta dos dedos ficarem frias.

— Eu não sei. É melhor não.

— De que mundo você vem? — Jaewon olhou-o com estranheza, parvo. — Tua mãe te deixou o equivalente a oitocentos mil dólares. Você sabe muito bem!

Hansol balançou a cabeça, tentando afastar as imagens dela, de tudo relacionado àquilo.

— Teria bem mais se ele não tivesse usado a idiota da sua mãe — Jaewon disse, parecendo enojado.

Em outros tempos, Hansol realmente acertaria uma cadeira contra o primo, por vê-lo falar dela daquela forma. Mas agora... Era só muito incômodo. E ele não tinha mais a fúria de anos atrás.

— Você não quer o dinheiro? — tornou a falar. — Diga logo!

— É que... — ele não conseguia se expressar. — Eu não sei se é a hora certa...

— Você continua se drogando? — perguntou. — Sua frenopatia não tem cura?

Hansol fechou os olhos e tentou manter-se calmo, procurando não ter um surto. E, antes de qualquer um dos dois abrir a boca, bateram à porta. Ele sabia que era Heejoon, mas foi atendê-lo cheio de apreensão.

— Ei, Hansol... — Este parecia um pouco nervoso. Olhou o namorado por inteiro, antes de mirar ao redor. — Está tudo bem com você?

— Sim — ele respondeu, e olhou para o primo, que encarava Moon. — Esse é o Jaewon, filho do meu tio.

— Lee Jaewon — o homem inclinou-se, brevemente, para cumprimentá-lo.

— Moon Heejoon — apresentou-se, lançando um olhar desconfiado a Hansol. — Eu só vim ver se você estava bem...

— Eu estou — assegurou.

— Você seria o quê do Hansol? — o primo questionou, antes que o vizinho pudesse deixar a casa.

— Namorado — respondeu.

— Oh... Isso é inusitado. — O mais velho entre eles tentou disfarçar uma risada. — Parece que Hansol mudou mesmo de vida. Está até namorando alguém que parece decente.

Heejoon não gostava nem da cara e nem da voz daquele rapaz.

— Sobre o que vocês conversavam?

— É um assunto particular — limitou-se a dizer. — Hansol, peça para o seu namoradinho sair.

Heejoon quis partir o nariz daquele cara.

— Ele não é um namoradinho — teve voz para dizer.

— Ótimo! — Jaewon pareceu estressar-se. — Escute, Hansol: eu vou marcar uma consulta para você amanhã. Vá a um psicólogo, para resolvermos logo essa pendência.

— Qual pendência? — Heejoon perguntou, intrépido.

— Se o Hansol pode ou não receber a herança — falou. — Se ele vai cuidar do dinheiro ou vai gastar tudo com cocaína e Xanax.

— Era isso? — Heejoon assumiu o controle, sentindo o menor esconder-se em suas costas. — Eu garanto, ele vai se consultar. Obrigado por vir.

— Rapaz... — Jaewon aproximou-se. — Faça como todos que já entraram na vida de Hansol: saia — aconselhou. — Você me parece um rapaz de boa família, estudado, aposto que tem boa educação... Devia procurar andar com pessoas do seu calibre, não com um viciadinho surtado.

— Te convido a sair... — Heejoon abriu a porta para ele. — Antes que você descubra que a minha educação é limitada.

— Acho que ele ainda não mostrou quem é o verdadeiro Lee Hansol e o estrago que pode causar. — Jaewon riu, despreocupado, retirando-se. — Prepare-se, Moon Heejoon.

Heejoon bateu a porta, farto daquela merda.

— Não vou a psicólogo algum — disse, quando o maior se virou.

— Hansol, acho importante que vá — opinou. — Não só pela droga do seu primo, mas por você mesmo!

Negando com a cabeça, Hansol encostou-se à parede, sentindo-se um pouco fraco. Encolheu-se dentro do agasalho azul, desejando sumir.

— Eu não quero falar com ninguém.

— Um dia, apenas — Heejoon pediu, aproximando-se do rapaz. — Vamos, babe. Faça um esforço.

Ao sentir a mão de Heejoon acariciar seu rosto, olhando-o com ternura, ele abaixou a cabeça, sentindo o namorado juntar seus corpos e beijar suas bochechas, antes de beijar sua boca. Talvez não houvesse algo que Heejoon não conseguisse dele se o beijasse da forma certa.

— Tudo bem... — concordou. — Mas eu não sei se consigo falar.

— Eu acho que você consegue. — Moon abriu um sorriso, puxando Hansol para mais um beijo.

Mesmo tendo a certeza de que Heejoon omitia algo e até o enganava, Hansol não conseguia ser tão frio quanto deveria ser, de qualquer forma. Acabava deixando que o rapaz o pegasse do jeitinho que mais gostava.

A ideia de conversar com um psicólogo que não fosse MH, assustava-o, deixava-o se sentindo vulnerável. Não era daqueles que podia contar sobre a vida tranquilamente; não era uma vida fácil de ser contada. E Hansol não fazia questão daquele dinheiro.

Durante aquela noite, ele se sentiu frágil, então chamou Heejoon para sua cama, temendo cometer algum erro. Ele demorou a pegar no sono, com Moon dormindo serenamente em seu peito, abraçado à sua cintura. Sua cabeça rodou pelas intermináveis ocasiões ruins de sua vida, pelo quão difícil foi superar cada queda. Só foi vencido pelo sono lá pelas três da manhã, relaxado pela calma respiração de Heejoon contra a pele de seu tórax.

— Ligaram, avisando da consulta — Hansol disse, após bloquear o celular, e Heejoon sair do banho. — Hoje, às quatro da tarde.

— Eu te levo — o mais velho retrucou, secando o cabelo com a toalha. Usava nada mais que um short preto.

Hansol sorriu, sem perceber, encantado pela beleza do namorado. Heejoon, quando notou, devolveu o sorriso, chegando pertinho.

— Você gosta do que vê?

— Eu amo! — Hansol admitiu e sorriu mais um pouquinho, quando Heejoon juntou seus lábios, em um beijo molhado.

Enquanto ele se arrumava, Lee deitou-se na cama, calado, pensando em como seria conversar com a psicóloga. Se ele conseguiria falar ou se travaria; se acabaria por destruir o consultório da doutora, como já havia feito antes.

— Eu queria que você pudesse entrar comigo — falou, sem pensar.

Na realidade, não gostaria que Heejoon ouvisse o que teria para falar, apenas se sentiria mais seguro.

— Não é verdade. — Heejoon sorriu, sentou-se no colchão e puxou as pernas de Hansol para cima de suas coxas. — Você nunca fala nada pra mim...

Hansol se sentiu mal por esconder tanto dele, mas se lembrou de que o homem escondia algo, também. Sobre isso, pensou em perguntar várias vezes, mas não achou que Heejoon diria. E sinceramente, precisou muito do apoio dele nos últimos dois dias.

— Você já me contou tudo? — perguntou, enquanto sentia Moon Heejoon acariciar suas pernas.

— Não — confessou. Depois, abriu um sorriso artificial. — "Tudo" é muita coisa.

Pouco antes das dezesseis horas, Heejoon precisou dar um empurrãozinho, para que Hansol entrasse no carro. O rapaz ligou o rádio e torceu para que só tocassem músicas sem profundidade, daquelas feitas para grudar na cabeça. Assim, Hansol não poderia refletir sobre nada, apenas ocuparia o cérebro com bobeiras.

— Tenta se abrir — pediu, durante o trajeto. — Eu imagino que seja difícil, mas... Acredite, pode ser bom pra você.

— Eu vou tentar, Heejoon — respondeu, um pouco irritado. Não era só tentar, não era só se esforçar um pouquinho. Se fosse assim, ele já teria esclarecido muitas coisas. — Mas não é só dizer "oi, estou bem, minha mãe foi cruelmente assassinada".

Após aquilo, apenas a música foi ouvida.

— Vou te esperar aqui — Heejoon avisou, enquanto o outro deixava o carro.

Lee subiu os degraus até entrar no estabelecimento, passou por uma das duas portas e entrou em uma sala, onde não devia caber mais do que vinte pessoas. Ele cumprimentou uma adolescente que esperava, sentada em uma fila de cadeiras, e foi até a recepcionista, sorrindo, um pouco nervoso.

— Eu vim para a consulta das quatro. Doutora Daehyun.

— Oh, sim! — A recepcionista deu alguns cliques no mouse e entregou-lhe um papel. — Assine aqui. — Apontou para a linha no rodapé da folha, onde Hansol assinou seu nome. — Porta três, Sr. Lee.

— Obrigado. — Ele acenou e caminhou até a tal porta, enquanto fechava o zíper do casaco preto.

Deu duas ou três batidinhas na madeira e, logo, foi aberta.

— Lee Hansol — a doutora cumprimentou-o, colocando os óculos de grau e arrumando o xale num verde-neutro. — Sou Oh Daehyun.

— Prazer. — Acompanhou-a até o sofá de aparência confortável. E, sentado nele, Hansol olhou à sua volta, reparando nas paredes repletas de quadros com pinturas que ele não compreendia, e a lâmpada num tom rosado — algo que achou incomum.

— Então... — A mulher pigarreou, sentada na poltrona, de frente para Hansol. — Algo nesta sala chama sua atenção?

— A luz. — Apontou para a lâmpada. — É rosa.

— Era branca, mas colei papel crepom, porque gosto de rosa. — Ela deu de ombros. — Ela chama sua atenção? Já viu uma luz assim em algum lugar?

— Nas boates — contou, distraído, reparando em como a cor refletia nos móveis.

— Você vai muito a boates?

— Eu ia — respondeu, notando um aquário no canto da sala, onde um peixinho solitário nadava. — Não vou mais.

— E por que boates e não... Bibliotecas ou igrejas?

— Os livros me fazem pensar demais — ele explicou, envergonhando-se um pouco. — E na igreja, não me sinto confortável.

— Por que esse desconforto na igreja?

— Eu pequei demais — confessou. — A palavra da Bíblia faz eu me sentir horrível.

— Horrível como?

— Deplorável... Detestável, sujo, imoral, sem pudor. — Focou os olhos no peixe que nadava com tanta tranquilidade. — Sem amor.

— São várias definições. Você pecou tanto assim?

— Um monte. — Fez uma careta, inconscientemente, dobrando a perna. — É de dar vergonha.

— Quais pecados mais fazem você se sentir tão mal?

— Ah... — Hansol uniu as coxas e os joelhos, ainda focando o peixinho dentro do aquário e a água, que parecia rosa pela interferência da luz. — Eu usei drogas. Dei meu corpo a pessoas ruins. Eu... Eu gosto de homens.

— Você acha errado gostar de homens?

— Eles acham! — respondeu um pouco agressivo, sem perceber.

— E o que eles fazem a você, por conta disso?

— Batem... Xingam... — falou, enquanto levava a mão ao cabelo, bagunçando-o um pouco. — Eles humilham. Dizem que vou para o inferno, que não sou homem... E agridem. Dão chutes e socos, usam tacos, até facas.

— Qual foi a primeira agressão? Você tinha quantos anos?

— Treze, eu acho. Uns garotos do orfanato me viram beijar um menino. Depois, foi o padre. — Piscou com força, devido às memórias.

— O que o padre fez?

— Ele... Ele me deixou nu, na frente dos garotos, e me bateu com uma vara, enquanto dizia coisas como "olhem para o corpo dele, pois ele gosta". — Pôde sentir a ardência das agressões e ouvir a risada dos garotos, da iniquidade. — E, então, mandou o garoto, de quem eu gostava, urinar em mim.

— Você pensava muito nessas coisas quando se envolveu com drogas?

— Eu só queria esquecer — admitiu, sentindo-se culpado. — Eu me sentia outra pessoa quando me drogava... E isso era tudo que eu queria. Nunca quis envergonhar ninguém.

— Quem você envergonhou?

— Ela. — Pôde sentir as lágrimas tomarem rumo. — A minha mãe.

— Ela ficava envergonhada?

— Eu acho que sim — disse, deitando a cabeça sobre o joelho. — Ela me criou bem, não é? Me deu amor e ensinou o que era bom. Eu só a envergonhei. É um infortúnio.

— O que ela dizia? O que ela diz?

— Ela... Ela m-morreu. — Começou a chorar, em silêncio.

— Faz quanto tempo?

— Onze ou doze anos — disse.

— Então... Em vida, ela nunca te viu usar drogas.

— Lá de cima — disse, apontando para o céu, através da janela comprida —, ela vê, não é? Ela vê quando faço essas coisas e deve odiar.

— Você odeia?

— Eu odeio! — Chorou mais alto, querendo se exterminar. — Eu sou tão fraco! Por que não consigo? Por que não encaro? Por que fujo? Moça, isso é uma merda! Odeio isso com todas as minhas forças! Eu não queria que fosse assim, mas não consigo mudar! Por quê?

— A resposta está na dor. O que mais dói em você?

Hansol não conseguiu falar imediatamente. As cenas do passado iam e vinham com pressa, de um lado para o outro, piscando, beliscando.

— Entre todas as coisas que lhe aconteceram, qual você daria tudo para que não tivesse acontecido?

— A morte dela. — Suspirou, escondendo o rosto com as mãos, fungando, lembrando-se de sua voz doce.

— Queria ela contigo agora? Não aceita sua partida?

— Eu não aceito! — Ele mexeu a cabeça, negando com veemência. — Só fizeram mal a ela... Só fizeram mal! Ela morreu sem alegria, injustiçada, enquanto as pessoas que a feriram estão por aí.

— Você não acha que cada um tem uma hora de partir?

Hansol levantou a cabeça para fitá-la e sentiu aquela raiva que não tinha há anos. Era algo ruim, doloroso, o deixava febril.

— Não era a hora dela! — protestou. — Por que seria? Por que Deus põe as pessoas no mundo para elas morrerem pelas mãos de filhos da puta? Me diga!

— Como ela morreu, Hansol? É isso que te deixa irado, não é? A forma como ela morreu.

— Você quer que eu aceite? — Ele se levantou do sofá, olhando, com ira, para ela. — Quer que eu aceite que meu pai atirou na minha mãe?

— E o que seu ódio muda? Ele apenas te destrói.

— Meu ódio é inevitável!

— Seu ódio vai te matar.

Hansol chorou, a esclera do olho vermelha. Sentia raiva, ódio, repúdio, revolta. Quis sair dali e acabar com tudo, mas abraçou o próprio corpo, tentando se segurar.

— Quer que eu sorria? Quer que eu visite a lápide da minha mãe e me sinta alegre? Que eu me conforme com essa merda?

— Quero que olhe para a sua vida, para quem te ama, para quem não desistiu de você. Eles merecem lutar por uma causa perdida? Você merece isso?

— A pessoa que me ama mente pra mim! — rugiu, sentindo-se enjoado. — E você não sabe! Não sabe o quanto dói, não sabe como aquelas imagens vêm à minha cabeça! O sangue no chão, o som do disparo, todas aquelas sirenes, tudo. Eu me lembro de cada som, de cada passo. Reviro essa droga todo dia. Você não entende. Eu não consigo esquecer!

Desta vez, a terapeuta se manteve em silêncio, vendo Hansol sentar-se sobre o tapete no chão, soluçando.

— Eu só a tinha... Eu era uma criança — ele falou, sem força no corpo. — Ela era a única que cuidava de mim, a única que me protegia.

Quando o pai vinha para me bater, ela entrava na frente, mesmo sendo pequena, o empurrava e brigava com ele. Ela, só ela.

Lembrou-se de como a mulher rugia contra o marido, protegendo o filho, levando as surras por ele. E como, no final de tudo, ela ainda preparava um doce e o confortava.

— Ela tentava, toda santa vez, impedir que meu pai me obrigasse a levar as drogas — recordou, sentindo o peito doer. — Mas ele ameaçava sumir comigo, então só lhe restava deixar que eu entregasse as paradas aos vendedores. Ela tentava... Mas também estava presa. — Veio à mente a forma que a mãe sorria toda radiante, quando o marido sumia por semanas. Eram os dias mais felizes. — Dói tanto saber que ela nunca mais vai sorrir pra mim...

Com a cabeça abaixada, pôde ouvir-lhe a voz, dizendo coisas carinhosas como "a mãe sempre vai te amar..." e "a mãe vai fazer de tudo por você".

— Eu preciso dela. Sem ela, me sinto em perigo. Não tem ninguém pra me proteger, não tem. Só ela iria até o fim do mundo por mim.

As lágrimas ferventes continuaram a irromper, enquanto seu coração batia rápido. Talvez, no ritmo dos passos de sua mãe, no dia da morte, tentando fugir.

— Quando pensa nisso, sente vontade de fazer o quê?

Com o rosto banhado em lágrimas, ele suspirou, sentindo-se um grande lixo.

— Sinto vontade de esquecer.

— E faz o que para esquecer?

— Uso drogas. — Ele fechou os olhos, respirando fundo.

— Acontece que você nunca vai esquecer, Hansol. Você só pode compreender que isso aconteceu, que é incorrigível, e que sua saúde não pode depender disso.

Ele não respondeu. Irritado, levantou-se do chão e rumou à porta. Estava farto. Farto! Queria que Jaewon fosse à merda com aquela consulta.

— Mesmo depois de dez anos, ainda sou obrigada a escrever o mesmo relatório sobre você, Lee Hansol — a psicóloga disse.

Oh Daehyun: a psiquiatra que determinou que ele precisava ser internado, quando ele tinha quatorze anos.

— Vá para o inferno com seu relatório! — ele disse, saindo por aquela porta e ignorando os questionamentos gentis da recepcionista.

Tudo aquilo era tão fodido. Hansol queria distância daquele mundo, mas cada passo parecia ir na direção errada.

— Já acabou? — Heejoon saiu do carro, após o ver deixar o local. — Você não ficou sequer vinte minutos lá dentro.

— Foi o suficiente para não querer ficar por uma hora — falou honestamente, parando em frente ao Moon.

Heejoon não disse nada, apenas o abraçou com força.

E, na noite daquele dia, ele cedeu a Hansol um comprimido para dormir.

Hansol falou pouca coisa nos três dias que passaram, mesmo no momento em que chegou um documento dizendo que ainda não era possível ceder-lhe o direito da herança de sua mãe.

Fazendo carinho nas orelhas de Bellatrix, sentado no chão da casa de Heejoon, Lee Hansol viu o namorado sair apressado do quarto, com uma pasta de papéis na mão.

— Estou atrasado — ele resmungou, parando em frente ao espelho, para terminar de fechar a camisa branca.

— Isso é uma novidade. — Hansol sorriu, achando graça no leve nervosismo dele. — Dá tempo de você me dar um beijo antes de sair?

— Eu faço um esforço. — Sorriu e agachou-se para beijar os lábios do menor. — Me espere aqui em casa se quiser.

— Tudo bem — concordou, recebendo um beijo na bochecha.

Heejoon beliscou o narizinho de Bellatrix, antes de pegar a chave do carro e sair.

Hansol nunca contestava as saídas de Heejoon. Não achava que era da sua conta, pois eram, com certeza, problemas do trabalho. Ele gostaria de trabalhar, também, pegar uma pastinha de papéis e sair para resolvê-los. Iria se sentir mais adulto, mais independente. Mas não podia trabalhar. Havia um exame psicológico que o impedia.

Naquela época fria, Hansol amou sentir o sol em seus braços e pernas. Então, deitado ao lado de Bellatrix, fechou os olhos e sorriu, pensando no quão bom seria passar o verão com Heejoon; ir à praia e ver o rapaz sair molhado da água, observar sua pele ficar mais moreninha, fazer um piquenique.

Seus leves devaneios só foram interrompidos pelo toque chato e insistente do telefone fixo de Heejoon. Hansol não iria atender, pois não achava educado.

A chamada se repetiu três vezes, antes de a secretária eletrônica dizer: deixe um recado, após o sinal.

BEEP.

— *Moon, seu desgraçado!*

Hansol assustou-se com a voz que saiu do aparelho, com o homem que gravava o recado. Quis tapar os ouvidos, para não ouvir aquilo, pois devia ser particular.

— Eu *não acredito que você deu pra trás!* — o homem quase gritou, do outro lado da linha. — *Sabe quanto dinheiro a editora gastou com a produção? Muito, muito dinheiro! São meses de pesquisa, meses de dedicação!*

Lee não podia entender nada, muito menos porque alguém estaria sendo tão agressivo com Heejoon.

— *Atenda esta porra de telefone se estiver aí. Seja homem!* — Ele parecia à beira de um colapso. — *Eu estou te dizendo: me entregue a descrição das conversas ou vou te processar.*

Quais conversas? De que aquele homem estava falando?

— *Não fizemos tudo aquilo para pôr MH no programa de psicólogos, para você, de repente, pedir demissão! Seu jornalistazinho de merda! Moleque irresponsável! Sabe quanto dinheiro a editora arrecadaria com a biografia não autorizada de Lee Soomin? Sabe quantas pessoas querem saber detalhes do assassinato? Quantas pessoas querem saber o que se passa pela cabeça do menino Hansol? Sabe quantas pessoas querem ler sobre um dos casos mais famosos do país? Eu te contratei para tirar cada segredinho de Lee Hansol e, agora, você decide não entregar o conteúdo. Eu vou acabar com tua raça, Moon Heejoon!*

CAPÍTULO XI

A MENTIRA É MAIS AFIADA do que a lâmina de um bisturi e te atinge mais fundo do que um espadachim.

Cada palavra, na voz daquele homem, que deixou os recados para Heejoon, soou como bala contra seu peito.

Naquele dia, os pés de Hansol moveram-se sozinhos para fora da casa do vizinho, e suas mãos pareciam saber exatamente o que fazer, quando sacaram dinheiro em um caixa eletrônico. Seu corpo tinha vida própria, pois sua mente estava em estado de puro estupor.

Hansol era mais bobo que imaginava.

Era cego. Surdo. Fraco.

Sentia-se, novamente, completamente sozinho. Na verdade, sentia como se sempre estivesse solitário e suas companhias fossem passageiras, mal-intencionadas.

Sentado no banco daquele trem, partindo da estação de metrô, ele puxou as pernas para perto do corpo, apoiou o queixo nos joelhos e deixou que a primeira lágrima escorresse.

MH.

Uma biografia sobre o assassinato de sua mãe.

Moon Heejoon.

Tudo uma mentira, tudo interesse, tudo um truque.

Hansol escondeu as mãos no rosto e chorou, chorou, mesmo em meio a todas as pessoas. Seu choro mal tinha uma definição. Era devido a tudo e, também, sem real explicação.

Ele chorou até que sua cabeça doesse, até que seu corpo ficasse entorpecido, que se sentisse, enfim, sem os pés no chão. Queria fugir, o mais rápido possível, daquele plano.

Quando o trem parou, ele se levantou zonzo, notando os olhares sobre si, e saiu, às pressas, pela porta de desembarque.

Usando as mangas da blusa escura para tentar enxugar o rosto, parou em uma banca e pediu uma carteira de cigarros e um isqueiro.

Subindo as escadas para fora da estação, descobriu que chovia, mas não se importou de estar sem um guarda-chuva e usando uma roupa de tecido frágil. Puxou um cigarro e acendeu-o, sentando-se na beira de uma calçada qualquer, sentindo o corpo todo ser encharcado pela chuva e a água empoçar em volta de seus pés.

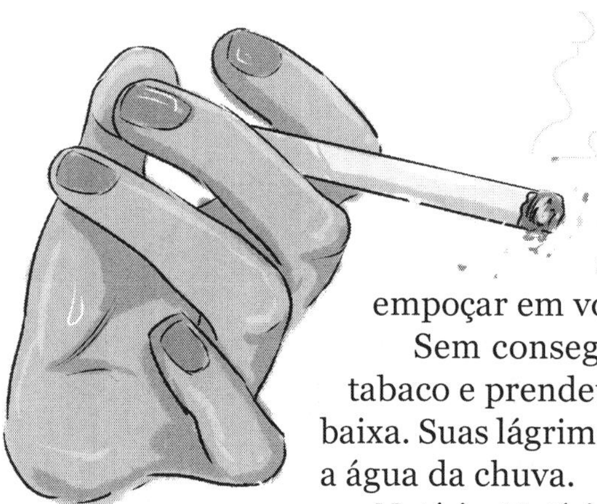

Sem conseguir encarar o céu escuro, tragou o tabaco e prendeu a fumaça em seu peito, de cabeça baixa. Suas lágrimas ainda fluíam, misturando-se com a água da chuva.

Notícia. Notícia foi o que virou a morte de sua mãe, em todos os jornais, em cada revista, em cada coluna, em todas as páginas. Ele detestava a mídia, detestava o jornal, os repórteres, os jornalistas. Eram como parasitas atrás de carne podre, vindo com seus microfones, gravadores e câmeras, sem se importarem com os sentimentos de quem sofria. Eles só querem uma matéria para chocar os telespectadores.

Heejoon era um jornalista. Do pior tipo.

Tragando mais vezes, Hansol grunhiu, com raiva, e cerrou os olhos com força, fechando o punho livre, apertando-o até que ficasse dolorido.

— Moço? — uma senhora chamou. — Saia da chuva, vai ficar doente!

Ele já estava doente e não tinha cura. Perseguia-o, fodia-o totalmente. Hansol não se importava.

Ele se levantou e atravessou a rua, sem prestar atenção, fazendo com que um carro tivesse que frear quase sobre seu corpo. O motorista pôs a cabeça para fora da janela, confuso.

— Está maluco?

— Estou. — Hansol bateu com força contra o capô do carro do homem e continuou a atravessar a rua. Terminou o cigarro e acendeu mais um, retornando a inalar a fumaça, enquanto andava sem rumo, sob a chuva intensa, contra o vento horripilante do inverno. A dor e a raiva impregnadas em cada parte de sua alma, puxando-o para baixo.

O que, antes, tinha cor, agora era um borrão cinzento, sem vida, sem verdade. Heejoon era seu amor, não era? Ele era o melhor, não era? Amava Hansol, não amava?

Falso, ignóbil, mentiroso, desonesto, infame, baixo, vil, sem coração. Havia tantas coisas que Hansol gostaria de perguntar, mas não queria vê-lo nunca mais.

Torcia para que sua mente apagasse cada pequena memória, para que, por algum motivo extraordinário, ele acordasse sem nunca ter falado com MH, com Moon Heejoon.

Moon era seu forte. Era em quem ele podia confiar. Seu colete salva-vidas. Sua blindagem. O mundo poderia, realmente, ruir em pequenos pedaços, mas, se ele estivesse ao lado de Heejoon, estaria em paz.

Centenas de anos pareciam ter passado, desde a última vez que viu Heejoon sorrir... Sorrir e ainda ser confiável. Sabia que ele mentia, mas jamais imaginou que tal omissão fosse aquela. Uma mentira tão baixa, tão suja, tão dolorosa. Não era sobre algo banal, era sobre a pior parte da vida dele, sobre sua cicatriz que retornava a abrir a cada noite. Heejoon não se importava com o tamanho de tal labéu?

A dor de Lee Hansol, para eles, foi convertida em dinheiro.

Heejoon era MH, não um psicólogo, e estava colaborando para a criação de uma biografia sobre Lee Soomin, uma mãe assassinada pelo próprio marido.

Hansol parou no meio da calçada, em uma alameda vazia, e abrigou-se debaixo de uma das árvores, sentando-se ao pé dela. Suspirou, jogou o cigarro em uma poça d'água e cruzou os braços sobre o colo, sentindo o corpo inteiro tremer, por estar molhado, pelo vento vir tão forte e frio. Seus olhos avermelhados focaram a dança das árvores e, em seu rosto, até então inexpressivo, um infantil e conhecido bico se formava, aos poucos.

Como cada comando o levou àquele destino? Como tudo se uniu daquela forma? Quem planejou? Com que frieza?

Então, o melhor acontecimento da vida de Hansol se tornou uma pilha de mentiras, de crueldade. O irmão de Heejoon tinha tanta razão. O homem mentia como ninguém e seu sorriso convencia qualquer um. Sua capacidade de manipulação era invejável. Um verdadeiro mestre, um belo ator. Uma salva de palmas.

Fechou os olhos e estremeceu com a dor, ao se lembrar das palavras doces de Moon, de cada "eu te amo", de toda a segurança que ele passava, de sua doçura, de como era cuidadoso. Tudo mentira? Heejoon foi assim tão longe? Fez tudo aquilo por um mesmo objetivo? Nada foi real? Os beijos, os toques, os sorrisos, as confissões, o amor...?

Levou as mãos ao cabelo escuro e molhado, puxando-o entre os dedos, sentindo as lágrimas descerem, os olhos arderem, sentindo a vergonha e a raiva.

Precisava esquecer. Mais uma vez, precisava se desligar, porque Moon Heejoon prometeu nunca mais machucá-lo, mas falhou miseravelmente.

Como antes, Hansol seguiu o caminho. Como se fosse programado, suas pernas andaram, sem parar, até um local que ele já conhecia, que MH lhe pediu, muitas vezes, para esquecer.

Mas MH não valia nada. MH não passava de Moon Heejoon.

— Hansol? — foi o que seu fornecedor disse, assim que abriu a porta, soando surpreso. — Faz um tempo que não te vejo. Bem-vindo de volta.

Depois de meses sóbrio, Lee Hansol voltou a usar comprimidos para depressão.

Na primeira noite, deixou que os comprimidos fizessem efeito, depois de alugar um quarto em um cortiço. Ele se olhou no espelho do banheiro sujo e encarou o rosto de uma pessoa que estava a vida toda correndo em círculos.

Seu corpo simplesmente apagou. O que não o impediu de variar, durante o sono conturbado.

— Hansol, querido... — sua mãe o chamou baixinho. — Ouça a mamãe, meu bem.

— Mãe... — Hansol respondeu, notando que sua voz era infantil. Ele era uma criança. — Você voltou, omma?

— Eu estava brincando de me esconder... — Ela riu, doce. — A mãe nunca te deixaria. Estou aqui com você, para sempre.

Quando o pequeno Hansol e a bela Soomin abraçaram-se, a paz envolveu o rapaz. Porque só ela o amou incondicionalmente. Só uma mãe de verdade luta contra o mundo por ti, ouve cada insulto e ainda cozinha à noite, pelo bem de sua cria.

Mas a porta daquela casa foi arrombada, por um chute forte, e aquele homem entrou por ela, furioso.

— Eu não deixei você voltar! — Ele bateu suas correntes contra o chão e paredes. O barulho era ensurdecedor, aterrorizante.

— Corra, Hansol! — Soomin protegeu o filho, pondo-se em sua frente.

Hansol tentou subir as escadas, mas elas nunca acabavam. Quanto mais rápido ele ia e mais força fazia, mais degraus surgiam.

Ele ouviu os gritos da mãe, os disparos, o ranger da madeira do assoalho, o baque abafado do corpo da mulher caindo no chão. Ouviu Spider latir, enraivecido, antes de, também ser baleado; ouviu a música que tocava no bar ao lado.

Quando finalmente venceu a escada, encontrou uma porta, pela qual passou e notou que seu corpo voltou a crescer, voltou ao tamanho normal.

A porta dava para a casa de Heejoon.

E ela estava completamente bagunçada.

Moon vinha descendo as escadas e, atrás dele, incontáveis repórteres. Os flashes das câmeras começaram, cegando-o, e mãos violentas agarraram seus braços.

— Sua mãe morreu, Hansol! — diziam os jornalistas, cheios de hostilidade. — Sua mãe morreu! Como se sente? Dê uma palavrinha! Sua mãe morreu! Conceda uma entrevista!

Ao longe, Moon Heejoon assistia a tudo, sem mover um dedo, enquanto Hansol era sufocado.

Tudo escureceu e, no completo breu, somente uma voz pôde ser ouvida. E MH dizia:

— Sou seu amigo. Pode me contar tudo.

Ele não acordou até que batessem à porta do quarto, avisando que precisava ir embora ou pagar por mais um dia na pensão. Hansol não ficaria mais, precisava tentar fugir daqueles pensamentos, encher a cabeça de outros problemas.

Na chegada da noite, sem pensar, dirigiu-se a uma boate suja, onde tomou dois comprimidos, seguidos de álcool, e beijou um cara desconhecido, antes de cheirar uma carreira de cocaína.

Sua cabeça deu um nó e, por meia hora, manteve os olhos vidrados nas luzes que piscavam sem parar no teto da boate. Então, quando "acordou", sentiu a conhecida euforia da coca e deixou que uma garota o puxasse para a pista.

Sem conhecimento real de sua situação, Hansol sentiu as mãos passearem por seu corpo, ouviu as risadas, mas sua mente insistia em projetar a imagem de Heejoon à sua frente.

— Você mentiu pra mim! — Hansol apontou para uma mulher, imaginando Moon em seu lugar. — Mentiu o tempo todo.

Hansol dançou abraçado a ela, um pouco antes de um rapaz puxá-lo para o banheiro e empurrá-lo contra a parede, dizendo besteiras que não o excitavam. Ele não gostava daquelas mãos o tocando. Não, ele só gostava dos toques de Moon.

Mas os toques de Moon também eram mentiras.

Tentou empurrar aquele rapaz, mas seus braços estavam tremendo. Tentou, então, desviar dos beijos forçados e, quando suas roupas seriam tiradas, duas garotas empurraram o homem para longe dele.

— Pare de ser nojento! O cara está chapado! — uma delas bradou.

— Isso não é da conta de vocês!

O homem quis avançar nelas, mas a mais alta puxou um canivete da bolsa. Irritada, ela disse:

— Cai fora!

Hansol não foi capaz de entender nada daquilo; sua cabeça girava continuamente. Era tão fodido. Era como se os remédios quisessem fazer efeito, mas a cocaína o mantivesse com energia. Era perigoso: uma mistura mortal. Suava frio, e as duas moças se preocuparam com sua pele pálida demais e os lábios perdendo a cor. Cada uma delas o pegou por um lado do corpo e, juntas, conduziram-no até o exterior da boate.

— O que esse menino usou? — A mais baixa, que usava um cabelo colorido e meia arrastão, segurou-lhe o rosto, em suas mãos, sentindo-o gelado. Usou a lanterna do celular, checando suas pupilas. — Moon, vai dar merda. Esse garoto não tá nada bem.

— Moon? — Hansol despertou uma só vez, ao ouvir aquele nome.

— É, Moon Minji, meu nome — a maior falou.

Jogando-se no chão, Hansol começou a repetir o nome "Moon", incontáveis vezes. Parecia perdido, totalmente fora de órbita.

Moon mentiu. Ele mentiu. Não o amava. Moon não o amava.

— Minji, olha isso... — A de cabelo colorido mostrou a cartela de tarja preta que caiu do bolso dele.

— Eu vou ligar pra emergência! — A outra moça sacou o celular, discando rapidamente.

Quando Hansol se deitou na calçada molhada e fria, seu peito começou a doer, e a falta de ar fez com que abrisse a boca, para tentar buscar o máximo de oxigênio. As veias em torno de seu crânio pareciam saltar e havia uma pressão contra seus olhos. Praticamente agonizando, só conseguia pensar em Moon Heejoon, em seu "eu te amo", que sempre pareceu tão verdadeiro. Suas pálpebras estavam cansadas, mas seu coração ainda batia muito rápido e as mãos pareciam convulsionar.

Ele mal viu quando a ambulância chegou e o levou; apenas sentiu a cabeça doer mais e mais, com o clarão das luzes. Não chegou a dormir, não conseguiu. A cada dez minutos, seu corpo se agitava intensamente, dando espasmos. Era tão dolorosa a sensação...

Em um momento de lucidez, entendeu quando lhe perguntaram:

— Consegue nos ouvir? Qual seu nome?

Ele deitou a cabeça na maca e tentou falar, mas sua voz saía gaguejada e, quanto mais ele forçava, mais seu coração acelerava.

— Tudo bem — outro médico disse. — Sem força suficiente. Vamos sedá-lo.

— Isto pode levá-lo a um coma, doutor — uma médica avisou.

— Ele vai acabar tendo uma overdose, de qualquer modo — ele disse, praticamente despreocupado. — Preparem soro fisiológico, glicose e calmante.

Hansol nem sentiu as picadas em seu punho, apenas se agitou um tanto, antes de finalmente adormecer, murmurando, seguidas vezes, o nome "Moon Heejoon".

Durante aqueles dias se drogando, Hansol não conseguiu alcançar seu objetivo: esquecer Heejoon. Ele queria, por tudo, tirar o homem de sua memória, esquecer que um dia confiou nele.

Todavia, tanto as alucinações quanto a realidade eram sobre ele.

Que tipo de pessoa era Moon Heejoon, afinal? O que escondia e por que o fazia? Quão frio era seu sangue?

A alma de Hansol apenas pedia por paz, tempo, descanso. Não parecia justo tudo cair sobre ele. O peso esmagava-o, cortava-o, maltratava-o, e ele não tinha mais forças.

Entregou-se tão profundamente a Heejoon, pois não tinha mais energia, não conseguia seguir sozinho, precisava do rapaz para lhe dar um alívio... Mas entregou-se a uma mentira, pois nunca fingiu, mesmo sendo um fodido, nunca tentou parecer o contrário. Mesmo que fugisse de comentar o passado, nunca mentiu sobre quem era, o que sentia e como pensava. Não conseguia, tudo escapava por seus olhos.

Em um de seus curtos momentos de sobriedade, ele pôde se condenar propriamente, sacando finalmente cada "pista" que Heejoon deu, e como, agora, as mentiras pareciam bem descaradas. Desde o início, MH pareceu familiar, desde o início Heejoon apareceu nas horas cruciais.

Mas por que tudo aquilo? Por que Heejoon precisava ir tão fundo com ele se já tinha tudo que era preciso, apenas fingindo ser um psicólogo? Por que Heejoon dizia amá-lo?

As perguntas não tinham respostas, então, naquela hora, ele apenas apertou um cigarro de maconha e fumou, voltando às ideias contorcidas.

Era noite quando Lee Hansol acordou no hospital.

Abriu os olhos somente para fechá-los de novo, por conta da claridade das luzes e das paredes brancas do quarto. Levou a mão ao rosto, abrindo os olhos devagar, acostumando-se com a luz. Seu corpo inteiro parecia pesado e, ao mover as pernas, sentiu dor nos joelhos. Notou, também, que, nas veias do braço, havia agulhas conectadas a bolsas de soro.

Olhando em volta, não deu muita atenção às outras duas pessoas com quem dividia o quarto; apenas se sentou na maca e retirou as agulhas do braço.

Na cabeceira da maca, tinha uma ficha com os escritos:

Lee Hansol, 02/10/1993, Busan

— Vejo que acordou — uma enfermeira disse, entrando no quarto. — Como se sente?

— Cansado — falou, notando que a voz estava muito rouca. — O que eu tô fazendo aqui?

— Não se lembra? — ela devolveu, e ele negou com um gesto. — Bom, você foi resgatado na porta de uma boate. Estava tendo um colapso, por ter misturado duas drogas com efeitos completamente contrários. No caso, antidepressivos, que tendem a diminuir sua atividade mental, e cocaína, que age como um energético incontrolável. Ah, e álcool.

Hansol abaixou a cabeça, assim que ela começou a explicar, sentindo uma vergonha imensa se espalhar por sua consciência. A mulher continuou:

— Você chegou aqui delirando e tendo espasmos, com a pressão alta, falta de ar e desidratado. Não é sempre que vemos isso.

Infelizmente, isso não o surpreendia, não chocava.

— Eu posso ir embora? — perguntou. — Quero ir embora.

— Na realidade, gostaríamos que conversasse com um profissional, antes de ir — ela falou, meio insegura sobre a reação dele.

— Não — negou, imediatamente, descendo da maca. — Minhas roupas... Onde estão?

— Ah, trouxeram roupas limpas para você. — Ela abriu o armário ao lado da cama. — Se lembra do seu nome?

— Como assim? — Ele não entendeu. — Quem trouxe roupas? — Viu que as que a enfermeira tinha em mãos eram familiares. — Meu nome é Lee Hansol.

— Você chegou aqui inconsciente. Só conseguimos localizar um responsável, porque você citou um nome.

— Qual nome? — perguntou, já sabendo qual era, e, finalmente, reconheceu as roupas.

— Moon Heejoon — disse.

Ele respirou fundo, pegou as roupas, seguiu para o banheiro, vestiu-se rapidamente, e ignorou o fato de que, desde a camisa até as botas eram de Moon. Usou uma escova descartável para tirar o gosto ruim da boca e, ao voltar para o quarto, a enfermeira já estava acompanhada de um doutor.

— Se sente bem? — o médico perguntou. — Fisicamente, se sente forte ou tem alguma dificuldade?

— Estou bem — falou honestamente.

— Okay. Acho que podemos dar alta a ele, já está recuperado. — O homem pegou a ficha e assinou-a. — Procure ajuda, rapaz. Drogas só te levam a um lugar, e o caminho até lá é espinhento.

Hansol não respondeu. Ele fechou o zíper do casaco e deixou a sala, sem falar mais nada.

Atravessando o hospital, lembrou-se dos dias confinado em clínicas de reabilitação. O cheiro de látex e remédio enjoavam-no; as pessoas deprimidas, à espera de atendimento, faziam o rapaz querer sair dali o mais rápido possível.

Mas, no fim do corredor, estava ele.

Hansol não sentiu nada que pudesse expressar.

Heejoon estava de pé, encostado em uma parede, perto da saída, com os braços cruzados e a cara fechada. Nem precisava perguntar para saber que Moon já estava ciente de sua descoberta.

Passou direto por ele, mas o sentiu em seu encalço, e os dois seguiram para a saída do hospital. Hansol cessou seus passos no meio da calçada, procurando uma placa que indicasse o nome daquela rua ou o bairro, já que não reconhecia aquela área. Ele pegaria um ônibus, mesmo que o carro de Moon estivesse bem ali na frente. Mas, quando iniciou uma passada até o ponto, seu pulso foi agarrado, e isso gerou uma descarga de ódio em seu coração.

— Não me toca! — grunhiu, puxando a mão do aperto dele. — Não me toque nunca mais! — E o empurrou, com força, para longe. Seu interior revirava e fervia, por não poder abraçar a pessoa que amava, por ser obrigado a repeli-lo, sem poder se sentir feliz com seu contato.

— Eu não posso exigir que entre no meu carro — Heejoon falou, com sua voz calma, mas com um forte sinal de angústia. — Mas vou insistir que vá para casa. — Ele tirou, do bolso da calça, umas notas de dinheiro, oferecendo-as ao menor. — Pegue um ônibus, mas vá para casa. Por favor.

Hansol fitou-o nos olhos por míseros segundos, notando sua pele pálida e as olheiras. Estava em conflito consigo mesmo, mas pegou o dinheiro dele e seguiu para o ponto de ônibus. Quando entrou no veículo, deixou as lágrimas descerem, como elas geralmente faziam.

Amava Heejoon, mas não podia mais amá-lo.

Perder a confiança nele quase doía tanto quanto perder alguém amado, pois, de certa forma, o homem que conheceu, a quem se entregou, não existia mais. Era assim que ele via.

Era como se Moon Heejoon tivesse ido embora. No coração de Hansol, havia esse tipo de sentimento, algo complicado de compreender. Não sabia o que restava daquele rapaz, nem se, algum dia, seria capaz de vê-lo por inteiro.

Pensando bem, Heejoon nunca foi plano: era esférico, não podia ver todas as suas faces. Era, também, como um interminável poliedro: seus incontáveis vértices confundiam a cabeça. Moon escolhia um lado e o mostrava, deixando escondida a parte ruim, a parte feia.

Dentro do ônibus, escondeu o rosto com as mangas da blusa e sentiu o maldito cheiro do amaciante que Heejoon usava. Quis arrancar aquela roupa de seu corpo, apagar toda a memória. Lágrimas romperam por seus olhos mais uma vez, e a sensação era, lamentavelmente, muito conhecida.

Ele tentou controlar o choro, quando uma menina se sentou ao seu lado, mas os soluços escapavam com facilidade, impossíveis de disfarçar. Tudo estava tão frágil e deteriorado, em seu interior; tudo tão fácil de quebrar...

— Está chorando? — a menina indagou, olhando curiosa. Ela parecia ter quinze ou dezesseis anos de idade. — O que aconteceu?

Hansol não respondeu, apenas tentou enxugar as lágrimas e manteve o olhar direcionado ao que ocorria fora do ônibus. Mas a garota tornou a se pronunciar:

— Está tudo bem chorar. É o que nos resta, afinal.

Lee, então, a olhou, e tentou entender o porquê de ela falar daquela forma. Ela sorriu e disse:

— Eu choro quando não consigo dormir e eles ficam me insultando.

— Quem? — perguntou, confuso.

— Não sei explicar. — Ela suspirou, mexendo a cabeça de forma aleatória. — Ninguém mais os ouve me xingando, mas eu não sou surda. A verdade é que meus pais não se importam. Eles dizem que não é real, mas é porque não querem me ajudar. Não acha?

Hansol encostou os braços no banco da frente e a encarou:

— Eu não sei.

— Por que estava chorando? — ela tornou a questionar.

Suspirando, ele devolveu:

— Mentiram para mim.

— Para mim, também! — Apontou para si mesma, eufórica. — Tentaram me enganar. — Apressada, abriu a mochila que carregava e pegou um vidro pequeno repleto de remédios. — Disseram que era para minha gripe, mas eles são iguais aos que o médico da clínica me dava antes! — Ele logo reconheceu o tipo de comprimido. Não, não eram para gripe...

— Você devia tomá-los.

— Não! Você está louco? — A garota encarou-o com um brilho de irritação nos olhos. — É veneno. Eles me avisaram: é veneno! Querem que eu durma para sempre.

Hansol sentiu uma dor de cabeça atingi-lo e, com as pálpebras cansadas, respirou fundo e decidiu não lhe responder, pois tentar entendê-la parecia insensato. Entretanto, ela disparou:

— Jogue-os pela janela. — Ela lhe entregou um recipiente com as pílulas e abriu o vidro, deixando o vento frio entrar. — É veneno, não presta. Jogue-os fora.

Indiferente, Hansol retirou a tampa e despejou os comprimidos pela abertura, assistindo-lhes cair na rua. Mas não deixou que tudo fosse jogado fora: apanhou três daquelas bolinhas brancas, guardou-as no bolso da jaqueta e devolveu o frasco à garota.

— Por que você pegou? Eu disse que é veneno.

— Não é. — Focou a visão no banco à frente. — Não pra mim.

— Você é maluco — ela sussurrou e arregaçou a manga do casaco para coçar o braço, revelando suas incontáveis mutilações ao longo do punho. — Mas não tenha vergonha de chorar, moço, pois, se você parar para pensar, é só água, não custa nada. E é inevitável, de qualquer modo.

Hansol encostou a cabeça no banco e ficou em silêncio. Sentiu o ônibus parar, a garota se levantar e descer naquele ponto, enquanto parecia discutir com alguém ao lado dela. Na verdade, não havia ninguém ali. Lee só pôde torcer para que ela ficasse bem.

Durante o caminho, pensou que, se fosse outra pessoa a mentir e outra mentira a ser contada, nesse momento, ele estaria ligando para MH, pedindo sua ajuda.

Desceu no próximo terminal, buscou água, no banheiro, e engoliu dois comprimidos, mesmo sem saber para que distúrbio eram e quais seus miligramas.

Então, caminhou até a casa de Gae-hyung, o mesmo rapaz que o encontrou no shopping, semanas atrás, e que lhe disse barbaridades; com quem Heejoon brigou, em sua defesa.

Ele bateu à porta e abaixou a cabeça quando o rapaz o atendeu, imediatamente soltando uma gargalhada em sua cara.

— Eu te disse que teu conto de fadas não duraria muito mais.

— Me deixe ficar aqui — pediu, sentindo-se humilhado, mas, também, encurralado.

— Olhe, eu não devia, não depois do soco que seu namoradinho ciumento me deu... — Olhou-o com rancor. — Mas acho que você sabe como se desculpar. Certo?

Sem vontade, Hansol assentiu com a cabeça e foi puxado para dentro do apartamento, sentindo o cheiro de mofo, fumaça de cigarro e maconha, além da acidez do álcool.

— Tire a roupa — Gae-hyung mandou. — Eu vou acender um baseado.

Hansol sentou-se no sofá todo manchado e começou a se despir. Sentia os olhos quentes com as lágrimas, um bolo na garganta, os movimentos ficando mais lentos, por conta dos comprimidos da menina.

— O que o bonitão fez? — Gae-hyung retornou à sala, com o cigarro de erva em mãos. — O que aconteceu com seu belo namoro?

Hansol se recusou a responder; terminou de puxar a roupa íntima para fora de seu corpo e suspirou, vendo Gae-hyung parar na sua frente.

— Ah, Hansol, eu te disse... Esta é a sua vida, não tem como fugir. — Sentiu a mão dele agarrar seu cabelo e puxar sua cabeça, de encontro à virilha. — Me chupe, putinha.

Hansol fez tudo que ele queria, naquela noite, sem o mínimo desejo sexual, sentindo a ânsia de vômito realmente subir à garganta, diversas vezes, até que fosse vencido pelo torpor dos remédios. Adormeceu com o corpo nu e sujo, sobre o sofá nojento daquela casa.

No dia seguinte, acordou sentindo todos os membros pesados e cambaleou até o banheiro, onde tomou um banho rápido e se vestiu. Porém, ao atravessar a sala, sentiu uma fraqueza puxá-lo para o chão, onde caiu e ficou preso em uma paralisia do sono.

Sua mente variava entre memórias verdadeiras e falsas. Em um segundo, ele podia ver Heejoon beijando seu corpo, dizendo que o amava; em outro, via-o rindo, com o telefone entre a boca e o ouvido, enquanto Hansol chorava do outro lado da linha, pedindo que MH o ajudasse.

Então, desmaiou, poucos minutos antes de a porta do apartamento ser arrombada por policiais. Estes gritaram com Gae-hyung, dando voz de prisão ao homem — o motivo, aparentemente, era porte de drogas.

Hansol, inconsciente, mais uma vez, não percebeu quando paramédicos levaram-no para a ambulância e colocaram-no no soro.

Por algum motivo, nenhum tipo de droga foi capaz de tirar Moon Heejoon da mente de Lee Hansol... Talvez porque, sem perceber, ele se tornou adicto de Moon, também.

CAPÍTULO XII

NÃO FOI FÁCIL PARA HANSOL ACORDAR. Ele abriu os olhos, muitas vezes, e até mesmo levou um copo de água aos lábios, em certo momento. Mas, toda vez que tentava se manter acordado, suas pálpebras pesavam e as pontadas afiadas em sua cabeça eram sentidas, levando-o a ficar inconsciente mais uma vez.

Foi no fim da tarde que realmente acordou: agitado, suando e tremendo. Ele se sentou na cama e tentou descer, mas um de seus braços estava preso às bordas da, agora, reconhecida maca. Hansol puxou o braço, sem conseguir entender que estava algemado.

— Pare com isso! Está machucando seu braço. — Uma enfermeira entrou no quarto.

Ele olhou ao redor, não acreditando que estava em um hospital mais uma vez. Sentiu uma grande dor no peito e as lágrimas romperam por seus olhos, causando uma irritação dolorosa.

— Me solte!

No mesmo momento, um policial apareceu na porta, e Hansol não pôde entender nem mesmo uma porcentagem daquilo tudo.

A enfermeira murmurou:

— Você foi preso. Os exames apontaram substâncias no seu sangue, e você sabe... Aqui, usar drogas é crime.

Hansol abaixou a cabeça e escondeu o rosto entre as mãos, chorando, sem conseguir raciocinar direito. Sua cabeça estava tão confusa, tão machucada...

Um soluço escapou por sua garganta e a dor somente se alastrou por sua cabeça, latejando, deixando-o febril. Ele sussurrou:

— Minha cabeça dói...

— Vamos preparar uma medicação — a enfermeira disse e caminhou para fora do quarto. — Vou chamar o doutor.

Hansol não teve coragem para encarar o policial. Manteve a cabeça baixa e tentou controlar o fluxo de lágrimas.

Ele não fazia a mínima ideia de como sua vida alcançou aquele estágio, como pôde afundar tanto.

Ouviu o barulho de passos e levantou o olhar, para encontrar o médico adentrando o quarto, seguido de um superior do policial que estava de guarda.

— Como está a situação dele? — perguntou o oficial, mirando-o sem compaixão alguma, como esperado. — Quando podemos levá-lo?

— Hoje ainda — o doutor contou, após checar a ficha do Lee. A enfermeira voltou, com um saco cheio de líquido translúcido. — Nossa funcionária vai medicá-lo, para que as dores mais fortes passem e, então, poderão levá-lo com vocês.

Hansol não tinha como contestar. Ele nem mesmo sentiu incômodo, quando a mulher perfurou sua veia já arroxeada; apenas assistiu ao líquido descer até atingir sua artéria.

— Seu amigo Gae-hyung já foi mandado para a penitenciária. — O oficial sorriu. — Você é o próximo.

Lee nem mesmo se importava, só sentia uma vergonha esmagadora em pensar em como sua mãe o veria.

O policial, na porta, chamou seu superior, e Hansol pôde ver outro senhor engravatado. Ele tentou ver mais, porém o médico parou à sua frente e segurou sua cabeça, checando seus sinais. Com uma lanterna apropriada, analisou as pupilas de Hansol e, em seguida, usou o estetoscópio para ouvir seus batimentos.

— É, você está estável, mas chegou aqui desidratado. Nós já recebemos a informação de que você deu entrada em outro hospital, há apenas dois dias, em uma situação ainda pior. Sabe quanta sorte tem?

— O senhor acha que isso é sorte? — o viciado retrucou, com a voz saindo em tom fantasmagórico, dada a falta de vida.

— Mas isso é um absurdo! — o oficial reclamou. — Até quando teremos que livrar criminosos por causa de uma merda de laudo psiquiátrico?

— Entenda — disse o engravatado. — É o que a justiça determinou. Soltem Lee Hansol.

— Isso só foi determinado assim, tão rápido, porque a família dele é milionária — o oficial resmungou e puxou as chaves do bolso. — Saia da minha frente, doutor.

Hansol se encolheu, quando o soldado apertou seu braço e arrancou a algema, com brutalidade.

— Seja pego usando essas merdas, mais uma vez, e não haverá laudo psiquiátrico para te livrar.

Hansol assistiu aos policiais deixarem o quarto e massageou o próprio punho, em que a algema o feriu. Ele não se importava com a ideia de ser preso, pois sua vida chegou a uma fase que, honestamente, pouquíssimas coisas importavam.

— Posso vestir uma calça?

— Sim. — A enfermeira se agachou para abrir um armário. — Seu primo trouxe roupas mais cedo.

— Jaewon? — Estava surpreso, pois nunca pensou que o rapaz seria capaz de ajudá-lo em algo.

— Creio que sim — ela assentiu, entregando-lhe uma muda de roupas. Ao sair, pediu: — Chame quando tiver terminado.

O médico, que conversava com o advogado, fechou a porta, para que Hansol pusesse a roupa. O rapaz pôs a cueca, a calça e amarrou o par de tênis.

Era ruim ser preso, e pior ainda ser solto por conta de um comprovante psiquiátrico.

Ele respirou fundo, com a camisa e o casaco no colo, enquanto esperava a medicação se esgotar. Fitou as próprias mãos, as intermináveis linhas nas palmas, as digitais, e cerrou os punhos, para ver suas veias escuras pulsarem.

Aquilo era o inferno. O mundo era o inferno, e cada pessoa era uma espécie de Diabo. Queimava-o por inteiro, a dor era gritante, exaustiva. E ele era fraco demais para suportar.

Quando o doutor entrou, mais uma vez, Hansol abriu os olhos e procurou a bolsa de medicamento, torcendo para que o líquido já estivesse no fim.

— Acho que você pode ir agora.

O médico puxou a agulha de sua veia e colocou um algodão. Hansol arrancou o traje hospitalar, e terminou de vestir as roupas que Jaewon levou. Desceu da maca, sentindo as pernas bastante pesadas e o corpo todo parecendo cansado.

— Tente não voltar — o doutor pediu, acompanhando-o até a porta. — Seu corpo resiste bem, mas não é de ferro.

Hansol ignorou o médico e saiu, encontrando o advogado no corredor:

— Lee Hansol — ele o chamou.

O moreno quis fingir que não o viu ali, mas foi impossível.

— O que foi?

— Precisa assinar alguns termos, de que aceita começar um tratamento...

— Não vou assinar nada. — Ele continuou a andar.

— Ouça bem. — O advogado o segurou. — Se não assinar e não iniciar um tratamento, será preso ou internado, a mando da justiça.

Hansol olhou nos olhos do homem, com uma expressão entre morta e enfurecida. Ele pegou os papéis e a caneta e usou a parede como apoio, onde assinou todos os espaços.

— A clínica e o psicólogo são de sua escolha — o advogado avisou, enquanto guardava os papéis na pasta.

Hansol não disse mais nada, apenas se virou e continuou o caminho para fora do hospital. Mas, antes de passar pela porta, alguém o segurou. Reconheceu-o como Jaewon.

— Aonde vai?

— Não é da sua conta. — Puxou o braço das mãos do rapaz.

— Acho que é sim — o primo disse, parecendo impaciente. — Me apronte mais uma dessas e deixo você apodrecer na cadeia!

— Eu-não-ligo — rebateu, entre dentes, querendo sumir dali.

— Não sei se você sabe, mas o tal Gae-hyung foi para a mesma penitenciária que você iria — Jaewon informou. — E você precisava ver o escândalo que ele fez na delegacia, dizendo que te mataria quando te visse.

— E por quê? A culpa é minha da polícia tê-lo prendido?

— Sim.

— O quê?

— Moon Heejoon chamou a polícia para ele — contou. — Foi ele quem me ligou, mandando-me conseguir um laudo psiquiátrico para te soltar. Ele sabia que daria certo.

Hansol soltou o ar com força, irritado.

— Esse desgraçado!

— Por sorte e coincidência, a polícia chegou a tempo de pegá-lo desmaiado no chão — prosseguiu. — Você poderia estar morto agora.

— Atualmente, eu realmente estou — falou, saindo do lugar, com Jaewon em seu encalço. — Não se preocupe mais, mesmo que Gae-hyung tente me matar.

— Tem noção de que, se for preso — o rapaz mais alto disse —, você vai parar na mesma prisão que o seu pai?

Foi isso que fez Lee Hansol paralisar, sentindo um medo assombroso, que fez um calafrio passar por suas costas.

— Mantenha-se na linha — Jaewon avisou, colocou os óculos escuros e seguiu em frente, sumindo dentro de seu carro.

Hansol desceu os curtos degraus e encostou-se a uma pilastra. Sentia-se um pouco tonto com a ideia de que, se fosse preso, iria para o mesmo lugar do homem que assassinou sua mãe.

Ele viu um carro, já conhecido, estacionar a alguns metros e, mais uma vez, suas lágrimas escorreram. Era algo que mastigava seu coração, perfurava-o de dentro para fora.

Moon Heejoon não desceu do veículo, então lhe restou caminhar até o veículo e abrir a porta, hesitando, por quase um minuto, antes de entrar. Sentou-se no banco do passageiro e passou o cinto por seu tronco, evitando olhar para o vizinho.

Moon não disse nada, apenas deu a partida e acelerou, cuidadosamente, pelas ruas. Hansol mantinha os olhos focando o que havia fora do carro, fechando-os cada vez que o mais velho esbarrava em seu braço para trocar de marchas.

Quando Moon parou o carro na curta fila de um *drive thru*, o mais novo o ouviu fazer um pedido à atendente e, honestamente, a voz tão bela, agora, parecia muito com uma dublagem malfeita.

Enquanto esperavam pelo pedido, continuavam em completo silêncio, e tudo que Lee podia ver era o sol caindo e o céu azul sendo substituído por um manto azul prussiano escuríssimo.

Heejoon pegou a comida, deixou o local e, em seguida, estacionou em uma vaga que ficava em frente a um vasto lago.

Lee pegou um dos potes com macarrão e carne, mas não moveu os *chopsticks*, não tirou os olhos da direção do lago.

— Não está com fome? — perguntou Heejoon. Foram as primeiras palavras direcionadas a ele.

Hansol não conseguiu se conter. Agarrou o pote de comida e o atirou nele. Em seguida, tirou o cinto e virou-se para chutar o rapaz. Usou toda a sua fúria, pôs o máximo de força em seus joelhos, agarrou Moon pela camisa e acertou um soco desajeitado em seu rosto, atacando qualquer lugar visível, no meio da mistura de comida.

Chorando, gritou com intensidade:

— Vai se foder, Heejoon! Vai pro inferno!

Este apenas se encolheu no banco, tentando proteger o rosto, enquanto Hansol esmurrava suas costas.

Quando se cansou, Hansol se sentou de qualquer forma no banco, ofegante, as lágrimas vertendo de seus olhos. Agarrou as próprias pernas, com muita força, e chorou com raiva.

— Filho da puta sem coração, sem caráter, falso, escroto! — Hansol sentiu a dor no peito, o bolo preso na garganta. — Como...? Como pode ter um sangue tão frio? Você é nojento!

Moon Heejoon não respondeu. Ele tirou o casaco completamente sujo, sentindo a pele queimar, e ligou o carro.

Hansol não disse mais nada, pelo resto do caminho, só chorou, até que seus olhos mal se abrissem.

Quando o carro parou entre sua casa e a de Moon, ele abriu a porta, com pressa, saiu e correu para dentro de casa. Não viu Bellatrix, constando que esta estava com Heejoon. Subiu as escadas, sem energia, em meio ao típico silêncio, e pegou roupas no armário.

Seu banho durou um longo tempo e, depois de alguns minutos, ele só diminuiu a potência e se sentou no azulejo frio como gelo. Suas costas nuas encontraram a parede gélida e ele tossiu, algumas vezes, enquanto a água caía fraca sobre sua cabeça e ombros.

Passou a esponja pelas pernas, sem vontade, e lembrou-se das tantas vezes que Heejoon o tocou com carinho. Encostou a cabeça dolorida na parede e chorou, lembrando-se de como Moon cuidou dele por todos aqueles dias. Como podia ser tudo mentira? Como ele podia ser tão bom ator?

No meio da casa completamente escura, Hansol fez arroz e comeu, enquanto ouvia as notícias no rádio. Suspirou, com a cabeça apoiada na mão, os olhos intercalando entre a janela e a lâmpada no teto. Sentia-se vazio mais uma vez. Nada conseguia preenchê-lo.

É que a vinda de Heejoon trouxe uma lufada de ar, um desaperto, um nó a menos na corda, um calor preciso, um beijo antes de dormir. Mas Heejoon era falso. Moon Heejoon era uma mentira. Essa verdade deixava-o enfurecido, fazia com que cada vez mais artérias arrebentassem a ligação com seu coração.

Precisando aliviar-se, ele simplesmente atirou o prato de arroz contra a parede, fazendo o objeto espatifar em diversos pedaços. Mas não era suficiente.

Levantando-se de onde estava sentado, abriu a porta, em um movimento brusco, batendo-a com força. As lágrimas já se encontravam em torno de seus olhos, quando ele atravessou a noite e parou em frente à porta de Heejoon, dando toques pesados.

Quando o vizinho atendeu, Hansol, primeiramente, entrou sem

sua permissão e, então, notou os hematomas em seu rosto e braços, onde ele o acertou, horas antes, no carro.

— O que foi, Hansol? — perguntou Moon. — Devia descansar.

— Eu devia mandar você para o inferno! — respondeu, fitando-o nos olhos.

— E foi isso que veio fazer? — Encarou-o.

— Eu queria ter essa coragem — respondeu, com os ombros caídos e olhos marejados. — Mas não consigo...

Hansol, então, lhe deu as costas e iniciou uma caminhada pela casa. Começou a tocar em tudo, entortando quadros de propósito e, até mesmo, jogando um no chão. Pegou as almofadas e lançou-as contra as paredes, derrubando tudo que havia pela frente.

— Você tem noção do que fez comigo? — perguntou, sem olhar para Moon. Ele sentia o olhar sobre suas costas, quando alcançou a estante arrumada por cores. Derrubou dezenas e mais dezenas de livros no chão, pegou um vaso de vidro e jogou a água sobre um tapete. — Você não vale um centavo, Moon Heejoon. Gente como você não vale nada.

Ao entrar na cozinha, derrubou todos os copos visíveis contra o piso, fazendo espalhar cacos por toda parte. Abriu a geladeira, pegou comida e jogou na mesa, sujando-a.

— Pare com isso! — Heejoon pediu, finalmente, com a voz cheia de frustração e agonia.

— Não! — bradou, as lágrimas descendo pelo caminho de suas bochechas. Ele pegou uma garrafa de vidro e atirou-a contra a parede, fazendo vinho e cacos atingirem mil lugares.

Heejoon puxou os próprios cabelos, antes de tomar Hansol pelos braços e arrastá-lo para fora da cozinha.

— Pare!

— Não aguenta? — Lee o empurrou, correu para a estante onde ficava a tevê e jogou os enfeites e retratos no chão. Moon, então, passou os braços por seu pescoço e o empurrou contra o piso. — Me solte, seu psicopata!

— Cale a boca! — Heejoon comandou, mantendo-o imobilizado. — Não vai tocar em mais nada!

— E o telefone que usava para falar comigo, hein, MH?

Hansol tentou lhe dar cotoveladas, sentindo todo o seu corpo ser pressionado no piso.

— Uh, filho da puta? Posso quebrar seu maldito telefone? Jornalista de merda! — Continuou a se debater até seu corpo ficar cansado e, quando sua respiração já estava muito ofegante e mal conseguia se mover sem sentir cãibras, Heejoon o soltou.

Moon sentou-se no chão e encostou-se a uma das paredes, respirando com um pouco de dificuldade. Hansol permaneceu deitado, com seu coração contra o piso frio e os olhos fechados.

Em que tudo aquilo se tornou?

Lee ergueu-se, sentado no chão, de frente para ele, e, com os olhos manchados de vermelho e as lágrimas secando sobre suas bochechas, fitou-o. Sua voz saiu embargada quando disse:

— Quem é você?

Heejoon não conseguiu sustentar o olhar. Abaixou a cabeça e levou as mãos ao cabelo, puxando-o com força.

— Quem é você? — perguntou mais uma vez, cerrando os punhos ao lado do corpo.

— Heejoon! — o rapaz respondeu, levantando o rosto e mostrando seus olhos cheios d'água. — Sou eu: Heejoon!

— Como conseguiu mentir todo esse tempo? — Hansol o questionou, seu olhar repleto de repulsa. — Não pesa na sua consciência?

— Pesa! Pesa pra caralho! — rebateu, seu rosto e sua voz passando uma dor realmente sentida. — Você não acredita, mas eu nunca quis que as coisas ficassem assim!

— Não queria? — Hansol quis avançar para encher a mão em sua cara, mas nem forças tinha mais.

— Nunca quis! — Heejoon levou a mão ao peito e agarrou a própria camisa, procurando apoio. — Quando tudo isso começou, eu não te conhecia! Eu juro, não fiz pra te machucar!

Hansol, que fervia de raiva por dentro, o olhou e, então, gritou:

— Explique essa merda, então!

O mais velho abaixou a cabeça, mais uma vez, fungando, e limpou as lágrimas com as costas da mão.

— Hansol...

— Explique! — exigiu. — Fale a verdade ao menos uma vez! Não acha que eu mereço ao menos saber um quinto de toda a mentira?

Hansol precisava saber o propósito de tudo aquilo, se seu sofrimento valia mesmo aquele tanto.

Moon Heejoon respirou fundo e o encarou.

— Começou há um ano e alguns meses...

Lee sentiu o rosto ficar quente e o coração bater rápido, o nervosismo muito explícito.

— Fazia meses que eu tinha terminado a pós da faculdade... Faculdade de Jornalismo. E eu precisava de um emprego. Meus padrinhos estavam me pressionando, pois eu havia seguido uma profissão diferente da que eles esperavam...

Moon desviou o olhar para a estante toda destruída.

— Meu TCC foi sobre a rotina de um profissional da Psicologia, eu passei meses acompanhando o trabalho de psicólogos e psiquiatras. Ganhei um prêmio por causa desse documentário. E foi, depois disso, depois que meu trabalho saiu em uma revista, que recebi a ligação de uma editora...

Ele encostou a cabeça na parede, enquanto sua atenção parecia dispersa.

— Quando eles me contaram o que estavam planejando fazer, eu recusei. Mas... Eu não conseguia uma vaga na área que queria: em escolas e instituições de ensino. Eles me ligaram, mais uma vez, e disseram que, se os ajudasse a fazer a biografia, eu ganharia espaço em uma revista voltada à educação... Era tudo que eu queria.

Hansol não desviou os olhos da imagem do rapaz por nem mesmo um segundo, atento a qualquer sinal de que aquilo era mentira.

— Eu só precisava conversar com você, algumas vezes, anotar o que fosse interessante e entregar à editora.

— Como você entrou no programa de psicólogos? — Hansol perguntou. — Como veio parar ao lado da minha casa?

— Um dos psicólogos do programa se vendeu, nós pegamos o telefone que ele usava e eu assumi seu lugar — respondeu. — Usei tudo que sabia sobre Psicologia para me passar por um psicólogo... Havia momentos em que eu não fazia a mínima ideia de como agir.

— E você não se importava — acrescentou.

— No começo, não. — Moon voltou a olhá-lo. — No começo, não dava a mínima, só queria um emprego. Mas... Eu não sei o que fiz, você gostou do MH, confiou nele. Juro, Hansol, eu não fingia, quando tentava te ajudar. Foi por isso que fiquei confuso e comecei a duvidar do que estava fazendo. Porque ninguém realmente me disse tudo que havia acontecido contigo. Eu não tinha noção do quanto te machucaram. Não sabia das suas passagens por orfanatos e clínicas psiquiátricas, de tudo que fizeram a você... De como tiraram a vida da sua mãe.

— Por que você continuou?

— MH era o único que você tinha, o único por quem fazia um esforço...

Desconcertado, Hansol continuou perguntando:

— Como veio parar nesta casa?

— Esta é a única coincidência. — Suspirou, enxugando mais lágrimas abaixo dos olhos. — Minha vida virou de cabeça pra baixo quando descobri que você era Lee Hansol, o mesmo Lee Hansol com quem eu conversava, todos os dias, ao telefone. — Ele manteve as mãos trêmulas sobre o colo. — Eu não soube o que fazer, na época... Passei dias sem te atender, evitava sua aproximação. Mas não deu mais.

Hansol desviou os olhos, pela primeira vez, deixando água escorrer por entre seus cílios. Moon Heejoon continuou:

— Como eu poderia acabar com a história do MH se tudo que acontecia você lhe confiava? Mesmo depois de nos apaixonarmos e começarmos a namorar, você continuou confiando mais nele do que em mim. Como? Eu só consegui coragem pra sair do programa quando senti que podia cuidar de você.

— Você nunca iria me contar? — Hansol mirou seus olhos.

— Honestamente? Nunca. Eu jamais te contaria... Porque sabia que isso te destruiria.

Hansol se calou e desviou o olhar, os dedos da mão infiltrados no cabelo, o cérebro trabalhando a todo vapor, para tentar processar aquilo.

— Hansol, há seis meses, não gravo mais nossas conversas...

— Eu não quero saber! — grunhiu, tornando a ficar irritado. — Você mentiu. Você sabia de tudo, de como só venho fodendo-me, desde criança, e ainda continuou a sugar minhas memórias. Tudo por causa de uma merda de biografia! A morte da minha mãe é assim tão interessante? — perguntou, as veias saltando nos punhos. — Tudo que vocês precisam saber é que ela se foi, que meu pai a matou e eu fiquei aqui, sozinho! Isso não é suficiente? Tudo que tinham a dizer sobre esse crime já não foi dito? As pessoas só querem saber mais e mais porque não foi com elas, não foi a mãe delas!

Heejoon não foi capaz de dizer mais nada. Ele manteve os olhos nos próprios joelhos e deixou que a casa caísse em silêncio.

Mas Hansol voltou a falar:

— Você só aceitou fazer parte dessa merda porque sua vida foi como a de qualquer outro garoto...

— Foi? — Heejoon olhou-o, dessa vez. — Você acha que foi? Acha que minha vida foi normal, tendo um pai como o meu?

— Ele matou sua mãe também? — Hansol tinha hostilidade e indignação na voz.

— Ele pôs fogo na casa onde morávamos, com minha mãe, eu e meu irmão dentro! — contou, a mágoa explícita no tom que usou. — Meu pai era esquizofrênico... Ele tentou matar Junghyun, antes de tirar a própria vida!

Hansol ficou em silêncio, enquanto o maior revelava mais coisas, que ele jamais disse:

— Acha que é fácil pra mim? Minha mãe tem AIDS, vai morrer dentro de dois ou três anos, e eu preciso lidar com isso!

Hansol sentiu a ardência no nariz, o fogo por trás dos olhos, ao ouvir Moon Heejoon dizer tudo aquilo. A voz, sempre controlada, saía praticamente desesperada.

Moon olhou-o com toda a sinceridade:

— Eu não fiz pra te machucar. Não sou um monstro, não sou um psicopata! Eu me arrependo de cada mentira, Hansol.

É que Moon Heejoon cresceu em meio a gritos e lágrimas.

Ele devia ter cinco ou seis anos quando seu pai, um jovem de vinte e cinco, começou a ver coisas. O pequeno via o rapaz falar e brigar com as sombras, mas nunca entendeu. No começo, era engraçado, seu pai falava sozinho. "Que doidinho!", ele pensava.

Mas Heejoon cresceu sem poder brincar com as outras crianças, porque estas tinham medo. Cresceu sem amigos, focando os estudos, já que era o que restava. Cresceu em meio à bagunça, vendo a mãe chorar, frustrada.

E, quando ele cresceu, entendeu o que seu pai queria quando cortava os punhos. Quando cresceu, entendeu por que sua mãe trancava a porta do quarto deles, antes de dormir, fumava dois maços de cigarro por dia, vivia cheirando a álcool e saía com outros homens. Ela procurava carinho.

Ele tinha doze anos quando se escondeu atrás das cortinas e se encolheu o máximo que podia, enquanto seu pai esmurrava a porta de casa.

— Tem medo do seu pai, Heejoonie? — o homem gritava, enquanto tentava derrubar a porta. — Quer morar com seus tios? Não gosta do seu pai, garoto?

Moon Heejoon chorava tanto que seu estômago todo doía. A pressão na cabeça era grande, deixando-o tonto.

— Abra a porta, Heejoon! Abra! Deixe o pai te dar um abraço. — O homem fazia seus punhos sangrarem, enquanto desferia socos na madeira grossa. — O pai não vai te machucar! Venha cá, vou te mostrar o outro lado... Lembra-se de quando nós íamos à praia...? Lembra, Heejoon? Venha aqui, antes que levem o pai. Eles estão vindo. Rápido!

Naquele dia, Heejoon correu por cinco quadras, com seu pai atrás. Ele chegou em casa, com os pulmões queimando e, apenas por um milagre, conseguiu trancar a porta. O garoto ouviu tudo aquilo até que os médicos chegassem e levassem o homem.

Foi naquela noite que os médicos também precisaram olhá-lo, pois o garoto realmente paralisou. Foi naquela noite que Heejoon ficou preso dentro do próprio corpo, pela primeira vez.

Em seguida, vieram os remédios para ansiedade e as consultas com os psicólogos. Heejoon não gostava daquela rotina.

Seu pai voltou, seis meses depois, estável e tomando, regularmente, seus comprimidos. Por dois meses, tudo ficou sob controle, aparentemente. Mas Heejoon continuava a permanecer acordado todas as noites, temendo que o homem pudesse atacá-los.

Entretanto, o homem começou uma mania de pegar coisas na rua, de levar lixo para dentro de casa. A mãe dos meninos já não tinha disposição para limpar, por conta do enfraquecimento causado pela AIDS, então restava a Heejoon tentar arrumar tudo.

Ele levava todo o lixo para fora, esfregava panos com desinfetante pela casa toda, mas, no dia seguinte, o pai aparecia com mais coisas, deixando tudo podre.

Heejoon tornava a limpar e a lavar, não suportando o cheiro e a imagem. E isso se repetia, dia após dia. Ele passava horas no quarto, estudando e, depois, limpava cada cantinho. Mais tarde, virava a madrugada, sem pregar os olhos, com a audição atenta a todos os ruídos.

Tornou-se um jovem paranoico, atento, até mesmo, às batidas das asas das borboletas. Piscadas não passavam despercebidas, nem mãos trêmulas ou tons de vozes. Tudo estava sob o olhar e a audição de Heejoon. Ninguém podia forçar um sorriso ou tentar mentir, pois ele via tudo. Tudo. Tudo tinha que estar nos conformes. Depois que seu pai se matou, ele não podia deixar que as coisas voltassem a ser como eram, nem mesmo por um minuto.

Não pise nas linhas.

Você contou mesmo todas as placas de um ponto ao outro?

Você viu que bagunça no quintal daquela mulher?

Cortaram o bolo errado.

Puseram colheres junto às facas.

Você trouxe mesmo chaves, carteira e telefone? Nesta ordem exata: chaves, carteira e telefone?

Carro vermelho, carro vermelho, carro vermelho... Droga, um carro branco!

Datas separadas por barras e não por pontos; ponha 2009 e não 09.

Olhe para os dois lados da rua, três vezes. Você não quer ser atropelado.

Você pisou na linha. Volte lá e recomece a andar.

Deixou gotas de água naquele prato. Enxugue-o, mais uma vez.

O chão não está tão brilhante. Passe o pano, mais uma vez.

Gire a chave três vezes, apenas... Você girou quatro! Faça de novo.

Caneta preta para textos, caneta vermelha para os números das questões, azul para enunciados. Não, não. Você usou azul para textos. Arranque a folha e reescreva.

Lave a mão. Já se passou meia hora, desde a última vez.

Sexo é bom, mas é nojento. Ela está suando, o cabelo está bagunçado; você está suando. Vocês precisam tomar banho, ficar assim não é bom.

Arroz primeiro. Jamais ponha outro condimento, antes do arroz.

A louça está na pia há cinco minutos. As moscas começarão a rondar, lave logo!

Seu pai deixou tudo sujo. Fede. Limpe, antes que não seja mais possível.

Ele não ligou quando foi eleito o melhor aluno da cidade; não conseguiu se importar quando a avó faleceu; não se sensibilizou quando o vizinho perdeu a família em um acidente; não pensou na dor que causaria, ao aceitar trabalhar para aquela editora.

Ainda em silêncio na sala daquela casa, com Hansol à sua frente, de cabeça baixa, Heejoon olhou à sua volta e viu tudo completamente bagunçado. Seu peito se encheu de dor, havia algo beliscando suas orelhas com força.

— Fecha os olhos! Não olha! — disse a si mesmo, levando as mãos aos olhos e tapando-os, chamando a atenção de Lee. — Você tá bem, você tá bem. É, "está"! Está! — gritou, corrigindo-se, sentindo as lágrimas voltarem. — Você já superou isso, Heejoon. Você não precisa mais contar nada.

Ele fez um tratamento de três anos, precisava estar bem.

Hansol não entendia e nem poderia. Ele só olhava com hesitação, temendo o comportamento do homem.

— O que foi, Heejoon?

— N-nada... — Tentou respirar fundo. — Ele... Parece que ele passou por aqui.

Heejoon se referia à bagunça na casa: parecia que seu pai havia estado ali. Era idêntico. Lembrou-se dos sons que ouviu a infância inteira, lembrou-se dos surtos, das tentativas de suicídio. Aquilo era um inferno.

— O senhor escreveu "0612" pela casa toda. O que significa? — o doutor perguntou.

— Arte, morte! Morte, morte! — o homem dizia. — Se jogar lá de cima... A marca que vai ficar no chão. É arte!

Heejoon lembrava-se, perfeitamente, de cenas como essas, que eram comuns e não deveriam ser. Respirou, com dificuldade, afundou as unhas curtas na pele dos braços e fechou os olhos com muita força. Fez tudo errado.

Aquilo o estava consumindo. Não devia ter usado Hansol, ter se vendido. Não devia. Ele precisava se importar, não podia ser tão mau. Ele se sentia tão ruim, tão desprezível.

Vendo o estado dele, Hansol olhou em volta, analisando tudo que havia feito. Não conseguia compreender completamente, mas sabia que aquilo deixava Heejoon mal e, agora, isso o fazia se sentir horrível. Devagar, ele engatinhou até perto do rapaz.

— D-desculpa...

Heejoon só piorou após aquilo. Hansol não precisava pedir desculpas por nada, merda! O que Moon fazia parecer?

— Não... Não é isso — tentou dizer, mas com a vista já escurecendo. — A bagunça... As coisas fora do lugar... É como se ele tivesse voltado.

— Seu pai? — arriscou, detestando ver o mais velho daquela forma.

— Ele... Ele vinha e sujava tudo, Hansol... — disse, tentando controlar o suor frio. — Todos os dias.

Hansol ouviu e se assustou, somando ao desconforto por Heejoon estar daquele jeito: pálido, fraco, respirando com tanta dificuldade.

— Calma — pediu, levando uma das mãos ao ombro do rapaz. Não sabia como agir.

Moon Heejoon fechou os olhos, mais uma vez. Não podia ver sua casa naquele estado, mas tantas outras imagens vinham à sua mente...

Ele socou as próprias coxas, não acreditando que aquilo estava acontecendo, de novo, depois de tanto tempo.

Medo de quê? Tentou pensar. Medo da... bagunça, do que ela trazia. Sujeira não é uma coisa boa.

— Só não olhe — pediu a si mesmo. E respire fundo, oito vezes. Oito ou sete? Agora, ele não lembrava.

Lee Hansol, então, reconheceu a crise: os trejeitos, a forma como o outro tentava respirar. O que os médicos faziam mesmo? Ele não lembrava muito bem, porque, toda vez que ocorria com outros pacientes das clínicas, ele tentava se afastar.

Para Moon Heejoon, era como se tivesse voltado a ter treze anos, e seu pai estivesse gritando no andar de cima. A bagunça ali era típica dele. E Heejoon tinha tanto medo.

Lee, sem muita certeza, e tentando não chorar por conta do nervosismo, o puxou para entre suas pernas, fazendo-o encostar as costas em seu peito. Usou um braço para abraçá-lo, enquanto a outra mão pousava em seu rosto, fazendo carinhos desajeitados em sua bochecha e orelha.

— Não fique assim... É... Não precisa ter medo, Heejoon. Só respire.

Mesmo sem acreditar que Hansol ainda podia cuidar dele, mesmo depois de tudo, MH só conseguiu deitar a cabeça em seu peito e tentou respirar fundo. Ele fez como costumava: inalou e segurou o ar, devagar.

— E tente pensar em coisas boas!

O que é bom na vida de Heejoon? Apenas Hansol. Mas ele estragou isso, também. Tudo cresceu no meio de mentiras, não podia dar certo.

Sentindo a inquietação dele, Hansol puxou uma de suas mãos e passou os dedos pela palma.

— Já reparou nas linhas da sua mão, hm?

— N... não — o mais alto respondeu, começando mais uma sequência de inalação.

— Você sabe tocar piano? — questionou, enquanto usava os dedos de Heejoon como teclado.

— Não... — ele respondeu, tentando relaxar os músculos do corpo, tensionando e soltando.

Era vívida a sensação horrenda de que, a qualquer momento, seu pai poderia aparecer ali, com um gato morto nas mãos.

Hansol não era bom em ajudar, não se sentia capaz, mas tentou. Se bem lembrava, precisava distraí-lo.

— Hm... Três vezes sete?

Heejoon não precisava pensar para responder. A única coisa que precisava pensar era em como Hansol ainda podia ser daquele jeito.

— Vinte e um — respondeu.

— Oito vezes oito?

— Sessenta e quatro.

— Quatro vezes seis mais vinte e dois?

— Quarenta e seis...

Hansol pensou em mais, tentou lembrar-se do que aprendeu na escola, enquanto ainda sentia Heejoon muito tenso.

— Oh... Raiz de 256, por decomposição?

— Decomposição, por números primos... Começando por 2... 256 menos a metade... 128, 64, 32, 16, 8, 4, 2... Quatro pares de dois... 2 elevados à quarta potência... 16. A raiz é 16.

— Muito bom. — Hansol acariciou sua mão e braço. — O que te deixa calmo, Heejoon?

Ele não podia mentir.

— Você.

Hansol fechou os olhos e suspirou, tentando deixar tudo aquilo de lado por um momento. Ele moveu a cabeça de Heejoon, para que este olhasse para cima.

— Olhe para mim.

Moon Heejoon abriu os olhos, lentamente, tendo não a visão feia de sua casa, mas o belo rosto de Lee Hansol. Este abriu um sorriso discreto, enquanto usava suas mãos para acariciar-lhe os ombros.

— Eu sou bonito?

— Muito — Heejoon respondeu, calmamente, sentindo o corpo relaxar um tanto e a respiração, aos poucos, voltar ao normal.

— Do que você gosta em mim? — perguntou. Sentiu o coração trincar, mas não foi capaz de deixar Heejoon sofrer. E... Realmente, notou que sua presença, seu toque, era o que acalmava Moon. Ele ainda não sabia o que pensar, mas nunca o tinha visto daquela forma. Sentia que suas lágrimas não eram falsas.

— Gosto da sua pele... — Heejoon levou as mãos aos braços dele, sentindo a textura. — Gosto da sua voz. Eu amo quando você me diz coisas carinhosas. Amo te abraçar, cozinhar pra você e te ver sorrir — dizia tudo, distraidamente.

E Hansol não podia ouvir aquilo sem sentir vontade de chorar.

— Amo sua doçura — continuou —, como sempre se arruma impecavelmente pra me ver, como tenta ser melhor... Amo como você canta musiquinhas, como cruza os braços quando está bravo, como se esfrega em mim, como um gato, quando quer atenção. Amo a cor da sua boca, amo beijá-la, te dar presentes, amo como você se distrai quando vê flores, amo...

Hansol segurou suas lágrimas, ao máximo, exatamente até que Heejoon caísse no sono e, então, as deixou escapar. Ele o amava, mas sua cabeça dizia que não podia mais amar.

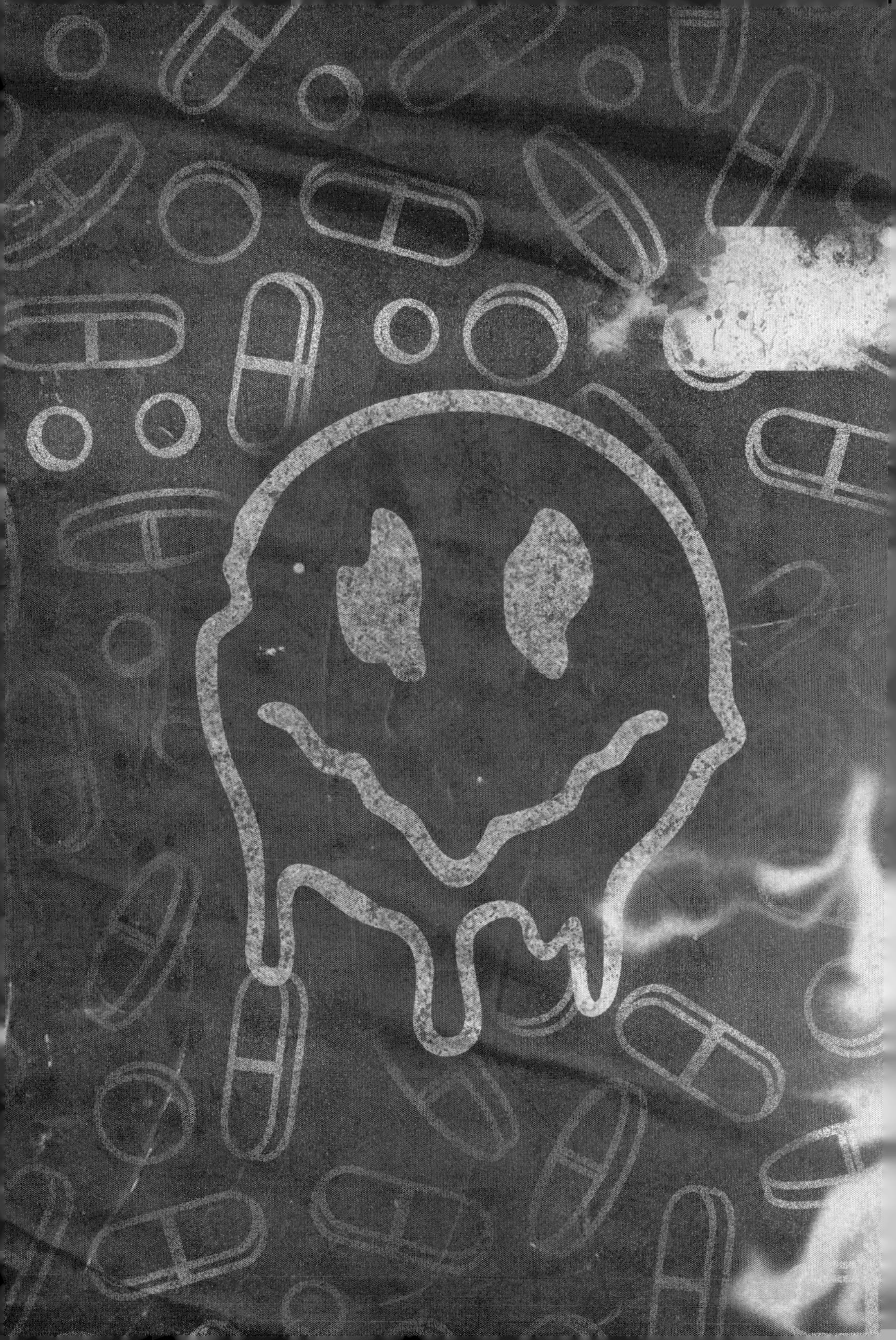

CAPÍTULO XIII

O AMOR NUNCA FOI AMIGO DA MENTIRA, mas ambos sempre residiram na mesma casa, em quartos diferentes, esbarrando pelos corredores.

Hansol não sabia se era seguro, mas, de qualquer forma, deitou a cabeça de Heejoon em uma almofada, no chão, e deixou-o adormecido ali. Pôs Bellatrix para se deitar ao seu lado e foi embora.

Sim, doía em seu coração; partiu-o em mil pedacinhos, porque, naquela noite, Moon Heejoon se resumiu a uma criança assustada, e Lee Hansol não conseguiu cuidar dele. Não era o que Moon queria também.

Limpando as lágrimas, Hansol deixou a casa do vizinho, andou até a calçada, viu o ponto de ônibus e olhou para sua própria residência. Sentindo o corpo cansado demais para procurar outro caminho, escolheu ir para casa.

Ele arrumou a cama e se deitou sobre ela, agarrando os cobertores com bastante força, procurando fugir do frio. Mesmo que sua nuca suasse um pouco, se sentia nu sobre uma placa grossa de gelo, inalando o ar gélido, sentindo o peito queimar.

Era estranho como os sentimentos iludiam seu corpo.

Ele fechou os olhos, mas não dormiu. Não tinha como. Sua cabeça trazia, a cada segundo, as informações que, brutalmente, recebeu nos últimos dias e nas últimas horas.

Era estranho, também, como a vida de certas pessoas era especialmente escolhida para receber todo tipo de provação. Lee Hansol não tinha forças para isso.

Não precisava ser muito observador para descobrir que, mesmo sendo um dos mais belos rapazes já vistos, sempre havia um brilho assustado em seus olhos. Até mesmo sua postura não era valente.

Como ele poderia ser como os outros rapazes de sua idade? Todos tiveram o mesmo tipo de infância e adolescência?

Não, poucos deles tiveram que lidar com o mesmo peso, durante tantos anos. O que se esperava de alguém como ele, honestamente?

Agora, tudo estava claro, como aquele quinto dia de verão. Podia ver tudo, tudo fazia sentido e o quebra-cabeça, finalmente, foi montado... Mas, antes, essa confusão nem mesmo existia na cabeça de Hansol.

Se quiser imaginá-lo, claramente, tente pensar no rapaz completamente sozinho: este é Lee Hansol. Não havia alguém esperando por seu abraço no fim do dia; não havia alguém para se preocupar se ele havia se alimentado bem no almoço. Não havia.

Havia Moon Heejoon. Mas este, agora, era alguém que Hansol acabou de ver pela primeira vez.

Se ele acreditou nas confissões do homem? Sim. Sendo algo bom ou ruim, acreditou nas palavras ditas de modo sôfrego, nas mãos trêmulas de Moon, nos olhos com uma dor vista e sentida...

Ele acreditou. Amava Moon Heejoon.

Não, isso não era um sinal positivo, todavia nem mesmo negativo. Lee Hansol amava Moon Heejoon, apenas.

Quando seis horas atingiram o relógio, ele deu o primeiro bocejo e percebeu que não havia mais mentiras, mais ninguém o enganando. Então, dormiu.

Quando acordou, depois das quatro da tarde, passou pela janela da sala e viu Heejoon. Este levava sacos e mais sacos de lixo para fora de casa. Lee sabia que se tratava da sujeira que havia feito, na noite passada, e isso lhe trazia mais um sentimento ruim, bastante irritante.

Por entre a fresta da cortina, Hansol observou a movimentação no quintal de Moon, por quase meia hora, até que o mais velho trouxe uma última caixa, que continha muitos papéis. Ele o viu atear fogo nela. E enquanto os papéis eram incinerados, Heejoon tirou um aparelho gravador de seu bolso e deu uma boa olhada neste, antes de atirá-lo no fogo, seguido por mais dois pen drives.

Hansol suspirou, sabendo que aquilo, que queimava, eram os registros das conversas que teve com MH.

Depois que o fogo comeu tudo, Heejoon apagou-o, com esguichos de água, e atirou todo o resíduo na lixeira, finalmente terminando de limpar a casa.

Moon pegou Bellatrix e soltou-a no quintal do vizinho, sabendo que a gordinha não demoraria a latir na porta do dono.

Menos de cinco minutos depois, Hansol abriu a porta para ela. Ele a abraçou e a beijou, acariciando suas pelancas. Passou um tempo de qualidade com ela: ambos deitados no chão de casa, Lee rindo de suas palhaçadas, provocando-a para que lhe desse aquelas mordidinhas gostosas.

Bellatrix não lembrava em nada o velho Spider. Aquele labrador era quieto e rabugento, sempre muito sério, deitado perto do portão de casa, vigiando o lar de seus donos. Trix era levada e rugia para cada bruxinha que voava por perto, fazendo barulho o dia todo; e dormia como se trabalhasse arduamente. Não, eles tinham algo em comum, sim. Ambos eram companheiros e, agora, Hansol só a tinha.

Quando a grande pequena se cansou e se enrolou para dormir, a casa caiu em silêncio e Hansol se encontrou solitário, na sala fria de sua casa. Passou mais uma noite em claro, mordiscando o interior de suas bochechas, com os olhos cabisbaixos, encarando nada específico. E, mais uma vez, o sono só chegou quando os trabalhadores já se levantavam para o serviço. Mas, como Hansol não trabalhava, estudava ou fazia qualquer coisa, só se permitiu dormir.

Ele só acordou antes das cinco, porque Bellatrix veio lamber e mordiscar sua mão. Hansol obrigou-se a levantar-se, para dar ração à cadelinha e, mesmo bocejando, encolheu-se sobre o sofá e assistiu à tevê, sem se concentrar realmente.

Não comia há dois dias, mas não sentia fome. Na realidade, perdeu o apetite de tudo, qualquer vontade possível. Ele não sentia mais. Tudo que havia, em sua cabeça, era um vidro embaçado, nada podia ser visto com clareza. Ele não focava nada, só esperava as horas passarem. E assim foi por quase quatro dias.

Comeu cerca de três vezes, só por sensatez, sem pôr os pés para fora de casa nenhuma vez. Do lado de fora, só era possível saber que tinha gente ali, porque, à noite, as luzes se acendiam e as cortinas mudavam de posição, algumas vezes. Somente dormiu e assistiu à tevê, várias vezes estalando a língua, para tentar afastar o desejo que seu cérebro sentia por qualquer tipo de química.

Ele morreu por alguns dias. Seu corpo não fedia e seu coração ainda batia, assim como seu cérebro ainda mandava comandos para os membros e órgãos. Mas ele não vivia, pois não sentia nada. As memórias vinham, mas elas não o despertavam. Hansol perdeu a sensibilidade por um tempo.

Quando o telefone tocou, na quinta-feira, ele não teve pressa para atender. Seu rosto continuou inexpressivo, mesmo após ouvir a voz arrogante de Jaewon.

— *Já fez o que precisa?* — o primo indesejável perguntou.

— Não — respondeu, encostado na parede fria de casa, com o olhar perdido em qualquer droga de mosca. — O que preciso fazer?

— *Acorde, idiota.* — Ele soava impaciente, como de costume. — *Precisa de acompanhamento psicológico... Ou vão te internar.*

— É? — Hansol arqueou, muito levemente, as sobrancelhas. — Ok.

— *Eu estou falando sério!*

Hansol riu fraco e disse:

— Você não liga, esqueceu?

Jaewon ficou em silêncio, durante um tempo, antes de retrucar:

— *Nossa avó morreu, ano passado, e meu pai também se foi há quatro meses. Você não sabe, mas somos os últimos da família Lee. Você não fará filhos, pois não se atrai por mulheres, e eu não sou fértil. Hansol, não quero enterrar mais ninguém dessa linhagem... Não quero ser o último. Então, siga a ordem natural da vida, deixe o mais velho morrer antes... No caso, eu.*

— Hansol já morreu — falou, baixinho, antes de encerrar a ligação.

Entretanto, pela primeira vez na semana, aos pouquinhos, as lágrimas começaram a escorrer pelos cantinhos de seus olhos. Pela primeira vez, em dias, ele sentiu algo... E não era bom.

Ele fungou e esmagou uma almofada em seus braços, contendo um grito. Hansol tinha o queixo tremendo, bufando, de tempo em tempo, chorando de dor e raiva, tudo tão misturado... Então, veio a fome, o frio, a vontade de se drogar, de fugir... Tudo, de uma só vez, como uma porrada dura na boca de seu estômago.

Ele correu para a cozinha e, mesmo chorando baixinho, comeu o máximo de pães que podia, intercalando entre uma lata de refrigerante e uma peça grande de queijo. Comeu até que suas costelas ficassem doloridas, parando, muitas vezes, para esmurrar a mesa, irritado com todas as brincadeiras que a merda da vida já lhe tinha pregado.

Hansol se detestava, odiava-se profundamente.

E, quase no finalzinho da tarde, ele saiu de um banho, bastante longo, e vestiu-se para sair. Iria, sim, atrás de qualquer tipo de calmante que encontrasse, em qualquer dosagem. Ele terminava de vestir o casaco, quando desceu as escadas e viu Bellatrix tendo uma atitude estranha no meio da cozinha. A cadela se contorcia e tentava enfiar a pata na própria boca.

O coração dele disparou, freneticamente, quando viu o sangue sujando o chão e uma lata de molho destruída. O pedaço de alumínio estava preso na boca da cachorra, cortando-a.

Seu peito subiu e desceu, centenas de vezes, no menor tempo possível, antes de tomar a cachorra nos braços e tentar tirar o pedaço afiado de alumínio. Mas desistindo da ideia, no segundo seguinte, ao ver que, se tentasse puxar, somente cortaria mais.

Desesperado, Hansol correu para fora da casa com a filhote nos braços e, chorando, tentou encontrar qualquer um que pudesse ajudá-lo. Mas, naquele momento, não havia ninguém na rua.

Ele não deu a mínima, gritou o primeiro nome que se lembrava:

— Heejoon!

No primeiro chamado apavorado, Moon abriu a porta de casa, com um prato de comida em mãos, procurando com os olhos a direção de onde vinha a voz desesperada de Hansol.

— O que foi, Heejoon? — Suas primas e irmão saíram pela porta, igualmente assustados.

— Heejoon, por favor! — chamou, parando em frente ao seu portão.

Os olhos de Heejoon e de seus familiares praticamente saltaram para fora, quando viram a cadela suja de sangue nos braços de Hansol. Moon largou o prato de comida nas mãos do irmão e procurou as chaves do carro nos bolsos da calça.

— O que aconteceu? — perguntou, espantado com a cena, destravando o carro e abrindo a porta para Hansol entrar com Bellatrix. Logo depois, correu para entrar no veículo, também. — Isso é lata que ela tem na boca? O que houve?

— Eu não sei. — Hansol tremeu, chorando por ver a cadelinha naquele estado. Quando o carro partiu, a cachorra pareceu se apavorar mais, tentando fugir e fazendo com que a lata somente a machucasse mais. — Não! Não, Bellatrix! Por favor!

Heejoon dirigiu o mais rápido que pôde, prestando o máximo de atenção na pista e procurando pelo veterinário mais próximo possível.

Hansol segurou a bulldog com segurança, mesmo que trêmulo, sentindo a cachorra ofegante e o sangue escorrendo em abundância. Ele estava com tanto medo que nem notou quando o carro parou.

Heejoon, mais atento, abriu a porta, puxou-o para fora, tomou Bellatrix no colo e correu para dentro do consultório com ela.

Hansol ainda levou um tempo para fechar a porta do carro, sentindo as pernas bambas e o coração muito acelerado. Seu casaco branco estava manchado de sangue.

Quando ele entrou no veterinário, dois enfermeiros já avaliavam a situação de Bellatrix e, rapidamente, a levaram para dentro de uma sala, ordenados por uma médica veterinária.

— Não sei, eu acho que ela abriu a geladeira, sentiu o cheiro do molho... — o mais velho explicava para a médica. — Sabe, ela é dessas que destrói tudo o que vê...

— Tudo bem, rapaz. Vamos cuidar dela, se acalme. — A veterinária tentou tranquilizá-lo.

— Os senhores aceitam uma água com açúcar? — a recepcionista perguntou, referindo-se mais a Hansol, que tremia e chorava.

— Ela vai ficar bem, calma... — um rapaz que esperava o gato ser atendido tentou dizer.

Sua namorada emendou:

— Tadinha, meu Deus... Mas eles vão cuidar dela, sim, moço.

— Tenham calma — a veterinária pediu. — Logo volto com notícias.

A recepcionista ofereceu um copo com água e açúcar a Hansol, mas ele não viu. Foi Heejoon quem apanhou o copo e o entregou ao menor, conduzindo-o para se sentar em um dos bancos de espera.

Hansol deixou a geladeira aberta? Ele estava tão afobado, quando procurava o que comer, que foi abrindo todos os armários.

A culpa o atingiu forte.

— Calma — pediu Heejoon, arriscando pousar uma das mãos no ombro do rapaz. — Eles estão cuidando dela.

— Eu deixei a geladeira aberta! — assumiu, abaixando a cabeça, chorando timidamente. — É minha culpa...

— Não, não é — Heejoon falou, de pertinho, tentando fazer com que o moreno entendesse. — Ela é um bulldog: eles vivem destruindo coisas. Poderia ter acontecido com qualquer coisinha. Ela poderia se machucar com outro objeto ou engolir algo pequeno. Não é sua culpa, Hansol.

Lee suspirou e fungou, antes de Heejoon guiar o copo até seus lábios, fazendo-o beber a água doce. Ele bebeu tudo, aos poucos, enquanto Moon acariciava seu ombro, ajudando-o a se acalmar.

Passaram-se cerca de quarenta minutos até que dois veterinários deixassem a sala, com um pacote em mãos, chamando os dois rapazes para um corredor afastado da sala de espera.

Um deles abriu o saco, pegou dois pedaços de lata e mostrou-lhes.

— Precisamos imobilizá-la, para cortar o objeto em duas partes e, infelizmente, ela perdeu um dentinho. Mas nós tiramos o objeto, limpamos as feridas e, agora, os enfermeiros estão fazendo os curativos. Ela está abatida, mas está bem.

Hansol suspirou e fechou os olhos, voltando a chorar.

— Foi culpa minha. Deixei a geladeira aberta.

— Não — a veterinária rebateu. — Isso é comum entre os cães, ainda mais dessa raça. Já cuidamos de muitos casos absurdos, em que a negligência, realmente, era dos donos. Não precisa se culpar por nada, filho.

Hansol compreendeu um pouco e assentiu, abaixando a cabeça, em seguida. O outro veterinário perguntou:

— De quem é a cadelinha?

— Nossa — Heejoon falou a verdade. — Hm, onde devo pagar pelo tratamento?

— Me acompanhe, por favor — o homem pediu, e Heejoon foi.

A veterinária deu mais alguns detalhes do procedimento para Hansol, enquanto Heejoon assinava termos, antes de passar o cartão de débito. Quando os quatro se reuniram, mais uma vez, o veterinário explicou:

— Bellatrix vai ficar sob nossos cuidados essa semana. O sr. Moon decidiu assim.

— Por quê? — Hansol interrogou-os. — Quero levá-la pra casa.

— Não adianta, Hansol — Heejoon, usando o tom calmo, disse. — Ela machucou bastante a boca... Nós não saberíamos cuidar direito. Aqui, eles vão trocar os curativos, todos os dias, e saberão alimentá-la. É só uma semana, e podemos vê-la quando quisermos. Então, ela vai ficar. Okay?

O Lee entendeu, mesmo que quisesse levá-la para casa, e concordou. A veterinária o tranquilizou:

— Vamos cuidar dela, pode confiar. Querem vê-la?

— Sim — afirmou Hansol. Então, eles seguiram para a sala, onde um enfermeiro, agora, passava um pano úmido pelo corpo da cadelinha, removendo as manchas de sangue.

Os profissionais se afastaram alguns passos, para que os donos pudessem ver o animal. Hansol estava com medo de tocá-la, mas Heejoon começou a fazer-lhe carinhos nas costas:

— Ei, garota... Sua arteira.

Mesmo cabisbaixa, Bellatrix abanou o rabinho curto.

Hansol sorriu, tristonho, angustiado por ver sua boca toda inchada.

— Você vai ver: logo, logo, ela vai destruir algum sapato por aí... — disse Heejoon.

— Você viu, ela perdeu um dente! — Hansol ainda estava receoso.

O mais velho não respondeu, só continuou a acarinhar a cadelinha, que parecia bastante cansada.

— Ela perdeu um pouco de sangue, então está fraquinha — o enfermeiro falou.

— Entendo. — Moon soltou um suspiro. — Nós vamos deixá-la descansar.

Rapidamente, Hansol depositou um beijo na cabeça de Bellatrix, fazendo carinho em suas orelhas, e foi para a porta, esperando Heejoon terminar de discutir alguns detalhes com os veterinários.

Então, os dois deixaram o consultório, entraram no carro de Heejoon e partiram dali. Hansol, no banco do carona, se manteve em silêncio, durante todo o caminho, encarando o sangue em sua roupa e mãos. Sangue era algo tão feio! Ele não olhou para Heejoon, porque não queria estar naquele carro com ele. Estava ali porque precisava.

Quando eles pararam o carro, entre a casa de Hansol e Heejoon, ambos desceram, ainda em silêncio, até o mais velho dizer:

— Te levo para vê-la amanhã se quiser.

— Eu sei chegar lá de ônibus... — Hansol respondeu, tentando não soar rude. — Obrigado.

Ele não deu tempo para Moon dizer qualquer coisa, pois, rapidamente, começou a se distanciar, vendo as primas e o irmão de Heejoon saírem na varanda.

— E aí? — eles perguntaram.

— Ela ficou internada no veterinário — Hansol ouviu Heejoon responder, enquanto faziam o caminho para dentro de suas casas.

— Tá brincando? — Junghyun indagou. — Vai gastar uma grana por causa de uma cadela?

— Não fala merda, moleque — disse uma das primas, Hyojin.

— Eu posso ajudar a pagar! — rebateu Hansol, parando no meio do caminho.

— É o mais justo, já que a cachorra é sua — Moon Junghyun atirou.

— Pare com isso, Junghyun... — SunGyeom, a outra prima, pediu.

— Não precisa — Heejoon disse a Hansol. — Fui eu quem a deu pra você, lembra?

— Não acredito que tenha comprado um cachorro pra ele. — O Moon mais novo rolou os olhos.

— Ele não comprou, adotou — Hansol protestou.

— A bulldog? — Junghyun riu. — Ele comprou! Me lembro bem de quando ele ligou para os vendedores, inventando todo um plano para parecer que era só uma adoção!

Os olhos de Hansol foram de Junghyun para seu irmão, perplexo. Hyojin acertou um tapa realmente forte no primo e o puxou para dentro de casa, sendo seguidos por SunGyeom.

Moon bufou, bagunçando o cabelo e, então, encarou o menor.

— Só me diga se aceitaria que eu lhe comprasse um cachorro.

Hansol nem respondeu, porque não, não deixaria Heejoon pagar por uma cadela de raça como Bellatrix, ainda mais naquela época.

— Pronto. — Heejoon encarou-o, um pouco inexpressivo. — Agora, sabe tudo.

Antes de entrar em casa, Hansol declarou:

— O engraçado é que, mais uma vez, eu não soube a verdade por sua boca.

As pessoas eram incompreensíveis, e Hansol estava cansado delas. Cansado de suas mentiras, de suas falsas intenções, de como eram capazes de usar a dor de alguém para benefício próprio. Cansado, completamente cansado.

Seus olhos, quase sem vida, encaravam as paredes de casa, todo dia, na busca de uma resposta; tirando paz e sono, exigindo além de sua capacidade, fodendo com cada um de seus neurônios. Ele não fazia a mínima ideia de como foi tão longe, afundando-se tão rápido.

Por que ele ou alguém poderia merecer tudo isso?

Sua vontade foi de voltar às boates e transar com cem caras, porque eles não mentiam, não lhe prometiam nada. Simplesmente, queriam seu corpo e não diziam amá-lo, não o fazia ter falsas esperanças. Porque acordar em um motel de um bairro desconhecido não era tão constrangedor quanto saber que foi enganado embaixo de seu próprio nariz.

É, ele deveria voltar às raves, encher-se de ecstasy e foder com algum cara sem nome. Era menos doloroso, menos vergonhoso.

Lee Hansol não tinha mais saída, alternativa ou chance. Todas as suas vidas foram esgotadas, e ele não tinha mais como reiniciar. Era assim que se via. Quem poderia julgar?

Mesmo ferrado, Hansol nunca pensou em mentir para uma pessoa ou usá-la, nunca quis machucar, nunca teve más intenções ou fez algo de propósito. Mas a realidade era essa: ou você fazia sofrer ou era você quem sofria. Era a mais pura verdade. E acreditar na bondade incondicional era, agora, um ato tolo.

Com as mãos um tanto trêmulas, Hansol subiu no ônibus, se desculpando, com uma senhora, por esbarrar em sua bolsa. Sentou-se em um banco, sozinho, e voltou sua visão para o exterior do transporte. Assustou-se, levemente, com a cor das nuvens, um cinza muito escuro, enquanto a água começava a cair.

Ele suspirou e, de repente, sentiu vontade de estar debaixo da chuva, na esperança de que pudesse lavar sua pele, alma e pecados. Mas, nem mesmo a mais potente das chuvas — ou a mais pura — poderia realizar seu desejo de deixá-lo limpo.

E, quando o ônibus fez uma parada na rua da clínica veterinária, onde Bellatrix estava, ele saltou algumas quadras antes, sentindo a chuva, não tão forte, molhar sua cabeça e as costas. Todavia, naquela situação, em que não podia admirá-la, a chuva não foi refrescante ou capaz de purificá-lo. Foi apenas irritante, já que ele precisava chegar ao consultório.

É, nada era bom para Lee Hansol, ultimamente, e até mesmo sua cadelinha estava em um estado ruim.

Dentro do veterinário, ele deu seu nome e pegou uma autorização para visitar Trix, seguindo para onde os animaizinhos internados ficavam. Com a orientação de uma enfermeira, encontrou a cadelinha, que dormia, serena, com a boca enfaixada.

— Bella, Bella... — chamou. Estranhava ouvir a própria voz, já que até se tornou taciturno nos últimos dias. — Ei, meu bem — sussurrou e abaixou-se para alcançar a altura dela, acariciando sua cabecinha.

Bellatrix, então, acordou, levantou-se e pulou no colo dele, abanando o rabinho naturalmente cortado, choramingando, ao ver o seu papai.

— Ei, minha linda... — Ele beijou seu focinho. — Como passou esses dias?

— Bem — a enfermeira respondeu. — Ela é bagunceira e pouco obediente, mas é dócil. Está se recuperando muito bem.

— É, ela só obedece ao Heej... — cortou a própria fala. — Hm, que bom que ela está indo bem.

— Não posso dizer com certeza, mas creio que poderão levá-la para casa nesse final de semana. O senhor Moon pediu que só a liberássemos quando ela estivesse cem por cento.

— Hmm... Ele tem vindo vê-la? — perguntou, enquanto fazia carícias na cadelinha.

— Todos os dias — ela sorriu, ao dizer. — Ele ainda não veio hoje, mas, provavelmente, virá.

— Oh... okay — assentiu, desviando o olhar da mulher para Bellatrix.

— Falando nele... — A enfermeira apontou para a entrada do consultório. Hansol mirou na direção que ela indicava, deixando seus olhos caírem em cima de um Heejoon parcialmente molhado.

— Argh... Tive que estacionar o carro na outra rua — o recém-chegado comentou e puxou o cabelo molhado para trás, secando o rosto com a própria blusa. Só então, ele viu que Hansol estava ali.

— Se atrasou hoje, sr. Moon — a enfermeira brincou.

— Uh... É que... Eu... Eu estive fazendo uma visita à faculdade. Vou entrar em um curso novo — explicou.

— Ah, sim, devemos fazer o que amamos. — A mulher sorriu. — Bom, irei deixá-los. Se precisarem de alguma coisa, podem chamar qualquer um dos nossos enfermeiros.

Enquanto ela se afastava, Moon Heejoon suspirou e encostou-se à parede, olhando para Hansol e Bellatrix.

Lee encarou-o nos olhos, por dois segundos, e abaixou a cabeça, forçando um sorrisinho para a cadela.

Era estranho estar perto de Heejoon, porque, agora, sabia que aquele homem — o qual amava — mentiu para ele. Mas também sabia que não havia mais mentiras além.

Pensando nisso, bufou, passando as mãos livres pelos olhos e coçando-os. Então, se levantou, após deixar um beijo na testa de Bellatrix. Acenou para a enfermeira, apenas para avisar que estava indo embora, e saiu do canil. Caminhou até a saída do veterinário, mas não foi embora, porque a chuva, agora, caía com força, e o ponto de ônibus mais próximo ficava a várias quadras de distância.

Hansol se encostou à parede de fora, debaixo da cobertura, e decidiu esperar, cruzando os braços e sentindo o vento gelado que vinha do leste. Honestamente, seu coração estava afetado por vê-lo, afinal, fazia dias que não via o carro do rapaz, nem mesmo parado em frente à sua casa.

E como era difícil enganar os próprios sentimentos! Porque era verdade: quem mais lhe causava alegria era também quem poderia lhe causar mais tristeza. Hansol não queria poder comprovar isso.

Os braços de Heejoon eram tão quentes, tão seguros, deixavam-no tão confortável... O frio não existia se estivesse escondido entre eles. Faziam tanta, tanta falta, nesses dias...

Hansol esperou a chuva passar, mas isso não aconteceu. Pelo contrário, aumentou mais um tanto, fazendo jus à aparência potente das nuvens carregadas. Então, impaciente, cobriu a cabeça com o capuz do agasalho, não querendo molhar, novamente, o cabelo escuro, e deixou a cobertura e o local. Sentia o vento e a chuva atingirem-no com tanta força, que o fizeram perder o ar por um instante.

Andando, encolhido, pela calçada, ele se surpreendeu, um pouco, ao sentir uma súbita aproximação. Ao virar, deparou-se com Heejoon.

— Me assustou! — grunhiu.

— Não foi por querer, só estava tentando te alcançar... — devolveu Moon, enquanto a água fazia o cabelo castanho colar em sua testa.

— O que foi? — devolveu, soando um pouco rude.

— Quer uma carona? — Heejoon ofereceu. — Moramos no mesmo lugar. É, simplesmente, mais prático do que esperar um ônibus e dar uma volta na cidade toda para, então, chegar a casa.

Hansol rolou os olhos, fitando-o apenas de canto.

— Tudo bem.

— Certo. Vem — pediu, assumindo a frente e guiando o menor pelo caminho, até virarem na primeira esquina e Moon destravar o carro. Abriu a porta para Hansol e foi até o outro lado, para assumir o volante.

Assim que Lee terminou de pôr o cinto, partiram. Os limpadores do para-brisa iam de um lado para o outro, varrendo a água da chuva. Eles permaneceram em completo silêncio. Mas, mesmo que sua boca não quisesse soltar nem mesmo um "a", a cabeça de Hansol trabalhava rápido, tão rápido que o rapaz não era capaz de acompanhar.

"Ele está bem ao seu lado e vocês costumavam ser só amores, lembra? Claro que lembra, pois é o que mais dói", pensou. Suspirou, mais uma vez. Encostando a cabeça no banco, observou, de dentro do automóvel, a chuva forte despencar lá fora, eclipsando toda a visão. Ele só mirou Heejoon quando o celular deste tocou.

Após checar quem chamava, Moon encostou o carro para atender.

— Alô? Sim, é o Heejoon.

— Sr. Moon, dona Eun-Chae está realmente nervosa hoje, ela quer muito vê-lo. O médico pediu para que, se for possível, o senhor venha imediatamente. — Hansol ouviu a pessoa do outro lado da linha dizer.

— Ela quer me ver? — Heejoon perguntou, suspirando e parecendo cansado. — Está delirando de novo?

— Ah, Sr. Moon, hoje, ela acordou chamando pelo marido, dizendo que precisava fazer as compras de Natal... E, agora, está desesperada, diz que precisa ver o filho — a voz feminina contou. *— O senhor pode vir? É muito importante.*

— Eu... Eu vou. Eu vou — ele confirmou, antes de encerrar a ligação.

Hansol, encarando-o sem discrição, esperou que Moon ligasse o carro, mas ele não o fez; apenas agarrou o volante, encostou a cabeça na buzina, fechou os olhos e respirou fundo.

— O que foi, Heejoon? — perguntou, preocupado.

— Eu não gosto de ir lá — confessou, erguendo a cabeça e encarando a rua à sua frente.

— É sua mãe — devolveu em voz baixa.

— Hansol... — Ele o mirou e abriu o porta-luvas, puxando um livro de dentro e o chacoalhando, até que uma foto caísse. — Esses são minha mãe e meu pai.

O menor apanhou a foto e deixou o queixo cair, um pouco, notando a semelhança entre o pai de Heejoon e o próprio.

— Toda vez que ela me vê, fica nervosa... Porque a cabeça dela já não funciona, e ela se confunde, achando que eu sou meu pai. Então, ela tem crises, porque sente medo dele.

Hansol voltou a visão para a foto, não compreendendo muito bem.

— Ela tem... AIDS. Isso mexe tanto com o psicológico dela?

— Minha mãe já tem a doença há mais de doze anos... Está na fase final. Delira quase o dia todo — contou, com os olhos focando um ponto não específico. Mas, então, ligou o carro e voltou a dirigir, seguindo o caminho que pegava para chegar a casa.

Hansol pensou na sra. Moon chorando e gritando, nervosa, desesperada, com medo do marido. E pensou na dor que sentia toda vez que sua própria mãe ficava assim.

— Ela não te reconhece mais?

— Raramente nota que eu sou o Heejoon — ele respondeu, concentrado na direção.

— Me leve com você — pediu.

Heejoon olhou-o, então, surpreso e confuso.

— Não é um lugar bom, Hansol.

— Eu sei — disse honestamente, lembrando-se das temporadas que passou em clínicas. — Eu sei.

— Por que quer ir? — questionou, intercalando o olhar entre a rua e o moreno.

Hansol mordeu a própria língua, antes de dizer:

— Deixe-me fingir que sou você.

Heejoon ouviu e não se pronunciou, mordiscando o lábio, enquanto ultrapassava os outros carros. Hansol manteve seu olhar nele, esperando uma resposta.

— Heejoon, eu só não quero que ela sofra.

— Eu não sei como ela pode reagir — confessou.

— Vamos tentar. Se ela... Se ela não reagir bem, podemos apenas tomar isso como uma tentativa, já que ela surtaria com ou sem você — tentou justificar, abaixando a cabeça.

Heejoon passou muito tempo em silêncio, até chegar à rotatória que definiria seu rumo. Ele suspirou, bagunçou o cabelo e, por fim, tomou a direção da clínica.

— Vamos tentar, mas se ela não reagir bem, saia imediatamente e venha para o carro... Eu não queria falar assim, mas ela pode ser perigosa quando está nesses estados. Tudo bem?

Hansol assentiu, respirando fundo. E, então, não disse mais nada por todo o caminho, apenas esperando chegar lá.

Quando o carro parou em frente a uma grande casa pintada em cores claras, Lee reconheceu o ar tétrico e a falsa sensação de calmaria que tentavam passar.

— Venha. — Heejoon tomou sua mão, ao deixarem o carro, correu até a cobertura, por causa da chuva, e subiu as escadas para entrar no lugar. Ele nem precisou apresentar seu documento, pois já visitava o lugar há anos.

Já Hansol deixou a identidade na recepção e seguiu Moon pelos corredores. Quando esbarraram com o médico, a caminho do quarto da Sra. Eun-Chae, este os barrou.

— O que pretende ao trazer alguém com você, sr. Moon? — perguntou, olhando, quase irritado, para eles.

— Acha que eu faria algum mal a minha mãe? — indagou, sem receber resposta. — Não vou fazer nada errado!

— Heejoon! — a voz feminina e fraca chamava de dentro de um dos quartos. — Meu filho, Heejoon! Eu quero!

Moon arfou, deixando visível sua exaustão.

— Por que não a sedaram?

— Oh, nós já usamos muitos calmantes esta semana. O supervisor não achou saudável dar mais a ela — contou.

— Eu disse para sedarem-na somente nas crises mais fortes. Quantas vezes preciso dizer? — perguntou, tentando ficar calmo. — Vocês não podem enchê-la de calmantes toda vez que ela fica nervosa.

— Sr. Moon... — o médico tentou dizer, mas ele não deu ouvidos.

O maior puxou Hansol para a porta do quarto e o encarou nos olhos.

— Quer mesmo fazer isso?

Hansol tinha dúvidas, mas estava tão visível que Heejoon não queria entrar lá que até sua forma de mover os lábios demonstrava certo medo. Então, ele respondeu:

— Sim.

Heejoon mirou o número do quarto e até o nome que havia escrito: "Moon Eun-Chae".

— Na mínima reação ruim, deixe o quarto, que eu assumo.

— Eu... — sussurrou, nervoso. — Eu não quero que se machuque.

E, antes que Heejoon respondesse, ele entrou no quarto.

— Mãe — chamou. A mulher, muito magra, deitada na cama, descobriu o rosto coberto por um agasalho.

Foi um momento estranho, enquanto ela o olhava da cabeça aos pés. Hansol se mantinha parado, fitando-a de volta, com um sorriso quase imperceptível nos lábios rosados.

— Heejoon? — perguntou. — Faz tanto tempo que a mãe não te vê... Parece tão diferente.

— Estou como sempre — resolveu dizer. Aproximou-se mais, após notar que, tanto Heejoon, quanto o doutor, estavam ouvindo tudo pela fresta na porta.

— Eu não... — Ela o encarou, um pouco confusa. — Você... Parece diferente.

Um pouco pressionado, o rapaz sentou-se ao pé da cama.

— Eu não estou bonito?

— Não! Está, sim! — Ela riu um pouco atrapalhada. — Ah, minha cabeça anda tão confusa, meu bem... Desculpe a mãe.

— A senhora não quer dormir? Parece cansada — tentou dizer.

— Eu tenho HIV, meu filho. — Soltou uma risada fraca. — Pareço sempre cansada.

Hansol abaixou a cabeça, certamente constrangido. E ela prosseguiu:

— Seu irmão nunca vem me ver. Por quê? Ele ainda está magoado comigo?

— Não. Ele... Está ocupado, com a escola e os cursos.

— Ah... Traga-o para me ver, um dia desses. Estou com saudade — ela pediu.

— Hm... Sim, eu trago.

Ela ficou em silêncio, então, analisando Hansol.

— Heejoon, meu filho... Ainda vai aceitar aquele trabalho?

Ele não respondeu. Esperou, calado, sentindo o coração bater um pouco mais forte.

— Não aceite! — ela disse. — Não faça essa biografia. Você iria gostar que escrevessem sobre seu... Seu pai? — Hansol se encolheu, tentando se manter firme, diante daquela situação. — Ein, Heejoon... Você é tão bom, meu amor. É tão inteligente, educado... Mesmo que você queira muito um trabalho na escola, não precisa aceitar trabalhar para essa editora, hm? Escute a mãe.

Hansol assentiu, timidamente, respirando fundo.

Ela sorriu de jeito mofino.

— Sei que a mãe teve que deixá-los... Mas não foi por mal. Por mim, eu teria ficado em casa, mas sua tia ficou com tanto medo de que eu sujasse vocês... Eu também perdi a força para cuidar do Junghyun, mas a mãe ama vocês.

— Eu sei que ama — respondeu, num sussurro, abaixando a cabeça para deixar as lágrimas caírem.

— Não chore! — ela pediu, levando a mão magrinha até o joelho de Hansol e fazendo-lhe um carinho. — Depois, a mãe vai fazer um bolo... Hein, depois que você chegar da escola, vai ter um bolo fresquinho para você e para o HyunHyun.

Hansol a olhou, ouvindo suas coisinhas sem sentido, mas, provavelmente, de coração.

— Está chorando por quê? — ela indagou.

— Nada, mãe — respondeu e limpou as lágrimas. É que havia muita doçura em suas palavras e timbre.

— Quer um dinheirinho para comprar sorvete? — perguntou, procurando algo na cama. — Só me deixe encontrar minha bolsinha...

— Não. — Ele sorriu fraco, levantando-se. — Eu... Tenho que sair.

— Aonde vai? Não chegue tarde.

— Okay — ele assentiu, forçando um sorriso e, aos poucos, foi saindo pela porta e fechando-a. Encostando-se à parede, Hansol chorou. — Eu não consigo mais...

Puxando-o para perto e abraçando-o com força, Heejoon sussurrou:

— Está tudo bem. — Hansol nem hesitou em devolver o abraço, acomodando a cabeça no ombro de Moon, chorando baixinho. — Obrigado, Hansol.

— Ah, Heejoon — resmungou, reclamou, chorou, tão confuso.

— Venha — pediu, guiando-o pelos corredores, enquanto ele limpava o rosto nas mangas da blusa.

Hansol só parou de chorar quando entrou no carro e passou o cinto pelo peito, bufando. Então, fechou os olhos. Foi tão estranho chamar alguém de mãe, ainda mais a mãe de Heejoon, Moon Eun-Chae, naquele estado, sem conseguir reconhecer o próprio filho. Céus, como o mundo era confuso, como as pessoas eram fodidas!

— Eu sinto muito, Heejoon — disse, enquanto o carro deslizava pelas ruas molhadas.

— Eu... Aprendi a lidar um pouco com isso — ele disse, enquanto guiava o volante com uma das mãos. — Desde criança, vejo as pessoas esperando pela morte dela, porque, honestamente, é algo previsto. Mesmo que ela tenha só quarenta e cinco anos, sabemos que... Enfim, você entendeu.

— Sim. — Fungou, devido ao choro recente e, também, ao frio.

Eles não disseram mais nada e, assim que chegaram à rua de casa, Hansol deixou o veículo e andou apressado para dentro, sem se despedir de Moon. Sua cabeça e coração estavam confusos demais. A visita à sra. Eun-Chae mexeu muito com ele. Nem mesmo uma resma cheia de palavras poderia explicar o que acontecia em seu frágil coração. Agora, estava dividido entre mágoa e empatia, ainda amando Moon Heejoon.

CAPÍTULO XIV

EXISTEM VÍCIOS E VÍCIOS, todos ruins, mas alguns, honestamente, necessários.

Hansol respirou fundo, só mais uma vez, com as mãos agarradas às próprias coxas, enquanto seu peito subia e descia, às vezes, rápido demais; outras, lento demais. Extremamente angustiante e sufocante. Era aquela vontade... Você sabe, a vontade de fazer um remedinho pequeno passar da cartela para sua garganta, deixando que o sono viciante e a falsa tranquilidade se fizessem presentes, atingindo-o.

Tantas vezes Lee viu depoimentos de pessoas que se livraram da química... Quando seria ele a dizer que já estava há dez ou quinze anos sem se drogar nem uma vez? Quando?

Era tão cansativo lutar... Era tão cansativo tentar se livrar daquilo, enquanto seu corpo e mente imploravam pelo simples gosto de uma droga de remédio.

Não, não era falta de força de vontade, como muitos diziam, como as pessoas de fora pensavam. É que elas só não entendiam, pois tinham a felicidade de nunca terem se envolvido com aquilo. E sim, era uma escolha errada, muitas vezes não justificável. E era, também, algumas vezes, tudo, menos uma escolha. Era uma necessidade.

E, naquela noite, a escolha ou a necessidade o pegou com muita força, deixando-o naquele estado: praticamente paralisado. Tentava controlar seu corpo e suas emoções, mas ambos pareciam impossíveis.

Honestamente, aquilo parecia bem mais fácil com Heejoon ao lado, quando ele vinha e o abraçava, durante a noite, deixando beijos sobre seu rosto, dizendo que o amava. A necessidade da droga era, lentamente, substituída pela necessidade do calor do homem.

Mas, agora, Heejoon não estava ali. Podia estar, mas não deveria, porque o que fez resultou em um balde cheio de dor, reabrindo várias das pequenas feridas emocionais de Hansol.

Mas por que era tão difícil sem ele? Por que a única melhora de Hansol vinha apenas com os carinhos e atenção de Heejoon? Por que Hansol tinha que ser tão dependente daquele específico amor?

A verdade que todos já deviam saber era que ele não tinha forças, pois já tinha vivido toda uma vida dolorosa sem alguém ao lado e, no fundo, uma das coisas mais importantes que precisava era realmente um amor.

Talvez, por isso, seu coração só obtivesse paz quando suas mãos estavam entrelaçadas com as mãos de Moon Heejoon, pois aquelas mãos, daquele rapaz, tinham o poder de fazer Hansol ficar mais leve ou finalmente leve. Por isso, agora, aquele toque fazia tanta falta.

Heejoon tinha um jeitinho tão doce e atencioso de cuidar dele, mesmo com toda a mentira por trás. Aqueles atos, que levaram Hansol a se apaixonar por ele, lhe fizeram bem como nunca um tarja preta fez. Agora, suas dependências se confundiam, e uma vinha para que ele pudesse tentar superar a outra.

Ansioso, daquele jeito preocupante, Hansol se levantou de sua cama e, sem pensar, saiu do quarto, correndo até o banheiro e ligando a ducha. Sem tirar as roupas, entrou debaixo dela, deixando água fria cair sobre seu corpo. De joelhos sobre o chão, abraçou o próprio corpo, chorando alto, mas sem ser ouvido. Sentiu o bolo de soluços travados na garganta, causando dor.

Estava tão cansado, tão cansado de tentar controlar, de nadar contra a correnteza; cansado mental e fisicamente, completamente fodido. Estava tão perdido, desorientado, sem saber que caminho o machucaria menos... Tão farto da distanásia sem fim.

No fim das contas, seu cérebro, muito gasto, pregou-lhe uma peça, levando-o a tomar um comprimido para tosse, dizendo-lhe que aquilo era um calmante. Ele subiu e desceu as escadas de casa vinte e quatro vezes, antes de cair, exausto, no corredor, finalmente dormindo.

Ele acordou sem ter realmente noção do que estava acontecendo, mas seu celular tocava de forma incontrolável, como se gritasse “acorda!”.

Hansol se levantou cambaleante, sentindo dor por detrás dos globos oculares, após olhar, pela janela, a luz forte que vinha do céu, mesmo que o ar estivesse frio.

— Alô... — ao atender o telefone, sua voz saiu um pouco falha.

— *Estou te ligando desde as dez da manhã!* — disse a voz masculina do outro lado, o timbre entregando Jaewon. — *São quase cinco horas da tarde!*

— Oh? — murmurou. — Por mim, poderia ser bem mais tarde...

— *Ah, é?* — Jaewon riu, forçosamente. — *Me ligaram. Você tem quatro dias para se registrar em uma clínica de psicologia, e precisa ser uma do governo. Caso contrário, vão te prender ou te internar... Sei lá. Está ouvindo?*

Hansol engoliu em seco, deixando o primo sem respostas, enquanto seu cérebro tentava processar a informação. Teria mesmo que fazer aquilo? Mesmo que, raramente, o ajudasse em algo?

— *Hansol...* — chamou. — *Tenta só mais um pouco.* — E desligou, devolvendo o silêncio à audição.

Hansol se jogou na cama, passou as mãos pelo cabelo escuro e soltou um suspiro pesado. Não tinha a mínima ideia do que fazer. Ele só saiu do pequeno transe quando o carro de som de um mercado passou na rua, desejando "Feliz Natal".

— Natal? — perguntou-se, enquanto se levantava da cama e buscava um calendário. Era 25 de dezembro.

Ele deixou as sobrancelhas suspensas por um tempo, fitando aquela data. Honestamente, se ninguém lhe passasse cola, não saberia nem dizer em que ano estava. Ele coçou a nuca, pondo o calendário no lugar, e olhou à sua volta. Seu quarto estava completamente bagunçado.

Suspirou e desceu as escadas, procurando a vassoura e um pano de chão. Limpar a casa, talvez, lhe desse um pouco de paz. Então, começou as tarefas, deixando que a ocupação escondesse a preocupação do seu coração e da sua cabeça.

Quando a noite já era vista, ele largou um balde de água suja na lavanderia e sentou-se no chão, cansado e suado. Observou o primeiro andar, notando tudo limpo, e fechou os olhos, encostando a cabeça na parede.

O que sua mãe cozinhava no Natal? Nada de muito especial. Ela não acreditava em Jesus, então o Natal não tinha muita importância. Na verdade, ela só fazia uma comida mais caprichada por causa de Hansol, que acreditava, fielmente, em seu "amiguinho Jesus".

Lee levantou-se, subiu as escadas, apanhou roupas limpas e foi até o banheiro, onde tomou um banho de verdade, desta vez. Quando terminou, estando limpinho, desceu para a cozinha, fez arroz com tomate e pôs carne com molho no forno. Logo depois, se sentou sobre o balcão, para esperar.

Nada daquilo fazia muito sentido, mas Hansol queria brincar de ser feliz, fingir que tudo estava bem por, pelo menos, algumas horas, antes do terror voltar.

Desceu do balcão e puxou uma cadeira até a frente da estante, na sala. Subindo na cadeira, apanhou uma caixa sobre a estante e sentou-se sobre o tapete, para procurar o que queria. Foi após muito afundar a mão entre as tranqueiras, que sentiu, finalmente, a esfera de vidro em seus dedos, tirando-a de lá. Um globo de neve.

Ele pôs tudo no lugar, levou o enfeite para a cozinha, limpou com um pano molhado e, quando estava bonito, novamente, se permitiu sorrir, agitando a esfera, fazendo todo o confete se espalhar, caindo sobre o bonequinho de neve.

Talvez, dentro daquele globo, não houvesse maldade e, por isso, o bonequinho não se desmanchava, nem mesmo no verão. Porque, quiçá, tudo ali fosse perfeito. Hansol o deixou sobre a mesa, apagou o fogo da panela de arroz e continuou a esperar.

Caminhando pela sala, ele abriu a porta. Na rua, todas as casas estavam cheias, enquanto as pessoas saíam e entravam, rindo, parecendo entretidas. Ele sorriu fraco e foi à varanda, com as mãos nos bolsos da calça, observando o movimento.

A casa de Moon Heejoon estava fechada e seu carro não estava no quintal, o que indicava que havia saído. Sim, ele tinha família, tinha para onde ir.

Hansol voltou para dentro e ligou a tevê, para acompanhar a programação especial de qualquer emissora, até sua comida ficar pronta e ele servir a mesa para uma pessoa só — ele mesmo —, afinal, não havia mais ninguém.

Enquanto dava meia-noite no relógio, arrumava o próprio prato, contente consigo mesmo por ter conseguido realizar a tarefa sem queimar nada ou impregnar de sal. Então, se sentou à mesa, no completo silêncio, e orou para Jesus, antes de dar a primeira garfada.

Sem presentes, porque... Não havia alguém para presenteá-lo, nem mesmo alguém para desejar um Feliz Natal. Nada, ninguém. E isso não era novo.

Hansol jantou sem dizer nada, dando golinhos no chá gelado e olhando, pela janela, o movimento nas casas dos vizinhos. Era melancólico passar esse tipo de data sozinho, mas não era sua escolha, afinal de contas.

Enquanto alguns fogos de artifício eram disparados ao céu, seus olhos curiosos acompanhavam o cair das luzes de fogo, abrilhantando o céu bonito. A brisa que vinha pela janela era fria, algo do inverno, mas Hansol se sentia bem; a temperatura combinava com seu estado de espírito.

Deixando o prato de lado, ele continuou bebericando o chá, distraído com a atividade no lado de fora de casa. Era deplorável, mas era só mais um momento triste, então não fazia diferença.

Após deixar a louça na pia e fechar as janelas e a porta, ele se deitou no sofá, enquanto assistia à programação especial da tevê: um filme infantil sobre crianças ajudando o Papai Noel a entregar os presentes pelo mundo. Era engraçadinho.

Seus olhos quase se fechavam, enquanto no relógio o ponteiro atingia uma hora da manhã. Quando sua mão percorreu a mesa de centro, à procura do controle remoto, ele pôde ouvir passos na varanda, o que fez seu coração disparar, amedrontado.

Mas quando as batidas à porta foram ouvidas, Hansol já podia dizer que sabia quem era. Não tinha certeza, pois era noite de Natal e todos deviam estar com suas famílias.

De qualquer forma, um pouco nervoso, ele se levantou, caminhou até a porta e a abriu. Realmente, era Moon Heejoon.

Seu corpo alto e firme vestia um suéter vermelho, aparentemente feito em casa, e o cabelo já estava um pouco bagunçado; nas mãos, ele carregava duas sacolas. Hansol engoliu a saliva acumulada na boca, tomando coragem para olhar no rosto do rapaz.

— Hansol... — chamou-o, com o tom um pouco tenso. — Tudo bem?

Hansol o olhou nos olhos por um instante, mas logo desviou.

— Sim.

— Hm... Feliz Natal! — disse o mais velho.

— Na verdade, já é uma hora da manhã, então não é mais Natal. Mas obrigado... — respondeu.

Heejoon riu fraco, sem graça.

— Ainda se lembra disso? Da patada que lhe dei no dia do meu aniversário?

— Você também lembra. — Deu de ombros. — Feliz Natal!

— Obrigado. — Heejoon estendeu os braços, oferecendo-lhe as sacolas. — Em uma sacola tem comida, feita pela minha madrinha; na outra, tem um suéter, também feito por ela.

— Ela te deixou trazer pra mim? — Ele hesitou em apanhá-las.

— Ela me mandou trazer... — falou e enfiou as mãos nos bolsos da calça, após Hansol apanhar as sacolas. — Espero que goste.

— Não precisava. — Suspirou. — Eu fiz comida.

— Fez? — Heejoon se mostrou surpreso.

Hansol torceu o nariz.

— Não está ruim!

— Eu não posso dizer nada, até poder provar — Moon Heejoon se arriscou em dizer.

Hansol se manteve em silêncio, olhando-o, disfarçadamente. Seu coração estava pedindo uma coisa, mas era um tolo... E ele, também.

— Vem comer um pouco...

Heejoon segurou um sorriso, deixando apenas curvinhas nos lábios se formarem.

— Tudo bem.

Revirando os olhos por baixo das pálpebras, por sua causa mesmo, Hansol abriu espaço e esperou Moon entrar. Depois, este deixou o suéter no sofá e levou a comida à cozinha.

— Vem...

Heejoon acompanhou-o até o cômodo, um pouco acanhado, e observou-o guardar a comida de sua madrinha na geladeira e destampar a própria refeição no fogão.

— Está quente ainda... Pegue um prato.

O mais alto apanhou um pequeno e entregou a Hansol, para que este o servisse com um pouco de sua ceia. Enquanto Heejoon misturava o arroz no molho, Lee encostou-se ao fogão, analisando o rapaz, esperando uma reação.

Sim, estava bom. Mesmo que o arroz estivesse com pouco gosto e os legumes da carne um pouco duros, aquilo tinha um gosto especial para Moon. Era bom, maravilhoso. Por isso, um sorriso positivo se abriu em sua boca.

— Delicioso — declarou.

Hansol abaixou a cabeça, enquanto as bochechas se tingiam de um tom delicado de vermelho. Sabia que não estava tão bom, mas era a voz de Heejoon lhe dizendo aquilo.

— Está mentindo — disse, chutando uma tampa de garrafa para baixo da pia.

— Não estou — Heejoon retrucou, a voz saindo séria. — Não tem mais mentiras, Hansol... Nem mesmo um por cento.

Frustrado, o mais novo mudou de assunto.

— Quando vou poder buscar a Trix?

— Amanhã — respondeu, continuando a comer. — Quer ir comigo buscá-la?

Hansol negou com a cabeça.

— Só a traga para cá... Se der.

— Okay... Eu trago.

Hansol respirou fundo, olhando-o.

— Eu estava indo dormir...

Heejoon soltou um "hm", terminando de comer, e deixou o prato na pia. Após o lavar, cerrou os punhos, enquanto encarava a louça suja de Hansol. Fechou os olhos com certa força, antes de se afastar e secar as mãos.

— Vou embora, então.

Hansol sentiu uma espécie de aperto no peito, mas o guiou para fora da cozinha. E Heejoon disse, no caminho:

— Tem vinho na sacola... Mas minha madrinha quer a garrafa.

Hansol parou onde estava e apanhou a sacola sobre a mesa, tirando a garrafa de lá:

— Pegue um copo para mim... — murmurou.

Moon Heejoon voltou à cozinha, apanhou uma taça grande e levou-a para Hansol, que a encheu de vinho, até que a garrafa estivesse vazia.

— Pronto.

— Espero que goste. Meu padrinho estava guardando isso há dez anos.

Hansol não entendia de bebidas, somente as bebia. E foi isso que fez: se agarrou à taça e bebeu um gole grande, deixando os lábios, instantaneamente, tingidos de um vermelho-escuro.

— Não, Hansol... — Heejoon segurou a taça. — Não é água... Não pode beber assim.

— Eu bebo como eu quiser — devolveu, um pouco rabugento. — É só pôr na boca. Pronto!

Heejoon bufou fraco, e aproximou a taça nos lábios.

— Precisa beber aos pouquinhos... Para se embriagar na mesma velocidade — e bebeu um gole. — Precisa deixar o gosto se espalhar pela boca e sentir de verdade.

Hansol desviou o olhar da imagem dele, mais uma vez, sentindo-se intimidado e afetado.

— Foi ver sua mãe? — perguntou.

— Fui ontem — respondeu, ingerindo mais vinho. — Levei o Junghyun.

— E como foi? — Lee sentou-se no braço do sofá.

— Eu não entrei... — contou, enquanto a taça pairava em frente aos seus lábios. — Foi tudo bem entre os dois... Apesar de ela achar que ele ainda tem nove anos de idade. E digo... Ela ficou nervosa depois, mas poderia ter sido pior.

— Por que ela ficou nervosa? — Hansol estava verdadeiramente preocupado.

— Hm... É que Junghyun resolveu falar sobre o nosso pai — ele disse, fitando a janela e bebendo mais um pouco de vinho.

Hansol soltou o ar com força.

— Por que seu irmão é assim?

— Eu não sei. — Heejoon fez uma careta, parecendo exausto. — Ele só tem raiva... Porque não tem pais como os dos outros.

— Eu também não tenho — o mais baixo retrucou. — E não preciso ser malvado para preencher algo dentro de mim.

Moon ficou em silêncio por um tempo, bebendo mais.

— Cada um reage de um jeito.

— Tomara que, em algum momento, a reação de alguém seja a de dar um soco na cara dele — resmungou, passando a mão pelo rosto, ao sentir um pouco de calor.

— Hansol... — Ele suspirou, deixando a garrafa vazia sobre a mesa. — Sei que ele não foi bom pra você, mas ele não é assim.

— Foi bom, sim! — disparou, rindo com escárnio. — Ele me avisou que você era mentiroso. — A casa caiu em silêncio, então, até Hansol dizer, de jeito confuso: — E eu não acreditei. Não quis desconfiar do meu namorado. Preferi crer no que me era passado, no que você inventava...

Heejoon não respondeu. Ele bebeu o conteúdo restante na taça e foi até Hansol, deixando seus rostos perigosamente próximos. Com a voz clara e tom severo, disse:

— Eu menti, mas o que eu sinto não é uma mentira. Tudo que fiz pra te ganhar não foi uma mentira, assim como o tempo que passei com você. Cada vez que cozinhei pra você e te abracei pra dormir, te amparei, fui atrás de você, te beijei, te fodi, disse te amar e te amei, não foi uma mentira! E eu sei que não mereço ter sua confiança, mas nada disso faz com que meu coração pare de sentir amor por você! Então, o que quer que eu faça? Que eu controle meus sentimentos? Que eu decida não te amar mais só pra você ter total razão? Eu não consigo, Hansol. Eu te amo e não há nada que você possa fazer.

Com o coração na mão, Lee se mostrou inquieto, antes de se desmanchar em lágrimas. Por que, droga, aquilo tudo era tão doloroso, confuso, irritante, pesado?

Moon Heejoon abaixou a cabeça, passando a mão pelo rosto e suspirando de forma frustrada. Então, guiado por seus impulsos, puxou Hansol para seus braços, fechando os olhos com força, enquanto o abraçava.

— Eu te amo, Hansol... — confessou.

Lee, chorando, com aquela dor na garganta e na cabeça, devolveu o abraço, escondendo-se e esquentando-se nos braços de Moon, sentindo seu corpo, seu cheiro, a sensação boa e atrapalhada.

Ele desejava tanto que nada daquilo tivesse acontecido, que pudesse ter sua mãe, agora, e, também, Heejoon, na mesma hora, sem a mágoa que a mentira trazia. Por que tudo precisava ser tão errado?

Deitou a cabeça no peito de Moon, de olhos fechados, no silêncio, e se acalmou, aos poucos. Seu corpo traindo-o e sentindo conforto, justamente nos braços dele. Seu coração era tão dependente, sem vergonha, mole, tão apaixonado por Heejoon...

Moon segurou-o com força, levando a mão ao seu cabelo, acarinhando-o, aliviado por senti-lo ficar mole em seu aperto, aconchegado.

Era tão nítido que Hansol o amava, mesmo depois de toda a merda... Porque o que eles tinham não era comum, passageiro, não podia ser tratado como algo, não podia ser classificado, nem tocado. E resistia, através da dor, agarrado, firmemente, às raízes de seus corações, impregnando, envenenando os sentimentos de cada um dos dois. Da mesma forma que Hansol era controlado por aquele amor, Heejoon também era. As coisas mais óbvias, em sua vida, perderam o sentido, levando-o a deixar a razão de lado.

De tantas coisas das quais Moon Heejoon desistiu — não só de uma profissão, mas de princípios de seu próprio ser e de linhas de raciocínio —, nada mais valia. Cada neurônio pensava em Hansol, antes de analisar uma pequena informação que fosse. Lee era o filtro agora, o padrão de sua vida.

E para tudo permanecer no lugar, Lee Hansol precisava da gravidade que Moon Heejoon regia.

Quando o mais velho subiu a mão até o rosto do mais novo, segurando seu queixo com delicadeza e o fazendo fitá-lo, a pontinha de seus narizes se tocaram, antes de seus lábios se unirem em um selar sutil.

O peito de Hansol se encheu de calor, se esquecendo de que estavam no ponto alto do inverno. Um simples toque de Moon era capaz de acender uma fogueira furiosa em seu interior.

Envolvendo-se no beijo, as mãos de Heejoon percorreram os cabelos de Hansol, bagunçando os fios, enquanto ele dominava as ações, fazendo o coraçãozinho de Lee pular com histeria. E a saudade deu um soco no mais novo, gritando “veja quanta falta faz o amor dele!”, fazendo o efeito se tornar mais e mais forte.

Não eram só lábios juntos, línguas se amarrando e nem mesmo somente mãos tocando os corpos; era a verdade sobre seus sentimentos. E eles só não continuaram por mais tempo porque alguém bateu à porta, fazendo com que se afastassem, de súbito.

Moon Heejoon, visivelmente exacerbado, atendeu e surpreendeu-se, ao encontrar a própria prima, acompanhada do padrinho.

— O que houve? — perguntou, preocupado.

— É Junghyun... — sr. Taeyoung falou, com o timbre um pouco tenebroso.

— O quê? O que foi? Diga! — pediu, nervoso.

— Heejoon, ele está no hospital — SunGyeom disse, com um pouco de lágrimas nos olhos. — Ele cortou os punhos...

Toda a cor sumiu do rosto de Heejoon enquanto suas pernas perdiam um pouco de força.

— Ele... Ele está v-vivo?

— Sim... — Taeyoung disse. — Mas precisamos que venha conosco.

— Sim! — ele respondeu imediatamente, um pouco confuso. — Hansol, eu...

— Vai... — Hansol pediu, com uma angústia no peito. — Eu... Eu tô bem. Vai.

Heejoon olhou-o, por um tempo, antes de deixar sua casa, acompanhado da prima e do tio, correndo, com os dois, até o carro.

Sozinho, Hansol juntou as mãos, pedindo aos céus que cuidassem de Moon Junghyun.

As pessoas estão morrendo. E nenhuma dessas mortes importa, a não ser que você seja famoso, rico ou tenha sido assassinado de um jeito trágico. Para o mundo, mortes são apenas mortes, quando não geram uma boa manchete para o jornal.

Você nunca conhece alguém de verdade, porque sorrir é fácil. Você não faz ideia, até que a pessoa não responda mais às suas mensagens e, um dia, a polícia te conte o que aconteceu. É um choque. Você acha que está tudo sob controle, mas, não, você não controla porra nenhuma. E, talvez, não saiba, mas está morrendo, também.

Hansol estava morrendo, enquanto ouvia os murmúrios do taxista. Este estava morrendo, também, assim como o rapaz que lhes entregou um panfleto quando estavam parados no sinal. Se é que você entende.

Descendo do táxi, em frente ao veterinário, Hansol pagou a corrida e adentrou o lugar, carregando uma caixa de transporte de animal debaixo do braço. Ele deu seu nome na recepção e esperou que pudesse entrar. Então, após uma breve conversa com a doutora, pôde buscar Bellatrix.

— Ela foi muito boazinha... — a enfermeira dizia, enquanto retirava as últimas ataduras, e Trix abanava o rabinho naturalmente decepado. — Prontinho.

A cadelinha correu até Hansol e pulou em seu colo, lambendo seu rosto e choramingando. Lee riu, com graça, da menina, e a abraçou, antes de colocá-la no chão.

— Obrigado — agradeceu.

— É nosso trabalho. — A moça sorriu. — Hm... Seu amigo, sr. Moon, não pôde vir hoje? Ele sempre vem...

Hansol se levantou e a olhou.

— É, não pôde.

— Oh... — ela soou decepcionada, mas disfarçou, logo em seguida. Hansol sentiu uma inquietação no peito, mas ignorou e colocou Bellatrix dentro da caixa de transporte. — Adeus, Bellatrix! Seja uma boa menina.

Hansol sorriu, sem muito ânimo, e fechou a caixa. Segurando-a nos braços, deixou o canil, assinou um papel na recepção e saiu do veterinário, caminhando em direção ao ponto de táxi.

Heejoon não pôde ir, pois estava ocupado, lidando com a situação do irmão. Hansol o viu de manhã, mas não falou nada, apenas entendeu o que ocorria, enquanto o ouvia falar ao telefone.

Era dia 27 de dezembro, e Hansol não conseguia parar de pensar naquele Natal, no que havia acontecido. Queria não ter beijado Heejoon, mas não conseguiu se controlar naquele dia. Cada pequeno gesto de Moon mexia imensamente com a sua cabeça. Depois daquilo, eles nem se falaram mais; não tinha como.

Algumas vezes, Lee Hansol até mesmo agradecia por não ser possível uma conversa, naquele momento, porque se encontrava confuso e constrangido demais.

Ao chegar a casa, soltou a cadelinha no chão e a observou correr pela sala, animada. Com um sorriso discreto de canto, ele se sentou no braço do sofá e olhou Bellatrix farejar tudo que podia, com sua língua comprida de fora, espalhando baba, por onde passava.

Era estranho como os bichinhos, depois de se machucarem, quando se curavam, continuavam suas vidas ingênuas, como se nada tivesse acontecido, como se confiassem nas pessoas, mesmo depois delas ferirem seus corpos e sentimentos. Eram animais bobos e honestos demais. Bons demais para os humanos.

Bellatrix voltaria a confiar em Heejoon se fosse ela no lugar de Hansol? Era esse pensamento esquisito que lhe vinha à cabeça, agora, enquanto as cenas de outra noite passavam por sua mente. As palavras, o modo de olhar, os beijos e a forma como Moon o segurava... Talvez Hansol, realmente, fosse louco.

Mirando Bellatrix, perguntou-se sobre quem ficaria com ela se ele fosse preso. Heejoon não parecia mais ter tempo, pois os problemas com seu irmão cresceram absurdamente. Se Lee Hansol fosse internado, a cadelinha viveria sozinha, sem atenção. Ele já a deixou sozinha, tantas vezes, assim como esteve sozinho pelo mundo. Quando a droga atingia seus neurônios, nada mais importava, era um veneno alucinógeno.

Então, após respirar fundo, apanhou o celular e pesquisou o número da Secretária da Saúde. Depois de consegui-lo, sentou-se no chão, ao lado do telefone fixo, que já acumulava poeira sobre seus botões. Ele discou o número duas vezes, pois, na primeira vez, trocou o dígito sete pelo nove. Então, esperou ser atendido.

A voz da atendente era monótona e carregava uma falsa disposição, o que lhe gerava certo nojo. Não fazia diferença, na verdade.

— Sim. Lee Hansol... 2 de outubro... Sim, 1993. Ok, o número da minha identidade é...

Deu todas as informações, enquanto, distraidamente, fazia cócegas na barriguinha quente de Trix.

— Ocorrência? Uh, sim, talvez... É, eu tenho uma passagem pela polícia, eu acho.

A atendente citava uma série de ocorridos: de registros de Hansol em hospitais, clínicas psiquiátricas, de reabilitação, delegacias... E isso estava deixando o rapaz irritado, mas ele fez um esforço e continuou na linha.

— Sim... Eu preciso de um encaminhamento. Já tem um pronto? Só preciso confirmar? Eu assino. Amanhã, okay. Hm... Assinando, amanhã, então, eles não vão me internar e nem serei preso, não é? Está dentro do prazo. Sim, eu sei, não vou faltar às consultas. Certo, vou comparecer. Está bem... Muito obrigado. — E desligou, finalmente.

Ele olhou para Bellatrix e lançou um sorriso fraco e tristonho enquanto se encostava à parede e deixava o silêncio tomar conta de sua casa. Não tinha certeza de que conseguiria seguir as regras ou fazer o que era preciso, mas precisava tentar, mesmo que não o ajudasse em nada. Só não queria ir para prisão ou para um hospício.

Depois de dar comida à Trix, ele se certificou, mais uma vez, de que não havia nada perigoso pelo chão e subiu para tomar um banho.

Após se deitar na velha cama de solteiro, encarou o teto por um tempo, sem conseguir pregar os olhos. Já era tarde quando foi até a janela e espiou a casa de Heejoon, que estava vazia: não havia carro algum na frente e as luzes estavam todas apagadas, indicando que, mais uma vez, Moon dormiria fora.

Ele devia estar tão cansado...

Hansol pensava nisso: no quanto o mais velho, provavelmente, estava exausto, e desde quando. Existia alguém dando importância a isso?

Inquieto, Hansol pegou o celular e procurou o contato do rapaz. Mas, antes de realizar a chamada, desistiu. E se Moon estivesse dormindo e a ligação o acordasse? Estavam sendo dias exaustivos, não devia se meter nisso. Então, ele voltou a se acomodar na cama, virando para um lado e para outro, antes de fechar os olhos e tentar dormir.

E mentiria se dissesse que dormiu, pois, no dia seguinte, ele apenas despertou, pela manhã, lembrando-se, claramente, de ver os números marcando 06h40 no relógio, antes de se deitar. Com os olhos irritados, ele apenas se levantou, arrumou-se e, sem comer nada, saiu de casa, em direção ao ponto de ônibus.

Gostaria de ir trabalhar, como o operário ao seu lado, dentro do transporte, mas, não, estava indo assinar um termo para dar entrada a um tratamento com um psicólogo. Pessoas pegam ônibus para diferentes coisas.

Ao alcançar o posto de saúde indicado, ele hesitou um bom tempo, na porta, sentindo uma inquietação nos pés e nas mãos. Era horrível a sensação de ser, comprovadamente e de forma definitiva, um desequilibrado, um maluco. Sentia vergonha, muita vergonha.

Hansol precisou dar um pulo para dentro do lugar e ter paciência consigo mesmo para chegar ao balcão de atendimento. Precisou que a atendente perguntasse três vezes o que ele queria, para, então, dizer seu propósito. Assinar aquela única linha na folha foi um sacrifício, um peso que grudou em suas costas. Hansol não era bom com responsabilidades.

Deixando o posto, reconheceu o bairro e lembrou-se de um vendedor de coca que, discretamente, residia próximo dali. E, claro, Hansol pensou seriamente em ir até lá. Ficou parado na beira da rua, por uns bons minutos, mirando o caminho que o levava até o vendedor. Por fim, abaixou a cabeça e lançou um sorriso medíocre às suas botas, seguindo sentido contrário ao da droga e pegando o ônibus de volta para casa.

Comprou comida pronta no caminho e, ao chegar, notou que a casa de Heejoon continuava vazia. É, parecia que toda a família estava focando o Junghyun, no momento. Hansol não sabia como era isso: receber atenção da família.

Olhando em volta, enquanto caminhava para a porta de casa, avistou um carro velho parado, do outro lado da rua, com uma senhora dentro dele, o observando. Lee sentiu o ar sumir do peito, por um momento, com certo medo. Mas, então, pensou que aquilo podia muito bem não ter nada a ver, e a mulher poderia estar apenas distraída. De qualquer forma, apressou os passos para dentro e trancou a porta.

Passado um minuto, com Bellatrix pulando em suas pernas, ele espiou pelo cantinho da janela. O carro estava partindo. Hansol respirou fundo e segurou a sacola de comida com um pouco mais de força. Quem era a mulher? Não, não. Hansol não devia pensar nisso. Ele nunca teve mania de perseguição.

Sua mente fértil imaginou que aquela ali poderia ser sua mãe, mas isso por apenas um minuto. Logo, as memórias do fatídico dia vieram à mente, e não tinha como se iludir: sua mãe nunca mais voltaria.

Além disso, a mulher do carro era bem mais velha. Mas é o que a mente de alguém com saudades faz: cria teorias incabíveis.

Ele almoçou sozinho e em silêncio, tentando não pensar muito na mulher do carro. Quando criança, era extremamente comum carros aparecerem em seu portão, na maioria das vezes, eram homens querendo resolver assuntos com seu pai. Mas ninguém tinha nada para resolver com Hansol, atualmente.

E esse foi o "assunto do dia". Lee passou o resto da tarde pensando na mulher, mesmo que nada indicasse que ela esteve, ali, por ele.

À noite, ele, finalmente, ouviu o som do carro de Moon, e correu até a janela, para espiar. Heejoon entrou em casa, mas, em seguida, saiu, com um cobertor nos braços, junto a uma pasta com papéis dentro. Ele não foi até Hansol, para dizer algo, apenas fitou sua casa, antes de entrar no carro e partir.

No silêncio absoluto de seu quarto, Lee voltou para a cama e encarou o forro amarelado, enquanto tentava controlar a respiração e não chorar. Havia uma bagunça tão grande em seu interior, e seu corpo era tão pequeno, comparado a tudo que estava guardando.

Quando pregou os olhos, os trabalhadores de todo o país já levantavam de suas camas e os pássaros começavam a cantar. Não importava o horário, ele não tinha nada para fazer, nunca tinha. Seus dias eram vazios, não tinha a capacidade de levantar uma palha do lugar; mas, também, eram cheios, pois sua mente preenchia cada minuto com pensamentos venenosos.

O que podia fazer? Nunca passou em algum teste psicológico, nem carteira de motorista pôde tirar; nenhuma empresa o aceitava, nem sequer como operário. Não era seguro.

Quando acordou, já passava das quatro da tarde. Ele estava surpreso, pois há tempos não dormia tanto. E, ao abrir os olhos, a primeira coisa em que pensou foi em química. Seu paladar pediu por um comprimido.

Ele tomou um banho quente e vestiu a roupa molhada, só para ter que tirá-la e gastar mais tempo se trocando. Então, se deitou ao lado de Bellatrix, no chão, observando o céu pela janela. Estava nevando.

Inquieto, levantou-se e procurou qualquer merda para fazer. Trocou os sofás de lugar, assim como a geladeira, só para descobrir que não havia uma tomada onde queria, o que o obrigou a devolvê-la para seu lugar original.

Nada era realmente eficaz, e ele se jogou no chão, mais uma vez, movendo os dedos dos pés no ritmo de uma música que era reproduzida em sua mente.

Quis Heejoon. Quis o homem, ali, com ele, ao seu lado, impedindo-o de fazer algo errado. Mas, mesmo que tivesse coragem para chamá-lo, o rapaz não poderia, pois estava cuidando do irmão.

Hansol permaneceu ali, com a cabeleira preta espalhada sobre o assoalho e os pés gelados se movendo para um lado e para o outro. Era o reflexo da ansiedade em sua mente. Quando se levantou, já era tarde, de novo. E, outra vez, Moon Heejoon não voltou para casa. Não havia nada que pudesse fazer.

Lee enrolou para jantar e apenas remexeu a comida com os *chopsticks*, deixando-a de lado, por um tempo. Não gostava de sua própria comida e nada descia por sua garganta. Ele respirou fundo, algumas vezes, antes de desistir — não sabia do quê — e subir as escadas, procurando por sua cama.

A neve caía fora e dentro de casa. Ele se agarrou aos travesseiros e encarou a casa de Heejoon, pela janela. Toda vez que pensava nela, milhares de coisas vinham de uma só vez à sua cabeça, desde as boas até as ruins. Ele queria que aquela fosse somente a casa de um vizinho qualquer, e não de seu algoz rebelado.

Não dormiu mais uma noite. Passou a madrugada toda se distraindo com que tocava na rádio em seu celular, enquanto tentava não pensar demais em nada que aumentasse seus desejos podres. Mesmo que estivesse cansado e seus olhos ardessem como se tivessem sido queimados, ele não conseguia apagar e, com isso, todas as memórias voltavam.

Queria um remédio para dormir e, depois, um para ficar chapado. Maconha para fingir estar feliz. Cocaína para esquecer seu nome. Heejoon para fazê-lo parar de chorar.

Era 29 de dezembro. Ao acordar do sono atrasado, Hansol encarou aquela data e tentou lembrar o porquê de parecer familiar... Ah, era aniversário do seu pai. Quarenta e cinco, quarenta e sete? Hansol não sabia ao certo. Nunca mais o viu, depois de um julgamento no mesmo ano da morte de sua mãe. Nunca mais teve notícias, nunca mais quis saber. Era algo que lhe dava medo.

Já passava das duas da tarde e Hansol não sentia fome. Apenas alimentou Bellatrix e ficou no sofá, sem nem pentear o cabelo. Sentia-se vazio, como um balão de festa após alguns dias.

Quando se levantou dali, para tomar um banho, já era quase noite e ele podia dizer, com propriedade, que não havia feito nada o dia todo. Era sempre assim: ou passava semanas se drogando em zonas ou padecia solitário naquela casa, à espera das surpresas do tempo.

Por um breve momento, pensou em ligar para MH, mas se lembrou. Foi engraçado, por meio segundo.

De cabelos molhados e roupa de dormir, ele desceu para a cozinha, somente para dar a carne, que estava na geladeira, para Bellatrix, já que ele não a comeria, de qualquer modo.

A vontade que sentiu de ir ao mercado e comprar algo gostoso passou, no exato momento em que lembrou que teria que sair na rua e ver pessoas.

Seguiu para o sofá, mais uma vez, em que se deitou, e passou a observar o movimento das nuvens no céu gris. Elas corriam depressa, empurradas pelo vento impaciente. Talvez estivesse branco e lindo, lá fora, com toda a neve, mas Hansol não sentia vontade de ver, mesmo que fosse algo que sempre o encantou.

As batidas à sua porta obrigaram-no a se levantar e atender, sem se importar com a roupa que vestia. Era só a sra. Hwa, toda agasalhada, com um sorriso no rosto.

— Ya, como vai, Hansol? Espero não estar atrapalhando.

— Vou bem. — Sorriu o mais verdadeiro que conseguia. — Não está, não. Hm, a senhora precisa de algo?

— Eu não! Só queria te convidar para vir pegar uns pedaços de torta: tem salgada e doce. — Ah, sim, a torta. A mulher fazia algumas dessas, todo ano, e oferecia aos vizinhos. Era gentil e boa cozinheira.

— Oh... — ele murmurou.

— Venha — pediu. — Está muito magrinho. Anda comendo bem?

— Estou — mentiu. — Eu vou... Só preciso pôr uma roupa quente.

— Ya, certo. — Ela sorriu, grata. — A tia te espera.

Hansol assentiu e esperou a mulher se distanciar para, então, fechar a porta e subir para o quarto. Era só atravessar a rua, então decidiu ir. Arrumou o cabelo, pôs roupas grossas, uma touca, desceu as escadas, mais uma vez, saiu de casa e trancou a porta.

Havia mesmo neve pelas calçadas, mas não muito. Ele a amassou com as botas e atravessou a rua, seguindo para a casa da vizinha.

Cumprimentou outros conhecidos e, educadamente, pediu permissão ao marido da senhora para entrar na casa. Esta estava consideravelmente cheia, e as pessoas se serviam. A nora da sra. Hwa era rápida para cortar os pedaços e distribuí-los, então não demorou nada para que um pratinho de torta salgada fosse posto nas mãos dele. Este apanhou um garfo descartável e, vergonhosamente, se afastou da sala barulhenta. Seguiu para a varanda da casa e sentou-se em um banquinho de madeira, ao lado de uma garotinha que ralhava com outras crianças.

— Woah! Eu vou contar pra minha mãe! — ela disse.

Hansol apenas observava, enquanto saboreava a torta gostosa.

Um dos garotos mostrou a língua para ela.

— Menina nem sabe jogar futebol!

A garota cruzou os braços e deixou um bico se formar em seus lábios babados, o que fez Hansol rir fraco.

— Ei, deixem a garota brincar.

— Ah, não, tio — responderam a Hansol. — Ela vai só atrapalhar.

— Quem disse? — perguntou, comendo a torta.

— Ela é menina.

— E daí? — a garota questionou.

— Ah, vai achar uma boneca pra trocar a roupinha! — Um dos meninos rolou os olhos, passando a bola para o amigo.

Após terminar de comer, ele deixou o prato de lado e mirou a garota.

— São só uns bobos. Não precisa ficar triste — disse-lhe.

— Nunca me deixam fazer nada... — a pequena reclamou, enquanto suas bochechas gordas e rosadas inflavam a cada vinte segundos.

Hansol suspirou, olhando os garotos.

— Vamos jogar. Ela e eu contra vocês dois — declarou.

— O quê? Não vale, você é grande! — o maiorzinho deles protestou.

— Vê? — Lee sorriu para a menina. — Estão se borrando de medo.

— Ya, não estamos! — o mais gordinho contrapôs.

— Deixa a gente jogar, então! — A menina se levantou do banco e pôs as mãos na cintura. Seu casaco da Pucca ia até os joelhos.

— Vem, então. — O garoto deu de ombros.

Os dois desceram a varanda e Hansol disputou no *jokenpô*, para saber quem daria o primeiro passe.

Ele foi para o gol, assim como o maior da dupla, e deixou que a garota disputasse a bola com o outro menino. E foi engraçado, porque ela não tinha muito controle nas pernas e o menino era lento. Crianças.

No fim, a menina marcou quatro gols e o garoto apenas um. Foi um sarro, porque eles ficaram culpando Hansol por tapar todo o gol e impedir que a bola entrasse. Ele não ligou, apenas bagunçou o cabelo escuro da menina, agora sorridente, e entrou na casa, para agradecer à sra. Hwa e se despedir.

Caminhando para sua casa, de braços cruzados para tentar se proteger do frio, viu o carro de Heejoon parar no lugar de costume. Sua respiração falhou, por um momento, antes de retomar a breve caminhada e alcançar o portão de casa. Moon Heejoon saiu do carro, naquele mesmo momento, observando-o.

Hansol andou devagar, olhando de volta, por cima do ombro. Moon coçou atrás da cabeça, antes de dizer:

— Pode vir comigo?

Hansol parou os pés e se virou.

— Aconteceu alguma coisa?

— Não. Só quero conversar — falou, acompanhado por uma careta fraca, inseguro.

— Eu... Não quero deixar a Trix sozinha — contou uma meia mentira.

— Podemos levá-la.

Hansol respirou fundo, procurando coragem para encarar Moon.

— Tudo bem... Vou pegá-la.

— Certo. Vou pegar uma blusa — avisou e caminhou para dentro.

Hansol entrou em casa e ficou um tempo encarando Bellatrix no chão. Estava tão confuso e desencorajado. Não fazia a mínima ideia de como agir, do que falar, nem do que ele e o vizinho eram agora.

— Vem... — chamou a cadelinha, enquanto pegava sua guia, a qual acabou por enroscar em sua coleira. Segurou a filhote no colo e voltou para fora. Viu Heejoon apanhar as cartas dentro da caixa de correio e, então, o fitar, à espera.

Ele apanhou Bellatrix do colo de Hansol, prendeu-a no banco de trás, fechou a porta e, em seguida, fitou o menor.

— Entra.

Hansol, em resposta, assentiu e, um pouco desajeitado, entrou no carro e pôs o cinto de segurança.

Logo, arrancaram dali. Seguiram um bom tempo em silêncio, somente com o som da respiração barulhenta da cachorrinha.

Heejoon tossiu algumas vezes, e isso levou Hansol a se pronunciar:

— Está doente?

— É só o frio — respondeu Moon. — Estou bem.

— Hm... — murmurou, abaixando a cabeça e mirando os próprios joelhos. — Aonde estamos indo?

— Para a casa dos meus padrinhos.

— Ah, Heejoon... — teve que protestar. — Sua madrinha não gosta de mim!

— Ela não está. É final de ano, então eles viajaram para outra cidade, para ver alguns familiares. A SunGyeom foi junto.

— E a Hyojin? — perguntou.

— Está com o Junghyun.

Hansol ficou um momento sem falar.

— Onde ele está?

— Em uma clínica. — Suspirou. — O psiquiatra falou que seria bom que um de nós ficasse com ele, nas primeiras noites. Eu fiquei esses dias. Hoje, a Hyojin foi sozinha, para eu poder dormir direito.

— Entendi... — o menor soltou em resposta e ficou em silêncio pelo resto do trajeto.

Quando chegaram, Heejoon guardou o carro na garagem e guiou Bellatrix para dentro da casa. Mesmo com a consciência de que não havia ninguém ali, Hansol ainda deu cada passo com imensa vergonha e murmurou um "licença" para entrar.

— Está com fome? — Heejoon perguntou e tirou o casaco quente, já que ali havia aquecedor.

— Um pouco — disse, com sinceridade, enquanto tirava o agasalho e a touca, monitorando Bellatrix, para que esta não fizesse sujeira na casa que não era sua.

— Pode deixar, a casa já está suja mesmo. — Deu de ombros, caminhando para a cozinha. Hansol se surpreendeu. — Eu não tenho tempo para limpar, e a Hyojin se recusa a pegar em uma vassoura, então...

Nem estava suja, na verdade, apenas não estava um brinco.

Hansol se sentou no sofá confortável e olhou em volta. As paredes cor de carne, os detalhes clássicos, as intermináveis fotos de crianças, Heejoon, seu irmão e suas primas, nas paredes, os vasinhos de plantas perto da janela... Era aconchegante.

Entretanto, vivendo nessa casa, Junghyun sentiu vontade de morrer. Então, nada era perfeito.

— Não está muito bom... Não estou conseguindo fazer nada muito elaborado — Heejoon avisou, enquanto levava uma travessa de comida para a mesa. — Vem.

Hansol tirou os sapatos, foi até a sala de jantar e se sentou no chão, sobre uma almofada. Viu Heejoon servir duas tigelas. Parecia ser purê com porco. Apesar de Heejoon dizer que não estava muito boa, a comida conseguia ser mais cheirosa do que todos os pratos que Hansol já havia posto à mesa.

Mesmo depois de se servir, Moon não deu muitas colheradas. Toda hora sua atenção se dispersava, e a comida padecia. Hansol comeu sem parar, para manter a boca ocupada. Mas precisou quebrar o silêncio:

— Como ele está?

Heejoon olhou-o e mexeu o purê com a colher.

— Longe.

— Longe?

— Ele está bem ali, mas sua cabeça está longe. É como se só tivesse restado a carcaça — tentou explicar. — Não sei onde está meu irmão...

Hansol abaixou a cabeça e juntou as mãos sobre o colo, tentando pensar em algo bom para dizer.

— Acho que... — prosseguiu. — Não sei onde ele está agora, porque ele também não soube onde eu estive todo esse tempo.

— Não! — Hansol levantou a cabeça, com os olhos em sua direção. — Não é culpa sua. Não pode pensar assim...

— É, sim. — Heejoon parecia convicto. — Ele disse.

— Disse? — O moreno ficou perplexo.

— Aqui. — Tirou um papel do bolso. — Disse aqui.

— O que é isso?

— Uma carta. Ele escreveu, antes de partir os punhos... — Soltou o papel sobre a mesa.

Hansol mirou a folha dobrada e um pouco amassada.

— Eu posso ler?

Heejoon lhe deu um olhar sério.

— Não. Não quero que leia...

— É pessoal demais?

— É ruim. Não faz nada bem ler essas coisas... Ainda mais pra pessoas como nós.

— Como nós? — Não entendeu.

— Como nós: com feridas psicológicas... — explicou, antes de soltar um suspiro e apanhar o papel. — Não sei dizer... Só... Mexe um pouco com a cabeça.

— Heejoon... Eu vi merdas como essas acontecerem durante toda minha adolescência — esclareceu. — Ler isso não vai mudar nada na minha cabeça. Nunca mudou.

Era verdade. Mais do que ler uma carta, Hansol viu jovens de sua idade surtarem, desesperados para que a morte viesse e os levasse o mais depressa possível.

Heejoon desviou o olhar para uma foto do irmão na parede e, então, entregou a carta a Hansol.

— Eu vou tomar banho.

Lee assentiu e esperou o rapaz entrar no banheiro para, então, desdobrar a folha. Ele lamentou, ao ver a caligrafia tremida e o papel manchado de vinho. Respirou fundo, antes de iniciar a leitura:

Eu sou Moon Junghyun. Tenho dezesseis anos. Hoje é Natal e eu quero ir embora para algum lugar... Algum lugar onde eu possa ser normal. Onde eu tenha uma mãe, um pai, irmãos, e onde me arrumar para passar o Natal faça sentido.

Eu sei lá, isso não é uma carta de despedida, não vou pedir para que minha família e amigos sejam felizes, não. Quero que todos vão se foder!

Eu sou só uma merda de garoto sem utilidade, nesta droga de casa, e não aguento mais ouvir as vozes dessas pessoas. Não aguento mais ser um pirralho perdido em uma família que não é minha. Podem dizer que essa é a minha mãe e esse é o meu pai, que minhas primas são como minhas irmãs, mas a verdade é que minha mãe está louca e infectada, em um hospital, meu pai era um demente que se matou quando eu era criança, e meu irmão está ocupado demais para ver como eu estou.

Eu quero... Quero morrer. Assim, talvez, eu receba atenção. Talvez, por um momento, os adultos parem suas merdas e deem uma olhada em mim. Talvez, morto, eu seja o centro das atenções; por algumas horas, todos se reúnam em volta do meu corpo e digam o quanto me amavam.

Talvez, por um momento, Junghyun seja lembrado, e sua existência seja, finalmente, notada, o que seria hilário, justamente no momento em que eu estiver morto.

Talvez, assim, Heejoon pegue a droga do seu carro, sem a droga do seu namorado, e venha me ver uma última vez.

Minha mãe não sofreria, pois não me reconhece, e meu pai já não está aqui para fazer um escândalo e roubar a cena. Eu seria, finalmente, alguém, em meio a eles. Não só o garoto mal-humorado, antissocial e babaca. Eu não precisaria dizer coisas ruins para ganhar atenção.

E meu professor de Literatura estaria puto comigo, porque eu repeti as mesmas palavras muitas vezes, mas eu quero que ele se foda também. Eu quero que todos explodam, porque eu não aguento mais viver uma vida que não sou quem deveria ser.

Faz sentido? Não? Dane-se. O que eu penso nunca faz diferença. Sou o filho da doente Eun-Chae e do suicida Jung Pyo, irmão do brilhante Heejoon. Sou só mais um Moon no canto das fotos. Não sou nada. E quero morrer.

Hansol abaixou a folha sobre a mesa, observando as manchas de vinho e a caligrafia. Deixou um suspiro escapar, enquanto apoiava os braços na mesa. Não sabia o que dizer, tampouco se deveria dizer. Não gostava de Junghyun, mas jamais desejou dor tão grande ao menino. O adolescente não era apenas genioso e hostil, era, também, sensível, e sua atitude refletia tudo agora.

Hansol apenas se levantou e levou a louça à pia, notando que já estava escuro. Então, pegou a folha e a dobrou de volta, lendo, de relance, algumas palavras. Era estranho como tanto ele quanto Junghyun sofriam, com histórias até mesmo similares, mas por motivos tão diferentes. As pessoas realmente estavam morrendo.

Ele ouviu o som da porta ser aberta e viu Heejoon sair do banheiro, com uma toalha na cintura, rumo a um dos quartos. Não podia imaginar como estava a sua cabeça, ao ser tão culpado pelo irmão na sua carta de "despedida".

Ao ver que Bellatrix já havia se acomodado, em um canto da sala, Hansol se levantou mais uma vez e, com incerteza, caminhou até o quarto onde Heejoon entrou.

Viu, pela porta entreaberta, que aquele era um quarto quase vazio: havia apenas uma cama de casal, uma tevê um pouco antiga e um armário pequeno.

— Posso entrar?

— Claro — ele devolveu, enquanto secava o cabelo com o secador.

— É o quarto de hóspedes? — perguntou, entrando.

— É... Era meu, mas fui embora, então ocuparam — explicou,

desligando o aparelho. Depois, penteou o cabelo com os próprios dedos e vestiu uma camisa. — Tudo bem dormir comigo? Senão, eu posso dormir no quarto da Hyojin...

Hansol ficou em silêncio, sem saber o que responder, enquanto Heejoon o fitava.

— Ou eu posso te levar para casa, mas não quero que fique mais uma noite sozinho.

Tão direto.

Hansol continuou sem responder, apenas andou até a janela e observou o movimento do bairro desconhecido.

— Não pode se culpar pelo que aconteceu. Você também sofreu com o que viveram...

— Eu sou mais velho. Eu tinha que cuidar dele — disse Heejoon, estendendo um lençol limpo na cama. — E eu não cuidei.

— Você era criança, como ele — falou. — E sei que você tentou cuidar dele o máximo que pôde.

— Não foi suficiente.

Hansol se virou e o olhou.

— E quem cuidou de você?

Heejoon ficou em silêncio, encarando-o de volta, mas Hansol quebrou o contato, focando a visão nas mãos do mais velho.

— Ele poderia estar pior — disse Lee, então. — Se ele não é como eu, se nunca se envolveu com drogas, nem se enfiou em problemas gigantescos, pode ter certeza de que é porque tem você, seus tios, suas primas... Não pode pensar dessa forma. Você tentou, fez o que pôde, mas ninguém é de aço pra aguentar tudo, ninguém é perfeito pra saber exatamente o que fazer.

Sentando-se na cama, Heejoon levou as mãos ao rosto, esfregando a pele e respirando fundo.

— Eu só queria viver minha vida e tentar mudá-la, tentar me livrar do passado.

Hesitante, Hansol foi até ele e se sentou ao seu lado.

— Junghyun vai ficar bem. Ele tem vocês que podem cuidar dele. Se não se sentia cuidado antes, tenho certeza de que agora farão com que ele veja que essa é, sim, a família dele. Ele vai ficar bem.

Heejoon mirou-o e devolveu-lhe um sorriso triste.

— Eu espero, realmente. Obrigado por vir.

Hansol assentiu, minimamente, fitando os detalhes do lençol limpinho, e suspirou, por fim.

Moon alcançou sua mão e a segurou com delicadeza, antes de dizer:

— Se quiser, eu te levo para casa.

Resoluto, Hansol respondeu:

— Eu vou ficar.

Moon o observou atentamente por um tempo.

— Vou pegar uma roupa para você. Quer tomar banho?

— Tomei em casa — respondeu, abrindo o zíper da calça e tirando-a devagar, com certa vergonha.

— Aqui. — Moon entregou-lhe uma camisa e um short, ambos de tecido leve.

Hansol trocou de roupa, dobrou as que usava e as deixou em um canto, antes de se deitar e esperar Heejoon terminar de apagar as luzes. Enquanto isso, algo na sua cabeça gritava "você não tem orgulho? Saia já desta cama, saia desta casa!". Mas seu coração apenas soltava suspiros ao dizer "me sinto ridiculamente bem". E era uma merda.

Ele se enrolou no cobertor, após Heejoon estendê-lo sobre a cama, e se acomodou, assistindo ao outro se deitar ao seu lado. O quarto ficou em silêncio, enquanto Moon fitava o teto, e Hansol o espiava, por uma brecha debaixo do manto.

— Me diga, se quiser, alguma coisa — disse Moon.

— Tudo bem — falou, num murmúrio. — Quero uma coisa...

— O quê? — Heejoon se virou de lado e lhe deu atenção.

— Quero que durma — pediu, um pouco sem graça.

Heejoon abriu um sorriso fraco e procurou sua mão debaixo do cobertor, acariciando-a, enquanto a segurava.

— Eu te amo.

Hansol desviou o olhar para a janela, agradecendo a luz fraca, que dificultava que Moon reconhecesse sua expressão facial.

Ele não respondeu da mesma forma. Não era preciso. Deus e o mundo sabiam que ele amava Moon Heejoon também.

— Desculpa... — o mais velho pediu, em seguida, notando o inconveniente. — Sou um idiota...

Lee puxou ar para o peito, antes de se aproximar dele, colar seus corpos e aconchegar-se a ele, ao calor que ele transmitia. Moon abraçou-o, logo depois de se aproximar. Aquilo foi mais reconfortante do que esperava, então acalmou o coração e se deixou descansar.

Podia não ser certo, mas quando o terror chega à cidade, você apenas perdoa toda desavença, porque unidos serão mais fortes do que sozinhos.

Naquela noite fria, o corpo de Moon Heejoon cobriu tão bem o de Lee Hansol que seria bobo não aceitar.

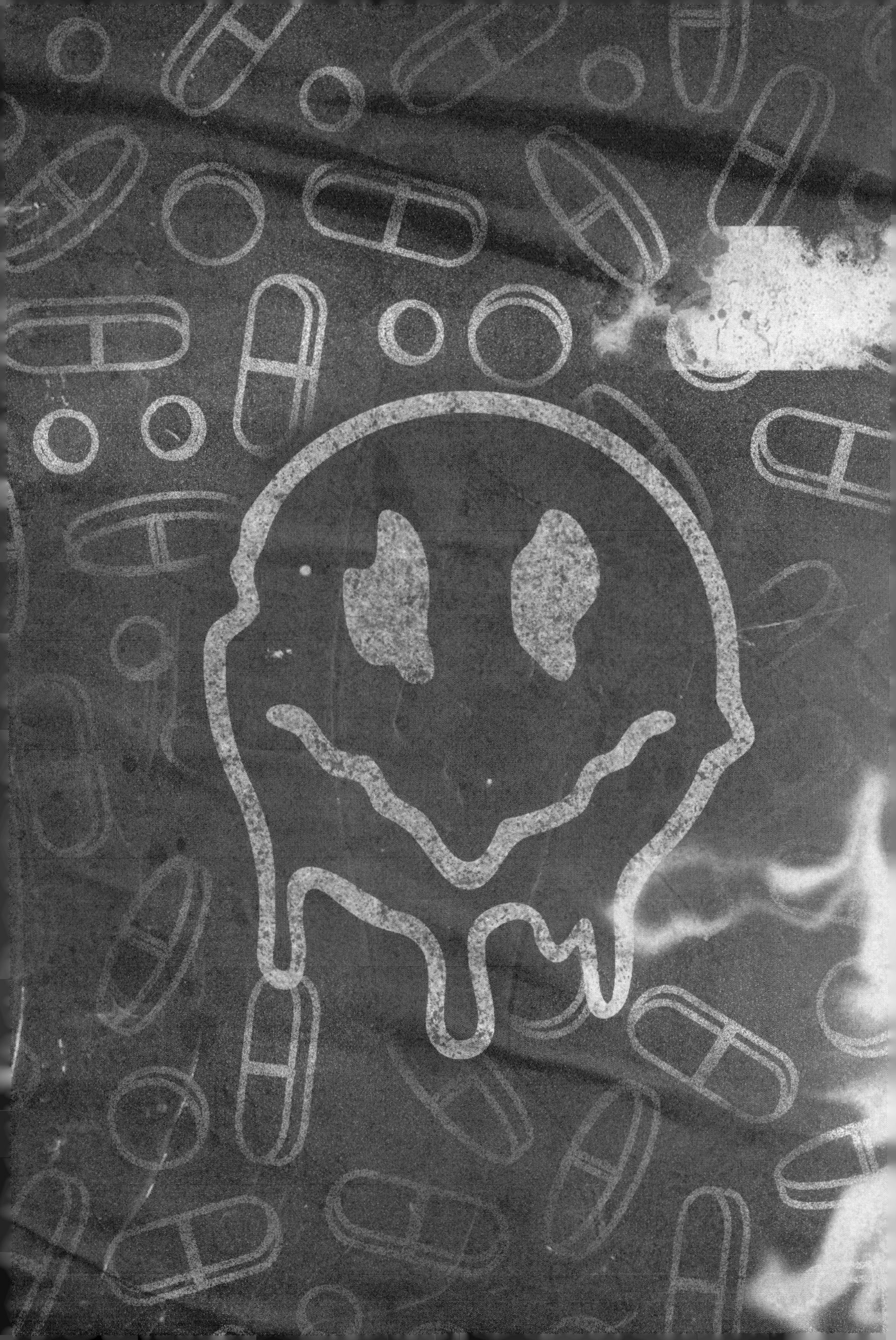

CAPÍTULO XV

HANSOL NÃO GOSTAVA que seu coração agisse assim, mas acreditava que, sem o amor de Moon Heejoon, ele não seria nada. Aquele homem era o único a chamar seu nome e olhar em seus olhos daquele jeito. Era viciante.

Ele passou o dia seguinte inteiro com Heejoon. Viu o mais velho arrumar a casa e ler dezenas de papéis, notando como, várias vezes, Moon tirava um intervalo, para ficar em silêncio, mirando alguma foto do irmão, antes de voltar ao que estava fazendo. Hansol também ficava em silêncio, mesmo que, por dentro, seu cérebro explodisse em questões e medos.

— Com fome? — Moon perguntou, quando a noite caiu, finalmente desligando o computador e guardando as pastas.

— Sim — respondeu, enquanto acarinhava Bellatrix, no chão da casa. — Hm... Amanhã é dia 31 de dezembro. Vai fazer o quê?

— Esperar dar meia noite e, então, trocar o calendário. Tenho vestibular, no dia 16 de janeiro — falou honestamente, ao se levantar e guardar uma última caixa no armário. — Tudo bem se eu pedir comida?

Hansol encarou-o, por um tempo, vendo o tamanho desânimo em seu rosto: a aparência cansada e abatida.

— Eu posso fazer alguma coisa.

Heejoon olhou-o, enquanto pegava o telefone e um panfleto de um restaurante.

— Só minha madrinha sabe fazer comida sem queimar naquelas panelas velhas.

— Pode dizer... Eu cozinho mal. Eu sei. — Hansol soltou um suspiro fraco, e Heejoon se manteve calado, enquanto discava o número.

— Você fazia comida no micro-ondas. — Sorriu, entristecido, levando o telefone à orelha. — Está tudo bem.

Hansol desviou o olhar, continuando, então, com os carinhos em Trix, enquanto ouvia Heejoon pedir a comida no delivery. Quando confirmado o pedido, ele tornou a pôr o aparelho no gancho e seguiu para a cozinha.

Hansol se virou no sofá para assistir-lhe. Heejoon lavava a louça com cautela e agilidade, deixando tudo limpo, rapidamente, antes de abrir a geladeira e tirar alguns molhos, os quais foram levados ao fogo.

— Quer ajuda?

— Não precisa. Vá tomar um banho, enquanto a comida não chega. Pode pegar minhas roupas.

Hansol o olhou, por um tempo, antes de assentir, deixar a cadela e seguir para o quarto. Ficar esse tempo todo com Moon estava sendo silencioso, mas Heejoon estava sempre fazendo algo, e isso ocupava a cabeça dele. Apenas observava o mais velho e se perguntava como ele conseguia ser tão certeiro em cada coisa que fazia, desde limpar tudo, sem deixar sujeira alguma, a digitar corretamente no teclado, sem precisar corrigir palavras; ou organizar os papéis sem se confundir, sabendo exatamente onde pôr cada caneta. Era satisfatório assistir-lhe, pois cada pequeno movimento era correto, perfeito.

Dentro do banheiro antigo, Hansol se olhou no espelho. Não se sentia cansado ou nervoso. Pela primeira vez, em muitos dias, sentia que não precisava se preocupar tanto com o estado de sua cabeça. Não estava tudo bem, mas, naquele dia, ele conseguiu respirar e não se sentir pinel.

Após se vestir com as roupas macias e bem cheirosas de Heejoon, ele voltou à sala, enquanto secava o cabelo com uma toalha. Moon saiu do quarto, trazendo um creme em mãos, e sentou-se ao lado dele.

— Aqui...

— O quê? — perguntou, olhando-o.

— Está frio... Seu rosto está um pouco queimado. — Passou o indicador pelas áreas, antes de abrir o frasco de hidratante e espalhá-lo pelo rosto de Hansol. — Precisa se cuidar... Para não doer.

— Nem percebo mais quando algo dói — o outro não conseguiu segurar a língua.

Heejoon diminuiu o ritmo em que espalhava o creme, acariciando suas bochechas queimadas do frio.

— Eu sei. E sinto muito. Sei, também, que não sou capaz de curar todas as suas dores, mas se houver algo ao meu alcance... Não me impeça de fazê-lo — disse o Moon.

Encostando-se ao sofá e fitando os olhos cuidadosos dele, Lee sorriu de forma tímida, sentindo culpa por não conseguir detestá-lo.

— Não vou impedir — murmurou.

Heejoon, então, ajeitou o delicado rosto alheio em suas mãos quentes e, aproximando seus lábios, o beijou sem força, com calma, alguns segundos antes do som da motocicleta ser ouvido.

— Vou buscar.

Hansol concordou, ainda afetado pelo ato recente, e arrumou o cabelo, enquanto o rapaz não voltava. Quando este voltou, deixou a sacola sobre a mesa de refeições e esperou Hansol se juntar a ele para, então, abrir as caixinhas de comida.

Eles jantaram em silêncio. No entanto, Hyojin ligou, informando que Junghyun precisou ser sedado, depois de discutir, descontroladamente, com os enfermeiros, e seus batimentos ficarem rápidos demais.

Hansol não ousou dizer uma palavra sequer e, quando Moon começou a comer menos, pegou a carne do próprio prato e a ofereceu ao rapaz, para que este se sentisse mais incentivado a comer.

Depois de lavar a louça, viu Heejoon entrar no quarto do irmão, mas não o acompanhou, preferiu deixá-lo sozinho, para pensar sobre o que quer que estivesse em sua cabeça. Foi para a cama e esperou. Esperou por mais de meia hora, até uma hora e meia, para, só então, ver Heejoon entrar no quarto e trocar de roupa, antes de se deitar.

No cômodo escuro, mesmo acordados, eles não disseram nenhuma palavra, por um bom tempo, até Hansol ser o primeiro a falar baixinho:

— Ele vai ficar bem. Vocês vão cuidar dele.

— E se for tarde demais...?

Hansol virou-se sobre o colchão, apoiando-se no cotovelo, para olhá-lo sob a luz que vinha da rua.

— Nunca é tarde... Não quando se ama.

Heejoon respirou fundo, esfregando a mão no rosto, frustrado.

— Eu... Eu já perdi meu pai. Minha mãe vai embora em breve... E meu irmão... Meu irmão está assim. Por quê? Por que tem que ser assim? Por que nada pode ser bom? É tudo... Tudo podre.

— É... Eu sei que é. Mas o seu irmão não está fadado, e nem você. Seus pais tiveram rumos horríveis, mas você está aqui, é forte, você encara tudo isso... Não pode desistir de Junghyun.

— Eu não quero desistir. Eu só... Só tenho medo de não conseguir. E se eu não conseguir e ele acabar indo embora? Eu podia ter prevenido isso... — tentou dizer.

— Não, não podia. A dor não vê cara. Muitas vezes que fui internado, vi pessoas que eram fodidas, mesmo tendo bons pais, uma família unida e boas condições de vida — disse Hansol, buscando ar para dizer o restante. — Eu cresci tendo que... Que levar droga, na mochila da escola, para os clientes do meu pai. Cresci vendo minha mãe apanhar... E, então, ser morta. Eu posso dizer que sei de onde vem minha dor. Mas e os outros? O mundo é cheio de pessoas doentes, até mesmo as que têm as melhores vidas. É algo que vem de dentro. Mesmo que você tivesse tido uma vida perfeita com o seu irmão, quem garante que estaria bem? Não podemos nos proteger de tudo. Não pode se culpar.

Moon permaneceu em silêncio, antes de falar:

— Ele me culpou, na droga da carta...

— Ele não sabe da vida — grunhiu em resposta. — Seu irmão não entende... Ele não sabe do outro lado da moeda. Mas acredito que, um dia, ele compreenderá... E verá que você o ama, que não fez por mal.

— Será? Será que vai me perdoar por não estar com ele, quando eu devia estar?

— Vai, sim. Ele vai entender seu lado... — disse, levando a mão livre para acariciar-lhe o peito. — E vocês vão ser uma família.

Heejoon, então, alcançou aquela mesma mão e a segurou de um jeito firme.

— Me desculpa... Por tudo, por isso. Eu não devia te ocupar com isso. Me perdoa.

— Mesmo... Mesmo me escondendo tudo aquilo, você me salvou de tanta coisa, Moon Heejoon... Você cuidou de mim. Eu não vou... Não vou te deixar sozinho — preferiu não se aprofundar nisso. Aquele ainda era um tópico delicado. — Vá dormir um pouco.

Heejoon respirou fundo e, virando-se, puxou-o para perto, aninhando-se a ele, para, só assim, fechar os olhos e descansar.

Hansol demorou um pouco mais, encarando o céu pela janela e acariciando o cabelo de Moon, enquanto sentia sua respiração contra seu peito. Sentia demais por tudo aquilo.

Dormiu, enquanto pedia mentalmente, àquele mesmo céu, que ajudasse Heejoon.

Ao acordar, na outra manhã, a última do ano, Hansol se levantou primeiro. Enquanto se trocava e fazia um café, tentou fazer pouco barulho.

Heejoon acordou, um tempo depois, coçando a cabeça e com o celular na mão, enquanto discava um número, mesmo com os olhos pouco abertos.

— Hyojin — chamou a prima pelo celular. — Bom... Bom dia. É... Sei lá. Como ele está?

Hansol colocou café em uma xícara e a levou para o outro. Sentia um tanto de vergonha, mas estava se arriscando. O mais velho aceitou o café e lhe lançou um sorriso formal. Em seguida, voltou a prestar atenção na ligação.

— Certo... E ele está comendo? Ah, isso é bom. É... Vem pra casa, eu vou visitá-lo mais tarde.

Hansol somente o observou, em silêncio, esperando para saber como estava o garoto.

— Okay, Hyo. Te vejo mais tarde. — Encerrou a chamada, guardando o celular no bolso e tomando um gole do café. — Ela vai vir pra casa.

— E ele?

— Apagou a noite inteira. Acordou, hoje, bem cedo, comeu e deixou os enfermeiros levarem-no à consulta... — explicou. — É... Não temos muito o que fazer.

Hansol abaixou a cabeça, sentindo pesar por toda a situação.

— Bom... Vou pra casa, então.

— Você pode ficar — o mais alto retrucou, terminando o café.

— Eu preciso — Hansol devolveu, um pouco desconcertado e deslocado. — Tenho casa também... Você sabe.

Heejoon se absteve, então.

— Tudo bem. Eu te levo. Pegue a Trix.

Assim, Hansol procurou a cadela e, quando a encontrou, a levou para a porta, enquanto Heejoon se aprontava. Depois, ao se acomodarem dentro do carro, partiram, fazendo todo o caminho de volta para a casa dele.

— Heejoon... — chamou, enquanto eles entravam na rua onde moravam.

— Sim?

— Por que não está voltando pra sua casa? Sabe... Mesmo nesses dias que não foi ver seu irmão... — perguntou, olhando a casa de Moon, antes de parar entre ela e a sua.

Heejoon soltou um suspiro pesado e fitou na mesma direção que ele.

— Não me sinto bem.

— Se sente bem na casa dos seus tios? — Lee fitou-o.

— Também não. — Deu de ombros. — Mas é perto da clínica.

Hansol continuou a observá-lo, enquanto tirava o cinto e abria a porta.

— Onde se sente bem?

Heejoon desviou o olhar para o horizonte, mantendo-se calado, por um minuto.

— Lugar nenhum... Não mais. Antes, quando eu fugia pra longe da minha família, pra qualquer lugar onde eu fosse apenas um cara chamado Heejoon, eu me sentia bem, mas hoje... Sinto que mato tudo à minha volta, como se a maldição estivesse em mim e não onde moro.

Entristecido, o mais novo abaixou o olhar, focando a visão no porta-luvas do carro, sem ter uma palavra boa para dizer a Heejoon.

— Fique bem, Hansol — disse Moon, olhando-o desta vez. — Aguente... Eu venho te ver, quando der. Tudo bem? Me ligue a hora que quiser.

Hansol assentiu, saindo do carro.

— Não se canse muito, também. Fique bem. — Então, tirou Bellatrix do carro, segurando-a nos braços, e assistiu ao veículo partir para longe.

Ele respirou fundo e começou a andar para dentro de casa; somente parou quando a cadelinha latiu. Olhando para trás, viu uma mulher descer de um carro e ir em direção à sua casa. Era a mesma senhora de alguns dias atrás. Hansol soltou Bellatrix no chão, enquanto observava a senhora parar em seu portão, mirando-o por baixo de um gorro grosso de frio.

— Lee Hansol?

A mulher realmente estava ali procurando por ele naquele dia? Não era algo da cabeça dele?

Ele engoliu em seco, juntando as mãos em frente ao corpo, enquanto a olhava, sem entender.

— Quem é a senhora?

— Você é Lee Hansol? — ela insistiu, parecendo um pouco aflita.

Ele não soube como agir.

— Hm... Sim.

— Filho de Lee Soomin?

Ele sentiu o estômago congelar.

— Como...? O que quer? Eu não vou falar nada! Saia daqui! Não vou dizer nada a ninguém! — Deu-lhe as costas, marchando em direção à porta de casa, enfurecido.

— Eu a conhecia! — ela disse alto. — Por favor, não me mande embora. Eu não quero nada de você!

Hansol se virou novamente e olhou para ela.

— Quem é você?

Ela segurou as grades do portão, olhando-o de volta.

— Eu sou a mãe do seu pai.

Paralisado, Lee não conseguiu dizer uma única palavra, deixando os braços penderem ao lado do corpo.

— Kang Yuri — ela disse. — Eu... Eu sou Kang Yuri. A mãe dele.

Aquilo parecia impossível.

Hansol desceu, novamente, os degraus da varanda, e caminhou devagar até a mulher, incerto. Sim, lembrava-se do nome, mesmo que nunca tenha conhecido um membro sequer da família do homem que lhe deu a vida.

— O que... O que você...?

— Eu disse a ela! — Kang Yuri grunhiu, enquanto a dor se espalhava por seus olhos. — Eu disse a ela que meu filho não era bom... Mesmo sendo meu filho, eu disse, eu falei pra ela se afastar! Mas sua mãe estava grávida e o amava tanto... — lamentou.

Hansol sentiu um bolo se formar em sua garganta, enquanto seu peito se enchia de angústia. Yuri passou a mão pelo rosto, fechando os olhos, por um tempo, e abaixou a cabeça.

— Eles sumiram... A última vez que os vi foi há vinte e quatro anos. Quando eu soube do que aconteceu, há apenas cinco anos, eu nem fazia ideia de como te procurar... Quero que entenda, eu moro muito longe daqui, em Odaesan, numa vila aos pés da montanha. Nunca imaginaria que eles viriam para Busan e que você estava aqui. Eu... Menino, me perdoe.

Sentindo o peito subir e descer rapidamente, Hansol terminou de matar a distância entre os dois, para encará-la de perto.

— Você... A senhora é... É mesmo mãe dele?

— Me desculpe... Eu sou. Entenda, por favor! Eles sumiram... Eu não sabia de nada sobre o caos que eles estavam vivendo aqui. Se soubesse, teria vindo te buscar!

Hansol reconheceu o formato dos olhos e do nariz, idênticos ao de seu "pai", e a verdade em sua voz cansada.

— Entra. Quer entrar? — ele murmurou.

— Você deixa?

— Sim — confirmou, puxando o trinco e abrindo o portão para que a senhora passasse. — Venha...

Yuri acompanhou-o, acanhada, e os dois entraram na casa pouco iluminada. Hansol, em especial, sentia as mãos tremerem de nervosismo.

— Pode... Pode se sentar. Quer alguma coisa?

— Não, não. — Ela sorriu, timidamente, fazendo com que muitas rugas fossem marcadas no repuxar de seus olhos. Ela se sentou na ponta do sofá, analisando Hansol com fascinação. — Tão bonito... Tão crescido. Minha nossa.

Hansol forçou um sorriso, nervoso demais para fazer isso naturalmente, e sentou-se em frente a ela, na mesa de centro.

— O que a senhora veio fazer em Busan?

— Te procurar — respondeu.

Ele guardou o sentimento novo bem no fundo, continuando a perguntar.

— Como me achou?

— Eu tentei conseguir informações com a polícia, por um tempo, mas para provar que eu era a mãe dele, precisava vir pessoalmente. Demorou até que eu conseguisse dinheiro o suficiente. Mas, finalmente, consegui, há três meses — contou. — Pensei ter te encontrado quando consegui o endereço da casa onde vocês moravam, mas, quando cheguei, estava abandonada. Fui a muitos lugares, mas todas as clínicas davam diferentes endereços, e você nunca estava em nenhum deles. Até que, alguns dias atrás, liguei para a delegacia novamente, e eles tinham registros recentes sobre você. Assim, consegui o endereço desta casa.

Hansol não conseguiu dizer nada, no primeiro momento, apenas sentiu um frio na barriga.

— E por quê? Por que queria me encontrar?

— Como já fazia muito tempo, confesso que pensei que minha vinda não faria diferença a um rapaz crescido como você. Mas, então, pesquisando, eu soube da sua situação. Eu me choquei completamente quando vi tudo aquilo: as passagens por clínicas de reabilitação e delegacias... — Deu uma pausa um tanto longa. — E... Como eu poderia deixar meu neto viver tudo isso sozinho?

O peito de Hansol se encheu de uma sensação pesada e quente, ao ouvir aquilo: ser chamado de “meu neto”.

— Céus... — Yuri lamentou. — Eu disse à Soomin, contei tudo que ele já havia feito, mas a menina era sozinha demais, se apegou a ele de um jeito... Um jeito doentio. Ele era muito ambicioso, e viu uma menina como ela: frágil, com doenças psicológicas, vulnerável e com... Com dinheiro o suficiente para tirá-lo da nossa vila, que tanto odiava. Eu não sei como, mas fez! Fez Soomin se apaixonar e a enganou, fingindo ser um bom homem. E mesmo depois que sua mãe viu como ele era, ela... Ela continuou. Eu sinto tanto...

Hansol abaixou a cabeça, dessa vez, lembrando-se da mãe; de como, mesmo tendo muitas oportunidades, ela nunca fugiu, nunca pegou o filho e partiu; até mesmo quando o homem não aparecia em casa por dias.

— Não estou julgando — a senhora disse. — Eu só sinto muito. Tudo poderia ter sido diferente.

Hansol assentiu devagar.

— Por que ele é assim?

Yuri puxou o gorro da cabeça, suspirando.

— Dayang sempre odiou a vida que tinha. Como era inteligente, ganhou uma bolsa de estudos em um colégio particular, na cidade grande. Ele via os jovens da sua idade com muito mais coisas do que ele: com roupas de marca, usando as tecnologias da época, indo a viagens... Ele dizia odiar ser filho de uma "plantadora de repolho". Porque é isso que sou, eu trabalho no campo. Seu pai... Ele sempre quis ter dinheiro, mas ao invés de estudar e trabalhar, começou a se envolver em coisas erradas. Eu juro, tentei meu máximo para curá-lo disso, mas ele esteve sempre tão determinado a conseguir dinheiro de qualquer maneira... — Ela passou o polegar pela florzinha bordada em seu gorro. — Deus sabe que eu fiz tudo que estava ao meu alcance pra dar uma vida boa a Dayang! Mas o que eu dava não era suficiente.

— Eu... Eu acredito — disse a ela. — Acredito na senhora.

Ela o olhou e sorriu desajeitada.

— Você... Você tem estado bem esses dias?

Ele assentiu, preferindo não preocupar a mulher. Yuri insistiu:

— Pode me falar um pouco de você? De como está? Eu... Eu não sei nada sobre você.

— Uh... — ele murmurou. — Eu estou okay. É... Eu não tenho muito pra falar. Não vivo muitas coisas.

Ela lhe deu um sorriso compreensivo.

— Disso eu duvido. Mas se não quiser falar, entendo. — Com isso, Hansol sorriu de volta para ela. — Seu sorriso é lindo, filho.

Escondendo o rosto na sombra do cabelo, ele não conseguiu dizer mais nada. Eram tantas informações que Lee não conseguia se expressar ou dizer algo coerente.

— Eu posso voltar mais vezes, para te ver? — Yuri perguntou.

E ele a fitou, extasiado, enquanto sua cabeça tentava entender. Essa era a sua avó... E ela queria vê-lo mais vezes. Mesmo? Aquilo realmente estava acontecendo?

— Escute, Hansol — ela pediu. — Eu soube de coisas pelas quais você passou. Se puder, por favor, deixe eu me aproximar. Você é meu único neto... E eu estive longe o tempo todo. É minha dívida.

Ele tomou fôlego, fechando os olhos, antes de responder, desconcertado:

— Isso é tão novo. Eu cresci sem ninguém, sra. Yuri.

— Eu entendo se não estiver pronto para confiar... — disse compreensiva, puxou a própria bolsa para o colo e a abriu. — Mas esse é o meu número. — Entregou ao neto um pequeno papel. — E essa é uma foto da Soomin, quando estava grávida de você. Eu a trouxe para te entregar. — A idosa tirou uma fotografia de dentro de um saquinho e ofereceu a ele. — Sempre que olhava essa foto, eu tentava imaginar você e me perguntava sobre como vocês estavam. Eu nunca estaria preparada para receber as notícias sobre o que aconteceu... — lamentou. — Sei que você esteve sozinho o tempo todo, mas... Se quiser, eu posso ser sua família. Posso levá-lo para conhecer minha filha, meus irmãos...

Hansol apanhou a foto, enquanto a ouvia e tentava controlar o ritmo das batidas de seu coração. Tudo aquilo parecia tão surreal, distante e, no entanto, era verdade. Era sua mãe na foto, e sua avó bem na sua frente.

— Pode me ver mais vezes? — ele respondeu assim. — E nós... Podemos passear?

Ela sorriu, com os olhos visivelmente marejados.

— Sim, querido.

Os dois, então, se levantaram e, sem dizer nada, abraçaram-se simultaneamente. Um abraço quente e forte.

Quando Kang Yuri precisou ir, já no meio da tarde, prometendo ligar depois, Hansol voltou para dentro de casa.

Ao se jogar no sofá da sala quieta, sorriu para o nada, antes de chorar, com os olhos fechados e bem apertados, enquanto segurava o retrato da mãe contra o seu peito.

Era insano como a visita de Kang Yuri conseguiu mexer tanto com os seus sentimentos, como seu abraço foi confortável e seu cheiro de amaciante caseiro ficou no ar. Como, apesar de seu rosto lembrar tanto o do filho, ela não tinha o mesmo olhar maldoso.

Ele não soube dizer quanto tempo ficou ali, apenas admirando a beleza de sua mãe na foto e se lembrando da forma que Yuri falava. Só se levantou quando a noite caiu, com a neve branquinha cobrindo ruas, telhados e árvores. Era o último dia do ano e ele não tinha o que fazer, a não ser assistir à programação da tevê.

Hansol tomou um banho, alimentou Bellatrix e, depois, foi à cozinha, onde pôs a comida no fogão, enquanto pensava nas diversas coisas que enchiam sua cabeça. Era possível ouvir fogos estourando no céu e música no vizinho de trás, mas sua própria casa estava silenciosa e pouco iluminada. Ele mesmo só podia ouvir o som da comida cozinhando dentro das panelas.

Ainda estava sozinho, mas não reclamava e nem se surpreendia, afinal era a sua realidade desde pequeno. Era doloroso, mas estava acostumado.

Já passava das dez da noite quando Hansol abriu a porta e saiu, caminhando pelo quintal e observando a movimentação nas outras casas. Algumas estavam completamente vazias; outras, cheias de pessoas. Ele se sentou na varanda, protegido do frio por roupas grossas, e assistiu à Bellatrix correr de um lado para o outro, amassando a neve e latindo para gravetos no chão, como se fossem seus maiores inimigos.

Havia tanta coisa martelando em sua cabeça: desde as melhores até as piores. Ele mal tinha tempo para ficar feliz por conhecer Yuri, pois logo se lembrava do que aconteceu... Tentava ter esperança, mas Junghyun e a situação dos Moon apareciam do nada e, novamente, ele se sentia egoísta por não estar se sentindo tão mal.

Antes de entrar em casa, avistou o carro de Heejoon parar em seu portão. O rapaz, em seguida, saiu do veículo, com uma sacola na mão.

— Posso entrar? — indagou.

— Pode. — Hansol levantou-se, vendo Moon entrar e brincar com Trix, enquanto fazia o caminho até a varanda. — O que houve?

— Nada — disse. — Vim só trazer uma salada de frango... Mas já estou voltando para a clínica. — Entregou a sacola. — Tudo bem?

— Tudo. — Sorriu. — Hm... Como seu irmão está?

— Ele "obedeceu" às regras, o dia todo, mas está calado — respondeu. — Vou ficar com ele e Hyojin, só vim trazer isso pra você. Já que não vou poder ficar contigo, pelo menos...

— Eu entendo — disse. — É o certo.

Heejoon o olhou em silêncio, por um tempo.

— Aconteceu alguma coisa?

— Por quê? — Riu com certo ledo.

— Você parece leve — disse, observando o menor. — Parece relaxado...

Desconcertado, Hansol abaixou a cabeça, sem respondê-lo. Heejoon ia dizer algo, mas seu celular tocou, no mesmo instante, levando-o a atendê-lo.

— Oi, Hyo...

Hansol voltou a encará-lo, prestando atenção em seu rosto, enquanto este ouvia a prima no telefone. Sua expressão foi mudando, aos poucos, de comum para abatida.

— Não pode falar com ele mais uma vez...? Droga! E o psiquiatra? Ah, cara... É sério, Hyo, eu não sei mais o que fazer! — Ficou um momento sem falar. — Certo, certo! Te vejo amanhã. — E desligou.

Hansol hesitou, mas perguntou em seguida:

— O que foi?

— Junghyun não quer que eu vá — disse, ainda mirando a tela do celular. — Não quer que eu fique com eles hoje.

Sem saber o que dizer, Hansol alcançou sua mão, acariciando-a. Heejoon soltou um suspiro alto e ficou em silêncio, também.

— Vem — pediu, levando Heejoon para dentro de casa. — Fica aqui.

— Tem certeza? — perguntou, soando acanhado e entristecido.

— Sim. — Hansol deixou a sacola sobre a mesa, puxou o outro para perto e, timidamente, abraçou sua cintura, deitando a cabeça de Moon em seu ombro. — Passe a virada aqui comigo. Não vou te deixar sozinho.

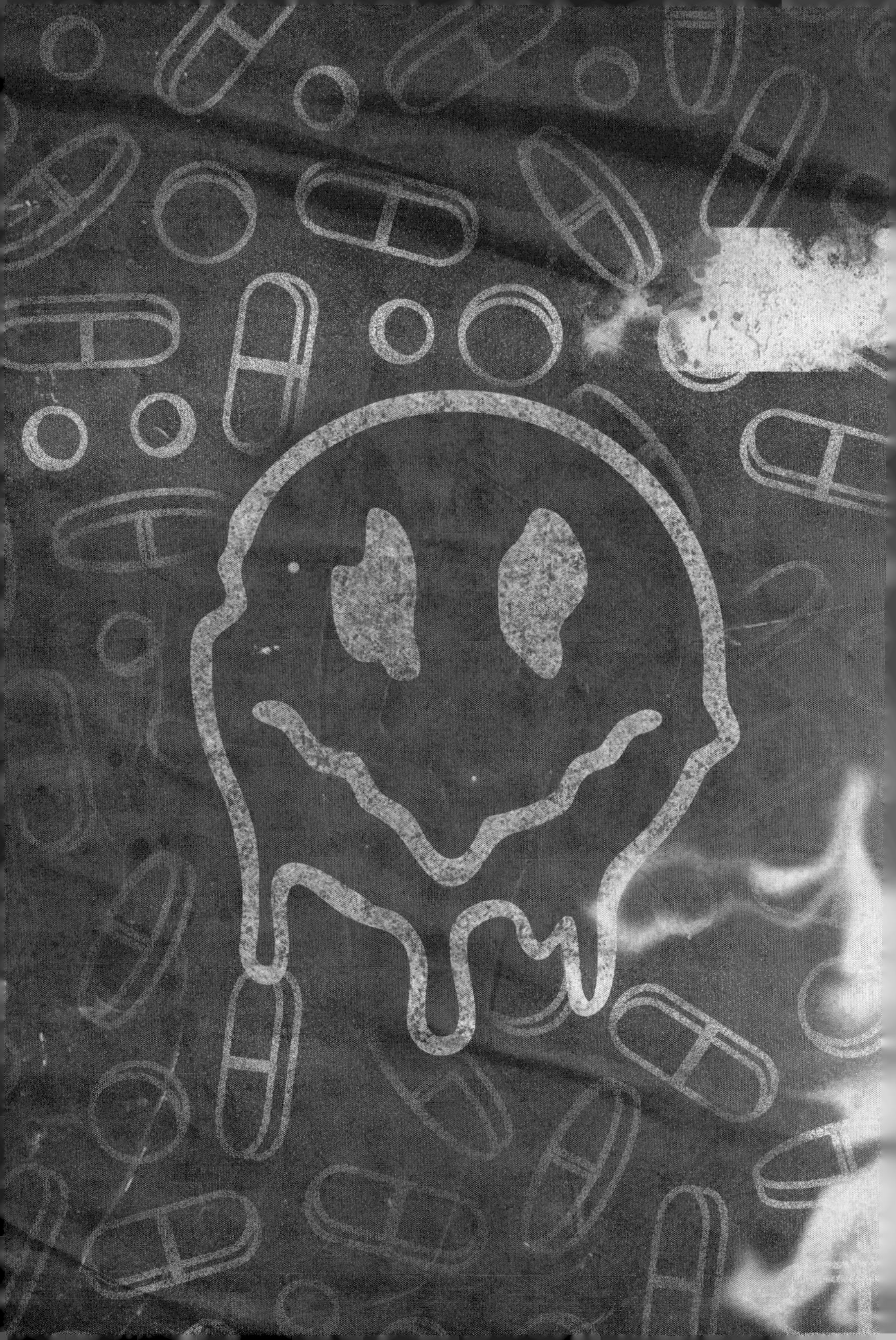

CAPÍTULO XVI

O CORAÇÃO É DESOBEDIENTE. Se você acha que consegue controlá-lo, você se engana. Ele é uma criança malcriada e você, uma mãe impotente.

Hansol sentia isso na pele, quando mirava Heejoon e não conseguia se afastar, não conseguia ser razoável e mandá-lo embora. Seu coração era inconsequente, e ele não sabia discipliná-lo.

O mais novo viu a dor nos olhos de Moon e não foi capaz de deixá-lo, pelo contrário, puxou o rapaz para perto, acomodou-o em seus braços e deixou-o molhar sua camisa com lágrimas.

Quando deu meia-noite e o calendário apontou ser 1° de janeiro de um novo ano, os fogos de artifício foram disparados por entre o vento e as nuvens, sob a salva de palmas das pessoas e o uivo dos cães.

Lee Hansol respirou fundo, acariciando o cabelo cheiroso de Moon Heejoon, enquanto este chorava baixinho em seu peito. Estavam os dois no sofá, abraçados um ao outro. O menor mantinha os olhos fechados, tentando controlar, também, suas emoções, enquanto sentia o rapaz se esvaziar.

Gostaria de estar feliz, por ter conhecido Yuri, sua avó, mas se seu amor não estava bem, como era possível que ele estivesse? Então, inevitavelmente, ele também murchou, porque Moon estava passando por algo difícil demais.

Quando o mais velho parou de chorar e conseguiu recuperar o fôlego, já era quase uma hora da manhã, e ainda havia uma grande algazarra na rua. Ele se descolou de Hansol, aos poucos, permanecendo de cabeça baixa, silencioso.

Hansol soltou um suspiro longo, observando o rosto inchado do outro, os olhinhos quase fechados e a boca num tom de vermelho machucado. Ele levou a mão ao rosto do mais alto, afastando a franja de sua testa, antes de descer seus dedos pela bochecha macia.

— Quer tomar um banho? Ou só lavar o rosto?

Heejoon assentiu fraco, sem dizer nada. Hansol sorriu entristecido e levantou-se.

— Eu vou fazer um chá. Pode usar o banheiro — disse ao convidado.

Respirando fundo, Moon levantou-se, tirou o casaco e subiu as escadas. Hansol observou o rapaz subir cada degrau, antes de seguir para a cozinha e pôr uma chaleira no fogo.

Não sabia como agir, como ajudar, o que fazer para acalmar Heejoon. Então, estava chutando, fazendo o que gostaria que fosse feito com ele próprio, apesar de nunca esperar um conforto nas horas difíceis. Várias vezes ao dia, Lee olhava para o céu e pedia para que Deus clareasse seus caminhos, para que ambos pudessem sentir algum alívio. Mas Ele, às vezes, parecia ocupado demais para ouvi-lo.

Hansol se sentia mal por ficar assim, mas não sabia a quem recorrer, pois ninguém lhe respondia, e estava cansado de ficar em pé naquela fila de espera infinita.

Quando a chaleira assobiou, Hansol apagou o fogo e preparou o chá em uma caneca. Pouco depois, Heejoon desceu as escadas, novamente, com o cabelo úmido e a mesma roupa de antes. Ele parou entre a sala e a cozinha, calado.

— Aqui. — Apanhou a caneca e entregou-lhe, depois de pôr duas pedrinhas de gelo para esfriar. — Eu não sei se está bom de açúcar... Nunca tomo chá.

Heejoon tomou um gole e segurou a careta, porque estava muito amargo. Nada que realmente importasse.

— Obrigado... — agradeceu.

Hansol sorriu um pouco sem jeito e encostou-se ao batente da porta, olhando o outro.

— Vai dormir aqui?

— Eu não sei... — Moon respondeu, fitando-o. — Eu posso?

Hansol assentiu minimamente, um pouco envergonhado.

Heejoon descansou a caneca sobre a mesa e, devagar, passou um braço por trás do pescoço de Lee, puxando-o para perto. E depois de olhá-lo nos olhos, beijou-o.

Hansol sempre derretia sob seu toque e, desta vez, não foi diferente. Ele precisou se agarrar ao mais alto, fechar os olhos e mergulhar no beijo lento, sentindo as mãos de Moon segurarem seu corpo, enquanto as bocas se moviam em sincronia.

Quando Heejoon afastou os lábios, continuou de olhos fechados e, aos poucos, abraçou Hansol, acomodando-o em seu peito.

— Eu te amo — sussurrou.

Hansol não conseguia dizer as mesmas palavras, mesmo que as sentisse em cada parte de seu corpo, mesmo que amasse Moon de dentro para fora. Ele apenas agarrou mais as mãos às roupas de Heejoon, calado.

Eles esperaram o mais velho terminar o péssimo chá e subiram para o quarto de Hansol, onde colocaram roupas confortáveis e deitaram-se na cama um pouco estreita.

Antes de dormir, após seus corpos se encaixarem em um espaço pequeno, Lee Hansol desejou:

— Feliz Ano Novo, Heejoon...

Este, deitado atrás dele, com o peito colado em suas costas, acomodou o rosto na curva entre o seu ombro e o seu pescoço. Riu muito baixinho, quase inaudível, e beijou a pele de Lee.

— Feliz Ano Novo, Hansol.

Era mais uma das recorrentes noites em que tudo ia mal, e eles tentavam encontrar paz nos braços um do outro.

O primeiro dia de janeiro foi celebrado pela maioria das famílias. Era feriado, dia de encontrar os entes queridos e comemorar o Ano Novo, mas Heejoon acordou cedo, sentou-se na sala de Hansol, com Bellatrix ao lado, pegou um livro qualquer, que encontrou jogado, e começou a lê-lo.

Hansol acordou horas depois, e sentiu o coração murchar, quando não viu Moon ao seu lado, mas ao encontrar o rapaz no andar de baixo, concentrado no que lia, notou o peito ficar mais leve, aliviado por ele ainda estar ali.

— O que está lendo? — perguntou com a voz sonolenta, descendo os degraus, enquanto esfregava as pálpebras.

— *A Revolução dos Bichos*. — Heejoon abaixou o livro, para prestar atenção no moreno. — Encontrei jogado atrás do seu sofá.

— Ah — ele murmurou e caminhou até o rapaz, parando ao seu lado. — E você nunca o leu antes?

— Li três vezes... Esta é a quarta — contou, fechando o livro.

Hansol se sentou no braço do sofá, encarando-o.

— É mais interessante do que eu?

Moon sorriu sutilmente, encostando a cabeça nas costelas do rapaz.

— Não imagino um mundo onde isso possa ser possível.

Hansol desviou o olhar, com as bochechas quentes, enquanto sentia uma espécie de vento resfriar seu estômago.

— Já tomou café? — desconversou.

— Não — Heejoon respondeu. — Estou sem fome.

Lamentando, Hansol levou a mão até o cabelo dele, acariciando, procurando passar-lhe algum conforto.

Heejoon comentou, em seguida:

— Minha prima me ligou.

— E o que disse?

— Que o Junghyun dormiu bem, que comeu normalmente, ontem... — Deu uma pausa breve, um pouco tenso. — Disse que, na conversa com o terapeuta, ele se negou a falar sobre nosso pai, nossa mãe e... sobre mim.

Hansol fechou os olhos e passou seus braços em torno do amado, mantendo-o perto.

— Ele vai mudar, Heejoon. Não fique triste, por favor.

Ele sabia que era inútil dizer algo assim, mas seu peito se enchia de angústia por ver Moon daquela maneira. Ele só queria, de alguma forma, manter o rapaz com as esperanças vivas.

Hansol não comentou, mas no dia anterior, antes de dormir, sentiu uma enorme vontade de se drogar. Para resistir, agarrou-se a Heejoon e tentou pensar somente nele, no prazer que era estar ao seu lado. Estava, silenciosamente, travando uma batalha contra a química, mantendo-se mais firme do que nunca, porque Heejoon precisava do seu apoio.

Moon não respondeu, apenas se enterrou no abraço dele, sentindo seu perfume e seu calor, agarrando-se ao sentimento de que não estava sozinho. Porém, quando a tarde chegou, foi inevitável, Heejoon precisou pegar suas roupas e andar até a casa ao lado. Sentia-se perdido demais para continuar ali, porque não estava bem. Ele precisava pegar alguma coisa para ler, algo para estudar, ocupar a cabeça.

Hansol fechou a porta, com tristeza no olhar, voltou ao sofá e deitou-se. Seus olhos percorreram as paredes, antes de caírem sobre Bellatrix, que dormia sobre o tapete.

Não via formas de ajudar Heejoon, porque suas palavras se esgotavam com facilidade. Ele sabia que a mente do rapaz continuava a pensar sobre tudo aquilo, machucando seu coração. Então, quando ele dizia que precisava ir para casa, Hansol não relutava, porque o outro estava apenas procurando uma forma de esquecer o que estava acontecendo.

As horas passaram e Hansol não se moveu; manteve-se naquele sofá, esperando o tempo correr, enquanto pensava em Heejoon e em alguma forma de tirar aquele sentimento ruim de dentro dele, por ao menos um dia.

Quando a noite caiu, sorrateira, ele se levantou e subiu as escadas, para tomar um banho. Ao sair do banheiro, passou pela janela e viu Heejoon em seu quarto, com a cabeça apoiada na mão, enquanto lia algum livro aparentemente didático. Lee odiava vê-lo daquele jeito, mergulhado nas palavras, porque, na superfície, elas sumiam e só restavam os sentimentos... Aqueles ruins.

Respirando fundo, secou-se, vestiu uma roupa e desceu para a sala. Após colocar comida para Bellatrix e brincar com ela, por alguns minutos, saiu de casa, trancou a porta e, em seguida, atravessou o gramado, em direção à casa de Heejoon.

Ele bateu à porta e se sentiu, brevemente, como na primeira vez que foi atrás de Moon, no dia do aniversário do rapaz. Sorriu fraco. A lembrança, agora, até soava boa.

Todo dia, várias vezes, Hansol pensava no que Heejoon fez e no que causou, e se perguntava se não seria melhor deixá-lo. No fim, após muita discussão interna, ele nem sequer conseguia se imaginar sem o outro.

Quando Moon Heejoon abriu a porta, com os cabelos bagunçados — talvez de tanto puxá-los por frustração —, Hansol deu seu melhor sorriso, escondeu as mãos nos bolsos do casaco e encolheu o pescoço.

— Posso entrar?

Heejoon, fitando-o, sorriu com discrição e pousou a mão sobre o ombro do moreno, colocando-o para dentro.

— Precisa de alguma coisa?

Lee se aproximou e o abraçou, deitando a cabeça em seu peito.

— Só de você.

Rindo fraco, Heejoon beijou-lhe o cabelo.

— Vem, estou estudando lá em cima.

Hansol, então, o acompanhou, subindo as escadas, de mãos dadas com ele, dando passadas longas, para pular dois degraus de uma vez, até chegarem. Heejoon notou a leveza na desenvoltura do rapaz.

— Está feliz?

Hansol odiava se sentir egoísta, e não podia dizer que estava, de fato, feliz — pois não estava —, mas optou por ser sincero.

— Eu conheci minha avó — revelou.

Heejoon parou, em frente à porta do seu quarto, e olhou com espanto para o outro.

— Oi?

Respirando fundo, Hansol repetiu:

— Conheci minha avó, a mãe do meu pai.

O mais velho parecia perdido.

— Meu Deus... Quando?

— Ontem.

— Por que não me contou?

Hansol não conseguiu evitar uma careta.

— Você estava mal...

Heejoon, então, soltou um suspiro, abaixando o queixo.

— Sinto muito... Eu...

E o menor negou de antemão:

— Não precisa dizer nada.

Moon realmente ficou sem palavras, por um momento.

— Vem... Me conta. — Puxou-o para dentro do quarto. — Me fala como ela é.

Hansol tirou os sapatos e sentou-se na cama, enquanto Heejoon se sentava na cadeira da escrivaninha. Depois, sorriu, cruzando as pernas.

— Ela se chama Kang Yuri. Ah, Heejoon, eu gostei tanto dela...

Moon apreciou seu sorriso, tentando manter-se espirituoso.

— Ela é confiável?

Hansol teve que matar o riso, abaixando a cabeça e mirando o lençol impecavelmente limpo.

— Eu espero que seja... É cansativo não poder confiar em alguém. Eu estou cansado de mentiras.

Ele pôde ouvir Heejoon respirar fundo.

— Eu sei, Hansol...

— Parece que sou incapaz de ser amado e tratado com sinceridade, mas não vou perder minhas esperanças — confessou e colocou as pernas para fora da cama, pensando em ir embora.

As coisas mudavam, com muita facilidade, em seu coração, porque nada era consistente, nada era firme ou seguro.

— Não parece, não — Heejoon disse, apoiado no encosto da cadeira, fitando-o. — Eu te amo. E muitas pessoas ainda vão amar.

Hansol permaneceu de cabeça baixa, sem conseguir focar nenhuma linha de pensamento. Era uma diversidade enorme de sentimentos, das melhores às piores.

— Me fale como ela é, hm? — pediu.

Levantando o olhar para ele, Hansol respondeu:

— Ela se parece com ele, fisicamente falando, mas o olhar é totalmente diferente, Heejoon. O jeito como ela abraça é diferente de tudo. É gostoso e quente, assim como o seu, mas de um jeito diferente. É um "bom" que eu nunca senti. É diferente do da minha mãe, também, mas é muito bom. Entende?

Do outro lado do quarto, Moon sorriu, sem dizer nada.

— Ela procurou por mim em Busan inteira. Acredita, Heejoon? Ela me procurou e não parou até me encontrar! Eu mal consigo imaginar alguém fazendo isso.

— Você gosta dela? — seu tom de voz fez Hansol olhá-lo, sem responder. — O que foi, Hansol?

Hansol, subitamente, lembrou-se de MH: da forma que ele lhe fazia perguntas com calma e esperava, pacientemente, até ter sua resposta. Assim como Heejoon fazia agora. As memórias vieram à cabeça e ele precisou abaixá-la, tentando evitar se aprofundar nisso.

— É... Eu gosto dela.

Heejoon, notando a clara mudança no menor, forçou um sorriso muito fraco.

— Que bom, babe... — E se virou na cadeira, voltando a folhear seus livros, atrás de algumas informações precisas para seu estudo ou de uma distração.

Hansol bufou baixinho, cruzando as mãos sobre o colo. Tentava pensar, encontrar uma forma de aliviar o peso da situação e ver seu namorado sorrir verdadeiramente, mas era tão difícil, porque, muitas vezes, sua própria cabeça, também, trazia as coisas ruins e ele se sentia incapaz, novamente.

Ele levantou o olhar, mirando as costas de Moon, e suspirou. Queria abraçá-lo e deixar um carinho em seu rosto, tentar mostrá-lo algum conforto. Afastando os pensamentos ruins, jogou a franja do cabelo para trás, e perguntou:

— Vai continuar aí?

— Eu estou estudando... — este retrucou, focando sua audição, já que não o via.

Heejoon gostaria de ficar com o namorado em seus braços, mas sempre percebia que este ficava tenso, devido à situação geral, e não dizia nada. O silêncio esmagador levava sua mente a navegar para ilhas onde ele não queria ancorar.

Hansol, do outro lado do cômodo, não conseguiu segurar uma careta triste, e se deitou, com as pernas para fora da cama e a barriga para cima. Quase o irritava a forma que Moon escolhia passar seu tempo e esfriar a cabeça. Ele não notou, mas sua voz saiu manhosa:

— Eu vim aqui te ver...

Heejoon desviou o olhar do livro mais uma vez, e afastou a caneta do caderno.

— Vem aqui — chamou-o.

De olhos iluminados, o mais novo levantou-se no mesmo instante, e andou até ele. Este alcançou sua cintura e o puxou, fazendo com que se sentasse em seu colo.

Agarrando-se a Heejoon, de uma forma que sua cabeça descansasse no ombro dele, Lee beijou sua bochecha e calou-se, para deixar o namorado continuar a ler e a anotar passagens dos livros, mas o olhou o tempo todo, analisando, de pertinho, todas as nuances de sua pele clara. Constantemente, desviava o olhar para sua boca, a qual se mexia minimamente, enquanto ele lia. Também prestava atenção às mãos de Heejoon: uma segurava a caneta, e a outra, sua cintura.

Suspirou, depois de um tempo, sentindo-se egoísta por querer a atenção do mais velho. Com teimosia, mexeu-se em seu colo, só para atrapalhar a sua concentração.

Heejoon, no entanto, permaneceu focado.

Infantilmente, Hansol girou os olhos, tirou a mão do outro de sua cintura e levantou-se, saindo do seu colo.

Moon, então, perguntou:

— Está tudo bem?

O mais novo assentiu, voltando para a cama. Moon o olhou por um tempo, antes de voltar a estudar. Hansol tirou o casaco e as meias, puxou o cobertor e se cobriu. Em seguida, tirou a calça e a roupa íntima, ficando apenas com a camisa. Então, puxou o cobertor um pouquinho para o lado, deixando exposta sua perna. Talvez Heejoon o mandasse embora por isso, mas estava disposto a arriscar.

— Heejoon... — chamou. — Quanto mais você precisa estudar?

— Falta um tópico — respondeu, e Hansol pôde vê-lo alongar o pescoço, provavelmente cansado de ficar ali sentado.

— Deixa isso pra amanhã — pediu. — Eu vi pela janela, você ficou aí a tarde toda... E, agora, já é noite.

Heejoon riu fraco.

— Fica me olhando pela janela?

Desde quando você se mudou para cá, pensou. Mas o que respondeu foi:

— Você vem se deitar?

Moon murmurou um "ok" e bocejou, em seguida.

— Tudo bem. Estou com sono mesmo.

Ele se levantou, guardou suas coisas e foi direto para fora do quarto. Hansol viu o rapaz entrar no banheiro e ouviu-o escovar os dentes. Esperou, de cabeça baixa, com medo de chatear o namorado.

Quando o mais alto voltou, em silêncio, foi em direção ao guarda-roupa, enquanto olhava a imagem de Hansol, que exibia sua perna nua. Após abrir o armário, pegou um pijama simples.

— O que quer, Hansol?

Este não respondeu, apenas descobriu mais o corpo, fazendo um singelo convite. Heejoon, olhando-o por cima do ombro, terminou de vestir a camisa e sorriu, mesmo que de uma forma imperceptível, descrente com o rapaz.

Virou-se, apagou a luz, caminhou até Hansol, puxou o cobertor devagar e sentou-se entre as pernas do moreno, olhando-o através da luz fraca que vinha do computador ligado no canto do quarto.

— Hein, Hansol? Responda.

Sentindo o corpo aquecer, na medida que sua respiração ficava prejudicada, apenas por sentir as mãos dele descansando sobre suas coxas, o menor retrucou:

— Quero que você se sinta bem.

Heejoon, abrindo um sorriso quase triste, passou as mãos pelas coxas dele, até alcançar sua cintura.

— E quer fazer isso me dando seu corpo?

— Você não gosta? — perguntou, tombando a cabeça para o lado e fechando as pernas em volta da cintura dele, tentando impedi-lo de uma possível fuga.

— Você gosta? — Heejoon devolveu a pergunta, porque, em seu ponto de vista, sua adoração por Hansol era clara para qualquer um.

— Você sabe... — Ele fechou os olhos ao sentir os dedos de Moon pressionarem sua pele. — Eu estou com saudade.

Moon suspirou e guiou seu olhar pelo corpo sempre tão belo do outro. Sabia que era difícil ignorar o calor que ele transmitia.

Hansol procurou a gola da camisa de Heejoon e puxou-o para perto, deixando seus corpos juntos e beijando sua boca, antes de pedir:

— Deixa... Me deixa fazer amor com você.

Heejoon não lhe respondeu; beijou-o e colou seus corpos de uma vez. Levou uma das mãos para baixo das costas de Hansol, puxando seu quadril e unindo suas virilhas.

Com amor, Hansol se entregou ao beijo, abraçando-o por cima dos ombros, de olhos bem fechados. Podia sentir a temperatura do quarto subir, assim como sua excitação. Seu corpo, claramente, atraído pelo de Moon, o segurava como se fosse cair, mesmo havendo, embaixo deles, um colchão.

Arfando, Lee Hansol levou as mãos à barra da camisa alheia e, dessa vez, a subiu até os seus ombros, sentindo a pele quente e macia sobre os músculos firmes, os quais amava tocar.

Quando a mão livre de Moon Heejoon desceu para o seu sexo, apanhando-o ereto, Hansol gemeu baixinho contra os lábios dele. Espalmava cada centímetro de suas costas, no desejo de tê-lo o mais perto possível.

Heejoon sentia e ouvia a resposta de Hansol e do seu corpo, sabendo o quanto afetava cada músculo e terminação nervosa do garoto; o mesmo acontecia com Hansol. Heejoon deslizou a mão, que segurava o membro do outro, para cima e para baixo, bem devagar, enquanto aproveitava cada momento em que as mãos de Hansol se fechavam em garras sobre seu tronco exposto.

Era realmente bom estar ali e sentir os toques mais gentis que lhe causavam arrepios, mas Hansol já estava febril e fora de si, gemendo arrastado e pedindo por mais.

Atendendo aos seus pedidos, Moon sorriu para ele, fisgando seus lábios entre os dentes, enquanto o distraía para o que realmente faria. E, pego de surpresa, Lee foi puxado para se sentar na cama. Abriu bem os olhos, ao ver o outro afastar suas pernas e se agachar diante delas.

— Hansol, sabe o que pode fazer pra que eu me sinta bem? — questionou, jogando a cabeça para o lado, quando estava próximo ao pênis de Lee. Beijou a base do membro, sorrindo um pouco, enquanto subia com a língua pela sua extensão.

— O quê? — Os olhos do rapaz mal se mantinham abertos, pois cada toque o deixava muito sensível, assim como ver Heejoon bem ali.

— Fique bem — respondeu e beijou o outro lado do membro, deixando um rastro molhado pelas bolas. — Se sinta bem... — Subiu com a língua novamente e, desta vez, rodeou a boca sobre a ponta, sugando e passeando com ela pela fenda.

O corpo do menor reagiu quase que instantaneamente. Sua cintura mexeu de forma involuntária e outros dos seus gemidos arrastados saíram pela garganta. Sua cabeça pendeu para trás, o pescoço molenga como as suas pernas, enquanto sua mente girava e o tesão intenso gritava de dentro para fora. Seu corpo inteiro estava ansioso pelo toque de Moon. Um "oh" cheio de ar escapou por sua boca, quando Heejoon desceu os lábios somente até a metade. Este acabou por esbarrar com os dentes, em um ou dois momentos, pois não tinha a mínima prática.

As mãos fortes dele fizeram um trajeto sutil das coxas trêmulas até os calcanhares, massageando-os, enquanto suas pálpebras se fechavam até metade de seus olhos. Heejoon focava o que fazia com a boca, a fim de ouvir Hansol chamar por seu nome.

Maravilhado, o menor não pôde fazer mais do que gemer, com as mãos agarradas ao lençol da cama. Sentia o membro trepidar sobre a língua do rapaz, que o sugava com vontade, apesar de parecer tímida. Gemendo um "Heejoon" com um fio de voz apenas, ele deitou o corpo na cama. Sentia o estômago subir e descer com força, devido ao prazer que sentia, ao que o outro lhe causava, talvez sem nem perceber.

Mas Heejoon sabia e não se gabava, não tinha como um trunfo. Ele sabia do poder que qualquer toque seu tinha sobre o corpo divinamente desenhado de Hansol, que mesmo um simples beijo seu fazia o menor rolar nas nuvens, apaixonado. E Lee Hansol causava o mesmo nele.

Voltou para cima, lambendo a glande e recuperando a respiração. Pequenas linhas de saliva desgrudaram, descendo pelo membro de Hansol, junto ao pré-gozo que começava a aparecer, também.

O membro de Heejoon doía dentro da roupa íntima, pedindo para sair daquela peça estúpida, clamando por Hansol, também. Mas controlou-se. Era o momento dele. O momento do seu garoto sentir-se bem e gemer bem alto o seu nome, por mais bobo que fosse esse desejo.

Queria que Hansol soubesse: não que lhe pertencia, mas que ele sempre seria sua morada.

Subiu, com mordiscadas atrapalhadas pelo corpo de Hansol, e parou no momento em que seus membros se encontraram, a carne sobre o tecido. Tinha prometido a si mesmo que se concentraria no mais novo, mas era realmente tentador.

O menor abriu os olhos antes semicerrados, respirando contra os lábios de Moon, e encontrou os orbes negros concentrados deste.

Heejoon beijou-o uma única vez, parando ao sentir Lee mexer a cintura em sua direção, causando fricção entre os membros.

Hansol respondeu, agarrando suas costas largas, apertando e afundando as unhas diminutas contra os músculos, enquanto apreciava a sensação do tecido úmido contra seu falo necessitado.

Às vezes, Lee se esquecia de como gostava das preliminares, de como era bom arrancar suspiros fracos de Heejoon e brincar um pouco, até que não conseguissem mais manter seus corpos desunidos. Gostava de ver a paixão nos seus olhos negros e de arrancar, de dentro dele, a libido que, tantas vezes, era esquecida, devido à sua própria personalidade.

Puxou a camisa de Moon e terminou de tirá-la. Em seguida, levou a boca até seu peito, beijando e molhando a área, sentindo a textura gostosa, que fazia tanta falta.

Heejoon, por cima, beijou seu rosto, nas partes que conseguia alcançar. Aos poucos, mexia o quadril, empurrando sua ereção contra a dele. Desejava enfiar-se em seu corpo quente e matar toda a saudade que sentia de possuí-lo e de estar conectado com ele, de assistir a cada pequena reação de pertinho, sabendo que havia causado aquilo.

Ofegante, Hansol afastou a boca daquela região, voltou a deitar a cabeça no colchão e passou a encarar Moon Heejoon. O silêncio foi ouvido e eles não quiseram calá-lo, por alguns minutos. Para ambos, apenas admirar um ao outro, por algum tempo, era mágico.

Hansol, mantendo o contato visual, segurou uma das mãos de Heejoon e a aproximou de seus lábios. Beijou as costas, as palmas e a digital do polegar, antes de separar dois dedos e afundá-los em sua boca, usando a língua e a saliva para molhá-los. Atento à cena, Heejoon puxou-lhe uma das pernas e virou-o de lado. Assim, deixou sua intimidade exposta, para que ele pudesse tocá-la, quando Hansol lhe devolvesse a mão, com seus dedos lambuzados e prontos para o uso.

Estavam ambos em frenesi, e o moreno não pôde tirar os olhos dos dedos e da boca que se fechava ao redor deles, até Lee achar suficiente e liberá-los, dando uma pequena mordida, no final.

Moon deixou que seus dedos umidificados passeassem ao redor da abertura, pressionando-a até sentir que, finalmente, conseguiria afundá-los para dentro.

Assistiu à reação de Lee com irritação, porque, por mais que sentisse um tesão absurdo e não visse a hora de finalmente o adentrar, ver sua expressão de dor era algo que detestava.

Heejoon, então, deslizou os dedos, aos pouquinhos, beijando todo o rosto dele e, principalmente, seus olhos, que estavam cerrados, diante do desconforto.

Quando o interior quente e macio aceitou que os dedos de Moon fossem até o final, ele abriu os olhos e assentiu com a cabeça. Seu corpo todo estava quente, anestesiado pela dor e pelo tesão que sentia. Estava tão feliz de ter Heejoon que todo o resto não parecia importar.

Queria dar prazer ao outro, mostrar o quanto havia sentido falta dos dois. Não podia ser um bebê chorão por causa de dois dedos. Por isso, moveu a cintura, de forma a descer e subir pelos dígitos, causando espasmos de dor e prazer misturados. Mordeu o lábio, virou-se e empinou a bunda, para que ficasse à disposição de Heejoon.

O maior removeu os dedos e pressionou-os para dentro novamente, tentando distrair Hansol de maneiras diferentes. Beijou a nádega esquerda, mordiscando, ao mesmo tempo que tirava os dedos, beijando quando os afundava novamente.

Depois de mais algumas vezes, Lee, genuinamente, começou a se mover em sua direção. Heejoon tomou cuidado, ao abrir os dedos em seu interior e prepará-lo para algo maior.

Heejoon inclinou o corpo sobre as costas dele, ainda movimentando os seus dedos lá dentro, e deu um beijinho na nuca do rapaz.

Lee tinha os lábios juntos, cerrados, mas isso não o impedia de xingar e gemer audivelmente.

Heejoon levou a boca ao seu ouvido:

— Quer que eu pare?

Hansol arfou, sentindo a mesma mão que o estimulava, agarrar sua carne, e gemeu sofrido com o arrepio que sentiu nos músculos.

— Não... Não.

— Quer esperar mais um pouco? — perguntou baixinho, enquanto beijava-lhe o pescoço e empurrava os dedos até onde podia, notando seu membro sentir inveja de seus dígitos. — Ou quer agora?

Pulsando e frustrado, Hansol fez força e levantou o corpo, ficando de quatro, com Heejoon por cima.

— Eu quero agora.

Sentia necessidade, vontade. Não era algo que pedia por luxo, mas porque necessitava. Precisava entrar em contato e trazer de volta os dias que se perdia nos braços de Heejoon, deixando-o usar seu corpo, proporcionando prazer igual aos dois.

Heejoon sentiu os dedos serem esmagados e gemeu, tirando seu peso de cima do outro. Gentilmente, abraçou sua cintura e fez com que ele deitasse, pois não gostava daquela posição, sentia-se longe demais do rosto de Lee. E uma das coisas pela qual mais prezava era poder assistir a cada reação em seu rosto, com a certeza de que estava fazendo o amado sentir-se bem.

Naturalmente, Hansol se virou e ficou de lado, com a cabeça deitada no colchão, tomando fôlego, enquanto via Heejoon abrir a gaveta da mesinha de cabeceira e pegar o preservativo.

Fechou os olhos, respirando fundo, notando o suor brotar em suas costas, mesmo antes de atingir a fase mais difícil. Lembrava-se bem de como Moon ficava quando estava dentro dele, e céus! Era uma prova física e emocional!

Já Hansol, ficava incontrolável e simplesmente dizia tudo que vinha à mente; sensível e à flor da pele, cheio de prazer e dor, ao mesmo tempo. Ainda assim, era místico de uma maneira que não se podia explicar. Ele sentia a parte ruim, mas esta era totalmente pisoteada por toda a onda de sensações boas que Moon lhe transmitia.

Heejoon rasgou o pacote da camisinha, com cuidado, e deixou a embalagem em um lugar que se lembrasse de recolher depois. Então, abaixou sua cueca, até que conseguisse deslizar o preservativo sobre o próprio membro.

— Você sabe, né? — Deu mais um beijo carinhoso na boca inchada de Hansol. — Sabe que se doer muito, eu paro. Certo? É só me dizer.

— Por favor, Heejoonie... — O menor resfolegou, sentindo a ponta do sexo do outro pressionar sua entrada. Ele sabia que sentiria dor, estava preparado. Ou pelo menos, achava que sim. Mas tudo foi por água abaixo quando Heejoon continuou entrando e entrando, até que não houvesse mais espaço.

As pernas de Hansol estavam fracas, e ele deixou a cabeça cair sobre o colchão, tentando se acostumar com o tamanho. De forma involuntária, remexeu a cintura e seu membro atritou contra o colchão, trazendo uma pequena distração.

Heejoon, percebendo o ato, manteve-se parado. Por mais doloroso que fosse não se entregar ao prazer que as paredes apertadas lhe proporcionavam, levou uma das mãos até o falo de Hansol, fazendo carinho na fenda, até que o seu corpo relaxasse um pouco.

— Shiii... — murmurou, beijando o ombro do rapaz, ciente de que ele derramava duas ou três lágrimas, por causa do desconforto. — Eu vou... Hm... Me mover agora. Tudo bem? — perguntou, e Lee disse que sim, sem se mover muito. Mas foi inevitável não gemer, quando o outro realmente começou a ondular seu corpo sobre o dele.

A mão de Moon continuou acariciando a glande já inchada de Lee, ao mesmo tempo que movia seu corpo para frente e para trás, devagar e suavemente. Seus instintos gritavam por uma atitude mais brusca, mas ele jamais deixaria Hansol sentir dor por descaso.

Já o outro, de olhos fechados e com as mãos presas ao lençol, abriu e fechou a boca, arfando e gemendo, enfeitiçado pelos toques de Moon. Sentia a ardência inevitável no andar de baixo, respirando fundo, de tempos em tempos. Às vezes, focava os movimentos em sua glande;

outras, o fetiche indecente de sentir o membro entrar e sair de dentro dele, abrindo-o aos poucos.

O corpo de Heejoon pedia para que ele fechasse os olhos — uma reação natural —, mas ele tinha um vício em admirar o parceiro; a expressão sofrida lhe trazia um prazer infame. Era erótico e pecaminoso. Fazia seu cérebro, coração e pau entrarem em sintonia, todos sentindo a mesma bendita coisa. Até sua audição parecia mais aguçada, deleitada pelo murmúrio de seus corpos se tocando, às vezes, com calma; outras, com violência.

Custando a matar a sensação irritante, Hansol apoiou-se nos cotovelos e elevou o tronco, enquanto olhava para Heejoon, mesmo com os olhos molhados. Prendeu as pernas na cintura do homem e rebolou, com intensidade, passando por cima da dor, a fim de poder entregar-se de vez e deixar Heejoon fodê-lo sem preocupação.

Era o que queria: dar-lhe um lugar para liberar toda a energia, talvez dormir em paz, depois da transa meretriz.

Olhando-o de cima, Moon Heejoon lambeu o canto dos lábios, hipnotizado por toda a cena, por todo o espetáculo que Lee Hansol fazia sempre que ele se movia dentro dele; preso nas suas momices delicadamente pervertidas, mexendo-se, empurrando o falo para dentro e tirando-o repetidas vezes.

Ele afastou a mão do sexo de Hansol, usou as duas palmas para agarrar as suas pernas e inclinou-se para baixo, até que a entrada do menor estivesse totalmente exposta. Deixou que as bocas ficassem bem próximas, atirando alguns beijos vez ou outra, que sempre eram interrompidos pelo movimento que faziam.

Depois de algumas tentativas, Moon apenas afundou o rosto no pescoço de Hansol e deixou que seu instinto o guiasse. Entrava e saía mais e mais rápido, culminando em prazer no baixo-ventre dos dois; ambos no meio do caminho para o ápice.

Lee agarrou a nuca do outro e ficou perto de sua orelha, sentindo o suor quente entre os corpos e ouvindo os sons que o atrito entre eles fazia. Palavras minuciosas e inconclusivas abandonaram os lábios de ambos, movidos pelo prazer que estavam sentindo cada vez mais, junto à sensação que seus sentimentos profundos proporcionavam.

Era mais do que foder, mais do que um querendo agradar ao outro. Era a vontade de dar tanto amor quanto pudesse, e receber de volta, na mesma proporção.

Era essa nuvem de adoração mútua que provocava a expansão da ventania sexual, do prazer carnal, e o desejo de continuarem se movimentando tão rápido quanto seus corpos conseguissem.

Hansol o empurrou pelos ombros, fazendo o outro, rapidamente, entender a mensagem e se deitar de costas na cama. Ele puxou o menor junto, causando a ambos um gemido forte, quando os corpos seguiram a gravidade e embateram um contra o outro.

Devagar, Lee passou a cavalgar na ereção de Moon, com a certeza de que este enxergava, perfeitamente, o olhar em seu rosto. Queria que Heejoon soubesse o que fazia com ele, como deixava seu corpo e sua alma.

Heejoon firmou as mãos nas coxas do rapaz, molhando os lábios com a língua uma única vez, antes de começar a acompanhar o ritmo que crescia a cada segundo.

Sentindo o membro surrando seu interior e o olhar quente do outro sobre ele, Hansol rolou os olhos para trás, jogando a cabeça junto e forçando ainda mais os músculos que já reclamavam.

Ele não conseguia parar, só ia mais e mais fundo, entrando e saindo, rebolando contra Moon e seu pau, deixando o orgasmo ser construído com cada vez mais intensidade.

Heejoon, sustentando todo o peso, sem deixar o namorado cair, gemeu alto, enquanto o canal fervente o esmagava. Seu corpo não tinha saída, a não ser tremer e seguir o instinto natural de estocar, foder. E, como recompensa, gravar na memória a imagem bonita da cabeça de Hansol jogada para trás, com os lábios partidos e a língua cobrindo os dentes de baixo, quase de fora.

Com a visão embaçada pelas lágrimas miúdas, que surgiram por conta do tesão, Lee pôde sentir as bochechas quentes e o suor descendo por sua testa e costas, seguindo a curvatura da coluna. Tudo devido ao seu esforço. Ele sentia os músculos das coxas gritarem por ajuda, sem conseguir mais acompanhar o ritmo que sua excitação exigia. Sentou-se, cansado, com Heejoon por dentro, ocupando todo o espaço que merecia. O peito subindo e descendo muito rápido, o som alto de sua respiração ofegante.

Do falo rígido entre eles, pingava o líquido translúcido: a prévia do orgasmo que Hansol sabia que teria, assim que Heejoon assumisse o controle e voltasse a comê-lo.

Ambos tremiam um pouco, os corpos desacostumados com a falta de movimento constante. Seus olhos, rapidamente, encontraram o rumo um para o outro, e Hansol esperava conseguir tirar aquela nuvem escura que andava sobre Moon. Deitou-se sobre ele, beijando seu peito, e cochichou:

— Eu te amo...

Era a primeira vez, em algum tempo, que dizia isso.

— Eu sei... — Heejoon respondeu, descansando as mãos sobre as costas do moreno. — Eu também te amo.

— Me desculpe sujar seu lençol com suor — pediu de verdade, sentindo-o latejar em seu interior.

Heejoon riu fraco e beijou-lhe a cabeça por cima do cabelo.

— É por uma boa causa.

Hansol levantou o rosto, fitando-o, e sorriu, encantado.

— Boa causa? Gosta de quando fazemos amor?

Moon assentiu e penteou o cabelo escuro do Lee para trás, iluminando sua face tão bela.

— Eu gosto. Muito.

Escondendo um sorriso e sentindo um espasmo correr pelo corpo, ao se ajeitar, Hansol pediu:

— Então, termine.

O mais velho arrumou a postura, estocando uma vez, enquanto o fazia. Colocou Hansol por baixo e beijou seus lábios, assim que voltou a se movimentar.

Gradativamente, aquele simples movimento não era mais o suficiente. Moon deixou que todo o amor e tesão, que sentia, tomassem conta de si. Beijou Lee com volúpia, degustando os seus lábios e os gemidos que ele soltava.

Centímetro por centímetro, ele chegava cada vez mais perto da próstata do outro. Sabia disso, pois este gemia mais e mais alto. Estava claro para Moon Heejoon que ele gostava muito de fazer amor com Hansol, e queria que o outro entendesse isso de uma vez por todas.

Conseguia ouvir, nitidamente, os gemidos cada vez mais fracos e agudos de Lee tomarem forma, enquanto entrava e saía dele em um ritmo constante, que crescia cada vez mais. Moon, agora, gemia alto, também, contra a boca molhada do outro e as respirações almiscaradas de desejo, que preenchiam o ambiente.

Estavam quase lá, alcançando aquele momento juntos, e podia-se dizer que eram perenes, infinitos, naquele instante.

Choramingando, vendo as estrelas e sentindo o corpo elétrico, Lee Hansol rebolou uma, duas, três vezes, de forma brusca, sem conseguir controlar o corpo. Heejoon gemeu junto a ele, tendo que descer sua mão pelo membro do mais baixo apenas quatro vezes, antes deste se desmanchar. Lee puxou-o para perto, com violência, grunhindo, com os espasmos visíveis em sua estrutura. Ele chamou "Heejoon, Heejoon, Heejoon!" tantas vezes que não podia contar. Com as pernas ficando tensas, agarrava-se a Moon como se fosse seu salva-vidas, apesar de ele mesmo ter causado o estrago entre suas pernas. Lee sentiu-se sublime.

Heejoon, por cima, continuou devagar, enquanto esperava o outro se acalmar um pouquinho. Quando isso aconteceu, voltou ao ritmo constante e vigoroso. Assim que Hansol voltou, minimamente, a ter a respiração funda e não ofegante, Moon voltou a ritmar contra ele, causando à área sensível mais e mais espasmos.

Heejoon deixou os lábios partirem e aumentou o ritmo. Ouvia a cama tremer sobre os seus pés e os sons satisfeitos que Lee soltava, quando ele metia o mais rápido que podia.

O mais velho encarou Hansol, observando sua expressão avermelhada e úmida, a língua e aquela mania de pressionar os dentes de baixo narcotizados. Grunhiu alto, saindo quase que por completo do outro, antes de enfiar com força de novo.

Repetiu o ato, levando o menor ao frenesi, fazendo-o choramingar e dizer palavras porcas, enquanto Moon, finalmente, se libertava. Sentiu o clímax atingi-lo, mas continuou movendo o corpo, para prolongar a sensação, acompanhado de beijos nos lábios de Hansol.

Mesmo depois que Heejoon havia parado de se mexer, continuaram com o ósculo, parando apenas para uma ou outra respiração profunda.

Hansol, sentindo o corpo quente, apanhou o rosto do mais velho em suas mãos, olhou-o nos olhos e repetiu o que disse antes:

— Eu te amo.

Saindo de dentro dele e acariciando suas coxas, Moon assentiu, apaixonado por sua eloquência, aceitando o amor.

— Eu também te amo — sussurrou.

Hansol voltou a beijá-lo, de forma lenta, enquanto deixava carinhos em suas bochechas. Heejoon saiu de cima do outro e soltou um gemido de alívio ao poder respirar. O menor se sentou de lado, com as pernas cruzadas no formato da cauda de uma sereia.

— Se sentiu bem?

Heejoon riu fraco, tirou o preservativo e o amarrou.

— Adivinha.

Hansol mirou a camisinha suja, sem graça, e voltou a deitar-se, espreguiçando e fechando os olhos. Sentia-se relaxado, leve.

Heejoon, no entanto, agarrou sua mão e o puxou.

— Banho.

Montado numa careta preguiçosa, Hansol o acompanhou até o banheiro e os dois se abraçaram, debaixo do chuveiro.

Lee procurou carinhos o tempo todo enquanto Heejoon queria limpá-lo corretamente e não conseguia.

De volta à cama, sobre um lençol limpo, Hansol deitou a cabeça do outro em seu peito, acariciando seu cabelo úmido.

— Vai tudo ficar bem, Heejoonie.

Este, de olhos fechados, abraçou a cintura do outro com mais firmeza.

— Vai, sim. Eu tenho você.

CAPÍTULO XVII

PARA HANSOL, deitar a cabeça no peito de Heejoon era melhor do que qualquer remédio. Mesmo que o mais velho insistisse para que ele seguisse o tratamento, Hansol ainda sentia que nada lhe dava mais paz do que o cheiro de Moon Heejoon impregnado no ar de sua casa.

Ele não sabia se era certo se apoiar tanto no vizinho e pedir tanto por sua atenção durante a noite, mas não podia evitar, não podia se controlar. Heejoon era, de certa forma, seu portal para a realidade. Com ele, se sentia alguém normal e, acima de tudo, amado. O que você faria se seu navio naufragasse e uma boia fosse tudo que te mantivesse na superfície?

Hansol sabia que dia era, mas falou com sua avó na parte da manhã. Esta lhe contou que já tinha voltado para sua cidade, mas que planejava regressar para vê-lo. O rapaz ainda ficava todo sem graça e, por um tempo, não sabia o que falar, mas de jeito nenhum encerrava a ligação. O rubor em suas bochechas era claramente visível toda vez que a senhora o elogiava. Ela era doce, e Hansol gostava de ser adoçado.

Gostava de sentir que sua vida estava tomando um caminho menos doloroso e que, aos poucos, seria normal, mas não podia ficar bem, porque Heejoon não estava. O tratamento de Junghyun estava sendo uma montanha russa: às vezes, o garoto era gentil e colaborava totalmente; às vezes, destruía tudo que via pela frente.

Heejoon não ficava aliviado, mesmo quando o irmão passava dias sem gerar um caos, porque ele viveu o suficiente para saber que não devia cantar vitória antes da hora. Então, quando pensava no irmão, seu semblante nunca era agradável.

Hansol vinha sendo cortesia no fim das tardes, quando o namorado estacionava em casa. Heejoon sabia que ele o estava espiando por alguma janela, esperando para correr pela porta, trazê-lo para dentro e tentar, de mil formas, fazê-lo relaxar.

Quantas vezes Moon olhou Hansol e se perguntou como este ainda tinha espiritualidade em seu coração para que, mesmo depois de tudo, ainda pensasse apenas no seu melhor.

Hansol tinha uma personalidade escrachada, nítida e fácil de acostumar. Quando o olhavam, as pessoas sabiam que ele era frágil e "problemático", que seduzia, chorava com facilidade, que era um bobo.

Heejoon notou cada uma dessas coisas nos primeiros dez minutos de conversa, na primeira vez que eles entraram em contato. Mas, mesmo Hansol sendo uma vitrine exposta de sentimentos, Moon ainda não sabia como ele era capaz de mudar e surgir com vontades tão inesperadas. Apesar de ser tão concreto, Hansol também se desmanchava e se remontava com uma facilidade bizarra. Moon Heejoon se perdia, ao pensar nele.

Já Lee, pensava, pensava, mas não suspeitava de nada que se passava na cabeça do mais velho. Seus olhos não diziam muito e, quando se manifestavam, eram objetivos. Heejoon parecia tranquilo, controlado e bom de coração. Parecia. Porque Deus sabia que Moon estava, constantemente, a um passo de fazer sangue jorrar.

Então, Hansol pensava bastante, todos os dias. Mas, no fim, apenas desistia, porque, quando achava que Heejoon iria abraçá-lo, este dizia que estava indo embora; quando ele pensava que Heejoon dormiria, este passava a noite em claro.

Quando se lembrava do que Heejoon tinha feito, a mentira de MH, ele não sentia mais raiva. Por isso, sentia-se doente. Então, tentava esquecer. Seu coração, também, dava um jeito de persuadi-lo, dizendo pequenas coisas como "ele te ama" e "você já viu coisas piores".

No fim, Hansol apenas abria as pernas e Heejoon entrava.

Aquele foi um dos dias em que Heejoon não recebeu um bom relatório da clínica onde Junghyun estava. Hansol apenas viu o namorado fechar os olhos lentamente com a respiração cansada podendo ser ouvida:

— Tudo bem, doutor.

Junghyun forçou o próprio vômito, durante o dia todo, e machucou a garganta.

— O que foi? — perguntou, quando o viu abaixar o telefone.

Heejoon permaneceu em silêncio, por um tempo, antes de responder:

— Ele não quis comer — mentiu, porque não achava bom contar sobre aquelas coisas para o amado.

— Oh... — O menor abaixou a cabeça e recolheu a perna para perto do corpo. Gostaria de dizer mais, contudo, nas últimas semanas, todas as combinações de palavras que poderia usar, para dar apoio, já haviam sido usadas e estavam se tornando repetitivas.

Heejoon, rapidamente, tentou mudar de assunto. Puxou uma manta e cobriu o rapaz no sofá.

— A primavera ainda não chegou, precisa se agasalhar — disse.

Hansol deu-lhe um sorriso mais fraco, enrolando-se na manta, apanhou uma das mãos de Heejoon e tentou puxá-lo para perto. Moon só se aproximou para dar-lhe um beijo e afastou-se, procurando calçar os sapatos.

— Não pode ficar aqui comigo hoje? — Lee indagou.

— Eu preciso ver minha mãe — explicou, terminando de pôr os sapatos, e procurou o casaco. — Depois, vou ver o meu irmão...

— Aconteceu alguma coisa? — O mais novo se acomodou melhor no sofá.

— É só por segurança. — Vestiu o casaco e foi em direção à porta. — Me ligue se precisar de alguma coisa.

— Posso te ligar só pra ouvir sua voz? — questionou, segurando-se para não esconder o rosto, com vergonha.

Heejoon riu baixinho, penteando o cabelo para o lado, e mirou o moreno.

— Pode. — Agachou-se para fazer um carinho em Bellatrix. — Cuide de Hansol, enquanto eu estiver fora — disse à cadelinha.

— Não preciso que alguém cuide de mim — protestou.

Heejoon apenas o olhou, pensando "Sim, precisa", e abriu a porta da casa do vizinho.

— Eu volto para o jantar.

— E para dormir comigo? — perguntou, interrompendo a fala do outro.

— Também — disse, suspirando. — Tire a carne do congelador. Volto logo.

— Tudo bem. — Hansol deu-lhe um sorriso doce, antes de Moon sair e fechar a porta.

Ele se encontrou sozinho, então. Fitando a porta, levou o polegar à boca e começou a mordiscar a unha. Respirou fundo, levantou-se, subiu as escadas e entrou em seu quarto, onde apanhou um casaco e checou seus bolsos, contando o dinheiro que tinha ali.

Se ele usasse alguma droga, Moon perceberia? Ele poderia beber junto e, assim, talvez pudesse disfarçar os efeitos. Vinha pensando bastante nisso, às vezes, sem nem perceber.

Desde o dia em que fez o seu cadastro, visitou o psicólogo duas vezes, para a polícia deixá-lo livre. Mas aquelas consultas não valiam de nada; sentia que era a mesma coisa de sempre. Eram conversas com um propósito muito descarado, perguntas irritantes, filosofias que apenas o deixavam com raiva. Ele voltava para casa mal-humorado e intragável. Seu corpo vinha pedindo por um "alívio", porque ele se encontrava cheio de estresse e agonia, o dia todo. Heejoon nunca parecia bem, e seus sorrisos pareciam duros, e Hansol detestava. Manter as coisas numa boa se tornava difícil. Ele prendia um monte de coisas dentro de si, que se reviravam, causando-lhe enjoo.

De qualquer forma, mesmo se sentindo incomodado, largou aquele dinheiro ali e desceu as escadas, novamente, seguindo para a cozinha. Fez o que Heejoon pediu: tirou a carne do congelador e a colocou para descongelar em uma vasilha com água. Sentindo frio, parou perto da porta, calçou as botas e vestiu um casaco. Voltou ao sofá, apanhou o controle remoto e ligou a tevê, pela primeira vez em semanas. Queria ter pedido para ir com Heejoon, mesmo que ficasse no carro. Ficar sozinho era uma armadilha, pois sua cabeça não parava um segundo de pensar no que não devia.

— Trix — bateu nas próprias coxas, chamando a cadela para o seu colo. E ela veio, acomodando-se. — Ye, linda...

Soltou um suspiro e focou a tevê: a única atração. Programa de notícias, chato. Hansol não gostava do jornal, das palavras que usavam, do tom de voz que tinham, nem das músicas de abertura e do logo. Ele fez uma careta para a apresentadora, voltou a segurar o controle remoto e trocou de canal, no exato momento em que ouviu aquele nome.

Seu coração pareceu desacelerar, ao passo que seu corpo perdia o calor, e a pele, o tom. Seus olhos encararam a tevê, mas ele não viu nada do que estava passando. Sua respiração tornou-se precária e um zumbido tomou conta de sua audição.

Com as mãos trêmulas, Lee Hansol apertou para voltar ao canal do noticiário. Tudo perdeu o foco, somente aquela imagem podia ser vista com clareza: o homem alto, com o rosto marcado e a cabeça raspada, os policiais à sua volta, e a apresentadora do jornal anunciando:

"Kang Dayang, hoje com quarenta e um anos, preso há doze, pelo assassinato de Lee Soomin, além de tráfico de drogas, recebeu, nesta manhã, o direito de deixar a prisão em Busan, pela primeira

vez. Kang Dayang saiu para passar o feriado de Seollal — o início das comemorações do Ano Novo Lunar — em liberdade. Dentro de vinte e quatro horas, ele deve se apresentar na mesma penitenciária onde cumpre sua pena, e não pode deixar o bairro onde tem casa."

Tudo se tornou branco, aos poucos, e Hansol deixou de sentir seus membros por um tempo. Seus olhos desviavam da tevê para a porta de casa, sem ele comandar. Uma voz surgiu e lhe disse: Você vai ficar aí? Não conhece aquele homem? Sabe o que ele vai fazer!

Não sentiu o corpo se mover, mas se levantou daquele sofá e andou sem rumo pela casa, sentindo os olhos perderem o foco, os passos se tornarem vacilantes. Suas mãos trêmulas se agarravam aos fios de cabelo, enquanto seu cérebro girava. Tudo estava dando um nó, sensação similar à de quando se drogava com remédios que, muitas vezes, não sabia sequer nomear. Qual é o nome disso?

"Ele saiu da cadeia. Ele saiu!" Era tudo que vinha à sua cabeça. A mente ficou confusa, as memórias perdidas, as palavras feias, o sangue e os barulhos medonhos. Tudo se misturou como num passe de mágica.

Fechou os olhos de repente, tapando os ouvidos.

Em sua memória, seu pai o chamava.

"Venha aqui, Hansol, seu covarde, sua bichinha!"

Do outro lado, sua mãe pedia:

"Não fale assim com ele!"

E Dayang, com toda a grosseria, respondia:

"Vá se foder! Você está criando esse garoto como uma menina!"

Hansol caminhava para o quarto, como sua mãe aconselhava e, de lá, ouvia mais uma discussão perigosa, algo se quebrando e sua mãe chorando. Ele trancava o quarto e encostava uma cadeira pesada na porta. Mesmo tendo apenas sete anos, não conseguia dormir.

Lee ainda se lembra, com clareza, da dor que sentiu, quando perdeu os pacotinhos de cocaína que deveria levar a um rapaz no mercado. Ele, raramente, apanhava, porque sua mãe fazia de tudo para impedir, mas, naquele dia, nem mesmo ela conseguiu evitar a fúria do marido, que não se importou, nem por um segundo, em acertar um soco de adulto em um menino de nove anos de idade.

Hansol lembrava que, por meses, sua fala foi afetada por isso. Sua mão tremia para fazer todas as atividades, seu pequeno cérebro se tornou incapaz de processar algumas informações por um tempo.

— Por quê? — perguntou-se, sozinho no meio daquela casa, com os olhos, aos poucos, enchendo de uma água salgada. — Por quê, Deus?

Seu peito se encheu de agonia. Uma dor entre os ossos, algo que subia pela garganta e fazia todo o rosto de Lee se contorcer em uma careta dolorida. Sua cabeça, algumas vezes, jogava mil informações; outras, simplesmente parava.

Ele saiu da cadeia.

Dayang não tinha alguém para ver no feriado. Não tinha alguém para ver um dia sequer. Não tinha nada para fazer ali nem por que voltar para a prisão. Não tinha nada a perder. Ele torturou uma mulher e uma criança por onze anos. Matou a esposa. E seus olhos, sem um pingo de brilho, revelavam que não se arrependia de nada, nem por um segundo.

Hansol não falava com ele, não o via, mas sentia dentro de seu coração que não havia uma única boa intenção na cabeça daquele homem. Uma voz que vinha de dentro de seu corpo avisava com convicção: ele vai vir. Ele vai vir.

E essa voz estava certa.

Covarde. Covarde. Covarde. Hansol só conseguia lembrar-se daquele homem chamando-o de covarde, de fracote, de nomes tão humilhantes que nenhuma criança poderia ouvir, nem mesmo se fosse um adulto. Covarde.

— Eu não sou covarde! — disse a si mesmo, cerrando os punhos contra os próprios ouvidos e apertando os dentes com força. — Ele vai vir... E vai me olhar como se eu fosse um. Ele vai.

Uma fúria verteu de seus órgãos internos, espalhando-se rapidamente pelas veias que carregavam seu sangue. O mesmo que continha o DNA daquele homem.

Levantando-se, tentando enxugar as próprias lágrimas, Hansol caminhou, sem cuidado, para a cozinha, abriu as gavetas dos armários e apanhou a faca mais afiada que sabia que tinha.

— Eu não sou covarde! — gritou. Ninguém ouviu.

Ele chutou a pequena mesa na cozinha e a derrubou. Saiu daquele cômodo com as veias do pescoço marcadas, pisando com força, mas em equilíbrio sobre o assoalho. Abriu a porta de casa, fechou-a com força e trancou-a. Segurando a faca com a mão livre, largou a chave no piso da varanda, sem se importar.

Parte de sua consciência — a restante ativa — pediu que ficasse, que não desse mais nem um passo, mas a sua dor era obstinada.

Ele guardou a faca de cozinha no interior do casaco e, com as pernas um pouco bambas, caminhou até o ponto de ônibus e embarcou no primeiro transporte que apareceu.

Se Dayang se lembrava daquele endereço, Hansol também. Se dizem que pais e filhos têm uma eterna ligação, Dayang e Hansol podiam confirmar, pois seus corações seguiam o mesmo rumo.

Os gritos, os estrondos, todos os sons, tudo ainda era vivo na memória de Hansol. Ele era uma criança, e ela, só uma garota que fez a escolha errada. Por que sofreram mais do que quem merecia? Era essa a lógica na Terra?

Mas Hansol não era mais uma criança, e aquela mulher não teve justiça. Cada atitude hostil jamais seria esquecida.

Seus olhos, sempre livres de maldade, ganharam uma nota de raiva. Se fosse um perfume, seria traduzido para as essências mais difíceis de serem tragadas. Mil emoções viraram uma, e não tinha nome, nem forma, mas estava concentrada em seu peito machucado e, aos poucos, mandando energia para a mão que segurava a faca.

Uma formiga não era vítima em suas mãos, mas a ferida no coração de um filho, que não vê sua mãe honrada, nunca se cura. É uma dor eterna, uma raiva imensurável, um gosto de injustiça que não sai de sua língua.

Hansol nunca soube da história, pois sua mãe, mesmo tão próxima, sempre foi uma incógnita. Como a doce Soomin se tornou esposa de alguém tão podre?

A verdade é que ela era jovem demais, e tão triste quanto. Viu o pai, um senhor já de idade adoecer aos poucos. Acompanhou cada fase: desde as tosses molhadas de sangue até o último suspiro; o médico fitando-os sem palavras, carregando um olhar que já dizia tudo. O amigável senhor se foi num dia frio, no momento em que seu coração já fraco parou, a casa toda silenciou. O silêncio nunca era confundido.

Ficaram ela e sua mãe: uma menina de treze anos e uma mulher de quarenta e seis, com nada em comum entre elas. Não trocavam palavras, nem olhares; toques muito menos. Era quase uma relação profissional. "Soomin, suba e vá estudar"; "Soomin, desça e venha jantar."

Ela não suportou quando, no seu aniversário de dezesseis anos, seu tio chegou para tomar conta de algumas coisas. A forma que ele a olhava... Muitos diriam que era inevitável, porque a moça era bonita demais.

Mas Soomin era criança e nunca desejou ser olhada por um homem que poderia ser seu pai. E que, no caso, era seu tio.

Por quanto tempo ela aguentou aquilo? Ah, por muito, muito tempo, tendo em vista que não suportou viver aquilo por sequer um dia. Ele nunca a tocou, mas seu olhar era claro e meticuloso, como se ela fosse um coelho, e ele, um gavião faminto. Era horrível. Por todas as noites, os jantares tiveram gosto opressivo, e sua angústia parecia perene.

Talvez, por isso, tenha nascido, dentro da garota bem-criada e jamais tocada, um sentimento imensamente rebelde. Ela conseguiu sair de casa, por uma única noite e, de forma boba e impulsiva, caiu de amores por um garoto de sua idade, que a chamou para dançar, tocando-a como queria ser tocada e olhando-a como queria ser olhada.

E que alvo! Linda, rica e ingênua. Ah, um prato cheio para alguém que apenas aguardava a sua hora de tocaia. Dayang não era nada, além de um rapaz sem humildade. Mas bom ator, pegou o coração de Soomin e dançou com ele pelo bar, fazendo a menina suspirar. Uma conversa em sua orelha e ela já era sua. Depois, precisou apenas administrar.

Passou um tempo até que ela engravidasse, e ele finalmente pudesse garantir uma casa grande e bonita. "Minha linda Soomin: eu, você e nosso bebê seremos felizes para sempre aqui!"

Ela acreditou, com todas as suas forças, tanto que, no primeiro tapa, apenas ignorou a dor e, imediatamente, se convenceu de que ele só estava nervoso. Quando ele começou a exigir dinheiro, ela simplesmente entregou, porque ele era seu marido e ela o amava.

Bom... Quando Dayang começou a se envolver com tráfico de drogas, Soomin perdeu parte de seu amor, mas não disse nada. Quando ele começou a usar o filho para enviar papelotes, ela começou a odiá-lo. E não pôde dizer nada outra vez.

Naquele dia, quando a polícia a abordou e foi embora, jurando que uma patrulha viria para protegê-la, ela sentiu que não haveria um amanhã. Quando as porradas foram desferidas contra a porta, ela não pensou em pegar algo para se defender. A primeira coisa que fez foi mandar Hansol se esconder. Quando Dayang entrou, Soomin pôde confirmar que um amanhã já não existiria.

Você vai notar, em algum momento, que tudo que já foi criado, um dia vira pó. Não importa quanto tempo leve, no fim, tudo morre, de uma forma ou de outra.

Hansol tinha dentro da cabeça e do peito uma agonia que o consumia, dos pés à cabeça. Um sentimento de que nada valia a pena, de que não importava o quão forte lutasse, tudo seria em vão. Sua mãe já havia ido embora.

Durante todo o tempo dentro daquele ônibus, enquanto seus olhos derramavam água, ele pensou em tudo que viveu, em tudo que viu. E se perguntou o que havia feito de bom a si mesmo, pelo que lutou. E não havia respostas. Hansol foi desonrado uma vez e, desde então, nunca moveu um dedo sequer para recuperar seu valor.

Ele sabia que tinha sido arduamente machucado pela vida, mas estava cansado de se esconder, de fugir, de ser uma criança medrosa. Ele sentia em seu âmago o desejo de, ao menos uma vez, atirar de volta, rebater, defender.

Não imaginava o quão próximo estava daquilo, até reconhecer o bairro e as ruas, descer no ponto mais próximo àquela antiga casa, ver o ônibus partir e sentir o vento vir em sua direção, bagunçando seu cabelo escuro. O céu, nublado desde cedo, parecia mais carregado ainda.

Abraçou o próprio corpo, sentindo a silhueta da faca em seu bolso, e iniciou uma caminhada lenta e sem volta. Tinha uma confusão imensa dentro de sua cabeça, mil vozes dizendo mil coisas. Ao mesmo tempo, faltava ar em seu peito, equilíbrio nas pernas, foco no olhar, razão em suas atitudes, certeza em seus pensamentos... Faltava Hansol em Lee.

Não saberia dizer o que o carregou até ali, até aquela calçada rachada, até a casa grande e, há tempos, abandonada. Não sabia. Só sentia raiva, pois o medo havia se calado por um tempo.

Parou em frente aos portões de ferro enormes e acorrentados, e subiu o olhar para fitar a casa. O tempo a consumia: sua tintura pouco resistia; as janelas que, um dia, foram bem limpas, hoje carregavam a sujeira do tempo, do descaso; o quintal estava tomado pelo mato, pelas ervas daninhas, as pestes verdes, as plantas feias. Não havia ninguém lá dentro.

Hansol prendeu a respiração por um momento e a soltou devagar. Procurando forças no corpo, segurou-se no portão velho e começou a escalar suas barras horizontais, até que chegasse ao topo.

Então, saltou para o lado de dentro, sem se importar com a altura. Percebeu o coração doer, no momento em que sentiu aquele solo amaldiçoado sob os pés, e o estômago repuxar, enquanto tentava segurar a vontade de chorar.

Moveu os pés na direção da casa. Era uma distância considerada longa demais. Quando subiu à varanda, sentiu os azulejos lisos por conta do pó acumulado, andou até a porta e levou a mão ao trinco sujo por teias de aranha, mas a porta não abriu, estava trancada. Hansol sabia que ela era velha, que facilmente cederia, então preparou o corpo: iria arrombá-la.

Mas, pela primeira vez, uma voz gritou mais alto dentro de sua cabeça, destacando-se entre tantas outras. Era limpa e atenciosa, como a de sua mãe, um dia, tinha sido. Ela implorou. "Não, Hansol! Não! Saia daí, por favor!"

O medo se alastrou pelo seu corpo, mais uma vez. Sentiu o coração despertar de um transe lento e apático, voltando a bater com força, sem parar, chocando-se contra o seu peito. Ao dar um passo para trás, enquanto ainda mantinha os olhos na porta velha, o som do portão enferrujado rompeu o ar: aquele ranger conhecido por Hansol, desde a infância, tornou-se mais agonizante ainda.

Hansol sentia medo, como quando criança. O seu "eu" de sete anos de idade e o de vinte e quatro temiam a mesma coisa.

Virou-se devagar, enquanto os dedos das mãos se apertavam contra as palmas. O vento varreu seu corpo outra vez, no momento em que seus olhos marejados caíam sobre a figura que atravessava a entrada. Usava casacos pesados, o cabelo cortado no padrão das penitenciárias, o rosto marcado pelo tempo e pelas agressões que sofreu. Estava ali Kang Dayang, o assassino de Lee Soomin, seu pai.

Ele sentiu medo. Medo, medo, medo. E vontade de fugir.

Talvez, no fundo, Hansol nunca pudesse defender-se ou defender o que acreditava. Talvez, no fundo, precisasse viver a vida toda com vergonha de si mesmo, lidando com o fato de que era um fraco. Seu pai o chamava assim, "fracote". E era como Hansol se sentia: um fracote, um covarde, um inútil.

Assim, a fome por um combate foi substituída pela necessidade de fugir, de nunca mais se lembrar daquilo e de, se possível, deixar de existir, sumir, morrer.

Dayang parou em frente ao portão, como um cão de guarda, procurando olhar Hansol diretamente nos olhos, mas este evitou, com medo de ser petrificado somente pelo olhar cheio de ódio.

Como um garoto, temendo apanhar, Hansol andou para a ponta da varanda, que levava até a lateral da casa, e desceu. Ouvindo os passos pesados esmagarem a grama, sentiu pavor por todo seu ser. Então, correu, ouvindo o homem atrás correr também.

Fuja! Fuja, Hansol! Fuja! Corra!

E ele correu como nunca. Chegando aos fundos do quintal, correu mais um tanto, até alcançar a cerca. Tentou saltar para a casa vizinha, mas as mãos fortes agarraram sua roupa, puxando-o para o chão. Ouviu a voz nojenta e fria chamá-lo:

— Hansol!

Debateu o corpo, tentando se livrar daquilo, mas, quando o pai montou em seu abdômen e imobilizou-o, Hansol apenas sentiu o estômago ser esmagado pelo peso; as mãos grandes e ásperas agarrando-o pelo pescoço. Tentou escapar, fazer algo além de chorar e sentir dor, mas não conseguiu. Ouviu a risada, a gargalhada monstruosa, e o olhar alucinado contra o seu. A boca do homem se abria em um sorriso demoníaco, enquanto a chuva começava a cair, com força.

— Meu filho! Hansol, meu filho! Veio me visitar? Veio fazer uma visita ao papai?

O rapaz soluçou, chorando em desespero, o ar sumindo de seu corpo. Tentou usar os punhos para atingi-lo, mas ele parecia imbatível.

— Sentiu saudades? Ou quer encontrar a mamãe?

A mamãe.

Hansol lançou um olhar para o lado e encontrou, bem ao seu alcance, a pá que sua Soomin usava para plantar suas flores. Usando seu último fôlego, sentindo o rosto formigar pela falta de ar, o rapaz agarrou a ferramenta e, soltando um grunhido alto, acertou-a contra a cabeça do homem. O golpe foi suficiente apenas para desestabilizá-lo, e não o interrompeu, de fato.

Tonto e tossindo, Hansol o empurrou e se levantou, aos tropeços, tendo seu pé agarrado por aquela mão maldita. Usou sua pouca força e coragem e atingiu o homem com a pá mais uma vez, conseguindo se livrar das garras dele. E correu, debaixo da chuva, sem olhar para trás. Era possível ouvir os passos do pai em seu encalço.

— Eu vou te pegar, Hansol! — ele soltou, como um rosnado. Lee apertou o passo, visando o portão. Ao conseguir ultrapassá-lo, correu para a rua, enquanto um trovão estrondoso rompia o céu. — Eu vou te pegar, filho da puta!

Hansol sentia uma dor intensa em seu corpo inteiro, mas não se permitiu parar. Não podia. Não podia ter o mesmo rumo da mãe. Entretanto, ao tentar atravessar uma rua, precisou parar, por causa de um carro que vinha em alta velocidade. Foi tempo suficiente para Dayang alcançá-lo e puxá-lo pelo cabelo e pelas roupas, jogando-o contra o muro de uma casa.

Hansol viu o homem levantar o punho e se armar para acertá-lo, mas se jogou no chão e desviou do soco. Ouviu o homem grunhir de dor, por ter atingido apenas o concreto. Sentindo o coração tentar fugir pela boca, procurou nos bolsos a merda da faca, enquanto Dayang voltava a agredir seu corpo, chutando-o.

Lutando contra a dor, com o peito subindo e descendo, quase sufocado, Hansol puxou a faca e buscou coragem para feri-lo.

Então, enfiou a lâmina na coxa do homem, ouvindo-o uivar de dor.

Hansol se arrastou pela calçada, até conseguir se levantar. Voltou a correr, atravessando a rua, e continuou a fugir.

Olhando para trás, viu Dayang segui-lo, mesmo com a perna cuspindo sangue. Pediu a Deus, à sua mãe, a quem pudesse, que não o deixassem perder a vida para ele.

— Eu vou acabar com você, Hansol! Eu juro! — Ouviu a voz carregada de ódio e, logo em seguida, os sons das sirenes, as luzes azuis e vermelhas vindo de várias direções: de trás, das laterais e da outra ponta do viaduto, em frente. — Eu só volto pra lá quando seu corpo estiver num caixão! Covarde! Merdinha!

Hansol notou as ruas serem interditadas e os carros sumirem. Então, invadiu o viaduto, ouvindo, ao longe, os pedidos dos policiais para que parassem. Exatamente no meio da ponte, com ambos os lados barrados pela polícia, Hansol parou de correr e se virou, segurando com mais força a faca na mão. Gritou:

— Eu não sou covarde! Você não vai me matar!

Grunhindo, enquanto a água pesada caía sobre sua cabeça, misturando-se às suas lágrimas e escorrendo para o chão, Hansol atirou a faca para os ares, fazendo-a sumir. Dayang riu, gargalhou:

— Vai vir desarmado?

— Eu não vou te matar! — respondeu quase aos prantos. — Eu não sei como vim parar aqui! Mas senti tanta raiva, tanto ódio... Eu te odeio! Agora, não quero que você morra. Não. Quero que se lembre, todos os dias, do que fez! — Encarou-o nos olhos. — Odeia a cadeia, não é? Odeia aquele lugar, mas vai voltar pra lá!

— Eu não vou voltar! — Dayang bradou, parecendo perturbado. — Não vou voltar pra lá!

— Ela te assombra à noite? — perguntou, enquanto os policiais montaram um cerco. — Minha mãe vai te visitar, quando está sozinho?

Dayang não respondeu, parecia em uma espécie de choque, alucinado. Ele apenas repetiu:

— Não vou voltar pra lá!

Havia uma convicção sem razão naquilo, que Hansol não entendia. Isso até Dayang correr para a beirada da ponte e saltar as barreiras de proteção, para tentar pular. Mas Hansol encontrou em si uma fúria que nunca sentiu antes, e correu o triplo da velocidade dele. Alcançou o homem e o agarrou no momento em que pularia.

Lee o puxou para o chão, com uma força que jamais imaginou que tinha, e fez com que rolasse pela rua molhada. Havia acabado de impedir que ele tirasse a própria vida. Rapidamente, os policiais correram em sua direção, imobilizaram-no e algemaram-no, enquanto ele se debatia, gritando, com dor:

— Eu não quero voltar! Não quero! Ela vai estar lá! Por favor! Eu não posso!

Hansol permaneceu derramado no chão, abaixando as pálpebras, enquanto a chuva caía. Por seus olhos também chovia; seu corpo perdendo toda a força, a energia. Entrou em um estado de cansaço extremo, enquanto desistia de tentar entender tudo à sua volta.

A última coisa que viu, antes de fechar os olhos, foi uma viatura se aproximar e o corpo de um Dayang desesperado ser arrastado para dentro. Sentiu os policiais e, também, os paramédicos alcançarem-no. Algum enfermeiro checou seu corpo e avisou:

— Sem ferimentos externos!

Ferimentos externos seriam mil vezes menos dolorosos do que os que Hansol, vividamente, sentia por dentro. Odiava-se por estar ali.

— Hansol! — ouviu uma voz desesperada chamá-lo.

Moveu o olhar em direção ao som e viu Moon Heejoon correndo, ao longe, enquanto um policial tentava segurá-lo.

— Hansol!

— Acalme-se — pôde ouvir pedirem a ele. — Acalme-se, rapaz!

— Eu preciso vê-lo! — Heejoon pediu, tentando escapar dos braços dos oficiais.

— Você o conhece? — o paramédico que atendia Hansol perguntou, com cautela. — Sim? Quer ficar com ele? Apenas acene.

Hansol encontrou em si a consciência para processar aquilo e assentiu: um aceno fraco. Com um gesto, o enfermeiro pediu que deixassem Moon se aproximar, dizendo-lhe:

— Com calma!

Heejoon tinha o corpo encharcado, ao se ajoelhar perto dele e puxá-lo, com cuidado, para que pudesse abraçá-lo.

— Meu amor...

Lee, tomado pelo medo de que aquilo não tivesse acabado, agarrou-se a Moon com uma força repentina. Porque Heejoon era tudo que tinha e somente com ele se sentia seguro.

— Heejoon... — choramingou, com a voz trêmula. — Ele... Ele vai... Voltar?

— Ele não vai sair de lá nunca mais! — respondeu, com a voz cheia de cuidado, abraçando-o forte, mantendo seu rosto seguro da chuva. — Ele nunca mais vai te tocar, sequer te ver. Eu juro! Nunca mais vai vê-lo!

— Pro... Promete? — perguntou, sentindo as lágrimas ferventes rolarem por seu rosto e o corpo comprimir em uma dor não relacionada à briga que teve.

— Prometo — Heejoon assegurou, com a voz firme. — Você vai ficar bem, meu amor. Eu vou dar tudo de mim para te ver bem.

Mais tarde, naquele mesmo dia, Hansol foi levado a um hospital. Foi sedado, para que dormisse.

Moon Heejoon prometeu não sair de seu lado, e cumpriu. Também já esperava o que viria, quando um profissional se sentou ao seu lado e disse com honestidade:

— Não há surpresa alguma sobre as condições psíquicas de Hansol. Você tem noção disso, Moon. O que aconteceu ontem: o episódio com o próprio pai, o horror que foi descrito pelas testemunhas... Hm... Ele não vai ficar bem se não tiver um acompanhamento. Hansol devia estar na psicoterapia há muito tempo. Agora, é a melhor opção.

"Ele tem uma condição que o faz se lembrar, frequentemente e fielmente, dos piores momentos de sua vida. As cenas são reproduzidas em sonhos, em momentos de ansiedade, em períodos vazios. Ele reproduz, há mais de dez anos, a imagem da mãe sendo assassinada. Tudo que vem vivendo apenas agrava o seu estado. O fato, de apanhar uma faca na cozinha de casa e ir ao encontro do pai, mostra que seu comportamento é imprevisível. E esse é o maior risco. Precisamos que nos ajude a interná-lo, para que siga o tratamento à risca, por um tempo. Sabemos que Hansol tem reação imediata a tudo que o atinge, então é de suma importância que ele fique em monitoramento profissional, o mais rápido possível."

Heejoon sabia que o próprio Hansol poderia se internar, ou seu primo, Jaewon, facilmente conseguiria uma liminar que o permitiria fazer isto. Moon queria que ele estivesse ciente de sua entrada em uma casa de recuperação.

Quando Hansol acordou e teve seu tempo para se recuperar do sono intenso, o namorado viu em seu olhar que algo havia mudado. E não diria que era algo ruim, nem mesmo incrível, mas havia, ali, certa calma.

O quarto estava bem silencioso quando o mais velho, olhando em seus olhos, lhe disse:

— Precisa se tratar, amor.

Lee tinha o corpo encolhido e o rosto afundado em um travesseiro fofo. Havia um tipo de razão e até maturidade aparente em sua reação. Um piscar de olhos lento, uma comprimida nos lábios e silêncio, enquanto parecia concentrado em algo dentro de sua própria cabecinha.

O fato de precisar se tratar não era uma novidade, ele sabia que precisava, mas nunca teve coragem. Também não tinha, naquele momento, mas algo dentro dele pedia para encarar a realidade.

— Eu sei...

Heejoon trancou o ar no peito, antes de soltar:

— Aceita se internar?

Hansol foi sincero consigo mesmo, cansado de fugir. E, mesmo incomodado, cedeu:

— Eu preciso... Eu aceito.

CAPÍTULO XVIII

APERTANDO AQUELE CINTO EM VOLTA DE SEU CORPO, Hansol pediu a Deus que tivesse forças para se ajudar e não perder o controle de uma vez. Enquanto o carro deslizava sobre o asfalto, ele sentia, dentro de si, um frio ligado às suas dores, seus medos. Seu desejo era de que pudesse abraçar Moon Heejoon, que seu calor pudesse aquecê-lo um tanto também.

Heejoon também sentia esse frio, mas, de tempos em tempos, esfregava as mãos e sentava-se perto de uma fogueira, para que pudesse dar calor a seu Hansol. Tentava manter a cabeça levantada, força nos braços, equilíbrio, tranquilidade, mesmo que estivesse às ruínas por dentro. Ele precisava dar suporte a Hansol.

Lee tinha as malas no banco de trás, e dentro de sua mochila, o contrato com a clínica e alguns atestados. Em seu colo, repousava uma pelúcia que o namorado comprou: um buldogue felpudo.

Haviam combinado que chegariam à clínica às quatro horas da tarde. Ainda era uma hora, mas já estavam no carro, porque Hansol pediu para ir até o cemitério visitar o túmulo da mãe. Heejoon não quis concordar no início, mas não teve como impedi-lo no fim das contas.

Não era um dia de muito sol, mas tampouco de chuva; somente as nuvens apareciam, cobrindo a cidade.

Quando o carro parou, Hansol deixou a pelúcia no banco detrás e, ao descer, fechou o zíper do casaco. Enfiou as mãos no bolso e caminhou até os grandes portões, enquanto ouvia Heejoon atrás. Seguiu a trilha principal, passando, sem pressa, pelos túmulos e capelas. Algumas vezes, captava, com o olhar, o nome e a data de mortalidade de alguém.

"Song WooBin — 12 de abril de 1998"; "Kim JongSuk — 25 de fevereiro de 2002"; "Ji Chan Jin — 07 de outubro de 1965"; "Jang DongWook, Jang MinHo, Jang KangJoon — 30 de julho de 1988".

Flores novas e velhas, velas há muito acabadas, túmulos simples e outros cobertos por mármore, desde os abandonados aos mais bem cuidados.

Virando em uma rua conhecida, caminhou pela calçadinha, até o nome de sua mãe ser reconhecido. Ao parar em frente à lápide, respirou fundo, agachou-se sobre as pernas, com os braços apoiados nos joelhos, e abaixou a cabeça, observando a grama. Arrancou do chão a folha de um matinho e usou as unhas para parti-la, aos poucos e em pedacinhos, perdido em seus pensamentos.

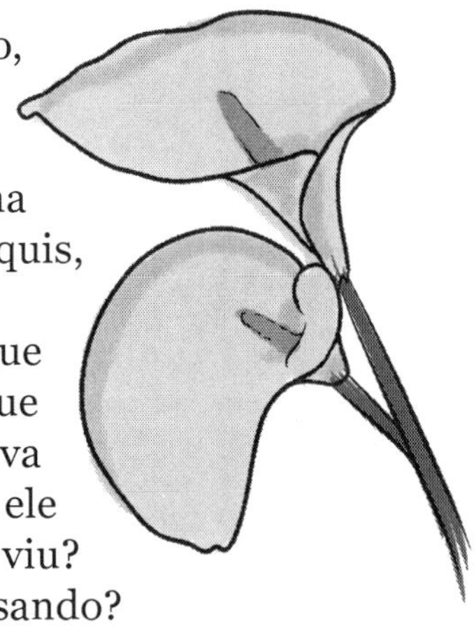

Ouviu o som alto e profundo do grande sino, que ficava na entrada do lugar, indicando que mais alguém seria enterrado ali. Se levantasse a cabeça, poderia ver, por alguma brecha, a família carregar o caixão, mas não quis, continuou com o olhar fixo no gramado.

— Eu o vi, mãe — contou, enfim, sem que sua voz pudesse ser ouvida por alguém, o que não seria um grande problema, já que estava cercado por pessoas mortas. — Eu falei com ele e o toquei. Enfiei uma faca nele. A senhora viu? Consegue ver essas coisas ou está só descansando?

Ele deixou um suspiro sair.

— Espero que não tenha visto, para não se lembrar do rosto dele. Mas se viu, mãe, espero que não tenha me achado um fraco. Eu tentei ser forte, mas senti tanto medo... Eu nem sei por que fui lá, mas, naquele momento, não pensei, mãe. Eu senti tanto ódio... Eu fico mal quando sinto isso, quando fico assim... Fui tão burro! Eu sou tão burro! Não sei se você sente orgulho de mim. Acho que não teria motivos, porque eu só faço coisas erradas, não é? Desde o início, nunca fiz as coisas certas, e eu sei disso, sei que vivi da pior forma possível. Se estivesse aqui, sentiria tanta vergonha de mim, mãe. Às vezes, eu sinto que é melhor mesmo que não esteja comigo, me vendo desse jeito.

Prendeu a respiração por um momento, para que não chorasse, e continuou:

— Mas eu vou tentar ser melhor, mãe. Heejoon vai me levar para uma clínica e lá eu vou... Não sei, não sei exatamente como vai ser, mas ele me disse que serei bem tratado, que vou melhorar e que ele sempre vai me visitar. Heejoon não disse por quanto tempo vou ficar lá, mas esclareceu que, depois que eu melhorar, vou voltar pra casa e ele vai cuidar de mim.

Hansol calou-se, ficou um tempo em silêncio, antes de voltar a sussurrar:

— Quando voltar, quero estar “bem bom”, para Heejoon não precisar mais se preocupar comigo, sabe? Eu quero estar bem e não precisar mais sentir vergonha de mim mesmo. Quero estar bem e nunca mais usar o que eu usava, nem fazer as coisas que fazia. Eu quero... Quero ser normal, mãe. Quero esquecer as coisas ruins, viver de outro jeito, estudar, trabalhar, viver com Heejoon e nunca mais voltar a fazer aquelas coisas. Porque, mãe, eu nem sei como ainda estou vivo. Se ainda estou aqui, é porque preciso mudar, não é? Melhorar. Deus, eu preciso melhorar!

Sem conseguir aguentar mais, deixou que os olhos se enchessem de água.

— Porque eu não aguento mais, mãe... Não suporto mais viver assim, não quero mais viver desse jeito, sendo tão fraco, tão burro. Eu não consigo mais... Eu preciso.

Sentindo o peito se encher de dor, enquanto as lágrimas se acumulavam, molhando seus cílios, ele se levantou. Soltou um suspiro trêmulo e apertou os lábios, fitando a lápide. Lembrou que sua mãe já não estava ali, não estava em lugar algum dessa Terra; ela já havia ido para outro lar, há tempos.

Então, ele levantou a cabeça, mirando o céu pouco azul, na tentativa de encontrá-la por ali. Mesmo sem vê-la, pediu forças, calma e proteção, mas não sabia se ela seria capaz de dar-lhe o que pedia. No fundo, sabia que precisava ter cada uma dessas coisas dentro de si. Depender dele mesmo era seu grande problema, nem sequer sabia se podia confiar em seu próprio eu.

— Tchau, mãe... — murmurou, fechando os olhos por um instante. Seguiu para longe dali e andou devagar, à procura de Heejoon. Encontrou-o sentado em um banco, por perto. — Podemos ir se quiser.

Moon levantou o olhar do chão e abriu um sorriso tristonho para ele, que o devolveu com o mesmo sentimento.

— Vamos...

Deram as mãos e retornaram ao carro, onde Hansol voltou a abraçar a pelúcia, e Heejoon, a dirigir.

— Vai me levar agora?

— Acha que tenho pressa em me livrar de você? — ele perguntou, em tom brincalhão.

— Eu teria. — Riu fraco, tentando ignorar as várias vezes que quis se livrar de si mesmo.

— Bom, eu não tenho. — Heejoon deu de ombros. — Você pode escolher o que quer fazer antes de irmos pra lá.

Hansol ficou em silêncio por um momento, pensando em como seria ficar confinado em um lugar sem ele.

— Hm... Podemos ir a um motel? — perguntou, então.

Heejoon apenas soltou uma risada no primeiro momento.

— Temos só duas horas, babe... É tão pouco tempo que eu nem me atreveria a tirar sua roupa.

— Bom, pelo menos, não inventou uma desculpa sobre como os motéis são sujos e a roupa de cama mal lavada.

— De fato, não confio na higiene desses lugares, mas não usaria isso como desculpa. Com você, até seria capaz de me deitar em uma dessas camas — respondeu.

Hansol sentiu as bochechas esquentarem um tanto.

— Pare de me cantar e decida o que vamos fazer — disse, passando as mãos pelo rosto para tentar disfarçar o rubor.

Tentava agir de forma normal e fingia para si mesmo que estava tudo "ok", para não ficar nervoso. Evitava pensar demais em tudo que estava acontecendo. Se parasse para pensar mesmo, tinha certeza de que doeria. Ao olhar para as nuvens no céu, com o sol um pouco opaco por trás delas, não quis chorar, perder-se nos pensamentos; não quis antecipar o que o fodia.

Desviou o olhar para a pelúcia em seu colo e acariciou a cabeça peludinha, antes de deixar a mão abandonar os movimentos, com o tempo. Seu cérebro, discretamente, trazia as memórias daquele dia, daquele homem. Então, fungou e arfou, sentindo-se incomodado de uma forma que não podia explicar. Era uma daquelas sensações que tinha quando o tempo parecia parar e se sentia desconectado da Terra, sem saber o porquê de estar ali, sem se sentir parte dali.

Heejoon, ao notar o vazio no olhar do menor, levou uma das mãos ao seu ombro, enquanto a outra permanecia no volante.

— Vou te levar a um lugar.

Hansol saiu do transe pesado e o encarou, assentindo sutilmente. Acomodou-se no banco e deixou os olhos tomarem rumo próprio, para além dos prédios altos, onde não podia enxergar vida humana e nem algum mal aparente.

Era realmente engraçada, a vida. Hansol estava com uma das pessoas que mais amava no mundo todo. A única que lhe fez bem em tempos como aqueles.

Mas, ainda assim, ele precisava se esforçar, para não deixar a mente fazer o caminho decrépito até, bem... O fundo do poço. E é sabido que o fundo estava repleto.

Durante todo o caminho de ruas desconhecidas — que, na verdade, ele só não fazia questão de tentar reconhecer —, Lee tentava manter seus olhos acima de tudo. Encarou os prédios, cogitando como seria jogar-se de um deles, mas beliscou-se logo em seguida, por pensar em algo assim.

Mas, ah... Quão bom seria ser um prédio? O último andar, especificamente. Só ficar ali, parado no mesmo lugar, por anos, recebendo o sol, a chuva, a neve, sem nunca sentir coisa alguma, sem se importar se o tempo levaria um pouco da tinta ou se poças acumuladas no topo irregular do telhado poderiam gerar doenças graves...

Não se importar: era isso. Isso era o que lhe parecia mais convidativo, porque Hansol se importava. E era isso que, continuamente, o engolia vivo.

Fechar os olhos era doloroso, mas abri-los também não era bom. Quando via escuridão, via Dayang; quando via luz, via dor. Basicamente, era uma merda, mas Heejoon estava ali e era bom estar com ele. Era singular, era o que o segurava naquela terra. E, supostamente, a clínica deveria ajudá-lo a pensar de maneira diferente, um pouquinho mais por si mesmo. Mas já era um começo, de qualquer forma.

Depois do que pareceu uma eternidade preso em pensamentos, Hansol questionou:

— Aonde vamos?

Heejoon deu preferência à direção por um tempo, antes de lançar-lhe um olhar breve.

— Conhecer um lugar que eu conheci quando era criança.

Hansol deixou uma careta transcorrer o rosto, mas concordou e voltou com o olhar para o lado de fora do carro.

— Você vai mesmo me visitar toda semana?

— Vou, eu te disse — respondeu Moon. — Não vou te deixar.

— E o Junghyun? — questionou. — Vai vê-lo também?

— Se ele deixar — falou, pois era a verdade.

Hansol se sentiu péssimo, então. Péssimo! Sem mais adjetivos para isso. Heejoon tinha o irmão internado, mas precisaria procurar tempo para ir vê-lo também, e as clínicas eram tão distantes.

Ele sentia que Junghyun deveria ser a prioridade, receber toda a atenção, e sentia que estava tomando isso do garoto. Era confuso, uma mistura de mil coisas, e entre dez delas, nove eram péssimas. Péssimo.

— Não diga a ele que estou internado — pediu, e Heejoon o olhou.

Este meneou a cabeça, concordando, porque, desde o início, não falava algo sobre Hansol ao irmão. Era raro conseguir ter um contato com ele, e precisou citar Hansol apenas uma vez, para saber que não devia fazer isso nunca mais.

O mais novo empurrou um suspiro para fora e puxou a franja para o lado, porque as pontinhas dela irritavam seus olhos. Pensou em cortá-la quando estivesse instalado em seu quarto, mas se lembrou de que, quando entrasse lá, estaria absolutamente proibido de usar qualquer material cortante.

— Estamos chegando — avisou e aumentou três volumes o som do rádio, deixando a música americana preencher o silêncio predominante entre os dois.

Era difícil manter a cabeça em pé e o equilíbrio em dia, quando precisava cuidar de pessoas dependentes e ainda tentar não... Afundar. Isso era ser "o homem da família", e Heejoon não suportava mais fazer esse papel, mas não era como se pudesse abandonar tudo e dar-se ao luxo de chutar tudo para o ar, porque... Se deixasse de segurar as pontas, muitas coisas simplesmente desmoronariam. Então, ele acordava todo dia e se olhava no espelho, repetindo a si mesmo: cuide deles, cuide deles, cuide deles. Era algo que ninguém via.

Às vezes, Hansol sentia falta de um tempo que não voltava. De alguns momentos, na verdade, quando as coisas não estavam tão ruins, e Moon não carregava tanto peso nos seus ombros. Mas pensar naquele tempo era voltar para quando estava sendo enganado por MH, para quando não conseguia passar um dia sem se dopar. Não era um tempo bom. Então, por que, sentindo a estranheza dentro daquele carro, seu peito errava as batidas?

Oh. A percepção deu-lhe um chute: era mais fácil.

Era muito mais fácil viver como ele vivia, matando seu corpo aos poucos. Muito mais fácil do que reconhecer que precisava de ajuda, que precisava ir para aquela clínica, ficar longe de Moon Heejoon. Era mais fácil do que admitir que sua vida valia a pena, quando dar de ombros para ela era muito mais simples.

Hansol deu uma olhadinha em Heejoon, sabendo que sentiria sua falta, mas, ao mesmo tempo, estar na clínica significava que ele não tinha que se preocupar com recaídas.

E claro, tinha o fato de que isso iria ajudar Lee também... A ficar bem. A ser bom.

Que piada.

Ele sentiu o carro diminuir a velocidade, enxergando "Shindo Middle School" em pequenas letras douradas, contra um fundo verde.

Heejoon seguiu pelo que parecia ser um estacionamento de visitantes e, quando pararam o carro, a música entre eles parecia mais destoante ainda.

Ao fundo, Hansol estava preocupado com o que sua internação faria. E se eles se afastassem? Mesmo que Heejoon prometesse que não iria deixá-lo, e se fosse demais para ele?

Olhou para o namorado de novo, tentando não parecer desesperado. Esperou que Moon dissesse alguma coisa. E quando ele sussurrou "Vamos", desligando o rádio e saindo pela porta, Hansol se deu um segundo... Um segundo para deixar seu rosto demonstrar o que sentia.

O mais alto observou-o deixar o carro e viu claramente, quando ele piscou, algumas vezes, tirando a tensão do semblante, tentando adotar algo mais descontraído. Não comentou, apenas apanhou sua mão e puxou-o pelo caminho que conhecia desde a época de garoto.

— O que estamos fazendo aqui? — perguntou Hansol, enquanto olhava tudo em volta, procurando alguma relação.

— Eu estudava aqui — disse. Adentrou a secretaria, caminhou até a recepcionista, que acabava de terminar uma ligação e os atendeu. Moon tirou do bolso a identidade. — Eu fui aluno daqui. Quero visitar o jardim e desenterrar minha cápsula do tempo.

Ela assentiu, compreendendo, e apanhou o documento. Após digitar os dados no computador, encontrou o histórico.

— Certo, Moon Heejoon... Nosso jardineiro vai acompanhá-lo.

Hansol não entendeu por um tempo, mas seguiu Moon, de qualquer forma, mantendo suas mãos bem apertadas.

Quando o senhor, vestindo um macacão, chegou, os cumprimentou e os guiou pelas entranhas do colégio. O silêncio entregava que os estudantes estavam todos em aula.

Uma cápsula do tempo.

Hansol não compreendia muito bem, mas quando os três alcançaram o tal jardim, seus olhos encheram-se de uma beleza colorida: flores, flores de muitos tamanhos e cores, de diferentes formatos e plantadas em diferentes lugares.

Hansol empurrou uma das mãos contra o peitoral, sentindo-o se encher de um ar mais puro. Quis observar cada uma delas, saber suas particularidades e, também, características em comum. Quis saber qual delas era a mais rara e qual era a mais conhecida. Só para constar que todas, sem sequer uma exceção, eram totalmente lindas.

Heejoon pôde ver o pequeno brilho que se acendeu nos olhos — antes opacos — de Hansol, diante de todas aquelas flores. Sabia que ele ia gostar, e sorriu de canto para si mesmo. Permitiu-se envaidecer com a satisfação que lhe corria nas veias.

O jardineiro sumiu por alguns instantes, e os deixou ali, envoltos pelas mais diferentes flores. Dentre elas, a mais preciosa era o rosto de Lee Hansol, que quase assumia uma coloração agora.

— São lindas, Heejoon — o menor disse, enquanto tocava levemente, sem machucar, uma das pétalas de uma flor branca, com manchas rosa vindas de dentro.

— Você é mais — respondeu, sem nem mesmo ter tempo para sentir vergonha do clichê, quando o homem voltou a aparecer perto deles.

— Aqui, garotos. Cápsulas do tempo, uh? É difícil alguém se lembrar delas para vir aqui. — Suspirou o jardineiro, entregando uma pequena pá para Heejoon, que a aceitou com a mão livre. — De qualquer forma, se não lembrarem onde está a de vocês, é só procurarem pela turma, na ordem. Se precisarem de alguma coisa, estarei por perto! — completou, dando um pequeno sorriso para ambos, e agachou-se próximo a algumas orquídeas.

Hansol tentou não focar as flores que cobriam a terra; o imenso jardim engrandecendo seu olhar, quando o observou de forma mais ampla.

— Gostou? — Heejoon perguntou, subindo a mão livre para a cabeleira escura dele, deixando carinhos no lugar.

Hansol moveu a cabeça, fazendo "sim", e puxou Heejoon para um abraço rápido, por também ser tímido. Depois, adentrou o jardim, seguindo pelo caminho de pedras.

— Faz quanto tempo que plantou sua cápsula?

Heejoon acompanhou-o, rindo um pouco.

— Eu não plantei. A cápsula não é uma planta, Hansol... — E viu o menor soltar um "ah" exasperado, como quem dizia "não enche!" — Eu a enterrei há treze anos.

Hansol o olhou por cima do ombro.

— Treze? *Wow*! Como vai se lembrar de onde ela está?

— Eu me lembro. — Deu de ombros. Naquela época, os garotos enterraram suas caixinhas em lugares aleatórios que, só então, eram marcados pelo professor. Mas Heejoon, não. — Onde acha que está?

Hansol parou no meio do caminho, olhando em volta. Mas, woah, o gramado era tão extenso, imenso!

— Eu não faço a mínima ideia! Tem certeza de que se lembra? É tão grande!

Heejoon sorriu e apontou, com uma pá, para uma placa que continha o mapa de Busan.

— Eu me lembro de que, na quarta-feira, dia 12 de novembro, eu soube que iríamos enterrar cápsulas. E eu pensei que não queria enterrar em qualquer lugar. Queria saber exatamente onde estava, para que, quando eu me sentisse pronto, viesse buscar. — Ele começou a caminhar em direção à placa. — Então, eu andei até o primeiro pé do grande mapa e contei vinte passos a noroeste... — Apontou na direção. — Acha que eu vou encontrar se seguir minhas coordenadas?

Hansol tentou pensar e olhou na direção indicada, também.

— Acho que sim!

— Não, Hansol. — Ele sorriu com sutileza, e viu confusão no olhar do rapaz. — Eu vou passar do ponto exato... Pois minhas passadas são maiores do que eram naquele tempo.

Hansol demorou alguns segundos a entender, mas, quando conseguiu, sorriu para si mesmo. Heejoon pensava de forma complicada.

— Como vai achar, então? Vai dar passadas menores?

— Não — disse. — Você vai dar as passadas.

— Eu não tenho os pés de um menino de doze anos! — defendeu-se e viu o outro rir.

— Acontece que eu sempre fui maior que os outros meninos — explicou, mas a careta ofendida não saiu do rosto de Hansol. — Não fique assim. Venha aqui... Me ajude.

Hansol relutou por menos de oito segundos, antes de ir até o moreno e receber um beijo nos lábios. Murmurou um "okay" e começou a contar os passos, com Heejoon seguindo atrás.

Quando as vinte passadas foram completadas, Moon abaixou-se e, usando força, afundou a pá na terra, sentindo a ponta dela colidir com um material rígido. Sua cápsula.

— Achamos.

Desacreditado, Lee o fitou.

— Como pretendia achar essa cápsula se não tivesse me conhecido?

Heejoon começou a cavar a terra, não muito funda, e olhou para cima, encontrando o rosto curioso do amado.

— Eu não pensei nisso, mas se acredita em destino, pode dizer que meus cálculos sempre estiveram certos.

Um pequeno sorriso idiota preencheu o rosto de Lee. Ele se agachou, também, olhando Moon bem de pertinho, concentrado na sua tarefa.

O destino era mesmo um sacana, né? Será que se tudo aquilo não tivesse acontecido, eles estariam juntos agora? Será que estariam seguindo caminhos diferentes, sem sequer sonharem com a possibilidade do que sentiam naquele momento? Bem, Hansol não sabia, mas estava muito ansioso para descobrir o que tinha na cápsula de Heejoon. Então, tentou afastar esses pensamentos.

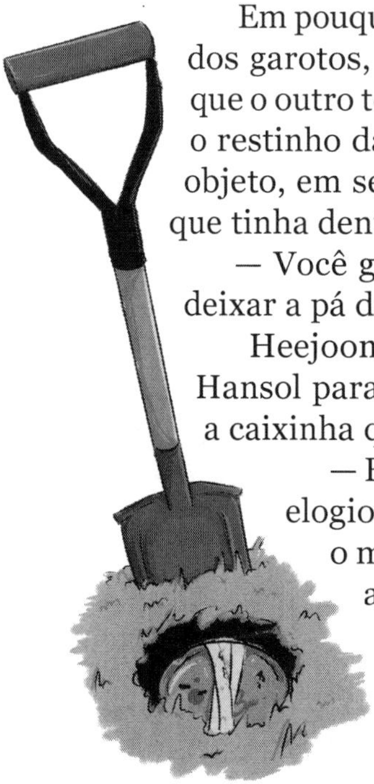

Em pouquíssimo tempo, o material metálico surgiu às vistas dos garotos, e Hansol se adiantou em puxá-lo para cima, já que o outro teve o trabalho de desenterrar a cápsula. Expulsou o restinho da terra escura com os dedos curtos e entregou o objeto, em seguida, para Moon. Estava ansioso para saber o que tinha dentro dela, mas a cápsula não lhe pertencia.

— Você gostava da escola? — perguntou, vendo o outro deixar a pá de lado.

Heejoon se sentou ao lado do buraco na terra e puxou Hansol para se sentar do outro lado. Ele sorriu, analisando a caixinha que, um dia, foi usada para guardar bolachinhas.

— Eu gostava, sim... Estava sempre ocupado. Ganhava elogios dos professores, estudava, jogava futebol... Foi o melhor momento para mim, na verdade. — Puxou a ponta do esparadrapo que enrolava a caixa, para prevenir que ela não se abrisse. Ele respirou fundo, puxando a tampa e abrindo-a.

Hansol espiou, sentindo o cheiro de perfume sair da caixa. Ali, havia uma carta dobrada, uma fotografia, um soldadinho de brinquedo e uma cartinha do *Yu-Gi-Oh*.

Eles não disseram nada. O menor apenas viu quando uma gota de água caiu sobre a fotografia. Ao subir o olhar, descobriu que eram lágrimas de Moon, que se apressou em secar o rosto, fungando e fazendo careta. Hansol usou uma voz calma para perguntar:

— Está tudo bem?

Heejoon assentiu e descansou a caixinha no colo, tirando de dentro o soldadinho de brinquedo, o qual observou e entregou a Hansol.

— Eu e Junghyun tínhamos dezenas destes... E todos viviam espalhados pela nossa casa. Depois que nosso pai queimou tudo, este foi o único que sobrou.

Hansol apanhou o brinquedo com cuidado, analisando-o. A cor

esverdeada ainda se mantinha ali, apesar de desgastada pelo tempo. Heejoon prosseguiu, tirando de dentro a fotografia.

— Eu, Junghyun, minha mãe e meu pai — disse e virou a foto, revelando a escrita na traseira dela, e leu: — "Verão de 2002, Moon's. E como mãe desta família, eu me encarrego de dizer que estávamos felizes, nesse dia. Todos os meus meninos se divertiram e eu pude sentir que tudo estava bem".

Esgueirando bastante os olhos, Hansol fitou os quatro rostinhos sorridentes na fotografia. Sinceramente feliz pela memória de Heejoon, ele observou como, por um tempo, o rapaz apenas ficou parado, segurando a foto com as duas mãos. Ele parecia apertar os dedos sobre ela.

Então, bem devagar, Lee achou melhor tirá-la do alcance do outro. Apertou a foto contra as palmas, para tirar o pequeno amassado que os toques de Moon formaram, e tentou distraí-lo:

— Aposto que você tinha vários pretendentes. Olha essa carinha! — Apontou para o reconhecível rosto de Heejoon na imagem, que sorria, alegre, com os dentes saltados para fora.

Correspondendo ao sorriso, Moon segurou-lhe o rosto por um instante, fazendo uma pequena carícia na pele.

— Tinha mesmo. Uma menina fez com que eu dedicasse um gol pra ela, sabia? E daí eu não fiz gol na partida.

O sorriso, em sua face, se alargou, porque era gostoso pensar sobre o passado. Se soubesse de tudo que o aguardava, não sorriria tanto assim naquela foto. Guardaria todos os seus sorrisos só para Hansol.

Ele pegou a carta do *Yu-Gi-Oh*, girando-a de um lado para o outro, enquanto se lembrava do quanto aquilo já tinha sido importante para ele no passado.

— Eu já fui tímido... Não conseguia fazer muitos amigos. Então, eu via meus colegas virando *card*, sabe? Todo dia, no intervalo — contou, notando, agora, que aquela não era uma carta tão valiosa assim. — E eu tive a brilhante ideia de quebrar meu cofre e comprar um monte dessas. Sabe o que aconteceu, Hansolie?

— Você conseguiu jogar com eles? — questionou, tombando a cabeça para o lado, verdadeiramente interessado.

— Não. Acabei perdendo todas as cartas e só me sobrou essa. Mas, uma semana depois, me chamaram para jogar futebol. Aí, comecei a ter alguns amigos. — Riu com a lembrança, passando a cartinha para Hansol olhar de perto.

O mais novo soltou uma risada gostosa e tomou a carta dele.

— Ya, nem é um bom poder. Você ficou com um péssimo *card*!

— E o que você entende disso? — questionou. — O ataque é de dois mil, Hansol! Dois mil!

O outro continuou a rir e repetiu baixinho que não era um *card* bom, antes de mirar o último item na caixa: a carta de Heejoon.

Moon apanhou o papel dobrado em quatro e soltou um suspiro, antes de abri-la. Manchas amarelas estavam espalhadas pelo material. Hansol abaixou a cabeça, fingindo se distrair com os outros itens, e o ouviu dizer:

— Eu era um garoto estranho.

Hansol o olhou e quase voltou a rir. Ele se referia ao seu “eu” do passado como algo muito distante, mas ainda era um rapaz estranho.

— Você pode ler para mim ou é uma daquelas coisas que o psicólogo pede para que a gente não ouça? — perguntou.

— Gatilhos? — Heejoon perguntou e o viu assentir. — Eu acho que não há problemas desta vez, já que você, talvez, nem entenda metade das coisas aqui escritas.

Hansol deu de ombros, de forma leve, esperando que ele começasse a ler. Ouviu o outro limpar a garganta e demorar um tempo, situando-se entre as palavras bem escritas por sua própria caligrafia perfeita.

Bom... Olá, meu ‘eu’ do futuro. Eu sou Moon Heejoon, tenho doze anos agora, e hoje é dia 13 de agosto de 2002. Eu comi kimchi no almoço e derrubei o molho na mesa do refeitório, então foi um péssimo dia.

Espero que você esteja tendo um bom dia. Espero, também, que tenham encontrado a cura para AIDS, antes de a nossa mãe morrer; que Junghyun tenha parado de chorar por nosso pai e que você esteja melhor. Você está melhor? Bom, não importa desde que você tenha entrado na faculdade. Qual curso escolheu? Está trabalhando? É o que eu quero para você, Heejoon do futuro. Bom, eu gostaria de saber se você já tem filhos. Eu queria dois: uma menina e um menino. Você se casou com uma boa garota? A tia vive dizendo para eu escolher uma mulher boa, então espero que você tenha encontrado uma. Estou cansado de ouvi-la falar sobre isso. Gostaria de dizer a ela a verdade, que nem mesmo acho as garotas tão atraentes. Espero que você tenha dito isso a ela, porque me sufoca um pouco.

De qualquer forma, espero que esteja amando alguém. Eu não quero morrer sozinho, Heejoon do futuro! Eu amo fazer carinhos, cozinhar, cuidar das pessoas... Então, não fique muito tempo sozinho. Eu tenho certeza de que você é bonito o suficiente para conquistar alguém. Eu espero.

Agora... Me diga uma coisa. Está tudo bem? Está tudo, finalmente, bem? Eu espero que sim. Até!

Hansol podia imaginar o Heejoon da foto sentado, com o papel em mãos, compenetrado, enquanto deslizava a caneta sobre ele. Podia imaginá-lo relendo a pequena carta, talvez satisfeito com o resultado. Lee sentia que o outro também precisava daquelas palavras, sabe? Eram coisas que o próprio não podia lhe dizer, mas que, quando entregues por ele próprio, talvez ajudassem. Que, pelo menos, lhe dessem esperança. Hansol sabia que não estava sendo fácil para ele.

Mas o Heejoon de 2002 tinha vontades e esperava por muitas coisas. Quem sabe isso não pudesse tirar um pouquinho do peso em seus ombros? E também... Eles tinham encontrado o amor, certo?

— Heejoon... E se você escrever uma resposta, para enterrar de novo? Pode, não pode? — Hansol perguntou, pegando a cartinha para dar uma olhada na caligrafia rebuscada.

Heejoon o encarou: a imagem de Hansol com a carta nas mãos entrando em sua cabeça.

— Meu "eu" de doze anos não vai ler, Hansol... Ele não existe mais. — Suspirou, subindo o olhar para o céu sem cor vibrante. — Vamos escrever juntos... Uma carta para você e eu lermos no futuro.

Hansol desviou a atenção da carta para o namorado, pensando no que e como diria.

— Acha que vamos lê-la um dia?

Heejoon abriu um sorriso.

— Por que a dúvida? Ainda não acredita que te amo?

Hansol ficou em silêncio. Apesar de acreditar no amor do mais velho, não saberia explicar.

— Não tem problema, meu bem... — Moon continuou. — Eu tenho tempo de sobra para te provar e te fazer sentir.

Hansol riu baixinho, encostando a cabeça no ombro dele e escondendo o rosto, envergonhado.

Moon lhe deu tapas gostosos nas coxas.

— Vai lá na secretaria buscar papel e caneta. Vamos, vamos!

Hansol se levantou num pulo, correndo pelo gramado e saltando para a calçada. Foi até o lugar e, após conseguir o que queria, voltou apressado.

A mulher da secretaria soltou um risinho ao ver a corrida desembestada, mas Hansol ignorou o sentimento de vergonha, assim que voltou para Heejoon, e entregou tudo para ele. Ofegante da pequena correria, justificou:

— Minha letra não é tão bonita quanto a sua. Se você não escrever, aposto que a gente nem vai saber decifrar o que tá no papel!

— Coloca o comecinho: de Hansol e Heejoon para Hansol e Heejoon — incentivou, sorrindo.

O menor olhou-o, mordendo a boca. Aceitou o papel e a caneta e esforçou-se para se apoiar na própria coxa. Começou a escrever, mas errou logo na primeira palavra e teve que fazer um risco enorme para cobrir tudo.

— Desculpa — murmurou e voltou a escrever em seguida.

Concentração, Hansol! Se ficar uma merda, você vai ser obrigado a ver isso de novo, daqui a um tempo, alertou-se.

Pensar que veria Heejoon, mesmo depois de anos, acalmava Lee na mesma proporção que o deixava ansioso. Queria durar tudo isso. Quer dizer, queria que durassem tudo isso.

Heejoon apoiou as mãos na grama, espiando a escrita: um garrancho atrás do outro.

— Escreva o que sente agora e o que quer sentir no futuro...

Hansol assentiu e, encostando a pontinha da língua no canto dos lábios, tentou se concentrar.

— Eu não sei, Heejoon... — resmungou.

Moon o fitou e passou um braço por seus ombros.

— Não sabe como escrever?

— Não sei o que eu sinto — murmurou em resposta. A ponta da caneta deixando diversos pontinhos no papel. — Desculpa.

Heejoon respirou fundo.

— Então, apenas diga o que quer para o futuro... O resto eu faço.

Hansol assentiu lentamente, mas demorou a começar a escrever, rabiscando as palavras erradas todas as vezes que escrevia. Ele estava quase desistindo daquela folha e começando a escrever no verso, mas Moon o impediu de novo.

— Continua... Continua, mesmo que tenha errado.

Quando Hansol o encarou, teve a impressão de que aquilo não era só sobre a carta. Era sobre tudo. Ele se escorou em Heejoon, aproveitando para sentir o cheirinho gostoso dele, enquanto seus garranchos começavam a, de fato, fazer algum sentido. Quando terminou, passou o papel e a caneta para o outro e, em troca, recebeu um beijinho na bochecha.

Enquanto o mais velho escrevia, Lee sentou-se sobre os calcanhares, encaixando a cabeça na curva do pescoço dele e espiando suas palavras. Chegava a ser cômica a diferença das letras sobre o papel. Mas, no fim de tudo, aquilo era quem eles eram. Hansol não sabia bem esconder seus problemas, tanto quanto sua letra feia e desorganizada; já Heejoon, escondia bem demais. Sabia que ele não estava bem, mas isso não mudava o fato de sua caligrafia ser perfeita.

No final da carta, Heejoon escreveu as seguintes palavras:

(...) E você, Hansol, sei que continuo te amando, mesmo sem saber do futuro.

Ele dobrou o papel, colocou-o na caixa de metal e puxou de um dos dedos o anel que usava. Este não tinha importância em sua vida, até o momento em que Hansol deixou um beijo na joia e, então, esta passou a significar algo imenso. Com tudo dentro da caixa, fechou-a e passou a fita em volta outra vez, antes de se levantarem.

Hansol assistiu ao mais velho afundar a caixa no buraco ali aberto e, então, voltar a tapá-lo, pondo a terra no lugar. As mãos de Moon estavam sujas, mas, pela primeira vez, ele não pareceu se importar.

— Temos que ir, amor — precisou dizer, com o olhar sobre o seu; ambos sob o céu cinzento e as aves que voavam de forma silenciosa.

Hansol abaixou o olhar para o ponto em que enterraram a cápsula do tempo e respirou fundo para, só então, concordar. O mais alto apanhou-lhe a mão e o guiou com calma pela escola, até que estivessem no carro.

Alcançaram o veículo, mas, por um instante, não pareciam inclinados a entrar ainda.

Hansol puxou as mãos de Heejoon e começou a limpar o que conseguia da sujeira, até que estivessem minimamente limpas. Mas, é claro, não tinha sido de muita ajuda, como sempre. Hansol deveria ter enterrado a cápsula. Não deveria estar prestes a ser internado e deixar Moon sozinho.

— A gente não pode atrasar. Vamos entrar, ok? — Segurando as mãos de Lee, ele o puxou para perto, deixando um beijo leve em seu rosto. Não poderia negar que sentiria falta de tudo isso, mas se era para deixá-lo bem, qualquer esforço era imprescindível.

Em seguida, meio abraçado com Hansol, guiou-o até o banco do passageiro, abriu a porta e colocou o garoto lá dentro. Passou o cinto por sua cintura e sorriu doce para ele, quando o encontrou com os olhos sobre os seus. Ele não resistiu quando o garoto puxou-o para outro beijo. Era quase uma despedida.

Quando o carro voltou à pista e Hansol viu que não faziam o caminho para casa, pôde sentir o vazio no peito mais uma vez. Dormir nos braços de Heejoon era sua coisa favorita, mas ele não estaria naquele lugar... Ninguém estaria. Hansol era um adulto, mas, assim como uma criança, detestava ficar sozinho. Passou tempo demais sem sons à sua volta, sem carinhos no corpo, sem comida feita em casa, sem alguém que se importasse. Deixar o que de melhor tinha para fora era... Assustador.

Heejoon não ficou surpreso quando, ao alcançarem a clínica, Hansol não quis se soltar de seu abraço. As lágrimas grossas rolaram por seu rosto, enquanto ele evitava ao máximo o contato com os médicos, pedindo a Moon que não o deixasse.

Era confuso, porque mesmo que Hansol tenha tomado aquela decisão, encarar a ação, de fato, era algo esmagador. E não queria ficar sem Heejoon. Sem ele, tudo desmoronava. Tudo perdia cor e sentido. As suas dores voltavam e seus piores desejos batiam contra seu corpo. Era difícil se controlar.

Heejoon precisou maltratar o próprio coração, ao empurrar Hansol, fazendo com que ele o soltasse. Estudou o suficiente para saber que, quanto mais aquilo durasse, mais difícil seria. Então, quando Lee lhe deu um olhar magoado, com uma compreensão no fundo, ele sibilou as palavras “eu te amo”, antes de vê-lo ser levado para dentro da clínica.

Doeu.

Mas era preciso dor para que o corpo soubesse que algo não estava certo. Havia tantas coisas erradas com Hansol que a dor era alarmante, o destruía. E aquela era a primeira vez que procurava cura de verdade.

CAPÍTULO XIX

"EU DESAGUEI NO MAR. *Perdida por tanto tempo, eu procurei saída em todas as esquinas, em todas as vielas. Quando pensei ter encontrado a resposta, demorei a tê-la em minhas mãos. No fim, nem era isso... Então, prossegui, de visão turva e sem ar no peito. Meus pés cansados continuaram, algumas vezes, sem lembrar meu próprio nome; outras sem saber onde estava.*

Eu caí na água e afundei por um tempo, carregada pela correnteza impiedosa. Passei por pessoas, mas não tive ajuda. Batendo contra as pedras, o pulmão já não funcionava mais. Foram muitas as vezes que me considerei morta, mesmo que meu fraco coração ainda batesse. Foram muitas as vezes que olhei em volta e me senti um fantasma. Um fantasma. Sem presença, sem lembrança, na memória de ninguém... Era assim que eu me sentia. Foi assim que eu vivi.

Questionando minha existência, tentei me preencher com o material, mas o que me faltava sempre foi algo que eu não podia comprar. Queria me sentir especial, então procurei, em cada uma das pessoas, algo que fizesse eu me sentir importante, essencial, gigante. Ninguém me deu o que eu queria... Porque aquela água que sufocava meus pulmões saía em minhas palavras tristes, deixando frias as pessoas que tentavam me esquentar.

Voltei às minhas raízes, na tentativa de recuperar aquilo que me fazia bem. Mas, não, o que passou não volta. Tudo que foi não pode voltar a ser o mesmo.

Afogada, eu afundei e afundei. Deitei meu corpo sobre a areia e as pedras cortantes no fundo; fui engolida pelas algas que cresceram com o tempo... Eu deixei de existir, na vida e na memória. Pensei ser meu fim.

Mas, sabe, te dizem que, quando sua vida está por um triz, você precisa se agarrar a qualquer oportunidade de sobrevivência, por mínima que seja. Então, depois de muito tempo, houve um sopro de ar no meu peito, um sopro forte e puro, que me deu forças para me desvencilhar daquelas algas e nadar para a superfície mais uma vez. Então, coloquei em minha cabeça que essa era a única chance que eu tinha; que, se não me agarrasse àquela tentativa, tudo ficaria pior e cada vez mais difícil.

Por isso, nadei o quanto eu podia... Até, finalmente, chegar ao mar. Foi no barco de um pescador que eu bati, e ele me resgatou."

Sem expor nenhuma palavra, Hansol olhou em volta, devagar, procurando reação no olhar daqueles que, assim como ele, participavam daquela despedida. Daeswon, a garota que lia a própria carta escrita à mão, dobrou o papel e os olhou com timidez.

— Eu espero que tenham entendido a metáfora... Só não queria ser tão crua. O sopro foi a volta do meu irmão para a Coreia, e o pescador, o Dr. Kim, que me ensinou a me conhecer. Desculpe se foi muito vergonhoso...

Dra. Jui a interrompeu, com um sorriso no rosto:

— Não há por que se desculpar. São seus sentimentos e você os colocou de forma linda. Estou orgulhosa de ti.

Daeswon estava indo embora. Conseguiu reagir bem ao tratamento e estava pronta para voltar à sociedade, depois de bons meses e grandes crises. Hansol nunca conversou com ela, mas era visível que estava mais estável do que os outros, considerando que Lee havia chegado há pouco tempo. Estava feliz por ela e queria ir embora junto. Vê-la bem lhe dava inveja, pois queria ficar bem também.

Dra. Jui indagou, então:

— Algo que queira dizer aos seus colegas, antes de sua despedida?

Daeswon sorriu por um instante, antes de dizer:

— Quando não se sentirem presos aqui, saibam que também estão melhorando... Hm, eu desejo melhora a todos vocês. De verdade.

Algumas pessoas se levantaram, foram em sua direção, abraçaram-na e prestigiaram-na. Um ou outro apenas girou os olhos, rumo à saída da sala. Hansol ficou, mas não teve coragem de fazer nada, apenas permaneceu na ponta do sofá, com um sorriso educado no rosto. Não sabia bem como se sentir. Não sentia nada ruim, porém não sentia coisas boas o suficiente para ir até ela e dizer-lhe algo.

Ele respirou fundo, sentindo-se mais aliviado quando a Dra. Jui e alguns colegas da paciente começaram a acompanhá-la até a saída. Virando o rosto na direção de uma janela, observou-a fazer o caminho de pedras até o portão de saída, onde foi recebida por algumas pessoas. Imaginou o mesmo: encontrando Heejoon no portão, a avó também. Talvez até Bellatrix, quem sabe? Seria bom que esse dia chegasse.

Depois que Daeswon saiu, a rotina voltou a ser a mesma. Hansol desenhava flores e lia. Lia, principalmente, histórias de fantasia, que Heejoon lhe trazia toda a semana.

Tentou ler livros mais realistas, mas não lhe faziam bem, então retornou a uma série que envolvia dragões, intercalando com livros sobre botânica. Passava o dia assim, sem ver as horas correrem.

Era chamado para jogar vôlei, damas, cartas, o que tinha, mas não costumava aceitar, porque não era o tipo que conseguia pensar tão rápido — descobriu aquilo sobre si. Com os livros, tudo era calmamente construído; se não entendesse, podia voltar e ler de novo. Era calmo e silencioso, lhe dava tempo para pensar.

Sua relação com o Dr. Kim melhorou. Hansol sempre via uma chateação no olhar de Heejoon, quando não conseguia lidar bem com a distância, então procurou se distrair e não reclamar mais sobre a separação que Dr. Kim impôs aos dois. Assim, toda vez que Heejoon vinha, ao invés de brigarem, Hansol recebia carinhos e se sentia bem. A distância o irritava, sim, mas a engoliu, para não ver o namorado magoado.

Ouviu um zilhão de vezes que não devia fazer as coisas apenas por Heejoon, mas, no fim, era um pouco inevitável, quando sentia que tinha apenas ele no mundo e que qualquer mudança, se não para ele, seria totalmente inútil.

Não é certo pensar assim, ele repetia na própria mente toda vez, porque já tinha consciência disso, só era difícil pôr em prática. Muito difícil. Hansol era desses que até podia dizer, com todas as palavras, onde estava o erro, o que precisava mudar e o que não estava bem, mas mais do que isso: era o tipo que dificilmente mudaria seus comportamentos. Algumas vezes, era por se sentir incapaz; outras por sentir insegurança; às vezes, por se sentir ok apenas assim ou, então, por desistência.

Em sua cabeça, era totalmente complicado fazer algo por si, pois... Bom, não se sentia digno de esforço. Só sentia forças quando pensava em Moon, em como o rapaz dizia sonhar com os dois tendo uma vida tranquila. E ele queria uma vida tranquila com Moon Heejoon. O Dr. Kim dizia que, por hora, esse era um bom estímulo.

Era engraçado, porque qualquer atitude, não importava o incentivo, acabava sendo bem-vinda, quando se tratava de Hansol. Ele era o tipo que só esperava o tempo passar.

Por Deus! A enfermeira Duri quase deu pulos de felicidade quando Hansol aceitou participar de uma partida de vôlei, causando olhar de surpresa nos outros pacientes. Mesmo envergonhado, ele passou aquela tarde inteira jogando.

Hoje, no entanto, não era um bom dia, porque a saída de Daeswon o deixou com inveja demais e, consequentemente, constrangido, chateado. Também queria ir para casa.

A enfermeira Duri pareceu perceber, já que, um tempo depois de sua visita para chamá-lo para alguma atividade, o Dr. Kim apareceu, chamando-o na porta. Descobriram que Hansol se sentia mais "em casa" quando não entravam em seu quarto. Então, caminhando devagar até a porta, Hansol murmurou um "oi", sem olhar diretamente nos olhos do doutor.

— Olá, Hansol — este o cumprimentou, usando uma voz cuidadosa. — Não devia ficar chateado por não poder ir embora agora. O seu dia vai chegar... Você está indo bem. Não é um caso perdido, como acha que é. Você tem o mundo e a vida inteira ainda.

Chateado, ele questionou:

— Como eu faço para ficar bem logo, doutor?

O Dr. Kim abriu um sorriso pequeno. Às vezes, Hansol parecia uma criança impaciente e emburrada.

— Não é simples. Mas, talvez... Se começasse parando de ver apenas o lado ruim das coisas... Se não gosta daqui, por que não me diz como poderíamos melhorar? O que gostaria de fazer? O que gosta de comer? Por que não faz um amigo? Ficar sozinho é tão ruim...

— É mesmo... — concordou, inconsciente de que havia falado em voz alta. — Eu não sei do que gosto...

— Pense um pouco. Depois, diga à enfermeira Duri — sugeriu. — Faremos o que estiver ao nosso alcance, ok?

— Tá — foi um fio de voz.

Observando-o, por um segundo, o Dr. Kim insistiu:

— Tente de verdade. Tentar até conseguir vai ser sua passagem para fora daqui.

Assentiu levemente e encostou a porta, quando ele saiu.

Um dia depois, tendo um desses acessos superansiosos, Hansol sentiu uma vontade imensa de ficar bem. Frustrado, andava de um lado para o outro, pensando em mil coisas, mas sem conseguir pensar muito bem em nenhuma delas. Quase doía, quase explodia. Queria ir para fora, não com uma fuga, mas por decisão do Dr. Kim.

Ficou nervoso, procurando uma forma de ser melhor e ficar melhor; ser considerado alguém bom e viver tão normalmente quanto as outras pessoas. Sabe?

Mas não achou uma resposta. Não uma urgente, como a que queria, a que sentia que necessitava, uma resposta certeira e eficaz.

Ele se olhou no reflexo da janela. Sentia vontade de pintar o cabelo de loiro e vestir algo bonito, sair, passear, dançar, dançar pra Heejoon e transar. Transar muito.

A urgência dentro do peito quase transbordou, quase resultou em uma das séries de surtos que teve durante os meses ali. As cenas eram bem características, tanto que a enfermeira Duri precisou observá-lo por apenas um tempo, para saber que ele estava ansioso. Hansol não era difícil de entender, não era um paciente difícil de compreender. Mas difícil de lidar? É, aí as coisas complicavam.

— Eu estou bem — disse-lhe, enquanto ela se colocava à porta. Ela sorriu, de forma verdadeira e vazia. — Duri... Eu... Tô bem!

— Mesmo? Que tal ir caminhar, então? Ou jogar algo...

— Ah... — ele reclamou, puxando as pernas para cima da cama e mexendo no cabelo. — Não quero... Eu cansei disso... Quero outra coisa...

— O quê?

— Não sei — murmurou, mais para si do que para ela. — Não sei... Eu não me sinto tão bem fazendo essas coisas.

— O Dr. Kim disse para pensar em algo que gostasse de fazer — retrucou, suavemente. — Hm... Você está sempre desenhando. Quer pintar? Gostaria de poder pintar? Com tintas e tudo mais?

Ele a encarou, ponderando, mas, no fim, respondeu:

— Não... Eu não gosto tanto assim de desenhar.

— Entendo. Bom... Me diga o que mais gosta de fazer aqui.

— Ler. — Essa era fácil. — Mas cansei dessas histórias de vampiros e bruxas... Eu queria mais livros sobre flores. Heejoon disse que pediu alguns na internet, mas ainda não chegaram.

— Gosta tanto assim de flores? — ela questionou, vendo o rapaz assentir. — Por quê?

— Hm... — soltou, colocando uma mecha de cabelo, que cresceu um bocado, atrás da orelha. — Minha mãe... Ela gostava. Vivia plantando. No início, são só sementinhas ou raízes, mas, quando você as planta no lugar certo e cuida da terra, elas crescem aos poucos... E ficam mais bonitas a cada dia. Quando morrem, ainda são agradáveis, porque o perfume rescende. — Desviou o olhar, um pouco embaraçado. Começou a falar disso e virou um bobo, todo poético e profundo.

— Continue falando — pediu ela, sorrindo sutilmente.

— Ah... Sabe... Você precisa de paciência, cuidado e delicadeza, para que ela cresça. Você sabe que fez um bom trabalho, quando elas crescem de forma bonita. Sabe, quando uma florzinha fica linda é porque você foi bom com ela. Eu gosto disso.

A enfermeira Duri sorriu de forma mais clara.

— É uma forma bonita de pensar.

— Obrigado... — ele murmurou, incerto.

— Eu preciso ir, mas não fique trancado no quarto... Ah, venha! Venha assistir ao filme que está passando ou ajudar os outros a enfeitar o salão para o Chuseok.

— Já é quase outubro? — questionou, assustado. Ele nem viu o tempo passar.

— Sim, Hansol. — Ela sorriu.

— Mas, enfermeira Duri... Da última vez que vi Heejoon, ele ainda ia fazer aniversário! Ele faz quinze de setembro!

— Ele não vem há três semanas — ela explicou.

— Oh, é mesmo... Ele tinha os testes — lembrou e, suspirando, olhou na direção da janela, para fora. Nem viu os dias passarem.

— Quer que o Dr. Kim autorize uma visita de Heejoon, em breve?

Com sinceridade, ele respondeu:

— Não. Ele vem quando estiver livre. — Levantou-se, soltando um suspiro. — Vou ajudar na decoração para o Chuseok.

Em silêncio, a enfermeira Duri assentiu, vendo o rapaz sair. Fazendo as contas, percebeu que fazia quase um mês que ele não pedia para que Heejoon viesse visitá-lo fora de data. Sorriu. A enfermeira seguiu atrás dele.

Naquele mesmo dia, comemorando a confraternização entre os pacientes, as cuidadoras pediram que cada um deles escrevessem, em um papel, as três coisas que mais queriam para o futuro. Tentando manter uma caligrafia bonita, Hansol escreveu, sem pensar muito: "Ficar bem, ficar com Heejoon e recomeçar". Ouviu Jechan — outro paciente, com mais ou menos a mesma idade que ele — falar sobre a faculdade que fazia e teve que trancar: sobre como a rotina era cansativa, mas que, sem ela, se sentia vazio; sobre como era gostoso estudar até tarde, porque estava dando seu melhor para algo. Ouvindo o menino, Hansol sentiu vontade de entrar na faculdade também.

Sorriu sozinho, pensando em como poderia ser. Pensou em si como um daqueles jovens com mochilas nas costas, logo bem cedo no metrô, cansados. Era estranho, mas gostava de se imaginar assim: estudando, dando seu melhor para algo e, então, trabalhando.

Fechou os olhos, no meio da ceia, pensando em como Bellatrix o receberia toda alegre, à noite; em como conversaria sobre o seu dia, com Heejoon; em como reclamaria de alguma coisa e comemoraria um aumento no salário. Imaginou ser só... Alguém comum, uma vez na vida.

Uma garota, do outro lado da mesa, já falava sobre como queria fugir de tudo, de qualquer rotina, de sua cidade natal, da família, e viver sem roteiro. Hansol riu baixinho. Era engraçado como as pessoas queriam coisas diferentes. Enquanto uns queriam distância da família, um senhor ali queria apenas a visita da filha, a qual não via há anos. Eles meio que julgavam uns aos outros, mas Ty — um rapaz com sequelas dos longos anos usando drogas — disse, com sua voz lenta:

— É ok, sabe? É ok querer fugir ou ficar... Ficar longe ou perto... Se a felicidade fosse a mesma pra todo mundo, ninguém estaria aqui agora. Entende, meu?

Hansol não tinha certeza se entendia, mas assentiu, querendo parecer inteligente. Era ok, certo?

Voltando a comer, continuou sem falar, como sempre. Preferia ouvir, porque parecia que o que os outros tinham a dizer era bem mais interessante. Como aquele podia ser considerado um dia bom, após a confraternização acabar, quase todos ali tiveram acesso aos seus celulares, por uma noite.

Agradecendo à enfermeira, Hansol esperou deixar o banho para que se aprumasse na cama, primeiramente abrindo algumas fotos de Heejoon que mantinha em sua galeria. Podia imaginá-lo rodeado de sua família, comemorando. Pensou se devia mesmo ligar, pois ele podia estar ocupado, cansado.

Se lhe dessem esse celular um tempo atrás, a primeira coisa que faria, sem pensar duas vezes, seria encher o número de Moon de ligações, mas não o fez desta vez. Procurou o número da avó, mas também temendo atrapalhá-la, apenas mandou uma mensagem, desejando uma boa noite e uma boa festa. Ela não foi vê-lo na casa de repouso ainda, mas ligou, algumas vezes, perguntando como estava e dizendo sempre coisas como:

"A vó tá enrolada aqui, mas, assim que tiver tempo, vai te visitar. E se tiver um dinheirinho, a vó leva um presentinho, tá bom, meu filho?"

Hansol adorava ouvir isso. Mesmo sabendo que ela não tinha tanto dinheiro assim para ficar viajando, aguardava o dia que poderia ir.

Imerso em seus pensamentos, demorou um pouco a perceber que o celular tocava e que era Heejoon quem ligava. Parecendo um bobo apaixonado que era notado pelo crush da escola, mordeu o lábio, um pouco ansioso, e limpou a garganta, antes de atender.

— Heejoon?

Ouviu sua respiração um pouco pesada e sentiu-se quente, quando sua voz, levemente rouca, surgiu do outro lado.

— *Amor... Te vi online, então liguei...* — ele tinha um tom estranho. Não parecia mal, mas não parecia normal.

— Heejoon... Está tudo bem? Sua voz parece estranha.

Rindo fraco, ele soltou um gemido sonolento, antes de responder.

— *Eu bebi um pouquinho... Bem pouquinho.*

— Ya... Ou o seu "pouquinho" foi muito ou você é um fracote pra bebida — disse, interessado no fato de Moon estar embriagado, porque raramente acontecia.

— *Foi bem pouquinho. Meu tio me convenceu a dar um golinho...* — contou. — *Se pareço bêbado é porque seu amor me deixa chapado. É, sim, você me deixa bêbado.*

Rindo, Hansol sentiu o rosto ganhar calor.

— E a culpa é minha?

— *Sim, porque você me deixa doidinho, doooidinho... Hm, meu Hansol me deixa louco...* — murmurou quase sozinho.

— *Aish*! Você deveria dormir, Heejoon — disse ao mais velho. — Está dizendo nada com nada.

— *Eu queria dormir com você, queria que estivesse comigo, na nossa cama, hm... Queria que estivesse aqui pra me seduzir e me deixar duro* — soltou.

Deixando os olhos quase saltarem do rosto, Hansol encolheu-se todo na cama, abrindo a boca em incredulidade.

— Moon Heejoon!

— *Tô com saudade do seu cheiro gostoso, da sua pele macia, da sua boca, desse seu corpo, sua voz me chamando pra fazer amor, dizendo que me ama...* — continuou a murmurar, suspirando ao fim. — *Quando você volta, babe?*

Em silêncio, Hansol não soube responder.

Mas, como se algo crescesse, focou o olhar no armário em frente, levando a mente a outro lugar. Tinha que voltar, tinha que melhorar, para visitar sua avó, porque ela não tinha dinheiro para ir à sua cidade; porque Heejoon estava sozinho e manhoso; porque tinha uma vida fora dali; porque queria muito mais do que o que já teve. Passar por aquela etapa seria uma vitória, a primeira de sua vida.

— Em breve, amor — ele respondeu a Moon. — Eu volto logo.

— *E vai passear comigo? Vai deixar eu te apresentar aos meus amigos, para que todos vejam como tenho sorte? Vamos viajar juntos? Vamos deixar todos saberem que vamos nos casar e que você e eu vamos nos amar para sempre?*

Deus! Aquele Heejoon bêbado continuou a falar, enchendo-o de frases genuínas e apaixonadas, carentes e bobas, encantando-o. Era engraçado e meigo, um pouco atrapalhado e vergonhoso. Hansol nunca pensou em como Heejoon ficava aberto quando bebia.

Moon só calou a boca uma hora depois. Hansol não se importaria se ele continuasse a falar por mais quantas horas quisesse, desde que fosse para gracejá-lo, como fez durante o tempo da ligação, ambos frustrados com a distância.

Despedindo-se com um "em breve estarei em casa", Hansol, com muito pesar, guardou o aparelho na gaveta e deitou-se para dormir. Claro que o sono não foi algo imediato, já que sua cabecinha fervente ainda quis ficar cerca de meia hora reproduzindo as falas bêbadas de um Moon Heejoon apaixonado e com saudade. Entretanto, quando o sono veio, foi gostoso; ele estava leve.

No dia seguinte, ao terminar o café da manhã, Hansol ouviu o senhor Fu contar coisas:

— É muito difícil envelhecer, meu filho... Vai parecer engraçado, mas é estranho quando as pessoas pensam que você está morto, quando acaba cochilando no sofá. Antes de pensar que você está apenas dormindo, elas acreditam que você bateu as botas.

Ele segurou o riso, pensando que seria desrespeitoso, e o senhor continuou:

— Eu não estou dizendo para que meus netos, em seus plenos vinte e poucos anos, venham dar atenção a um velho como eu. Não, eu sei que a juventude é egoísta... Eu também fui jovem. Mas só queria que esperassem mais de mim, além de minha morte. Mesmo sendo um idoso, agora, não significa que eu deva apenas esperar para morrer. Não concorda?

De verdade, Lee concordava. Então, assentiu, logo o ouvindo dizer:

— Durante todo o tempo em que eu estive bem, ninguém veio me ver, sabe, Hansol... Mas, no dia em que desmaiei em casa, no hospital, me disseram que, por pouco, não morri, e que deveria me preocupar muito mais dali em diante... Nesse dia, meus filhos e netos apareceram. Eu fiquei feliz em vê-los, mas minha filha disse "eu te amo" apenas dois minutos antes de meu filho entrar com um advogado, pedindo para que eu assinasse um seguro de vida. Depois que assinei, todos que estavam ali me dando atenção, de repente se lembraram dos compromissos que tinham naquele horário.

Sem ter o que dizer, Hansol apenas o olhou nos olhos, quando o próprio senhor se calou, guardando-se um pouco, parecendo pensar. Ele abaixou a cabeça, depois de um tempo, pensando sobre tudo o que o sr. Fu queria dizer, antes de o mesmo declarar:

— No futuro, assine seu seguro de vida, antes de estar quase morto. Assim, não precisará ter a decepção de ver sua família procurá-lo só para garantir o dinheiro. É humilhante.

Hansol assentiu, um pouco incerto, enquanto o sr. Fu se levantava. Antes de sair, ele disse:

— Depois ninguém sabe por que a gente fica louco. Não é, Hansol?

O rapaz riu fraco, concordando, e acenou, quando o velho rumou ao quarto. Permanecendo ali, teve um momento para pensar por um tempo, antes de a enfermeira Duri se aproximar, chamando sua atenção.

— Tudo bem, Hansol?

— Sim — ele assentiu. E era verdade, apesar do sr. Fu deixá-lo com algo para pensar um pouco.

— Bom... — Ela sorriu. — Me acompanhe.

Confuso, Hansol se levantou.

— O que houve?

— Venha — ela chamou, preferindo guardar segredo.

Hansol a acompanhou, um pouco inseguro. Não a questionou mais, mesmo curioso com o que ela queria. Acompanhando-a para o exterior da casa de saúde, seguiu, ao lado dela, por um caminho de pedras, entre as árvores. Ele estranhou quando pararam bem próximo a um jardineiro. Curvando-se, cumprimentou o homem.

— Hansol, esse é o sr. Bae, o jardineiro daqui. Atualmente, a gente só tem o gramado e as árvores, mas nosso diretor decidiu que seria bom começar um jardim. Reunindo isso à sua vontade de trabalhar com flores, o Dr. Kim teve a ideia de fazer disso uma nova atividade aqui da casa. Por enquanto, você foi quem mostrou interesse, mas sei de alguns pacientes aqui dentro que podem se interessar também. Então, basicamente, vocês ajudariam no cuidado do jardim, acompanhando o sr. Bae nas tarefas, aprendendo sobre jardinagem... Isso, claro, se você aceitar. O que acha?

Surpreso e envergonhado, Hansol encolheu-se um pouco, ao lado da enfermeira, descendo o olhar pelo macacão do senhor, para suas luvas sujas de terra e as ferramentas reunidas em uma caixa.

A memória da mãe veio à mente, de forma sutil.

Lembrou-se de como ela guardava um daqueles macacões atrás da porta; de como, toda vez que terminava de trabalhar no quintal, entrava em casa, sem se importar com as pegadas de terra que deixava no assoalho... Lembrou-se do cheiro de mato, de terra molhada; as cores variadas que a mulher fazia crescer, mesmo em meio à escuridão daquela casa. Se ela conseguia, Hansol também seria capaz?

Engolindo um pouco em seco, mirou a enfermeira, que esperava a resposta com paciência.

— Não precisa decidir agor...

— Eu quero — ele a interrompeu. — Desculpe... Eu quero. Eu gostaria de tentar...

Abrindo um sorriso gentil, ela olhou para o sr. Bae, que fez que sim com a cabeça.

— Quando acha que podemos começar, sr. Bae?

— Assim que ele estiver pronto. Vou estar aqui a semana toda.

— Posso começar hoje?

— Hoje, não dá, Hansol — ela disse. — Precisamos providenciar algumas coisas antes...

Aquelas coisas eram ferramentas revestidas de borracha, Hansol descobriu dias depois. Foi estranho, por um momento, perceber que, mesmo que quisesse se sentir livre, não podia sequer usar ferramentas normais, porque eles viam um risco naquilo.

Enfiado num macacão duas vezes maior do que o seu corpo, analisava o alicate encoberto por um silicone, assim como a pazinha. Outras coisas, como a tesoura, ele não podia nem usar, ficavam com o sr. Bae. De certa forma, ficou emburrado.

Assoprando a franja — que já estava grande demais — para longe dos olhos, ele acompanhou o jardineiro pelo gramado, levando sua caixinha de ferramentas em uma das mãos, e ramos de plantas na outra, enquanto uma alça do macacão insistia em escorregar de seu ombro.

Logo atrás, vinha uma senhora, que também ficou muito animada com o projeto. Mais uma vez, a pessoa mais compatível com Hansol acabava sendo uma pessoa com mais de sessenta anos. Ele, certamente, não se entenderia com pessoas da sua idade, a não ser que estivessem todos chapados.

— Primeiramente, algum de vocês sabe me dizer qual é o melhor solo para plantar petúnias? — questionou o sr. Bae. Hansol levantou a mão, ansioso para responder. — Diga, Hansol.

— Terra preta! — respondeu alto demais. — Certo?

— Exato. — O senhor sorriu, e Hansol abriu um sorriso metido, enquanto as bochechas avermelhavam-se um tanto. — Agora, me digam: onde melhor ficariam as petúnias neste jardim?

Hansol, rapidamente, respondeu:

— Elas ficam graciosas quando organizadas em filas retas e longas. Então, ficariam boas à beira das estradinhas? Seguindo os muros?

Sr. Bae riu um pouco.

— É uma boa opção.

— Mesmo? — Surpreendeu-se. — Woah...

Por toda aquela manhã, cada vez que o sr. Bae informava algo, Hansol emendava com um complemento, tornando-se, aos poucos, um aluno chato de galocha, dos mais contentes.

Seguindo o jardineiro profissional, Hansol não desgrudou os olhos de seus movimentos, de como ele abria buracos na terra e apalpava o local, antes de começar a trabalhar ali. Prestou atenção em como ele enterrava as sementes com naturalidade, quase sem contar, sem perder muito tempo.

Quando chegou a vez de Hansol tentar, abriu logo um buraco cheio de pedras! Só na quinta tentativa encontrou um bom local, de terra fofa e úmida. Com muito cuidado, despejou as sementinhas de petúnia e as tapou muito bem, seguindo em linhas. Ao terminar, regou pouco, pois as chuvas eram frequentes naquela estação.

Um pouco enciumado, teve que se contentar com apenas isso, porque o sr. Bae disse que era a vez da sra. Yeon tentar. Logo de primeira, ela encontrou um bom lugar, que até minhocas tinha! Mas, no fim, quando o jardineiro o elogiou, aquela inveja passou, e Lee Hansol voltou todo contente para o quarto.

Durante dias seguidos, ele parou em frente à janela, mirando o lugar onde plantaram, procurando qualquer mudança mínima que fosse. Um tom diferente de verde que surgia já se tornava suficiente para fazê-lo se sentir como um expert no assunto.

Devorando um novo livro sobre folhagens para vasos, nem teve tempo para pensar em outras coisas. Sentia que todo o jardim estava sob sua responsabilidade agora. Se o plano era fazer um jardim, então precisava fazer o seu melhor e deixar aquele lugar lindo. Consequentemente, estava calmo e concentrado, quando foi conversar com o Dr. Kim. E disse logo de início:

— Estive pensando, doutor... É uma tarefa muito especial fazer algo nascer, não é? Como plantas, flores... Certo?

— É, sim, Hansol. — O doutor sorriu.

— Se eu conseguir fazer crescer um jardim... Então, quer dizer que fui bom, não é? Quer dizer que eu fiz tudo direitinho...

— Sim, mas você sabe que só tentar já é algo muito bom, certo? Você está se dedicando e isso é o mais importante.

— Mas se eu tiver sucesso, ninguém poderá dizer que não sou bom em nada — argumentou.

O psiquiatra riu, sutilmente.

— Pessoas que dizem esse tipo de coisa, para qualquer um, certamente não entendem de nada. Não pode se importar com isso...

Hansol silenciou por um momento, antes de perguntar:

— Mesmo? Mas... Mas e se eu não for bom em nada mesmo?

— Isso não existe. Mesmo alguns dos maiores gênios do mundo demoraram a descobrir no que eram bons. Até alguns deles se perderam um pouco, tiveram dificuldades para aprender, e inseguranças, na hora de tentar algo novo — explicou. — Acredite, todo mundo é bom em algo... E, honestamente, você só precisa gostar, Hansol. Mesmo que essas flores não cresçam, é válido, desde que você goste de tentar. — E como nas histórias em que as fases boas ou dramáticas eram mais bem detalhadas do que as ruins, Hansol não viu o tempo passar depois que parou de dar atenção a ele. Se não contava os minutos, as horas passavam em segundos.

Próximo de completar um ano ali, Hansol acordou numa manhã de quinta-feira, precisando admitir que ainda não estava cem por cento. Mas, olhando o lado mais escuro de seu quarto, Hansol sabia que cem por cento era uma meta contínua, mas nunca alcançável, pois ninguém no mundo jamais conseguiria atingi-la.

Ao colocar os pés no assoalho frio, deu uma respirada clara, mirando a janela e suas bordas repletas de vasinhos de plantas. Levantou-se e foi até lá, apanhando o regador pequenino e molhando, aos poucos, as mudinhas que, ali, criava.

Então, olhou para fora: a névoa fraca cobria tudo com graciosidade, mas, em breve, esta iria embora, pois, por trás das árvores, lá longe, o sol aparecia aos poucos, tingindo de amarelo o horizonte.

Abaixou o olhar para as muitas manchinhas coloridas que se espalhavam pelo gramado. Aquelas flores haviam florescido há uma semana, posteriores ao plantio, que não vingaram muito bem, por falta de nutrientes na terra e por causa do tempo seco que enfrentaram.

Hansol percebeu depois daquilo que, para algo florescer, seu solo precisava estar bem tratado.

Sorriu, pegou sua câmera— que Heejoon levou um dia desses —, focou a lente e tirou uma fotografia do jardim. Sem afastar a câmera do rosto, girou-a em torno de si, observando o quarto através do visor uma última vez. Abaixando o objeto, ele subiu o olhar para a mala disposta em cima da mesa. Suspirou, foi até o armário, apanhou a única muda de roupas que restava e a vestiu, trocando o pijama.

Ao terminar de guardar tudo, ele arrumou a cama. A enfermeira Duri sempre dizia que era mais fácil pensar quando tudo que fosse material estivesse arrumado e limpo. Por isso, ele passou a arrumar a cama sempre que se levantava.

Há um tempo, o Dr. Kim pediu que ele sempre tentasse acordar cedo, pois o ar da manhã era o mais gostoso. À noite, era melhor que sua cabeça estivesse descansada, assim nunca se preocuparia com sombras estranhas se formando na madrugada.

Aprendendo a confiar, alguns meses atrás, Hansol se sentiu firme o suficiente para contar toda sua história a alguns pacientes.

Tudo que se lembrava, desde pequenininho. Sobre o que se lembrava da mãe, do pai, de como eles eram com ele, e um com o outro. Sobre o que viu, ouviu e sentiu.

Contou, também, sobre sua adolescência e todas as coisas erradas que fez. O certo nunca pareceu certo para ele, porque nunca teve nada para provar a alguém, nunca teve alguém para se orgulhar e se preocupar. Falou sobre as vezes que quase morreu ou que quase viveu, mas foi derrubado. Contou sobre o golpe que sofreu de Moon Heejoon, sobre aquele plano sujo de pessoas interesseiras.

O Dr. Kim o chamou, um dia, porque Hansol queria conversar sobre aquilo. E, abrindo o coração, com os olhos meio aguados, o paciente olhou nos dele e falou tudo que sentia: sobre ainda sentir aquilo, ainda estar um tanto magoado com a mentira de MH; sobre sempre se lembrar dela, mas sem deixar de amá-lo.

Heejoon entendeu, então, que aquele assunto não havia morrido e que isso não significava que Hansol não o amava; não queria dizer que não confiava nele, somente que Hansol não havia esquecido.

Bom, naqueles dias, Lee foi honesto com todos e consigo mesmo.

Teve, sim, um tempo ruim, depois de se expor, porque se lembrar das memórias sempre foi algo perigoso.

O Dr. Kim dizia que memórias eram só memórias e que, assim que Hansol parasse de vê-las como algo que poderia acontecer de novo, a qualquer momento, elas se tornariam só história.

E naquela manhã mesmo, naquela última, Hansol ainda sentia medo, temia o futuro por causa do passado, mas tudo era uma caminhada longa ou curta, fácil ou difícil. Ele só precisava fazê-la, para saber. Respirando fundo, disse a si mesmo "só continue, Hansol".

Lembrou-se do que o psiquiatra lhe disse:

"No fim desta estrada, você pode encontrar prazer ou dor. Nunca vai saber, antes de chegar lá, mas se ficar parado, com medo do que irá encontrar, pode ter certeza de que não será prazer que terá. A dor sempre procura quem não tenta."

"A dor sempre procura quem não tenta", ele repetiu, com um murmúrio.

Jogou uma mochila nas costas, puxou a mala de cima da mesa, segurando-a em uma das mãos, e usou a livre para apanhar seu vaso de plantinha favorito, abarrotado de mudinhas verdes.

Na porta, a enfermeira Duri lhe deu um sorriso, acompanhando-o pelo longo corredor.

— Lembre-se, Hansol... — disse ela. — Está tudo bem se as coisas não ficarem tão bem desta vez. Você só começou, ok?

Ele assentiu, um pouco nervoso. Ela continuou:

— Mas eu acredito em você. É um menino muito inteligente e sabe o que é o certo, tem vontade de melhorar... Você está indo muito bem, Lee. Estou orgulhosa.

Parando no caminho, Hansol a olhou e, com um pouco de indiscrição, a abraçou.

— Obrigado, *noona*.

Rindo fraco, ela devolveu o abraço, ficando na pontinha dos pés para alcançá-lo bem.

— Vai ficar tudo bem.

Ele deu um último sorriso à mulher, antes de seguir seu caminho. Chegando ao salão, onde alguns pacientes esperavam-no, Hansol se sentiu um pouco ansioso, até o doutor Kim se aproximar e ficar ao seu lado, no centro.

— Lee Hansol está indo embora hoje, pessoal. Depois de quase um ano, nosso amigo está estável para voltar para casa. Seu tratamento, agora, passa para o mundo exterior, aplicando todos os seus ensinamentos à própria vida.

Alguns colegas — a maioria senhores e senhoras com quem Hansol fez amizade — lhe deram sorrisos verdadeiros, e Hansol sentiu o coração esquentar um pouco. O Kim também lhe entregou um sorriso.

— Como todos que deixam a casa após completar seu período, Hansol também vai ler algo que escreveu. Assim que quiser, Lee...

Hansol assentiu, tirou um papel meio amassado do bolso e o desdobrou. Deu uma relida no início, antes de puxar o ar, e começou a dizer:

— Eu não sou bom escrevendo, então... Hm...

Voltando o olhar à primeira palavra, limpou a garganta, antes de começar:

— Me sinto bem em tentar, pela primeira vez na minha vida. Me sinto bem em me sentir forte para procurar uma saída. Me sinto vivo só de me levantar de manhã e saber que meu dia não é uma incerteza ruim. Me sinto bem em sentir vontade de comer, antes de sentir vontade de me drogar. De oito pílulas para seis e, então, quatro, até o momento que só precise de uma.

Abandonando o texto no papel, ele adicionou:

— Não é fácil... Ainda sinto vontade de mais, às vezes. Mas consigo dosar agora. — E, então, retornou ao texto: — Eu sei que não vai ser um mar de rosas só porque estou bem para ir embora, até porque as rosas têm espinhos. Então, mesmo que eu mergulhe nesse jardim, ainda terei que lidar com meus problemas. Nada é absoluto, certo? Felicidade se escreve com todas as letras, mas não se sente a todo o momento, é uma barra que nunca fica cheia. Então, quando as coisas não estiverem bem... Eu preciso só lembrar que isso faz parte.

Ele pausou e encarou os colegas. Depois, prosseguiu:

— E eu não sei se é agora que minha vida vai pra frente, mas é agora que começa a minha tentativa. Aos vinte e cinco anos ou aos setenta, tudo recomeça quando você percebe que está vivo. E nós estamos vivos. Nós estamos vivos.

Hansol trabalhou na cabeça e no coração que não podia mais depender de Heejoon para sentir-se bem, que eles eram, sim, duas pessoas à parte, duas pessoas diferentes, com uma vida cada.

Mas, por Deus! Quando Hansol pôde encontrá-lo fora daqueles portões, o rosto encheu-se de lágrimas. Ele abraçou o namorado com tanta força. Só queria que ele entendesse que o amava e contava com ele para seguir em frente.

— Eu estou com você — disse Moon, beijando seu rosto.

O menor o olhou nos olhos, repetindo:

— E eu, com você.

Indo embora daquele lugar, Hansol manteve em sua mente: estava vivo.

CAPÍTULO XX

O QUE VOCÊ SABE SOBRE VOCÊ?

No fim, quem você é?

E quanto às coisas que você tem certeza... Tem certeza sobre elas?

Você está bem? Completamente?

Você está mal? Completamente?

E, principalmente, de que você reclama? O futuro pode te provar que, no passado, você deveria ter agradecido por isso. Cuidado de que você reclama. Mas reclame.

Sua dor é maior? Quem disse?

Sua dor não vale nada? Quem disse?

Quem é você para dizer algo?

Por que você não poderia dizer? Quem dita o quê?

Você sente tudo isso de verdade?

Você tem certeza de que não sente mais aquelas coisas?

Você superou? Mesmo?

Você quer superar? Não está tornando tudo difícil de propósito?

Do que você tem medo?

Do que você realmente tem medo?

Você ama? Até quando?

Você não ama? Não minta.

E suas mentiras? Quem sabe delas?

Já contou a verdade para si mesmo?

Quem é você?

Latidos soavam pela casa, enquanto borboletas cercavam o prato de frutas deixadas na janela. O verão havia chegado. Depois de tanto tempo, Hansol sentiu o sol, o calor. Sentiu-se aquecido e protegido, mesmo quando estava sozinho.

Com um sorriso direcionado ao rapaz na porta, não disse nada, apenas o observou depositar sobre a mesa um vaso cheio de flores, colhidas do quintal.

E quando o sorriso foi devolvido, sentiu que o verão seria quente como nunca. Gostava dali, daquela casa, da comida no jantar, de fazer carinho em Bellatrix e de Moon Heejoon. Gostava ainda mais de como se sentia ali.

Quando as memórias ruins apareciam, ele descia as escadas e se sentava em frente à lareira, até que se sentisse quente. Era o que fazia quando esfriava por dentro. Às vezes, quando o frio era muito, procurava Heejoon, porque o calor dele era vívido, era fogo que podia tocar sem queimar. Às vezes, não tinha forças por si só... E, no fim, isso parecia impossível, mas, na maior parte do tempo, tentava se segurar nas cordas com a própria força. Achava tudo bem pedir ajuda, precisar de companhia.

Por um tempo, Hansol temeu voltar ao que era antigamente, antes de perceber que, quando tinha medo, não conseguia aproveitar sequer os momentos bons. Você não pode deixar de andar na rua por medo de ser atropelado.

Abrindo o coração, ele tentava tirar a insegurança da cabeça e caminhar com mais confiança; ir a encontros com Heejoon, jantar em lugares cheios, ficar sozinho em casa, conversar sobre o que o atormentava. Para seguir em frente, você precisa aceitar o que aconteceu e não esquecer. Precisa lidar com isso, mesmo que doa para sempre. Como perder uma mãe, sendo tão jovem. Saber que sua vida nem começou e aquela mulher tão grande não estará lá por mais tempo, nunca mais. Seus filhos não vão ter avó, seus parceiros não terão sogra, você não terá mãe. Quem esquece?

E passar os melhores anos de sua vida em um completo inferno... As pessoas da sua idade estão viajando e estudando, começando suas vidas, enquanto você pensa na morte... Todo segundo conta, e você já perdeu tantos anos... Parece que acabou, certo?

Amar e decepcionar-se. Acontece o tempo todo, mas você não consegue acreditar ainda. Corações são frágeis, delicados, e você expôs o seu ao perigo. Você se sente errado porque alguém errou. Por que o amor é assim?

Hansol percebeu que já temeu o bastante e que já pensou demais, a ponto de querer arrancar a própria cabeça. Isso cansava... Ter medo cansava, mágoa machucava e rancor amargava. Ele precisou pensar em tudo uma última vez, e aceitar, finalmente, o que aconteceu, cada detalhe. Porque o que era passado não mudava; só o que poderia mudar, ainda, era o futuro. Cansado de viver como vivia, procurou olhar para frente, mesmo com os olhos cheios d'água.

Mesmo que os fantasmas ainda flutuassem por aí e lhe causassem alguns arrepios, ele tentou manter em mente que não havia com que se preocupar.

Soltando um suspiro, Hansol se levantou de onde estava, caminhou até a mesa, com os pés descalços contra o assoalho, e se sentou, sorrindo para Moon Heejoon.

O mais alto rumou à pia e lavou as mãos bonitas. Depois, abriu o forno, retirou de dentro dele a forma pequena repleta de frango e vegetais e colocou-a sobre a mesa.

Hansol sorriu, porque, dessa vez, o namorado nem se preocupou em sujar a mesa com gordura.

— Coloquei cenouras, como você disse que gosta.

Hansol assentiu, mais interessado em Heejoon do que na comida. Gostava de como estava o cabelo dele, agora crescido e com ondas, o deixava menos sério.

— E se estiver ruim?

— Se culpe — Moon respondeu. — Você ficou me beijando, enquanto eu tentava me concentrar na hora de fazer.

— Mas eu não resisto! — o rapaz se defendeu.

— Foi lavar as mãos? — questionou, enquanto arrumava os pratos na mesa.

— Estão limpas. — Ele as mostrou.

— Você estava fazendo carinho na Bellatrix — argumentou, procurando um bom pedaço de frango para o namorado.

— Ela é limpinha... — Hansol murmurou.

Heejoon, então, o fitou.

— Não me culpe quando aparecer perebas na sua boca.

— O perebento aqui é você! — Riu.

— Era alergia! — o maior rebateu e quase se irritou, enquanto o menor gargalhava.

Hansol não disse mais nada, preferindo sorrir, antes de apanhar o prato e começar a comer. Ah! Heejoon nunca falhava na hora de fazer comida! Almoçando com gosto, sentia o sorriso crescer mais e mais cada vez que Heejoon escolhia mais vegetais para pôr em seu prato. Ele parecia saber exatamente do que Hansol gostava. Querendo imitar o maior, Hansol apanhou na forma algo que nem sabia o que era e pôs no prato de Heejoon.

— Obrigado pela folha de louro, babe. — Heejoon sorriu falso. — Pena que não é feita pra comer.

— Oh! — Ele mirou a folhinha. — Por que pôs na comida, então?

— Porque é tempero, mas não tem gosto de nada, depois de cozida.

— Ah... Mas você tinha que ter me avisado!

— Louro é tempero. Tem tomilho. — E apanhou um pedacinho com os *chopsticks*. — Tem cardamomo, anis... Alecrim... — Ele apanhou outro tempero — alho... — e o comeu. — Te mostro da próxima vez.

Hansol não respondeu, apenas o ouviu falar e o observou gesticular e apontar. No fim, assentiu, sabendo que nunca iria aprender nada sobre aquilo. Que bom que tinha Heejoon.

Pelo resto da tarde, Lee Hansol ficou no sofá e assistiu ao namorado estudar. Ele ficava bonito, quando concentrado, com a ponta da caneta no queixo e os olhos redondinhos indo de lá para cá, ocupados. Achava o rapaz um guerreiro, por ter disposição para estudar no sábado. Hansol só tornaria a estudar na segunda-feira, quando sua professora de jardinagem lhe desse novas lições.

Ele gostava de estudar, apesar de tudo. No futuro, queria montar jardins imensos, com todo tipo de flores e plantas. Sua professora lhe disse que ele seria um "designer de jardim". No início, ele nem sabia que isso existia, e não era muito de pensar no futuro. Mas, mesmo sem perceber, tomava esse rumo. Sinceramente, ele nem sabia bem como entrou naquele curso, mas, agora, até tinha trabalhos para fazer, imprimir páginas e tudo, como na escola, de verdade!

— Você não tinha um livro pra resumir? — questionou Heejoon, sem tirar os olhos da própria apostila.

Hansol, leso pelo sol no corpo, olhou-o devagar.

— Não é para esta semana.

— Pensei que fosse para o dia 17 — retrucou.

— É, tá longe ainda...

— Hoje é dia 15, Hansol — avisou.

Com os olhos saltando do rosto, o menor se levantou em um pulo.

— Mentira!

Rindo fraco, Heejoon apontou para a data no canto da tevê. Ao confirmar, Hansol deixou o queixo cair no chão.

— São trezentas páginas, Heejoon-ah!

— É, mas dia 17 ainda tá longe, né? — Heejoon disse, com um sorriso frouxo nos lábios.

À noite, Lee Hansol não desgrudou os olhos do livro. Continuou a lê-lo, mesmo durante o jantar e, também, enquanto Heejoon o beijava nos ombros; até que adormeceu com as páginas no rosto.

Mas esse foi só um dia na vida dos dois, que aos poucos tomou forma. Com o tempo, Hansol começou a acordar às seis horas da manhã e a pegar o metrô, com uma bolsa nas costas e seus fones nos ouvidos. Enquanto algumas pessoas detestavam aquela rotina, Hansol precisava admitir que amava pegar um metrô lotado e ter trabalho para fazer; amava sentir-se ocupado e responsável por alguma coisa. Vai entender... Sua vida molda o que te dá prazer.

Com o tempo, então, Hansol sentiu que aquela vida era boa e realista e que, assim, tinha forças para tudo que pudesse acontecer.

Desacreditou de tudo isso quando, um tempo depois, fortes crises atacaram-no. Ele faltou ao trabalho por dias, sentindo que, de alguma forma, aquilo tudo ainda estava vivo, com medo de perder tudo que conseguiu conquistar.

As coisas ficaram bagunçadas, em sua cabeça, por um tempo, e ele recusou a ajuda de Heejoon, porque tinha medo de que este se decepcionasse. Isso apareceu e foi embora; depois voltou e partiu de novo. Quase como um lembrete de que ele nunca seria de ferro. Ninguém era.

Então, a vida parecia realmente uma montanha-russa. Quando as coisas entravam nos eixos, vinham ventos que as desestabilizavam. Como quando Heejoon teve uma briga feia com o irmão, depois que o garoto deixou a casa de recuperação. Os dois não se falavam há um ano. Aquilo mexeu com Moon, porque aquele era seu irmão, e estava crescendo distante, mantendo aquela mágoa dele no peito. E isso não se resolveu. Hansol não sabia nem dizer quando foi a última vez que os irmãos se falaram. Parecia uma ferida bem grande, uma rachadura na família. Algo que só o tempo diria.

O irmão mais novo só aceitou a aproximação de Heejoon por um dia, no funeral de sua mãe, quando Moon Eun-Chae não conseguiu mais se manter viva. Hansol se lembrava de ter ido levar bolo para a sogra, um mês antes de a mulher vir a falecer. Ele gostava dela, mesmo sem poder conhecê-la de fato. Aquele foi um dia escuro, sem vida, mas sem surpresa nos olhares. Ela era uma mulher doente e, por muito tempo, as pessoas contaram os dias de vida dela. Algumas coisas simplesmente eram como eram.

Foi uma época difícil, porque Heejoon, apesar de saber que aquilo, eventualmente, aconteceria, não pareceu realmente preparado. Não era algo fácil de lidar. Por noites seguidas, ao lado direito da cama, Hansol ouviu o namorado chorar de madrugada. Era algo doloroso de ouvir, porque a dor era visível no rapaz, na forma que ele gritava, em silêncio, como tentava engolir o choro, apertava o travesseiro, tremia. Depois, acordava, no dia seguinte, com os olhos inchados e olheiras escuras. Foram tempos sem alegria. E Hansol, regularmente, olhava-se no espelho e dizia a si mesmo "fique forte, Heejoon precisa de você".

Os dias voltaram a ter cor quando Moon se formou alguns meses depois. E mesmo que o sorriso do rapaz não fosse o mais radiante do lugar, havia nele uma aura mais iluminada, como se realmente acreditasse que era hora de continuar.

As coisas com o irmão não se resolveram e a mania de limpeza nunca foi realmente embora, mas ele era feliz na Pedagogia, e em levar Bellatrix para caminhar na rua, com Hansol; feliz em ouvir o menor falar do trabalho dele; em encontrar o assoalho sempre sujo de terra que o namorado trazia; feliz em encontrar a família, no fim de semana, e ouvir as primas brigarem; em ver que o irmão estava bem na faculdade e com a nova namorada; em ter seus artigos publicados em bons sites; feliz em dormir e acordar, todo dia, com a mesma pessoa.

Hansol nunca se tornou um diamante lapidado, nunca conseguiu atingir o nirvana, nunca foi a pessoa mais estável, nunca foi capaz de ser mesmo seguro, mas tinha seus momentos. Fazia bons jardins, mas não era bom em geometria, então algumas coisas ficavam tortas.

Ele chorou quando um cliente odiou o seu trabalho. Chorou um rio, por horas. Quis desistir, até. Não importou, no fim, quando outro cliente lhe pagou uma fortuna por restaurar o velho jardim da casa. Lembrava-se de ver o senhor chorar de emoção, dizendo que parecia que sua vozinha havia feito aquilo. Esqueceu-se totalmente do cliente que não gostou de seu trabalho, quando pegou o dinheiro e foi a um motel cinco estrelas com o namorado.

Quando seu primo voltou da França, dizendo que a casa onde a mãe de Hansol havia crescido seria vendida, muita coisa voltou à sua cabeça, e ele pediu que Heejoon o levasse até lá.

Era um sentimento estranho subir as escadas que sua mãe subia e entrar no quarto onde ela dormia. Mesmo que todos os móveis já tivessem sido removidos, sentiu como se estivesse, de novo, nos anos 1990, enquanto esteve lá.

Nas paredes, ainda havia as marcas onde a jovem Lee devia colar seus pôsteres, além de algumas escritas fracas, como "James Dean rocks" e "Eu não sei aonde vou a partir daqui, mas prometo que não será entediante — David Bowie".

Ele sentiu que era um lugar grande demais para uma menina apenas e que talvez, por isso, ela tivesse se encantado com experiências mais modestas. Todo mundo tinha alguma insatisfação e, então, o oposto.

Quando a casa foi vendida, Hansol pegou a sua parte e doou tudo para a caridade. Sentia-se mal só de ver o montante de números na conta e perceber mais uma vez que não queria nada daquilo.

Mas isso foi só mais uma coisa das inconstantes que aconteceram. Às vezes, seguidas; às vezes, de surpresa; às vezes, já esperadas. Bobas, importantes, sem graça, empolgantes, chocantes, previsíveis, fáceis, difíceis, tranquilas, estressantes.

Hansol se acostumou ao fato de que tempos perfeitos eram temporários, mas ainda valiam a pena. Não os trocaria por nada. Não trocaria a normalidade, a rotina, os baques, as noites em que Heejoon só queria dormir, a terra debaixo das unhas, os latidos de Bellatrix, as moças dando em cima de Moon, os meses com muitas contas, as lembranças ruins, as expectativas não atingidas. Por nada.

Porque tinha isso, mas também tinha os sonhos realizados, as boas surpresas, as noites em que ele e Moon Heejoon faziam amor, as belas flores crescendo, os pulos de Bellatrix, os olhares do namorado só para ele, a satisfação de comprar algo com o próprio dinheiro, as lembranças boas, as coisas que iam além de suas expectativas...

Hansol não trocaria uma vírgula.

Se o passado fosse diferente, então nada seria assim, agora. Parece uma decisão difícil, mas um urso não aguentaria as ferroadas das abelhas se o mel não fosse bom.

No fim, tudo está onde deveria estar.

EPÍLOGO

QUEM PENSA ESTAR MERGULHANDO EM UM MAR DE ROSAS, sabe que elas têm espinhos?

Heejoon, ciente ao máximo como era, sempre soube que turbulências eram comuns. No entanto, mesmo quando achou que estava tudo sob controle, teve surpresas. Porque Hansol era cheio delas. Temperamental, magoava-se fácil e chorava muito. E olha que Moon era cuidadoso.

Pensava, de vez em quando, em como seria se Hansol estivesse com um rapaz agressivo, alguém pouco preparado, mais estúpido... E não parecia boa ideia.

Hansol tinha quase vinte e oito anos. Evoluiu bastante, é verdade, mas nada nunca esteve 100%. Certas coisas atingiam-no diferente, não caíam bem, eram delicadas. Alguns assuntos eram evitados, tratados de forma rasa, ditos de maneira bem polida.

Não era bom, para Hansol, assistir ao noticiário. Vez ou outra, alguma matéria sobre crimes dentro do meio familiar surgia e não lhe fazia bem ouvir sobre isso. Evitava multidões, desde uma vez que se perdeu de Moon e ficou tão nervoso e com tanto medo que o fluxo intenso de pessoas ao seu redor deixou-o sem ar: ele se encolheu no chão e teve uma crise respiratória. Toda vez que precisava consultar um médico diferente era complicado também. Recusava-se a falar ao máximo, com medo da conversa que acabariam tendo na terapia, e isso não era nada bom. Deixou de ir às sessões por seis meses e não foi uma boa ideia. Com Hansol, esse tratamento precisava ser constante.

Apesar de estar tudo bem melhor para os dois — já que, agora, estavam devidamente incluídos na sociedade, com funções e ligações saudáveis — sempre tinham seus desentendimentos.

Da última vez, há alguns dias, Heejoon chegou em casa, fez carinho na, agora adulta, Bellatrix e subiu as escadas. Lá estava Hansol, arrumando as malas para ir embora.

Moon parou na porta do quarto e cruzou os braços.

— O que isso significa?

Enquanto colocava um casaco todo embolado na mala, com raiva, Hansol levantou a cabeça e o olhou:

— Falou pra Hyojin que morar comigo é um teste de paciência?

Ótimo! Heejoon precisava se lembrar de matar Hyojin, na próxima vez que a visse.

— Bom... E não é?

O mais novo parou de empurrar as roupas para dentro e o encarou, incrédulo.

— *H-hyung...*

Olhando-o com seriedade, o mais velho continuou falando:

— Você prefere tirar conclusões precipitadas a falar comigo, me perguntar, tentar entender... E está arrumando sua mala pra ir embora porque eu disse algo que, literalmente, todos os casais dizem. Quantas vezes você não disse que morar comigo é um saco?

Hansol não respondeu, deixando apenas uma careta chorosa se formar. Heejoon respirou fundo.

— Essa mala nunca vai fechar se não dobrar as roupas dentro dela. Quer ajuda?

— Heejoon! — ralhou, irritado e magoado. — Você quer se separar, quer?

Digamos que Moon não tinha tanta sutileza assim quando Hansol fazia birra. E disse:

— Bom, agora que você já fez sua mala, é melhor separar mesmo ou vai ter feito tudo à toa.

Finalmente, notando o sarcasmo, Hansol se sentou na cama, fulo.

— Por que reclamou de morar comigo?

Moon descruzou os braços, entrou no quarto, tirou a gravata e a pendurou no lugar de sempre.

— Agora mesmo, estou precisando ter muita paciência para lidar com você, então não foi reclamação, foi praticamente a menção de uma característica do nosso relacionamento.

Franzindo as pestanas, o outro não segurou um bico.

— Você só reclama ultimamente!

Heejoon se olhou no espelho por um segundo e, então, tornou a mirar o menor.

— Estamos juntos há quase quatro anos. É normal, Hansol. Normal.

— Mas eu não gosto! — reclamou.

— Bom, quando você chega estressado do trabalho, batendo as portas e a louça, quando se irrita com coisas pessoais e desconta até na forma como põe ração no pote da Trix, eu também não gosto, mas compreendo que você esteja puto com algum cliente seu. Mesmo sendo algo que não me diz respeito, eu compreendo; mesmo você tendo rachado um total de cinco louças e estourado dois trincos, eu compreendo, mas não gosto — disse de uma vez.

Hansol se levantou e falou, magoado:

— Você só sabe jogar na cara!

Sozinho no quarto, Heejoon começou a desfazer a mala, pondo cada peça de roupa no devido lugar. Depois de terminar, desceu as escadas e foi atrás dele, encontrando-o na sala, sentado sobre o tapete, com Bellatrix no colo.

— Me desculpe, Hansol — pediu, parando atrás do sofá. — Eu juro, não falei por maldade.

— Não fale de mim quando eu não estiver junto — disse o mais novo. — Não gosto de saber as coisas pela boca dos outros.

— Tudo bem — concordou. — Tente conversar comigo quando estiver bravo com alguma coisa.

Hansol assentiu com a cabeça, aceitando.

— Todo relacionamento é um teste de paciência, Hansol — completou. — São duas pessoas totalmente diferentes, passando a viver juntas... Não fomos criados do mesmo jeito. É complicado mesmo.

Bicudo, Lee o olhou.

— Mas não pode falar mal de mim!

— Woah, imagine se soubesse que contei à Hyojin como você peida fedido - provocou. E então, foi mais um chororô desenfreado!

Realmente, as coisas estavam complicadas. Heejoon estava no fim da faculdade, e Hansol lidando com muitos projetos de jardinagem. Bom, os nervos dos dois estavam repuxados.

Bellatrix estava com mania de derrubar o lixo da cozinha, e Moon quase tinha um treco cada vez que isso acontecia. Era preciso que Hansol limpasse tudo, imediatamente, para que uma guerra não começasse. Uma vez, preguiçoso, Hansol mandou um "já vou", quando Heejoon falou para limpar. Foi o que bastou.

— Se eu bem me lembro, tudo começou quando você jogou carne passada no lixo. E eu te disse pra não jogar ali, porque a Trix ia sentir o cheiro e revirar tudo! — disse o Moon, esfregando o chão, após limpar a sujeira. — Mas você nunca me escuta!

— É só subir o cesto na pia, eu já disse! — retrucou, estressando-se.

— Não vou deixar o cesto de lixo na pia! É nojento! — disse, mesmo que fosse bem óbvio para ele. — Isso é tudo culpa sua.

— Sempre é! — Hansol soltou.

— Eu falei pra não ficar dando porcaria pra cachorra. Tem ração! Como você dá outras coisas pra Trix, ela vai caçar restos no lixo. Ela não fazia isso. Foi você quem ensinou.

— Ai, meu Deus! — grunhiu o Lee. — Eu já ia limpar!

— Porque seu anime é mais importante, certo? — resmungou, enquanto passava o rodo com força no piso. — Vai lá assistir a seu desenhinho de vôlei, vai.

Hansol abriu a boca, pronto para xingá-lo, mas conseguiu se segurar.

— Não é “desenhinho”! E eu mereço poder assistir a uma série no meu tempo livre, tá? Eu trabalhei o dia inteiro.

— Então, vai — ele revidou, torcendo o pano. — Vai! Eu limpo sua sujeira. Vai.

— Eu quero o divórcio! — saiu dizendo.

— Não somos legalmente casados, então não é divórcio, é só pé na bunda — Moon fez questão de explicar.

Hansol subiu para o quarto tão estressado que poderia pôr fogo naquela casa. Heejoon, após terminar, se jogou no sofá, farto. Ainda tinha um TCC para planejar.

Dessa vez, eles viraram a cara mesmo. Três dias se passaram. Na Bíblia, até Jesus já teria voltado, mas os dois não.

Quando a noite chegava, Heejoon puxava um cobertor para a sala e dormia no sofá, com Trix ao seus pés. No andar de cima, Hansol dormia sozinho e, quando acordava, não arrumava os lençóis. Ao subir para se arrumar, Heejoon engolia a raiva e ajeitava a cama, em silêncio, ignorando o marido quando o encontrava pelo corredor. Hansol, ao descer, de madrugada, para buscar água, passava por ele na sala e o observava dormir, por alguns minutos, antes de subir, chateado.

No quarto dia, no entanto, Hansol estava no banho há quase uma hora — algo que Moon não suportava —, quando o telefone tocou. Era a avó Yuri.

— Ah. Boa noite, *halmoni*. — Heejoon atendeu, enquanto fazia carinho na barriga da Bellatrix com a sola do pé.

— *Heejoonie, meu netinho! Como estão vocês? Meu Hansol está por aí?* — ela perguntou, empolgada.

— Ele está no banho, *halmoni*. Estamos... Estamos bem. E a avó?

— *Eu? Estou com saudades!* — soltou. — *Hmm...* — Fez mistério. — *Semana passada, conversei com o Hansolie... Ele me contou que vocês vão entrar de férias.*

— Ah, é. — Ele não quis confirmar, pois estava estudando a possibilidade de trocar as férias com um colega do trabalho. — Por que, *halmoni*?

— *Eu quero vê-los* — confessou, fungando do outro lado da linha.

— Ah, que doce. — Sorriu. — A senhora quer vir nos visitar?

Ela riu e corrigiu:

— *Eu quero que vocês venham para Odaesan!*

Heejoon ouviu bem, mas não conseguiu responder. Viajar para o outro lado do país? Ok. Com Hansol? Bem...

— *Sei que é longe, mas vocês teriam que custear só a viagem* — ela explicou. — *Tenho um quarto e comida à vontade! Pago sorvete também! Venham, por favor!*

Oh, céus.

— Ah... *Halmoni...* — balbuciou, incerto. — Tenho que... Que conversar com o Hansol.

— *Converse! Não há motivos para vocês não virem... Ou tem?*

Não, não... Que isso!

— Hm, não! Claro que não... É, eu só vou confirmar. Hm, te ligo amanhã, ok? — Procurou o fim da ligação, já constrangido.

— *Tudo bem, aguardo ansiosa...* — respondeu ao "neto". — *Fiquem com Deus, abraços.*

— A senhora também... Abraços — desejou-lhe, antes de desligar.

Ah... O que iria fazer?

Frustrado, consultou Bellatrix. A cadelinha, deitada no chão, de barriga para cima, choramingou, apenas, manhosa. Heejoon respondeu-lhe:

— Você tem razão, Trix...

Respirando fundo, levantou-se e subiu as escadas. Ao passar pelo banheiro, viu que o outro, finalmente, havia saído do banho. Então, seguiu para o quarto e parou na porta, assistindo ao rapaz se trocar na frente do armário. Limpou a garganta, chamando sua atenção.

Levando um pequeno susto, Hansol terminou de vestir a camisa às pressas e o fitou, parado.

— Já enxugo o banheiro. Consegue esperar ou vai morrer se eu não for logo?

Moon evitou rolar os olhos, tentando manter a calma.
— A *halmoni* ligou.
— A vó? — Hansol ficou curioso e continuou prestando atenção, enquanto secava o cabelo. — Ela está bem?
— Sim... É... Hm, ela está com saudade da gente — contou.
— Hm... Falou que a gente também tá?
— É... Ela quer nos ver.
Hansol não compreendeu bem.
— Ela vem nos ver?
Heejoon, então, coçou a nuca.
— Ela quer que a gente vá vê-la.
Lee parou, com a toalha na cabeça.
— Em Odaesan? Nós dois?
— Isso — confirmou.
Hansol sentou-se na cama, sem reação. Trocou uma ou outra palavra com Heejoon, nos últimos dias, semanas trocando farpas, e agora a avó queria que eles viajassem juntos até a cidade dela? Ah, não parecia uma boa ideia.
Heejoon, notando a hesitação, concluiu:
— Eu digo que preciso trocar as férias. Ela vai entender.
Na cama, o menor mantinha a cabeça baixa.
— Mas você vai trocar mesmo?
Passaria as férias sozinho? Ou pior: com ele, nesse clima?
— Ah... Não sei ainda. — Moon deu de ombros, realmente perdido.
Hansol, então, sentiu vontade de chorar. Porque viajar com Heejoon para Odaesan seria incrível se estivessem bem. Teve que perguntar, com a voz trêmula.
— Quer mesmo se separar?
Heejoon, que tinha o olhar focando a janela, o fitou de imediato.
— Não! — respondeu rapidamente. Hansol realmente andava pensando nisso?
O mais novo levantou a cabeça, olhando-o, sem saber o que dizer.
Moon franziu as pestanas.
— Você sim? — indagou.
Hansol levantou-se, assustado.
— Não!
Fez-se silêncio.
Eles não queriam se separar.
Depois de muito tempo, Heejoon apenas declarou:
— Precisamos arrumar as malas e checar o óleo do carro, já que vamos viajar.

Dando um pulinho, Hansol correu para pegar as malas, enquanto Heejoon apenas observava, segurando o riso. Então, sem trocar muitas palavras, mas em um clima cem vezes mais leve, os dois passaram o restante da noite escolhendo o que levar. E aí dormiram na mesma cama, com Bellatrix aos seus pés.

Viajariam em dois dias. Heejoon acordou cedo e levou o carro para revisão. Quando voltou, Hansol estava traçando linhas em um mapa de papel. Ao se aproximar, o mais velho o questionou:

— O que está fazendo?

— Nossa rota! — Levantou o mapa, mostrando seus rabiscos.

Heejoon encarou o mapa e depois o marido.

— Nós, literalmente, temos o mapa do mundo todo dentro do celular.

Hansol deu de ombros, voltando a anotar.

— Assim é mais legal.

— Claro. — O mais velho seguiu para a cozinha. Não usariam aquele mapa, era simplesmente fora da realidade. — Falou com a Hyojin para ficar com a Bellatrix?

— A Trix vai com a gente — devolveu, ainda focando o mapa.

Heejoon abaixou o copo de água que pretendia beber.

— Como assim?

— É só levar na caixinha de transporte — explicou o moreno.

Heejoon mirou a cadelinha, que dormia jogada.

— Não é uma boa ideia. É uma viagem bem longa, ela vai ficar estressada.

— A gente para, deixa ela correr um pouco e volta — falou, tentando não se irritar com a contestação.

— É melhor deixá-la com a Hyojin — insistiu.

— Com o seu irmão também, consequentemente — Hansol não conseguiu segurar a língua.

— Algum problema com Junghyun? — questionou, ficando puto.

Merda. Hansol se levantou e se virou para o parceiro:

— Ele não gosta dela.

— Para com isso — pediu o maior.

— Mas ele não gosta! Não gosta de nada que vem de mim. Não quero minha cachorra com quem não gosta dela — disse de uma vez.

Hansol não queria ofender o garoto, mas era a mais pura verdade. Da última vez, ele chutou a cadelinha porque ela lhe pediu uma isquinha do seu frango. Entendia que o irmão não gostava dele, mas não deixaria Bellatrix com o rapaz.

— Não dá para levar a Bellatrix, é muito longe.

— Dá, sim! Na caixinha!

— Não dá!

— Ela vai!

— Não vai!

— Vai, sim!

Passaram o dia sem se falar. À noite, na hora de dormir, Hansol chegou ao quarto depois de Heejoon, encontrando-o deitado.

— Não quero dormir com você — declarou.

Heejoon, que lia um livro, sequer o olhou.

— O sofá está lá, não está?

O queixo de Lee foi ao chão.

— Sério?

— Sério o quê, dondoquinha? — Moon abaixou o livro, estressado. — Não vou sair daqui. Minhas costas estão doendo por dormir lá embaixo. Você deita aí ou vai pra lá. Cansei!

Hansol, assustado, ficou parado na porta, sem saber o que fazer. Heejoon nunca tinha feito isso.

— Mas... Eu não... — Não queria ir dormir lá embaixo. — Lá é frio!

— É verdade. — Ele voltou a ler. — Se for, leva um cobertor bem grosso.

Ao se virar, Hansol encarou as escadas, sem coragem de descer. Contrariado, voltou para o quarto e sentou-se à beira da cama. Ficou ali por um tempo, antes de se deitar ao lado do moreno. Os dois permaneceram calados por um longo período, até que Heejoon se manifestasse:

— Se continuar desse jeito, não vamos viajar para lugar nenhum.

Hansol se virou para ele, com a cara fechada. Ah! Por que Heejoon estava tão rude?

— Que bicho te mordeu? — perguntou, puxando o livro para ver seu rosto. — Por que tá grosso?

Farto, Heejoon respondeu:

— Nem sempre só a sua palavra vale, sabia?

Hansol revirou os olhos.

— Claro que a culpa do seu estresse é minha.

Heejoon sentou-se, olhando-o melhor.

— É óbvio. O único que me tira do sério é você!

Deitado, Lee se encolheu um tanto, envergonhado.

— Não fala assim...

— Mas é a verdade! — O rapaz não tinha mais como conter aquilo. — Só você consegue me deixar puto.

Hansol, olhando-o nos olhos, levantou-se e beijou seus lábios brevemente, tentando acalmá-lo. Moon, desarmando-se, suspirou, enquanto fechava os olhos por um tempo, tentando recuperar a coesão. Calmamente, disse:

— A Trix fica, ok?

— Ela vai!

— Tem certeza de que pegou tudo? — Moon perguntou, enquanto fechava o capô do carro.

— Você já me fez checar cinco vezes — respondeu, com Bellatrix no colo, enquanto esperava o outro terminar o que faltava.

Suspirando, o mais velho andou até a porta de casa e a trancou. Checou, também, as janelas e voltou para o carro.

— Você ouviu bem o que eu falei, né? Ela tem que ir na guia, não pode ir solta no carro.

— Está tudo certo — respondeu Hansol.

Bellatrix, no final, iria com eles. Heejoon estava feliz? Não. Hansol? Sim.

Ao entrar no carro, ele esperou Lee prender a cachorra na guia, no banco detrás, e arrancou com o veículo. Não gostava tanto assim de dirigir por tanto tempo, mas faria o seu máximo.

— Deveríamos ir de trem.

— De carro é melhor — devolveu o mais novo, acomodando-se no banco do carona, com pantufas nos pés e um travesseiro atrás da cabeça. Ele deitou um pouco o encosto, também, enquanto mexia no celular.

Moon lhe deu só uma olhada, notando como ele estava completamente confortável. Enquanto isso, suas costas já davam sinais de cansaço.

— Com certeza, de carro é melhor.

— Podemos parar pra comer, né? — Hansol perguntou.

— Não faz vinte minutos que saímos de casa — disse.

Dando de ombros, Hansol olhou em volta, relaxado.

— Nem acredito que vamos ver a vó... Você está animado pra vê-la também?

Heejoon, atento à estrada, não prestou atenção. O outro, girando os olhos, resmungou:

— Não precisa responder.

— O quê?

— O que eu te perguntei.

— O quê?

— O que eu te perguntei, Heejoon!

Desistindo, Heejoon só soltou um "tsc" e o ignorou, focando o trânsito. Viver com Hansol tinha muitas vantagens, mas as desvantagens eram tristes.

No frio, Lee se agarrava a ele, e era muito quentinho, mas, no calor, ele também se agarrava, igualmente quente. Heejoon acordava suando, e odiava suar.

No fim do ano, Hansol sempre dava um jeito de enchê-lo de presentes, e era adorável. Uma pena que ele sempre errava o número: comprava maior, menor, incompatível. Quando bebia, ficava divertido e sentia vontade de dançar, contar piadas, fazer carinho; até que ficasse chato como uma criança, fazendo birra e querendo beber cada vez mais.

Depois que aprendeu a cozinhar, Lee sempre reproduzia receitas deliciosas, mas deixava uma louça imensa na pia, porque usava quase cinco colheres para mexer um molho, três facas para cortar duas coisinhas, e usava tantos potes que o armário ficava vazio! Com Hansol era tudo oito ou oitenta.

— Sabe pra onde está indo?

— Sim, amor, fique tranquilo — Heejoon respondeu. Ele realmente sabia. Passavam, agora, somente pela cidade vizinha, ainda.

— Não precisa usar o mapa ainda, então?

Heejoon apenas o fitou pelo canto dos olhos; ele não podia estar falando sério.

— Você não quer abrir esse papel imenso dentro do carro, não é?

— É pra gente saber o caminho! — disse o óbvio.

— Temos GPS pra isso, Hansol. — O que, para ele, era mais óbvio ainda.

Hansol montou uma careta na hora.

— Mas com mapa é mais legal, já falei! Tipo viagem de verdade!

— Olha, eu tenho quase certeza de que o motorista de um ônibus não usa um mapa de papel. Nem um comandante de um navio ou um piloto... Sabe?

Entretanto, Lee tinha algo em sua defesa:

— Mas eu nunca viajei pra longe assim. Eu queria fazer como nos filmes, Joon... Eu nunca fiz assim — disse tudo com uma carinha tão pidona que até dava raiva. — Por favor... Por favor...

Moon, tendo que olhar para aquele rosto contorcido em charme e dengo, sentiu que poderia desmaiar de amor e ódio.

— Hansol...

Lee juntou as mãos, como quem vai rezar, implorando com os olhos cheios de brilho.

— Só desta vez, amor... Vai ser tão legal! Faz isso por mim.

Ah, Jesus! Aquilo parecia mesmo muito significante para ele. Então, derrotado, o mais velho soltou um suspiro cansado, meio hesitante.

— Na volta, usamos o GPS, ok?

O outro conteve a emoção, limitando-se a bater palminhas.

— Na volta, nós nem vamos precisar, Joon, vai decorar o caminho todinho! Ah, você é tão inteligente, sabe disso... Aprende tudo rapidinho! É o mais inteligente do mundo inteiro. E tão bonito, ah... Lindo, lindo.

Moon só pôde rir. Hansol era um chantagista.

— Falso.

Hansol deu-lhe um tapa na coxa.

— Não despreze o meu amor, eu te amo! Feio.

— Então, eu sou tudo isso? E você, ainda por cima, me ama? — brincou, com um sorriso no rosto.

Hansol assentiu, observando-o dirigir.

— Você fica tão bonito dirigindo, *hyung*. Fica um gatão... Um gostoso.

Incrédulo com tamanha babação de ovo, Heejoon, mais uma vez, só conseguiu rir.

— Não estou mentindo, ya... Pare de duvidar de mim. — Hansol ralhou.

Heejoon sabia que ele era sincero, do tipo que adorava elogiar, e fazia sem motivos, mas era engraçado provocá-lo. Bonitinho.

De qualquer forma, por um bom tempo, Heejoon dirigiu sem precisar de coordenadas, porque boa parte do caminho era feita apenas seguindo uma via popular.

Mas quando já estavam na estrada há quatro horas, e o céu já perdia um pouco de luz, Heejoon passou por um pedágio e teve que sair daquela via, porque, a partir dali, o caminho mudava. Seguindo a rota que ainda sabia, obrigou-se a perguntar:

— Que caminho eu pego, Hansol?

O outro, que cochilava, despertou no mesmo instante, abriu o mapa rapidamente e apertou os olhos para localizá-los.

— Onde nós estamos?

Heejoon quase riu, sem humor, claro. Sabia, sim, onde eles estavam, mas, agora, Hansol daria seu jeito de descobrir, já que queria tanto assim usar o mapa de papel.

— Não sei... — mentiu.

— Ah — soltou, coçando atrás da orelha. — Faz muito tempo que passamos por Daegu?

— Ah, faz um bom tempo — respondeu o Moon, enquanto observava o dedinho dele passear pelas cidades no mapa.

— Mas você não prestou atenção em nenhuma placa? — questionou Lee, um pouco frustrado.

— Você estudou o mapa, achei que fosse ficar atento. — Deu de ombros. — Hm... O que acha de pararmos para tomar um suco e esticar as pernas?

— Pode ser, né? Preciso de um tempo para achar a cidade — disse ele, concentrado no mapa que escondia todo o seu rosto.

De caso pensado, Heejoon parou em um barzinho com o nome da cidade, fingindo nem perceber, e eles saíram. Hansol nem entrou.

— Vou procurar uma placa — disse.

Moon assentiu, bobo com o fato de que Lee nem reparou no letreiro acima do bar. Entrou e comprou duas garrafas de suco e um dos salgadinhos que o marido adorava. Voltou para dentro do carro e sentou-se no banco do motorista, de porta aberta, observando Lee perambular, enquanto Bellatrix tomava a água posta.

— Ah, Trix, seu pai é... um barato.

Eles ficaram ali por uns bons minutos, até que Hansol retornasse, batendo os pés.

— Esse fim de mundo não tem uma placa, Heejoon! Nada!

— Que descaso! — Fingiu perplexidade.

— E agora? — Hansol perguntou, chateado, porque não queria apelar para o GPS.

— Calma. A gente anda um pouco e encontra algo. Hm... Estava olhando... Letreiro bonito, né? Acho chique letreiro vintage assim...

Ele apontou para o nome sobre o bar, e Hansol, finalmente, prestou atenção e percebeu.

— Por que não falou logo? — Virou-se para ele, bravo.

Não era essa a reação que o mais velho estava esperando, mas tentou manter o papel.

— O quê?

— O quê? — o mais novo o imitou. — Você sabia!

Obrigado, então, a admitir, Moon forjou seu sorriso mais brincalhão possível, tentando suavizar a situação.

— Eu achei que você fosse ver.

— Sem graça — ralhou. — Não gosto que fique brincando com a minha cara!

— Você quis usar o mapa, então tem que saber se encontrar — devolveu, sem tanta calma dessa vez. — Entra, vamos continuar.

— Não faça isso de novo — exigiu, dando a volta no carro. — Fica me fazendo de bobo...

Heejoon sequer respondeu, estava sem um pingo de humor agora.

— Agora que você sabe, porque eu estava prestando atenção, veja aí para onde nós vamos.

— Vou prestar atenção agora, ok? Fica tranquilo, irritante. E é só seguir nesta mesma via, até pegar o retorno — explicou.

— Irritante é esse papel caindo em cima da marcha — reclamou, empurrando o mapa dele, que ficava caindo sobre o câmbio.

— Vai rasgar assim! — Hansol reclamou, enquanto desamassava uma ponta que ele entortou. — Estúpido!

— Estúpida é essa sua id... — quase disse, mas conseguiu parar a tempo. O outro, de cara fechada, não lhe deu mais atenção, focando o mapa e o caminho. A única vez que tornou a falar com ele foi para dar outra coordenada, e mais nada. Não tinha graça em ser feito de bobo.

Heejoon só queria chegar logo. Estava prestes a explodir dentro daquele carro, porque Hansol era um dramático do caralho.

Enquanto o céu escurecia, em meio ao silêncio no interior do veículo, ele começou a pensar. Nem sempre estiveram tão sensíveis, sabe... Era o quarto ano de namoro e, agora, tudo estava tão difícil... Talvez porque aquela fase do encanto tivesse passado, e as desavenças tornaram-se mais evidentes.

Parte de Heejoon entendia que era normal, de certa forma, porque nunca viu um casal consolidado estar em paz cem por cento do tempo. Amigos casados viviam discutindo, os tios nunca concordavam... Mas tinha medo, porque, nesses momentos, muitos casais se separavam também. E se Hansol percebesse que não davam certo? E se quisesse se separar? Passado o encanto, ele talvez sentisse que Heejoon não era o homem para sua vida. Heejoon temia, tinha que admitir. Se fosse o caso, não saberia o que fazer, como prosseguir... Já havia projetado uma vida toda ao lado dele. Temia que, se não passasse o restante de sua vida com Lee Hansol, jamais encontraria alguém por quem sentiria tanto amor. Isso o assustava demais, pois nunca havia sentido como se jamais pudesse amar alguém além daquela pessoa. Era loucura o peso do que sentia por ele.

Mas e se fosse isso que ele quisesse, no fim? E se, um dia, Lee acordasse e percebesse que eles não davam certo? Como seria? Ele encontraria alguém? Heejoon tinha certeza de que sim, porque Hansol era fantástico: doce, charmoso, amoroso, tinha um coração enorme e a aparência de um anjo vindo direto dos céus.

E a pessoa por quem ele se apaixonaria, será que saberia lidar com ele? Será que o trataria bem? Faria o macarrão do jeito que ele gosta? Compraria o amaciante de roupas com o cheirinho favorito dele? Teria paciência com Hansol? O menor não gostava quando gritavam com ele, ficava instantaneamente magoado. Essa pessoa teria que tomar muito cuidado. Ele encontraria alguém assim?

— Heejoon... — ouviu o mais novo chamar e o encarou. — Eu acho que a Trix está mijando no banco.

Ele encostou o carro imediatamente e saiu, abriu a porta detrás e puxou a cadelinha, que ainda fazia xixi, e a colocou no chão, às pressas.

— Cacete!

De dentro do carro, Hansol tentou amenizar a situação, antes de sair:

— Não sujou muito!

Mas Heejoon já estava bem possesso.

— Eu te falei!

— Como eu iria saber? — tentou se defender. — Pensei que ela tivesse feito quando paramos!

Mas Heejoon não queria saber de desculpa alguma, e isso era bem claro pelo modo como seu rosto se contorcia em desprezo, em estresse. Era algo que Hansol poderia pegar com as mãos se quisesse.

— Desculpa...

— Não! Não desculpo, porque essa não é a primeira, nem a segunda vez que você ignora o que eu digo e insiste em fazer tudo do seu jeito — soltou, ficando maior e maior a cada palavra, mostrando seu enorme descontentamento, sem filtro algum. — Era pra ela ter ficado em Busan! Mas você se importa? Não! Porque você quer, então tem que ser do seu jeito!

A essa altura, os olhos de Hansol já estavam cheios de água, mas Moon ainda não havia reparado. Estava um pouco cego pela raiva, sentia a necessidade de se esvaziar daquelas queixas que tanto guardou nos últimos tempos. Mas quando viu seu Hansol, pequeno e sentido, com gotas gordas de lágrimas paradas rente aos cílios, sua pose se desfez e ele notou o que havia causado.

— Hansol...

Entretanto, era a vez de Lee falar e, apesar de chorosa, sua voz saiu alta e magoada:

— É porque eu finalmente me sinto no controle da minha vida!

E era só isso. Era uma necessidade gigante, enorme, imensurável, que batia de fazer as coisas do seu jeito e provar que era capaz; que, agora, podia fazer escolhas, que tinha opções, que podia, de fato, controlar. Viver tanto tempo da forma que dava, do jeito que conseguia, do modo que permitiam, era sufocante. Era estar solto e sentir que, mesmo assim, havia amarras por todo o seu corpo, impedindo-o de agir e fazer as próprias escolhas. Só queria sentir, de uma vez por todas, que essa era a vida de Lee Hansol, e somente dele. Ele pensou que Heejoon entenderia, porque era suposto que o compreendesse sempre e para todo o sempre, não? Então, por que estavam tendo aquele conflito?

— Hansol... — tentou dizer, mas foi interrompido, outra vez.

O mais novo continuou dizendo:

— Eu quero ter as experiências dos meus sonhos também. Quero sentir que estou fazendo o certo e acreditar que também sei o que é bom pra mim, Heejoon. Mesmo que sejam coisas bobas, como levar a cachorra na viagem ou usar um mapa de papel. Eu quero e posso! Cansei de não fazer tudo que posso, porque para os outros não faz sentido. Sei que nada disso faz sentido pra você, mas eu queria tanto e, desta vez, não havia nada que me impedisse, entende? Posso e quero fazer minhas escolhas, eu sei o que é perigoso ou não. Heejoon, quero, uma vez na vida, fazer as coisas como eu realmente gostaria. Já passei muito tempo sem esse poder, então por favor... Não faça eu me sentir um bobo por minhas escolhas, não faça eu sentir que estou fazendo tudo errado.

Escutando tudo, Moon esperou até que ele realmente não fosse falar mais, e respirou fundo, observando as lágrimas chegarem ao queixo e pingarem na roupa.

— Eu não quero te dizer o que deve fazer, Hansol, jamais... O que mais quero na minha vida é que você se sinta livre e confortável comigo, ok? Mas somos dois, babe... Somos dois dividindo uma vida. Desde o momento em que algumas de suas escolhas também me afetam, nós devíamos decidir juntos pela melhor opção. Mas se você sentir que quer fazer todas as suas escolhas por si mesmo... Talvez não seja bom pra você... — Puxou o ar mais uma vez, para conseguir dizer aquilo. — Talvez, o certo para você, agora, seja ficar sozinho.

— O quê? — Hansol perguntou, chegando mais perto. — Do que está falando?

O Moon realmente não queria sugerir aquilo, mas tudo indicava que era o que o mais novo, no fundo, precisava:

— Você quer terminar?

— Por que eu ia querer isso, Heejoon? — perguntou, ainda mais nervoso. — Heejoon... Você quer terminar?

— Não! Hansol, não é isso. É que eu, sinceramente, te sinto tão distante, às vezes. Não quero cobrar, não quero que você sinta que quero te controlar, nada disso, mas... Eu quero sentir que estamos juntos, de verdade. Não falo de dormir na mesma cama e fazer coisas juntos, mas de você considerar o que eu digo e me deixar ajudar e cuidar de você. Juntos no sentido de gostarmos de estar um com outro. Porque eu estou cansado de sentir que você está cansado de mim, seja por eu ser chato ou implicante demais, por eu ser muito regrado, ou mesmo sistemático. Não quero mais me sentir assim. Quero que você se sinta bem comigo. Toda vez, sinto que estamos a fim de coisas diferentes, que estamos em ritmos diferentes, porque nossos gostos estão muito à parte um do outro. Não quero mais sentir que estou te atrapalhando, te puxando pra baixo, te fazendo se encaixar em uma rotina que não te agrada. Quero que você faça suas escolhas, mas que elas sejam condizentes com o que precisamos, Hansol... E se você quer tanto ser independente, talvez não seja o momento para estarmos juntos. Eu não quero te prender, não quero te fazer se sentir mal por suas escolhas, não quero mais brigar... Eu não suportaria me tornar alguém que você não quer por perto. Mesmo se terminarmos, não quero fazer parte das suas memórias ruins... Mais uma vez. Eu não posso te fazer mal de novo.

Hansol ficou parado em frente a ele, sem palavras para se expressar, sem conseguir associar tudo ao mesmo tempo. Não disse nada, porque não era possível naquele momento.

Moon, então, agiu. Curvou-se e apanhou Bellatrix.

— Vamos, Hansol. Temos que chegar à sua avó.

O menor não conseguiu fazer muito mais do que apenas voltar para o carro. Deixou Heejoon voltar para a estrada, mantendo o silêncio no ambiente, de alguma forma respeitando o próprio tempo. Mas nunca saberia ao certo o que dizer a ele. Deixar Heejoon nunca foi uma opção, antes ou depois da dependência dele, não era algo que passava pela cabeça ou pelo coração. Mas por que ele pensava nisso? Será que ele via aquilo como realmente uma saída plausível? Será que ele conseguia encarar aquilo com tranquilidade? Ele conseguia se imaginar longe de Hansol?

Hansol não se via mais sem Heejoon em sua vida. Nunca.

Talvez fosse a cabeça cheia, o pouco foco, mas, quando se deu conta, já passavam pelo portal de entrada de Odaesan. Ele até podia sentir o solo mudar de um asfalto lisinho para uma estrada de pedra.

Abaixando o vidro, sentiu o ar gelado do lugar. Mesmo que estivesse escuro, podia ver as montanhas e a lua gigantesca sobre elas. Era lindo.

Mas seu coração estava tão murcho agora que não conseguia se sentir bem, nem diante de uma paisagem tão bela.

Quando o carro parou, conseguiu ver uma luz se acender em uma cabaninha rodeada por muitas plantas. Era possível ver um pomar imenso nos fundos do terreno. Ao ver a porta se abrir e a senhora aparecer, Hansol conseguiu sorrir, finalmente, sentindo algum calor. Saltou para fora do carro e correu em direção à avó Yuri.

— Vó!

— Ah, Hansol, meu príncipe!

Ela deu um sorriso amoroso e abriu os braços para que ele a abraçasse. E o neto o fez, antes mesmo de se curvar em respeito, cobrindo a mulher baixinha e sentindo o cheiro de ervas em sua roupa.

— Woah! Você cresceu?

— Ah, não, vó. Heejoon disse que a gente só cresce até os vinte anos mais ou menos — contou.

Um sentimento de nostalgia tomou conta do rapaz e este se lembrou das tantas conversas curiosas que teve com Moon.

— Ah, a vó acha tão bonito vocês dois juntos. — Ela riu, contente em vê-los ali.

Heejoon saiu do carro com Bellatrix no colo, um pouco tímido, e caminhou até os menores. Dona Yuri abriu um sorrisão para ele também.

— Ah, trouxeram até a cachorrinha! — Ela foi até a bulldog, que abanava o rabinho curto, para acariciá-la. — Trouxeram você para passear na casa da vovó, é? Oh, que linda!

Os dois rapazes apenas observaram a interação e, com sorrisos sutis nos lábios, acabaram por se olhar. Um daqueles olhares que não diz nada, nem pergunta, muito pouco responde. Olhares que apenas precisavam se encontrar.

— Venham! Vamos entrar! — Kang os chamou, oferecendo o caminho até a porta de casa. — Acabei de cozinhar um franguinho com abóbora, vocês gostam?

Assentindo, Hansol, timidamente, acompanhou a avó até o interior da casa, enquanto Bellatrix se enfiava entre as pernas de um e outro, animada por finalmente sair do carro.

Heejoon, seguindo os três, suspirou ao sentir o cheiro forte da comida, juntamente ao aroma de casa limpa, o perfume nostálgico da casa de uma senhora. E era um sentimento bom, sem dúvidas.

— Podem ficar à vontade... Depois vocês pegam as malas, tá? Vamos comer primeiro, antes que esfrie, porque comida fria é um horror — ela disse, enquanto apanhava vasilhas. — Ai, será que isso vai ser o suficiente? — perguntou, apontando para um tacho cheio de comida. — Qualquer coisa a vó faz mais, tá bom? Comam à vontade.

Rindo baixinho, porque a achava adorável, Hansol concordava com tudo que ela dizia. Quando Yuri mandou os dois lavarem as mãos, ele correu para o banheiro miúdo da casa e as lavou rapidamente para voltar logo.

No caminho de volta, esbarrou com Moon, mas, ainda assim, não trocaram palavra alguma. Ao chegar à cozinha, a avó lhe perguntou baixinho:

— Está tudo bem com seu namorado, querido? Vocês parecem meio calados... E ele é tão falante ao telefone.

Hansol, engolindo meio em seco, inventou:

— Pessoalmente, ele é meio tímido. Também está cansado de dirigir, sabe... Mas ele já melhora.

— Oh — ela soltou. — Ok, então! Sente-se, filho. Vou tirar a comida pra você.

Hansol quis impedi-la e fazer isso sozinho, mas ela, rapidamente, começou a pôr a comida no seu prato.

— Gosta de *kimchi*, Hansolie?

Um pouco sem jeito, ele assentiu. Em seguida, Heejoon voltou, após passar um bom tempo no banheiro lavando as mãos.

— O banheiro da senhora é tão limpinho, uau.

Rindo, ela comentou:

— Você reparou nisso?

— Ah. Desculpa, é que eu não sei flertar.

Tanto a senhora quanto o neto riram e, meio sem graça, Heejoon se sentou ao lado do marido à mesa, depois de a avó insistir em arrumar seu prato, também.

— Comam bastante — mandou.

Só nos primeiros pratos que ela colocou, já havia comida suficiente para umas três pessoas.

— É que vocês chegaram tarde, senão a vó teria feito um bolinho com chá, sabe? Amanhã, eu faço.

— *Aish,* vó, não precisa... Não precisa se preocupar com isso.

— Preciso, sim. Não posso deixar neto meu passando fome — retrucou, teimosa. — Jovem só come porcaria, acha que não sei? Precisam aproveitar que estão aqui para se nutrir.

Hansol nem tentou contrariá-la.

— Hm, o jardim da senhora parece ser lindo.

— Ah, não como os seus... É, eu vi no Facebook! Você faz jardins como ninguém, Hansol. Aliás, como ninguém, não... — Ela sorriu, antes de continuar: — Como sua mãe.

A mera menção a ela fez com que seu peito ficasse quente.

— Mesmo?

Dona Yuri assentiu, usando um tom amoroso para falar:

— Aquela menina amava flores... Ela era fascinada. Amanhã, eu te mostro a cerejeira que ela plantou quando morou aqui. É grande e todo ano floresce, cada vez mais linda.

Tocado pelas palavras, Hansol olhou pela janela, observando o jardim, no escuro. Mesmo que não pudesse ver muita coisa, ainda era lindo.

Surpreendendo-os ao se manifestar, Heejoon comentou:

— Hansol tem mãos mágicas para a terra. Tudo que ele toca fica magnífico. É magia... Ou dom.

Mirando o mais velho, sem conseguir dizer nada, Hansol só desviou sua atenção quando a avó tornou a falar:

— O amor de vocês é lindo. É como deve ser: cheio de carinho e admiração.

Hansol, imediatamente, pensou no quanto brigavam e discutiam nos últimos tempos. A senhora continuou falando:

— Sabe, quando falam um do outro, no telefone, eu consigo sentir, na voz de vocês, que se importam um com o outro, que se amam mesmo.

Ao ouvir aquilo, Lee sentiu as bochechas esquentarem no mesmo instante.

— Ya, Hansol, não fique com vergonha. É verdade, quando você começa a falar do Heejoon, não para mais. Fala de como ele é carinhoso, inteligente, lindo... *Aish*, você é caidinho!

Heejoon acabou rindo, inevitavelmente contente com que ouvia, enquanto Hansol não conseguia esconder o rosto vermelho. Mas Kang Yuri falou mais:

— Do que está rindo, Moon Heejoon? — questionou, surpreendendo o rapaz. — Toda vez que nos falamos, você parece estar prestes a morrer de amor. Ya, me ligando para saber que tipo de chá é bom pra gripe, quando Hansol pega um resfriado... Todo preocupado! Me ligou até para perguntar que tipo de presente deveria dar pra ele no aniversário!

Dessa vez, foi Heejoon que se envergonhou, enquanto Hansol absorvia cada palavra com um frio na barriga.

— Vó Yuri! — Moon ralhou, e ela riu. — É... Nenhum de vocês se salva.

Abaixando a cabeça, Hansol não conseguiu não pensar naquilo e no que falaram umas horas atrás, na beira da estrada. Gostavam tanto quanto a avó pensava?

Enfim, quase em silêncio, terminaram de jantar, ambos fazendo um esforço para comer toda a comida. Heejoon foi pegar as coisas no carro, enquanto a avó mostrava a Hansol a casa e o quarto onde ficariam. Seguindo as dimensões da casa inteira, também era miúdo, mas parecia confortável como nada no mundo.

A mulher parecia ter deitado um colchão de casal no chão, já que a cama que tinha ali era de solteiro, mas tudo parecia verdadeiramente aconchegante. O tipo de sentimento que só teve com a mãe e com Heejoon.

— Está bom pra vocês, filho? — perguntou, preocupada. — A vó não tem uma cama grande pra pôr aí, mas o colchão é bom...

— Está perfeito, vó. — Ele se virou para ela, sorrindo. — Não esquenta, ok? Está melhor do que a senhora imagina.

— Oh, filho... Que bom. — Yuri sorriu, abraçando-o de lado. — Espero que a gente ainda tenha muitas memórias juntos, tá? Para compensar todo o tempo que a vó não pôde estar com você.

— Fica despreocupada... — pediu. — O importante é que estamos aqui. Juntos.

— *Aish,* você cresceu tanto desde que te conheci. — Riu, um pouco emocionada. Hansol sabia do que ela estava falando, mas quis brincar.

— Oh, a senhora acha? Heejoon ainda me chama de anão de jardim!

A avó começou a rir e só parou quando Moon chegou com as malas, dando espaço para que Hansol o ajudasse a carregar tudo até um canto no quarto.

— Eu vou deixar vocês, então. Ok? Podem ficar à vontade. Já sabem onde é o banheiro, a cozinha... A vó só vai deitar porque acorda cedo, tá? Mas vejo vocês amanhã! Boa noite, meus queridos.

— Dorme bem, vó — Hansol desejou, e Heejoon soltou um "boa noite", antes que ela saísse.

Os dois ficaram, então, em silêncio.

Ainda sem dizer nada, Moon foi tomar um banho, enquanto Lee ficou no quarto para arrumar a cama. Sozinho, ele observou as montanhas pela janela, grato por conseguir passar alguns minutos sem pensar em nada preocupante. No entanto, quando o outro voltou, esfregando o cabelo molhado com uma toalha, tudo aquilo veio à tona, de alguma forma, e tomou seus pensamentos por completo. Precisava saber o que ele estava pensando, essa era a verdade. Precisava saber como ele chegou a tais conclusões e se falava sério sobre elas.

— Heejoon...

Mas Moon não lhe permitiu continuar. Fechando os olhos, ele disse:

— Não vamos falar sobre isso agora, ok? Tivemos uma noite ótima com sua avó... Vamos só dormir. Descansar. Ok?

— Mas... — tentou mesmo assim. — Eu não consigo parar de pensar nisso.

— Eu também não, babe... Mas não quero continuar brigando, então vamos deixar isso pra nossa volta pra casa, ok? — pediu e começou a se arrumar para se deitar.

Hansol, sentado na cama, continuou olhando-o, encarando suas costas bonitas. Sem esperanças de conseguir conversar naquele momento, apenas se deitou, bufando baixinho.

Heejoon apagou a luz e deitou-se também, ao lado dele, mantendo uma distância maior que o normal. Não sabia o que ele estava pensando, se o queria por perto. Virou-se e tentou se acalmar a ponto de adormecer.

Lee, no entanto, não estava tão cansado quanto ele, e não conseguiu dormir tão rápido. Isso lhe rendeu longas horas pensando em tudo que disseram, em tudo que sentiu. No fim, era um mix intenso de sentimentos, de dúvidas e questões, somado às memórias, à imaginação. Detestava estar nessa situação e sentir esse tipo de coisa. Só conseguiu dormir depois de chegar um pouco mais perto de Heejoon e apoiar a cabeça em suas costas, sentindo seu cheiro e sua pele macia.

No dia seguinte, quando o galo cantou em algum lugar, dona Yuri também começou a cantarolar suas cantigas — não alto o suficiente para acordar os rapazes — mas, às nove horas da manhã, ela, de propósito, bateu uma porta com mais força.

Heejoon, que tinha o sono equivalente ao de um cão de guarda, acordou no mesmo instante. Olhou para o lado e notou que Hansol nem havia se mexido, o que não era surpresa, pois tinha o sono de um gato: pesado e longo. Antes de se levantar, cobriu as pernas do menor, já que este sempre dava um jeito de se descobrir enquanto dormia. De pé, deixou o quarto sem fazer barulho, foi até o banheiro, lavou o rosto e escovou os dentes. Depois, procurou pela senhora, e só a encontrou do lado de fora da casa, acompanhada de Bellatrix, enquanto colocava comida para os pássaros em uma árvore.

— Bom dia, dona Yuri!

Ela o olhou e sorriu.

— Acordado já?

— Ah, sim. Algum barulho me fez despertar — comentou.

— Oh, deve ter sido o vento.

Apesar de não parecer um dia de muita ventania, Moon deixou esse assunto para lá.

— Hansol não acordou? — Yuri perguntou.

— Ah, não... Ele tem o sono pesado. E deve estar cansado... — explicou, lembrando-se da noite passada, quando percebeu que ele foi dormir bem tarde, só depois de se aproximar.

Ao terminar de pôr a comida, a senhora se aproximou do rapaz.

— A cadelinha de vocês é uma graça. Eu vou roubá-la pra mim — brincou e olhou para Trix. — Não é? A vó vai pegar você pra morar com ela!

Moon soltou uma gargalhada fraca e genuína, enquanto observava a bulldog mover a cabecinha, parecendo tentar entender o que a senhora dizia.

— O Hansol fica louco se ficar sem essa cachorra.

— Queria que ele acordasse logo, para ver as montanhas pela manhã. É tão bonito... — ela lamentou.

— O Hansol dorme feito pedra. Quando está cansado então... Sabe, é muito bom porque, antes, ele tinha um sono muito leve e desregulado, e isso não fazia bem. Ele acabava delirando, acordando com dor de cabeça, varando noites sem dormir... Hoje, ele deita e capota, na maioria das vezes. É engraçado, porque ele fala enquanto dorme às vezes e, geralmente, são coisas bem sem noção. Me deixa curioso demais para saber com que tipo de coisa ele sonha. Porque ele tem uma imaginação muito fértil, sabe? E...

E só então, percebeu o que acabou de fazer. Dona Yuri olhava-o, enquanto segurava o riso, até finalmente o soltar, de forma sutil.

— Fico feliz em saber que meu neto está em mãos tão boas. Ele precisava de alguém como você, alguém que o apreciasse nos mínimos detalhes. Obrigada por cuidar dele, Moon.

Sem saber o que responder, Heejoon abaixou a cabeça e refletiu sobre suas ações recentes, perguntando-se como conseguia ser tão caído assim por ele. A senhora deu-lhe um tapinha no ombro.

— Amor é assim.

Então, sentindo que precisava, de alguma forma, falar sobre o que vinha acontecendo, ele murmurou:

— Mas as coisas estão difíceis, *halmoni*...

— Como assim, querido? — Ela ficou visivelmente preocupada.

Demorando a retomar a fala, Heejoon agachou-se na altura de Bellatrix, acarinhando-a por um tempo.

— Eu sinto que nós estamos em tempos diferentes, sabe? Sinto que ele quer coisas diferentes... Que talvez Hansol queira explorar a própria liberdade, a própria maturidade, enquanto eu... Enquanto eu quero sossego, descansar do trabalho, tomar um chá e ler um livro antes de dormir. Sei lá. Talvez ele me ache chato.

— Ele te disse isso? — ela questionou, sentida.

— Não... Sim... Ele disse algumas coisas, mas não sobre como se sente em relação a mim... — o rapaz não soube explicar. — Ah, *halmoni*, estou tão inseguro. Não quero perdê-lo e nem o machucar.

— Você já conversou com ele ou está só tirando coisas da cabeça?

— Eu não quero fazer isso aqui, *noona*. Tenho medo do que ele vai escolher, e não quero estragar a viagem — confessou. — Acho, também, que Hansol precisa de tempo, porque talvez ainda nem perceba que... Que isso possa ser a melhor saída para ele.

— E você? — perguntou. — Como fica você?

Ele não soube o que responder, mas disse:

— Ele precisa ficar bem... Mais do que eu.

No meio do silêncio, Bellatrix começou a latir e correu na direção da porta. Lá estava Hansol há um bom tempo.

— Hansolie! — a avó soltou. — Hm... Eu vou entrar e bater um bolo, tá? Fiquem à vontade.

Ao passar pelo neto na porta, ela lhe deu um afago no ombro, antes de sumir para dentro da casa, deixando-os ali.

Hansol, que ainda sentia o gosto da pasta de dente na boca, desceu o curto degrau, andou calmamente até o marido e parou ao seu lado, enquanto observava os passarinhos, na árvore, amontoando-se sobre uma bacia de comida. Não disse nada. Moon também não.

Começou a andar na direção da cerejeira, no meio do jardim da avó, e Heejoon o acompanhou, mantendo cerca de quatro passos de distância. Ele tocou o tronco da árvore, sentindo o cheiro fresco das folhas, sob a sombra suave e gostosa.

— É a que a sua mãe plantou? — Moon indagou, enquanto o observava admirar a árvore.

— É... — murmurou. — É linda, não?

— Sim — assentiu, mesmo que mal pudesse ver, focando as pétalas de uma flor caída no chão. — Hansol...

— Vamos plantar uma dessa na nossa casa — disse o menor, virando-se para ele. — E observá-la crescer, florescer... Todo ano.

Moon Heejoon não sabia se estava entendendo o que ele queria dizer.

— Amor...

Hansol abriu um sorriso sutil e tristonho.

— Nunca mais fale de nos separarmos. Nunca mais pense que eu seria capaz de deixá-lo.

Moon precisava admitir: seu coração ficou leve, seu corpo inteiro quase flutuou, quase foi levado com o vento, como uma daquelas flores pequeninas da cerejeira.

Hansol andou até ele, ergueu a mão e prendeu a flor que segurava em seu cabelo escuro, admirando como combinava com ele.

— Eu te amo.

— Eu te amo — respondeu Heejoon, finalmente o puxando para um abraço. — Me perdoa por fazer você se sentir mal.

Deitando a cabeça no ombro dele, Lee Hansol beijou-lhe o pescoço.

— Você não faz eu me sentir mal... Nunca. Me desculpe por tirá-lo do sério. Eu devia entender que preciso pensar em você, antes de agir. Sou tão idiota, amor.

— Não, não é — devolveu, deixando vários beijos em sua orelha. — Você só quer liberdade, e eu entendo.

— Mas eu sou livre com você — Lee disse, e tomou distância para fitá-lo nos olhos. — Você me ajudou a me libertar: tirou aquelas correntes de mim, abriu as portas, me deu a mão e me ajudou a atravessar. E não estou confundindo gratidão com amor. Eu não teria isso com mais ninguém. Não seria bom assim com outra pessoa, disso eu sei. É fácil reconhecer o que é bom... Sei disso e não quero que acabe. Jamais.

— Não vai acabar, babe — Heejoon murmurou, segurando seu rosto nas mãos, com delicadeza. — Não vai...— E beijou seus lábios com tanto afeto que não se sentia o toque, somente o sentimento. — Jamais.

Aquela era a flor mais bela do jardim.

Cápsula do Tempo de Lee Hansol e Moon Heejoon:

Prometi a você que abriríamos esta carta quando você estivesse bem. Suponho que, se está lendo isso, então tivemos um avanço... É o que eu espero, meu amor: o seu bem. Como estamos vivos e lutamos tanto por isso, não é justo aceitar uma realidade mediana. Seus sonhos precisam ser incríveis, porque você já viveu muito da parte ruim. E se estamos vivos, depois de tudo, é porque podemos ser eternos, porque, mesmo após explodirmos, brilharemos para sempre, como estrelas.

Espero que você seja capaz de se amar agora, porque só assim poderá se sentir amado pelos outros. Desejo que tenha encontrado algo que goste e que esteja fazendo isso com todo o seu coração. Espero ver o brilho em seus olhos, o amor em sua voz, porque eu sei que você consegue. Espero nunca mais ter mentido para você, espero que todas as minhas palavras sejam sinceras e que você acredite nelas, porque é seu direito não acreditar em mim, depois de tudo. Espero ter provado meu amor e que não reste dúvidas sobre ele. Você é grande como o amor dentro de mim. E eu desejo que você tenha aprendido a confiar em si mesmo, a acreditar na sua força e que pode encarar o mundo sem mim...

Apesar disso, saiba que, quem mexer com você, estará mexendo comigo, e que você pode me chamar quando precisar. Serei sempre seu guarda real. Mesmo quando você vestir sua armadura e for para a guerra sozinho, eu estarei aqui. Enquanto escrevo, não sei do futuro, se estamos juntos, se estamos ok. Mas sei que meu amor te acompanha. Amor, me diga: você está bem?

FIM

AGRADECIMENTOS

Quando iniciei minha trajetória nesta obra, jamais imaginei que seria, de fato, edificante para alguém. Minhas inspirações foram casos muito tristes que vi e vivi.

Surpreendentemente, esta história veio a se tornar uma das minhas maiores alegrias.

Devo todo o sucesso aos meus leitores, que embarcaram nessa jornada comigo, sem me deixar desanimar, respeitando meus bloqueios e apoiando meus retornos.

Agradeço à minha mãe, por sempre elogiar os trechos que eu pedia que lesse e por jamais criticar minhas formas de arte. Gostaria que ela estivesse aqui para ver aonde nosso livro chegou.

Agradeço também aos meus amigos, que sempre torceram por mim, e especialmente à Editora Euphoria, por me escolher quando nem mesmo eu acreditava que isso tudo era possível. Meus sinceros agradecimentos a todos vocês.

BIOGRAFIA

Gabriela Paraizo nasceu em Curitiba, em dezembro de 1999. Deu início a sua jornada na escrita aos 12 anos de idade, deixando sua imaginação aflorar e chegar a lugares que antes não conhecia. *ADICTO* foi seu primeiro livro oficialmente publicado. Você pode encontrá-la em outras histórias, como *SUNBOY* e o conto *GIRE A GARRAFA*, presente na *COLETÂNEA: DEPOIS DA AULA*, todos publicados pela Editora Euphoria.

wattpad @swagay

@namjowl

@baobei.zi

ADICTO
2ª edição, 2023

editoraeuphoria.com.br